SAMANTHA
YOUNG

Dublin Street

Traduit de l'anglais (États-Unis) par Benjamin Kuntzer

J'AI LU

Titre original
ON DUBLIN STREET

Éditeur original
New American Library, published by New American Library, a division of Penguin Group (USA) Inc., New York

Prologue

Comté de Surry, État de Virginie

Je m'ennuyais.

Kyle Ramsey donnait des coups de pied dans le dossier de ma chaise pour attirer mon attention, mais il avait fait pareil la veille avec celui de ma meilleure amie, Dru Troler, et je ne voulais pas la contrarier. Elle en pinçait vraiment pour Kyle. Je me contentais donc de contempler le million de petits cœurs qu'elle dessinait dans le coin de son cahier, tandis que M. Evans griffonnait une nouvelle équation au tableau. J'aurais mieux fait d'être attentive, tant j'étais nulle en maths. Mes parents n'apprécieraient guère que j'échoue dans une matière dès le premier trimestre de la première année de lycée.

— Monsieur Ramsey, voulez-vous bien venir au tableau pour répondre à la question, ou préférez-vous continuer à mettre des coups de pied dans la chaise de Jocelyn ?

La classe entière se mit à glousser, et Dru me lança un coup d'œil réprobateur. Je répliquai par une grimace et gratifiai M. Evans d'un froncement de sourcils furieux.

— J'aime mieux rester à ma place, si ça ne vous dérange pas, monsieur Evans, rétorqua Kyle en crânant effrontément.

Je roulais les yeux, refusant de me retourner alors même que je sentais la brûlure de son regard sur ma nuque.

— Il s'agissait en réalité d'une question rhétorique, Kyle. Approchez.

Un coup à la porte interrompit le grognement résigné de notre camarade. Dès que Mme Shaw, notre proviseur, apparut, tout le monde se calma. Qu'est-ce qu'elle venait faire ici ? C'était forcément de mauvais augure.

— Waouh, marmonna Dru à voix basse.

Je tournai la tête vers elle, l'interrogeant silencieusement. Elle désigna l'embrasure de la porte d'un geste du menton.

— Des flics.

Surprise, je me retournai et avisai Mme Shaw qui chuchotait à l'oreille de M. Evans. Et effectivement, par la porte entrebâillée, j'entrevis deux officiers, patientant dans le couloir.

— Mademoiselle Butler.

La voix de Mme Shaw attira inévitablement mon attention. Elle fit un pas dans ma direction, et je sentis mon cœur bondir dans ma poitrine.

Ses yeux étaient à la fois méfiants et pleins de compassion, et mon premier réflexe fut de la fuir afin de ne pas entendre ce qu'elle avait à me dire.

— Vous pouvez m'accompagner, s'il vous plaît ? Prenez vos affaires.

Dans ce genre de situation, le reste de la classe se mettait généralement à chuchoter, tentant de jauger l'ampleur des problèmes qui m'attendaient. Toutefois, nous avions tous compris qu'il n'était pas question de quelque bêtise commise. Ils savaient qu'ils ne risquaient pas de me charrier pour les nouvelles qui allaient me tomber dessus.

— Mademoiselle Butler ?

Je tremblais désormais sous l'effet de l'adrénaline, et le sang qui me battait aux oreilles me rendait quasi sourde à tous les autres sons. Était-il arrivé quelque chose à maman ? À papa ? Ou à Beth, ma petite sœur ? Mes parents avaient pris quelques jours de congé cette semaine pour se détendre un peu après un été de dingues. Ce jour-là, ils étaient censés emmener Beth pique-niquer.

— Joss.

Dru me balança un discret coup de coude, et dès que son bras heurta le mien, je m'éloignai de ma table, faisant grincer horriblement ma chaise sur le parquet. Sans un regard pour personne, je rassemblai en hâte mes effets, fourrant dans mon sac tout ce qui traînait sur mon bureau. Les murmures parcouraient désormais la pièce tel un courant d'air froid s'insinuant par un carreau fêlé. Même si je n'étais pas pressée de découvrir la raison de cette convocation, je ne voulais pas m'attarder dans cette salle une seconde de plus.

D'une démarche mécanique, je suivis le proviseur dans le couloir et entendis la porte de M. Evans se refermer doucement derrière moi. Je ne pipai mot, observant simplement Mme Shaw, puis les deux policiers, qui m'examinèrent d'un air empreint d'une compassion distante. Une femme que je n'avais pas encore remarquée était postée près du mur. Elle arborait une expression solennelle, mais calme.

Mme Shaw me toucha le bras, et je baissai les yeux sur sa main posée sur mon pull. Je ne lui avais encore jamais adressé plus de deux mots d'affilée, et voilà qu'elle me touchait le bras ?

— Jocelyn, voici les shérifs adjoints Wilson et Michaels. Et voici Alicia Nugent, du DSS.

Je la questionnai du regard. Mme Shaw blêmit.

— Le Département des services sociaux.

La peur m'étreignit soudain, et je dus lutter pour retrouver mon souffle.

— Jocelyn, poursuivit le proviseur, je suis sincèrement désolée d'avoir à vous annoncer cela, mais... vos parents et votre sœur, Elizabeth, ont eu un accident de voiture.

J'attendis la suite, étouffant de plus en plus.

— Ils sont morts sur le coup, Jocelyn. Je suis terriblement navrée.

La dame des services sociaux approcha alors et commença à parler. Je la dévisageai, sans rien distinguer d'autre que les couleurs qui la composaient. J'entendais à peine le son étouffé de sa voix, comme si quelqu'un faisait couler de l'eau juste à côté d'elle.

Je suffoquais.

Prise de panique, je tentai de trouver quelque chose auquel me raccrocher. Je sentis des mains sur moi. Perçus des mots calmes et rassurants. Des larmes sur mes joues. Un goût de sel sur la langue. Et mon cœur... il battait si fort qu'il semblait sur le point d'exploser.

J'étais en train de mourir.

— Inspirez, Jocelyn.

Ces paroles furent répétées inlassablement à mon oreille, jusqu'à ce que j'en comprenne le sens. Finalement, mon pouls ralentit légèrement et mes poumons s'ouvrirent. Les taches noires qui obstruaient ma vision commencèrent à se dissiper.

— C'est bien, me murmurait Mme Shaw en faisant décrire à sa main chaude de larges cercles apaisant au milieu de mon dos. C'est bien.

— Il faudrait y aller.

La voix de la dame des services sociaux filtra au travers de ma bulle de coton.

— D'accord. Jocelyn, vous êtes prête ? s'enquit posément Mme Shaw.

— Ils sont morts, répondis-je pour ressentir le sens de ces mots.

Ça n'était pas possible.

— Je suis désolée, ma chérie.

Une sueur froide se mit à perler sur ma peau, sur mes paumes, sous mes bras, dans le creux de ma nuque. Je fus alors parcourue de chair de poule et prise de tremblements. La nausée me fit chavirer vers la gauche et, sans crier gare, je me mis à vomir tripes et boyaux. Pliée en deux, je répandis mon petit déjeuner sur les chaussures de la dame des services sociaux.

— Elle est sous le choc.

L'étais-je vraiment ?

Ou était-ce le mal des transports ?

Une seconde, j'étais assise là-derrière. Là où on se sentait bien au chaud et en sécurité. Et en quelques instants à peine, dans un fracas métallique...

... je me retrouvai à un tout autre endroit.

1

Écosse, huit ans plus tard

C'était une journée idéale pour trouver un nouvel appartement. Et une nouvelle colocataire.

Je quittai la vieille cage d'escalier humide de mon ancien immeuble pour profiter d'une température étonnamment élevée pour Édimbourg. Je jetai un rapide coup d'œil au petit short en jean rayé vert et blanc que j'avais acheté quelques semaines plus tôt chez Topshop. Depuis, il avait plu tous les jours, et je commençais à désespérer de jamais pouvoir les mettre. Aujourd'hui cependant, le soleil était pour une fois de la partie, émergeant au-dessus du clocher de l'église évangélique de Bruntsfield, dissipant ma mélancolie tout en me procurant un peu d'espoir. Même si j'avais laissé tomber ma vie entière en quittant les États-Unis pour rejoindre ma terre d'origine à seulement dix-huit ans, je n'étais guère adepte du changement. Plus maintenant, en tout cas. J'avais fini par m'habituer à mon immense appartement et à ses incessants problèmes de souris. Rhian, ma meilleure amie, avec qui j'avais vécu depuis ma première année à la fac d'Édimbourg, me manquait. Nous nous étions rencontrées au dortoir et avions tout de suite accroché. Toutes deux du genre plutôt secrètes, si nous étions si à l'aise l'une avec l'autre c'était parce que nous n'essayions jamais de forcer l'autre à évoquer le passé. Dès la deuxième année, nous avions décidé de quitter la résidence universitaire pour prendre un appartement. À présent que nous étions diplômées, Rhian avait rallié Londres pour y préparer son doctorat, me laissant orpheline de colocataire. Comme si cela ne suffisait pas, j'avais également eu à subir le départ de mon deuxième ami le plus proche, James, le petit ami de Rhian. Il l'avait suivie à Londres – une ville qu'il déteste, soit dit en passant – pour rester avec elle. La cerise sur le gâteau ? Mon propriétaire était en plein divorce et avait besoin de récupérer l'appartement.

J'avais donc consacré les deux dernières semaines à répondre aux annonces de jeunes femmes recherchant une colocataire. Un fiasco total. Personne ne voulait partager un appart avec une Américaine. C'est quoi ce bordel ? Trois de ces logements étaient juste... horribles. Je suis à peu près certaine qu'une des filles dealait du crack ; quant à la dernière, elle semblait recevoir plus de visites que dans une maison de passe. J'espérais sincèrement que mon rendez-vous du jour avec une certaine Ellie Carmichael serait plus concluant. C'était l'appartement le plus cher que j'avais prévu de visiter, et il était situé de l'autre côté du centre-ville.

Je faisais très attention à mon héritage, comme si en dépenser aussi peu que possible pouvait adoucir l'amertume de ma « bonne » fortune. Néanmoins, je n'avais plus trop le choix.

Si je voulais devenir écrivain, il me faudrait le bon logement avec la bonne colocataire.

Vivre seule était évidemment une possibilité. Je pouvais me le permettre. Toutefois, pour être parfaitement honnête, je redoutais la solitude. Malgré ma propension à tenir secrets quatre-vingts pour cent de ma vie, j'aimais bien être entourée d'êtres humains. Quand ils me parlaient de choses que je ne connaissais pas directement, cela me permettait d'appréhender le monde selon leur point de vue, et j'étais convaincue qu'un auteur digne de ce nom se devait d'avoir une perspective la plus large possible. Bien que je n'en eusse pas besoin pour survivre, je travaillais dans un bar sur George Street tous les jeudis et vendredis soir. Les vieux clichés ont la vie dure : les barmaids surprennent effectivement les meilleures conversations.

Deux de mes collègues, Jo et Craig, étaient devenus des amis, mais nous ne traînions ensemble que les jours de boulot. Si je voulais un peu d'animation autour de moi, je devais donc me dégoter une colocataire. Point positif : cet appartement était à quelques rues seulement de mon travail.

Tout en m'efforçant de réprimer l'angoisse de ne jamais trouver d'habitation adéquate, je scrutai la rue à la recherche d'un taxi libre. J'avisai alors le glacier, regrettant de ne pas avoir le temps d'aller satisfaire ma gourmandise, et faillis laisser passer le taxi qui arrivait du côté opposé de l'avenue. Je le hélai d'un geste brusque de la main et m'assurai que la voie était libre. Je fus soulagée de constater qu'il m'avait aperçue et s'était rangé dans un virage. Je traversai la large route, parvenant à rejoindre l'autre trottoir sans finir écrasée tel un insecte vert et blanc sur un malheureux pare-brise, et courus jusqu'au véhicule qui m'attendait. Je m'apprêtais à en saisir la poignée…

… Au lieu de quoi, je refermai les doigts sur une main.

Perplexe, j'examinai la peau hâlée et remontai le long du bras jusqu'à découvrir de larges épaules et un visage obscurci par le soleil à contre-jour. Grand, plus d'un mètre quatre-vingts, l'homme me dominait de toute sa hauteur. Je ne mesurais qu'un petit mètre soixante-cinq.

Je remarquai son costume hors de prix et me demandai ce qui avait bien pu le pousser à poser sa main sur mon taxi.

Un soupir émergea de sa figure enténébrée.

— Vous allez dans quelle direction ? s'enquit-il de sa voix puissante et rauque.

Je vivais ici depuis quatre ans, et pourtant le moindre début d'accent écossais produisait encore sur moi son petit effet. Et le sien me faisait clairement frissonner, en dépit du caractère brusque de sa question.

— Dublin Street, répondis-je sans réfléchir, espérant avoir un trajet plus long que le sien afin qu'il m'accorde la priorité du véhicule.

— Parfait. (Il ouvrit la portière.) Je vais par là moi aussi, et comme j'ai déjà dix minutes de retard, je propose que nous partagions la course plutôt que de perdre dix minutes à décider qui en a le plus besoin.

Une paume chaude se posa sur le bas de mon dos et m'encouragea délicatement à monter. Stupéfaite, je me laissai malgré tout convaincre et me glissai à l'autre bout de la banquette. Je bouclai ma ceinture de sécurité tout en me demandant si j'avais réellement donné mon assentiment. Il me semblait que non.

En entendant M. Costard indiquer Dublin Street comme destination, je fronçai les sourcils et murmurai :

— Merci. Je crois.

— Vous êtes américaine ?

La question ayant été posée gentiment, je finis par tourner la tête vers l'autre passager. *Oh, je vois.*

Waouh.

M. Costard, plus ou moins trente ans, n'était pas typiquement beau, mais ses yeux pétillants, la légère moue qui ourlait sa bouche sensuelle, ainsi que tout le reste de sa personne lui conféraient un certain sex-appeal. Je devinai, selon les courbes de son costume argenté parfaitement taillé, qu'il s'entretenait physiquement. Il était assis avec la classe des gens bien foutus, ses abdos d'acier ne tolérant pas le moindre bourrelet sous sa chemise blanche et son gilet. Ses iris bleu pâle semblaient étonnés derrière leurs longs cils, et j'étais parfaitement incapable d'admettre le fait qu'il était brun.

J'avais un faible pour les blonds. Depuis toujours.

Pourtant, aucun d'eux n'avait jamais contraint mon ventre à se tordre de désir au premier coup d'œil. Un visage fort et viril était tourné vers le mien – une mâchoire bien affirmée, un menton creusé d'un sillon vertical, des pommettes rebondies, un nez aquilin. Une barbe de trois jours assombrissait ses joues, et ses cheveux étaient quelque peu désordonnés. Dans l'ensemble, cette apparente négligence contrastait étrangement avec son costume haute couture.

M. Costard haussa un sourcil interrogateur devant mon examen éhonté, et le désir que je ressentais s'en trouva quadruplé, ce qui me prit totalement au dépourvu. Je n'avais jamais été attirée par un homme au premier regard. Et depuis mes plus folles années adolescentes, je n'avais jamais plus envisagé de proposer un plan cul à quelque garçon que ce soit.

Hum, cela dit, je ne suis pas certaine d'être capable de refuser une offre de sa part.

Dès que cette pensée me traversa l'esprit, je me raidis, aussi surprise que troublée. Je me tins aussitôt sur la défensive et m'efforçai d'arborer l'expression de politesse la plus neutre qui soit.

— Ouais, je suis américaine, répondis-je en me souvenant brusquement que mon compagnon de route m'avait posé une question.

Je détournai les yeux de son sourire lourd de sous-entendus, feignant l'ennui et remerciant Dieu que ma peau mate me préserve de rougissements intempestifs.

— Vous êtes ici en touriste ? murmura-t-il.

Bien qu'irritée par ma propre réaction, je me résolus à demeurer aussi évasive que possible. Vu les circonstances, qui sait quelle idiotie j'aurais pu faire ou dire ?

— Nan.

— Alors vous êtes étudiante ?

Je me formalisai de son ton. Son « Alors vous êtes étudiante » avait été prononcé avec un roulement d'yeux significatif. Comme si les étudiants étaient la lie de la société et n'avaient aucun but dans la vie. Je tournai brusquement la tête pour le remettre à sa place d'un regard noir et le surpris à reluquer mes jambes avec intérêt. À mon tour, je haussai les sourcils en attendant qu'il décolle ses prunelles magnifiques de ma peau nue. Sentant le poids de ma fureur, il releva le menton et remarqua mon air mauvais. Je m'attendais à ce qu'il fasse comme si de rien n'était ou à ce qu'il s'intéresse soudainement à autre chose, un truc dans le genre. En tout cas, je ne m'attendais sûrement pas à le voir hausser simplement les épaules avant de me gratifier du plus lent, du plus pernicieux et du plus sexy des sourires qui m'ait jamais été adressé.

Je levai les yeux au ciel, maudissant la subite bouffée de chaleur qui naquit entre mes cuisses.

— J'étais étudiante, rétorquai-je avec une pointe de bouderie. J'habite ici. J'ai la double nationalité.

Pourquoi me justifiais-je ?

— Vous êtes en partie écossaise ?

J'opinai à peine, me délectant silencieusement de sa façon d'insister sur les *t*.

— Et qu'est-ce que vous faites, maintenant que vous êtes diplômée ?

En quoi cela l'intéressait-il ? Je l'observai discrètement. Le prix de son costume aurait pu nous payer toute une scolarité de plats étudiants infâmes à Rhian et à moi.

— Et vous, qu'est-ce que vous faites ? Enfin, à part forcer des femmes à monter dans des taxis.

Son petit sourire satisfait fut sa seule réaction.

— À votre avis ?

— Je dirais que vous êtes avocat. Votre manière de répondre à des questions par des questions, de manipuler les gens, de sourire en coin...

Il partit d'un rire tonitruant qui me résonna dans la poitrine.

— Je ne suis pas avocat. Mais vous pourriez l'être. Je crois me souvenir d'une question en réponse à une question. Et si ça... (alors qu'il désignait ma bouche, ses yeux s'assombrirent légèrement en caressant visuellement la courbure de mes lèvres)... ce n'est pas un sourire en coin...

Sa voix était plus rauque, désormais.

Mon pouls s'accéléra quand nos regards se croisèrent, se soutenant mutuellement bien plus longtemps que ne l'autorise la décence entre deux inconnus, si polis soient-ils. Mes joues me brûlaient... ainsi que d'autres parties de mon anatomie. Lui et la conversation muette qu'entretenaient nos deux corps m'excitaient de plus en plus. Lorsque mes mamelons durcirent sous mon soutien-gorge invisible, j'en fus suffisamment surprise pour replonger brusquement dans la réalité. Arrachant mes yeux aux siens, je contemplai la circulation en regrettant que cette course de taxi ne se soit pas achevée la veille.

Alors que nous approchions Princes Street et le projet de tram que la mairie défendait, je commençais à me demander si j'allais réussir à m'échapper du véhicule sans avoir à lui parler de nouveau.

— Vous êtes timide ? m'interrogea M. Costard, réduisant par là même mes espoirs à néant.

Ce fut plus fort que moi. Sa question me força à me tourner vers lui avec un sourire confus.

— Pardon ?

Il inclina la tête, me scrutant à travers ses paupières mi-closes. Il ressemblait à un tigre paresseux, examinant sa proie avec soin afin de déterminer si elle valait la peine de se mettre en chasse. Je frémis quand il se répéta :

— Vous êtes timide ?

L'étais-je ? Non. Pas timide. Simplement indifférente. Ce qui me plaisait assez. C'était plus sûr.

— Qu'est-ce qui vous fait penser ça ?

Je ne transpirais tout de même pas la timidité, si ? Cette simple pensée me fit grimacer.

M. Costard haussa une fois encore les épaules.

— La plupart des femmes profiteraient de me savoir prisonnier dans ce taxi avec elles ; elles me mordilleraient l'oreille, me balanceraient avec audace leur numéro de téléphone... Ça, et d'autres choses.

Ses yeux vagabondèrent jusqu'à ma poitrine avant de revenir se poser sur mon visage. Le sang m'échauffait les joues. Je ne me rappelais pas la dernière fois qu'on était parvenu à m'embarrasser. Peu habituée à me sentir intimidée, je tentais de repousser cette sensation.

Désarçonnée par son incroyable ego, je lui adressai un large sourire et fus surprise d'être aussi satisfaite de voir ses yeux se plisser devant mes dents dévoilées.

— Waouh, vous avez vraiment une haute opinion de vous-même.

Il me sourit à son tour, exhibant une denture blanche, bien qu'imparfaite ; je sentis une décharge inhabituelle me traverser le corps.

— Je parle d'expérience.

— Eh bien, je ne suis pas de celles qui donnent leur numéro à un garçon qu'elles viennent de rencontrer.

— Ahhh.

Il acquiesça comme s'il venait subitement de comprendre quelque chose à mon sujet. Son sourire s'évanouit, sa figure se crispa avant de se fermer légèrement.

— Vous êtes du genre à ne pas coucher avant le troisième rendez-vous, et à rêver de mariage et de bébés.

Je fis la moue en réaction à ce jugement un peu hâtif.

— Non, non et non.

Me marier et avoir des enfants ? Cette simple évocation me donna le frisson, alors que les craintes qui planaient quotidiennement autour de moi me comprimèrent la poitrine.

M. Costard m'observa de nouveau et dut déceler une expression qui le poussa à se détendre.

— Intéressant, murmura-t-il.

Non. Pas intéressant. Je ne voulais pas que ce type me trouve intéressante.

— Je ne vais pas vous donner mon numéro.

Il sourit derechef.

— Je ne vous l'ai pas demandé. Et même si je le voulais, je ne vous le demanderais pas. J'ai une petite amie.

Je passai outre au pincement de déception qui me noua l'estomac – et oubliai vraisemblablement la barrière mentale séparant mon cerveau de ma bouche.

— Alors arrêtez de me dévisager comme ça.

Il sembla s'en amuser.

— Je suis en couple, mais pas aveugle pour autant. Ce n'est pas parce que je ne peux pas toucher que je ne peux pas regarder.

L'attention que ce mec me portait ne m'excitait pas du tout. *Je suis une femme forte et indépendante.* Je jetai un coup d'œil par la fenêtre et constatai avec soulagement que nous nous trouvions à Queen Street Gardens. Dublin Street était au coin de la rue.

— Laissez-moi ici, c'est parfait, lançai-je au chauffeur.

— Où donc ? répliqua-t-il.

— Juste là, insistai-je un peu plus sèchement que prévu.

Je laissai échapper un soupir de soulagement en entendant le clignotant. La voiture se rangea le long du trottoir. Sans un regard ou un mot pour M. Costard, je réglai ma course et cherchai la poignée de la portière à tâtons.

— Attendez.

Je me figeai et, par-dessus mon épaule, interrogeai mon compagnon de route d'un air prudent.

— Quoi ?

— Vous avez un nom ?

Je souris, enfin soulagée à l'idée de m'éloigner de lui et de cette étrange attraction née entre nous.

— En réalité, j'en ai même deux.

Je bondis à l'extérieur, faisant peu de cas du frisson de plaisir qui me parcourut quand j'entendis son léger gloussement.

Dès que la porte de l'appartement s'ouvrit et que j'aperçus Ellie Carmichael pour la première fois, je compris que j'allais sans doute bien l'aimer. Cette grande blonde portait un ensemble short très mode, un chapeau mou bleu, un monocle et une fausse moustache.

Elle me contempla en clignant à plusieurs reprises ses grands yeux bleu clair.

Surprise, je préférai demander :

— Est-ce que je tombe mal ?

Elle m'examina un moment de plus, comme médusée par la pertinence de ma question, étant donné son accoutrement. Semblant se rendre soudain compte qu'elle portait une fausse moustache, elle la montra du doigt.

— Vous êtes en avance. J'étais en train de ranger un peu.

Ranger en chapeau mou, monocle et moustache ? J'observai derrière elle le vestibule vaste et lumineux. Un vélo dépourvu de roue avant reposait contre le mur du fond ; des photos, des cartes postales et diverses coupures de presse étaient épinglées à un tableau disposé contre un meuble en noyer. Deux paires de bottes et une de tennis noires gisaient sous une rangée de patères débordant de vestes et de manteaux. Le plancher était de bois brut.

Très joli. Je me retournai vers Ellie, un large sourire aux lèvres, appréciant chaque détail de la situation.

— Vous fuyez la mafia ?

— Pardon ?

— Le déguisement.

— Oh. (Elle éclata de rire et s'écarta d'un pas pour me faire signe d'entrer.) Non, non. Des amis ont passé la soirée ici, et on a bu un peu plus que de raison. On a ressorti tous mes vieux costumes d'Halloween.

Je souris de nouveau. Ça avait l'air marrant. Rhian et James me manquaient.

— Vous êtes Jocelyn, c'est ça ?

— Ouais. Joss, corrigeai-je.

Personne ne m'avait plus appelée Jocelyn depuis la mort de mes parents.

— Joss, répéta-t-elle en me souriant de toutes ses dents tandis que j'effectuai mes premiers pas dans l'appartement. Ça sentait superbon – le propre et le frais.

À l'instar de celui que je venais de quitter, l'intérieur était de type géorgien, sauf que nous nous trouvions ici dans ce qui avait été une maison de ville. Désormais, elle était scindée en deux appartements. Plus précisément, la porte d'à côté était celle d'une boutique, et les chambres à l'étage lui appartenaient. Je ne les avais pas visitées, mais le magasin était très joli, et vendait des vêtements uniques faits main. Quant à cet appart...

Waouh.

Les murs étaient si lisses qu'ils avaient forcément été replâtrés récemment, et la personne qui s'était occupée de la restauration avait fait des merveilles. Les larges plinthes et les hautes corniches épousaient parfaitement le style de l'époque. Les plafonds s'étendaient à perte de vue, comme dans mon ancien chez-moi. La monotonie des murs d'un blanc froid était rompue par des œuvres d'art aussi colorées qu'éclectiques. L'aspect immaculé des cloisons aurait pu paraître austère, mais les portes sombres et le plancher de noyer conféraient aux lieux un aspect simplement élégant.

J'étais déjà sous le charme, et je n'avais pas encore terminé la visite.

Ellie retira en hâte chapeau et moustache, puis fit volte-face pour me dire quelque chose et s'interrompit en souriant innocemment quand elle se rendit compte qu'elle n'avait pas encore ôté son monocle. Lorsqu'elle l'eut jeté sur le buffet, elle rayonna de plaisir. Elle était d'une nature enjouée. Généralement, j'avais tendance à fuir ce genre de personne comme la peste, mais Ellie était différente. Elle possédait une forme de charme hors du commun.

— Je vais vous faire faire le tour du propriétaire, d'accord ?

— Ça me va.

Ellie alla ouvrir la porte la plus proche de moi sur la gauche.

— La salle de bains. Je sais que ce n'est pas commun, juste à côté de l'entrée, mais elle comporte tout le nécessaire.

Euh... ça reste à prouver, me dis-je en y pénétrant d'un pas hésitant.

Mes sandales claquèrent sur les carreaux crème qui recouvraient chaque centimètre carré de la pièce, hormis le plafond, peint en jaune pâle et orné de spots puissants.

La salle de bains était immense.

En laissant courir mes doigts sur la baignoire aux pieds griffus et dorés, je m'y imaginai sur l'instant : immergée dans l'eau à écouter de la musique dans la lumière vacillante des chandelles, un verre de vin rouge à la main, tout en me laissant aller à des pensées... en tout genre. La baignoire trônait en plein milieu de la pièce. Dans le coin au fond à droite se trouvait une double cabine de douche dotée du plus gros pommeau que j'aie jamais vu. À ma gauche, une sorte de saladier moderne en verre disposé sur une étagère blanche en céramique. S'agissait-il d'un lavabo ?

Je passai rapidement en revue l'ensemble dans ma tête. Des robinets en or, un miroir gigantesque, un sèche-serviette chauffant...

La salle de bains de mon ancien appart n'avait même pas de portant.

— Waouh. (J'adressai un rapide sourire à Ellie.) C'est magnifique.

Elle opina en sautillant presque, ses yeux bleus pétillant.

— N'est-ce pas ! Je ne m'en sers pas beaucoup, parce que j'en ai une autre dans ma chambre. Cela dit, c'est un plus pour mes futures colocataires. Elles l'auront quasiment pour elles toutes seules.

Mmm, songeai-je en envisageant les charmes de la salle de bains. Je commençai à comprendre pourquoi le loyer était astronomique. Cependant, tant qu'on avait les moyens d'habiter ici, je ne voyais aucune raison d'en partir.

Je suivis Ellie dans le couloir jusqu'à l'immense salon.

— Votre colocataire a déménagé ? m'enquis-je poliment.

Je m'efforçai d'avoir simplement l'air curieux, alors qu'en réalité je sondais la propriétaire. L'appartement était tellement génial que le problème venait peut-être d'Ellie. Avant même qu'elle pût répondre, je m'immobilisai et pivotai lentement sur moi-même pour embrasser la pièce du regard. Comme dans n'importe quel vieux bâtiment, la hauteur sous plafond était incroyable. Les fenêtres étaient si grandes et si larges qu'une quantité de lumière impressionnante se déversait à l'intérieur depuis la rue encombrée. Au milieu du mur opposé régnait une immense cheminée, sans doute purement décorative, mais qui apportait encore plus de cachet à l'ensemble. *Bien sûr, c'est quand même un peu trop le bazar à mon goût*, songeai-je en remarquant les piles de livres dispersées çà et là parmi divers objets ridicules… comme un jouet Buzz l'Éclair.

Je n'allais même pas poser la question.

En observant Ellie de plus près, le désordre ambiant n'était pas si surprenant. Ses cheveux blonds étaient rassemblés en un chignon approximatif, elle avait aux pieds des tongs dépareillées et une étiquette collée sur l'épaule.

— Ma colocataire ? s'étonna-t-elle en se retournant.

Je n'eus pas besoin de me répéter que son froncement de sourcils se dissipa ; elle acquiesça enfin, comme si elle venait de comprendre. Tant mieux. Ce n'était pas non plus la question du siècle.

— Oh, non. (Elle secoua la tête.) Je n'en avais pas. Mon frère a investi dans cet appartement et l'a fait entièrement rénover. Puis il a décrété qu'il ne voulait pas me voir me débattre pour payer un loyer pendant que je préparais mon doctorat, et il a décidé de m'en faire cadeau.

Sympa, le frère.

Même si je ne fis aucun commentaire, elle dut lire ma réaction sur mon visage car elle sourit, et une lueur tendre éclaira son regard.

— Braden a tendance à en faire un peu trop. Il ne fait jamais de cadeaux simples. Et comment aurais-je pu dire non à un endroit pareil ? Le truc, c'est que j'habite ici depuis un mois, et que c'est bien trop grand pour moi. Je m'y sens un peu seule, même si mes amis viennent traîner ici le week-end. J'ai donc dit à Braden qu'il me fallait une colocataire. Il n'était pas emballé au début, mais quand je lui ai dit quel loyer je pouvais réclamer, ça l'a fait changer d'avis. Les affaires avant tout.

Je compris d'instinct qu'Ellie adorait son frère (visiblement relativement fortuné) et que tous deux étaient très proches. Ça se voyait dans ses yeux dès qu'elle en parlait, je connaissais parfaitement cet air-là. J'avais eu tout loisir de l'étudier au fil des années, de l'affronter régulièrement et de me forger une carapace me permettant de lutter contre la douleur que m'infligeait la vision de tant d'amour sur le visage des autres – de ceux qui n'avaient pas perdu leurs proches.

— Il doit être très généreux, répondis-je, diplomate, peu habituée à voir des inconnus m'exposer leurs sentiments personnels alors que nous venions à peine de nous rencontrer.

Elle ne sembla pas gênée outre mesure par mon manque flagrant d'enthousiasme. Elle continua à sourire et me mena de nouveau dans le couloir, direction une cuisine tout en longueur. Elle était plutôt étroite, mais s'ouvrait à l'autre extrémité sur un demi-cercle où avaient été installées une table et quelques chaises. La cuisine en elle-même était aussi luxueuse que le reste des lieux. L'électroménager était haut de gamme, et une énorme cuisinière ultramoderne tranchait avec les meubles en bois sombre.

— Très généreux, répétai-je.

Ellie émit un léger grognement.

— Trop généreux. Je n'avais pas besoin de tout ça, mais il a beaucoup insisté. Il est comme ça. Tenez, prenez sa copine : il lui cède tout. J'attends qu'il se lasse d'elle comme des précédentes, car c'est l'une des pires du lot. Elle est uniquement intéressée par son argent, ça saute aux yeux. Même lui en a conscience. Il dit que cet arrangement lui convient. Un arrangement ? Comment peut-on dire une chose pareille ?

Comment peut-on parler autant ?

Je réprimai un sourire tandis qu'elle me guidait vers la chambre principale. Elle était aussi désordonnée qu'Ellie. Celle-ci déblatéra encore un peu sur la petite amie apparemment insipide de son frère, et je me demandai comment réagirait ce Braden s'il savait que sa sœur divulguait sa vie privée à une parfaite inconnue.

— Et ceci pourrait être votre chambre.

Nous nous tenions dans l'embrasure d'une pièce tout au fond de l'appartement. Un imposant *bow-window* équipé d'un siège et de rideaux en jacquard tombant jusqu'au sol, un superbe lit tendance rococo et un bureau en noyer avec son fauteuil en cuir meublaient l'endroit. Un endroit où je pourrais écrire.

J'étais définitivement sous le charme.

— C'est magnifique.

Je voulais m'installer ici. Au diable l'avarice. Au diable la colocataire pipelette. Je vivais à l'économie depuis bien trop longtemps. Je me trouvais seule dans un pays que j'avais adopté. Je méritais bien un peu de confort.

Je finirais par m'habituer à Ellie. Si elle parlait beaucoup, elle n'en demeurait pas moins douce et charmante, et ses yeux trahissaient une profonde gentillesse.

— Si on prenait une tasse de thé pour envisager la suite des événements ? me proposa-t-elle en souriant à nouveau.

Quelques secondes plus tard, j'attendais au salon qu'elle ait fini de tout préparer. Je compris soudain qu'il importait peu que j'apprécie Ellie. C'était elle, au contraire, qui devait m'apprécier moi, si je voulais avoir une chance de me voir offrir cette chambre. Je sentis une pointe d'angoisse au creux de l'estomac. Je n'étais pas la personne la plus avenante sur Terre, alors qu'Ellie semblait la plus ouverte du monde. Peut-être qu'elle ne me « sentirait » pas.

— Ce n'a pas été facile, annonça-t-elle en réapparaissant. (Elle apportait un plateau pourvu de deux tasses de thé et de douceurs diverses.) De trouver une colocataire. Les gens de notre âge susceptibles de se payer un endroit pareil sont rares.

J'avais touché un gros héritage.

— Ma famille n'est pas à plaindre.

— Oh ?

Elle poussa un mug fumant vers moi, ainsi qu'un muffin au chocolat.

Je m'éclaircis la voix, sentant mes doigts trembler autour de la tasse. Une sueur froide perlait sur ma peau et le sang me battait aux tempes. Voilà comment je réagissais quand j'étais sur le point d'avoir à admettre la vérité à quelqu'un. *Mes parents et ma petite sœur sont morts dans un accident de voiture quand j'avais quatorze ans. La seule famille qu'il me reste est un oncle en Australie. Il n'a pas voulu s'occuper de moi, j'ai donc vécu dans un foyer d'accueil. Mes parents étaient très riches. Le grand-père de mon père possédait des gisements pétroliers en Louisiane, et papa a toujours fait très attention à son propre héritage. Tout m'est revenu à mes dix-huit ans.* Mon cœur se calma enfin et mes tremblements cessèrent quand je pris conscience qu'Ellie n'avait pas à subir le récit de mes malheurs.

— La famille de mon père vient de Louisiane. Mon arrière-grand-père s'est fait beaucoup d'argent grâce au pétrole.

— Oh, comme c'est intéressant. (Elle semblait sincère.) Et vous avez quitté la Louisiane ?

— Oui, pour la Virginie. Mais ma mère est née en Écosse.

— Oh, alors vous êtes en partie écossaise, c'est cool. (Elle m'adressa un sourire entendu.) Moi aussi, je ne le suis qu'en partie. Ma mère est française, mais sa famille a déménagé à St. Andrews quand elle a eu cinq ans. C'est terrible, mais je ne parle même pas français.

Elle ricana en attendant mon commentaire.

— Et votre frère ?

— Oh non. (Elle balaya ma question du revers de la main.) Braden est mon demi-frère. On a le même père. Nos mères sont toutes les deux vivantes, mais papa est mort il y a cinq ans. C'était un homme d'affaires très célèbre. Avez-vous entendu parler de Douglas Carmichael & Cie ? C'est l'une des plus anciennes agences immobilières de la région. Papa a pris la suite de son propre père quand il était encore très jeune, et il a fondé une société de promotion immobilière. Il possédait également quelques restaurants, et même une poignée de boutiques. C'est comme un mini-empire. À sa mort, Braden a tout récupéré. Désormais, c'est autour de lui que tout le monde tourne – en espérant récupérer une part du magot. Et comme chacun sait à quel point nous sommes proches, on a souvent essayé de m'utiliser pour se rapprocher de lui.

Sa jolie bouche fut déformée par une moue amère, lui conférant une expression qui ne semblait pas à sa place sur son visage.

— Je suis désolée.

Je l'étais franchement. Je comprenais ce qu'elle vivait. C'était l'une des raisons qui m'avaient poussée à quitter la Virginie pour repartir de zéro en Écosse.

Ellie se détendit, comme si elle avait perçu ma sincère compassion. Il me semblait inconcevable qu'on puisse s'ouvrir ainsi à une amie, et encore plus à une parfaite inconnue mais, pour une fois, tant de franchise ne m'effraya pas. Certes, elle s'attendait peut-être à ce que je lui déballe tout en retour, mais, quand elle me connaîtrait, elle comprendrait à n'en pas douter que cela n'arriverait pas.

À ma grande surprise, un silence pas du tout gênant s'était installé entre nous. Ellie parut s'en rendre compte également et elle me sourit doucement.

— Qu'est-ce que vous faites à Édimbourg ?

— J'habite ici, désormais. J'ai la double nationalité. Mais ici, je me sens comme chez moi.

Cette réponse lui plut.

— Vous êtes étudiante ?

Je secouai la tête.

— Je viens de décrocher mon diplôme. Je travaille les jeudis et vendredis soir au *Club 39*, sur George Street. Cependant, j'essaie surtout de me concentrer sur l'écriture.

Cela eut l'air de l'emballer.

— C'est génial ! J'ai toujours rêvé d'être amie avec un écrivain. C'est tellement courageux de vivre de sa passion. Mon frère estime que préparer un doctorat est une perte de temps, car il pourrait m'embaucher, mais j'adore mes recherches. Je donne également des cours à l'université. C'est juste que… eh bien, ça me rend heureuse. Et je suis l'une de ces horribles personnes qui peuvent se permettre de faire ce qui leur chante, même si ça paie mal. (Elle fit la grimace.) Je passe pour quelqu'un d'affreux, non ?

Je n'étais pas vraiment du genre à porter des jugements.

— C'est votre vie, Ellie. Vous avez eu de la chance niveau finances, ça ne fait pas pour autant de vous une horrible personne.

J'avais vu une psy au lycée, et voilà que j'entendais sa voix nasillarde dans ma tête : « Pourquoi n'arrivez-vous pas à appliquer ce raisonnement à votre situation, Joss ? Accepter votre héritage ne ferait pas de vous une horrible personne. C'est au contraire ce que vos parents auraient voulu. »

De quatorze à dix-huit ans, j'avais vécu dans deux familles d'accueil différentes dans ma bonne vieille ville de Virginie. Aucune des deux ne roulait sur l'or, et je suis passée d'une grande maison chic où l'on mangeait des plats raffinés et où l'on portait des vêtements de marque à une bicoque remplie de pâtes toutes prêtes et dans laquelle j'échangeais mes fringues avec une « sœur adoptive » plus jeune, qui se trouvait faire la même taille que moi. À l'approche de mon dix-huitième anniversaire, et alors qu'il était de notoriété publique que j'étais en passe de toucher un gros héritage, bon nombre d'hommes d'affaires véreux avaient tenté de profiter de l'enfant naïve pour laquelle ils me prenaient en me proposant divers investissements ; j'avais même été approchée par un camarade de classe qui lançait son site Internet. Vivre avec des gens peu fortunés pendant mes années d'adolescence, puis rencontrer des gens plus intéressés par mes poches pleines que par ma personnalité étaient deux des raisons qui me poussaient à ne pas dilapider mon argent.

Me retrouver ainsi assise avec Ellie, une personne dans la même situation financière que moi et, elle aussi, tourmentée par la culpabilité (bien que de façon différente), avait rapidement créé un lien entre nous.

— La chambre est à toi, m'annonça-t-elle de but en blanc.

Sa décision brutale me fit éclater de rire.

— Juste comme ça ?

Reprenant soudain son sérieux, Ellie opina.

— J'ai un bon pressentiment.

Moi aussi. Je lui adressai un sourire soulagé.

— Alors je serais ravie d'emménager.

2

Une semaine plus tard, j'emménageais dans le luxueux appartement de Dublin Street.

Contrairement à Ellie et à son fouillis, j'aimais que tout soit organisé autour de moi, ce qui impliquait de m'atteler sur l'instant à déballer mes affaires.

— Tu es sûre que tu ne veux pas t'asseoir et prendre une tasse de thé avec moi ? me proposa ma nouvelle colocataire depuis l'embrasure de la porte alors que je me tenais debout, au milieu de ma chambre, cernée de cartons et de deux valises.

— Je voudrais vraiment ranger tout ça pour être tranquille.

Je lui adressai un sourire avenant pour qu'elle ne s'imagine pas que je la repoussais. J'ai toujours détesté cet aspect d'une amitié naissante : c'est épuisant de tenter de cerner l'autre, d'essayer de comprendre comment il ou elle pourrait réagir face à l'emploi d'un certain ton ou d'une attitude quelconque.

Ellie se contenta d'acquiescer.

— D'accord. Bon, j'ai un cours dans une petite heure, je vais essayer d'y aller à pied plutôt que de prendre un taxi. Ce qui implique de partir maintenant. Comme ça tu seras tranquille, et ça te laissera le temps de t'approprier les lieux.

Je t'aime de plus en plus.

— Amuse-toi bien à la fac.

— Amuse-toi bien à tout déballer.

Je grognai en retour et lui fis signe de dégager d'un geste de la main ; elle répliqua d'un sourire charmant et tourna les talons.

Dès que j'entendis claquer la porte d'entrée, je m'affalai sur mon nouveau lit incroyablement confortable.

— Bienvenue à Dublin Street, me murmurai-je en contemplant le plafond.

Les Kings of Leon se mirent à brailler « Your sex is on fire ». Je grommelai en pestant contre le fait que ma solitude soit si vite mise à mal. Je me contorsionnai pour extirper mon téléphone de ma poche et souris en voyant le nom affiché sur l'écran.

— Salut, toi ! m'exclamai-je chaleureusement.

— Alors, tu as déjà emménagé dans ton nouvel appart aussi prétentieux que parfait ? s'enquit Rhian sans préambule.

— Y aurait-il une pointe d'amertume dans ta voix ?

— C'est pas faux, sale veinarde. J'ai failli vomir mes céréales ce matin en découvrant les photos que tu m'as envoyées. C'est pas une blague ?

— J'en déduis que ton logement londonien ne répond pas à toutes tes attentes ?

— Mes attentes ? Ça me coûte un œil d'habiter dans ce carton !

Je ricanai.

— Va te faire voir, grommela-t-elle sans trop d'entrain. Vous me manquez, toi et notre palais infesté de souris.

— Ça me manque aussi.

— Est-ce que tu me dis ça en regardant ta baignoire à pieds et son robinet en or ?

— Non… je suis juste allongée sur mon lit à cinq mille dollars.

— Combien ça fait, en livres ?

— J'en sais rien. Trois mille ?

— Bon sang, tu dors sur six semaines de loyer.

Je m'assis avec un gémissement pour ouvrir le carton le plus proche.

— Je regrette déjà de t'avoir dit combien je payais.

— Eh bien, je pourrais te passer un savon pour gaspiller ton argent dans une location alors que tu aurais pu t'acheter une maison, mais qui suis-je pour te juger ?

— Ouais, et je n'ai pas de leçons à recevoir. C'est l'avantage d'être orpheline : on échappe aux longs discours prévenants.

J'ignorais pourquoi j'avais dit ça.

Il n'y avait aucun avantage à être orpheline.

Ou à n'avoir personne pour se soucier de soi.

Rhian demeura silencieuse à l'autre bout du fil. Nous ne parlions jamais de mes parents ou des siens. C'était une zone interdite.

— Bref… (Je m'éclaircis la voix.) Il faut que je me remette à ranger.

— Ta nouvelle coloc est avec toi ?

Rhian reprit la conversation comme si je n'avais jamais évoqué ma situation personnelle.

— Elle vient de sortir.

— Tu as déjà rencontré certains de ses amis ? Il y a des garçons ? Des garçons canon ? Suffisamment canon pour te tirer de tes quatre années d'abstinence ?

Un sourire sceptique mourut sur mes lèvres quand une image de M. Costard se matérialisa dans mon esprit. Je fus prise de chair de poule rien que d'y penser, et je me surpris à rester muette. Ce n'était pas la première fois que son portrait s'imposait à moi durant la semaine écoulée.

— Qu'est-ce qu'il y a ? s'étonna Rhian en constatant mon silence. L'un d'entre eux est craquant ?

— Non. (Je repoussai sa question tout en chassant M. Costard de ma tête.) Elle ne me les a pas encore présentés.

— Merde alors.

Pas vraiment, non. La dernière chose dont j'ai besoin en ce moment est bien un copain.

— Bon, il faut vraiment que je termine. On se rappelle plus tard ?

— Bien sûr, ma belle. À plus.

Je raccrochai et poussai un soupir en observant toutes mes affaires. Je n'aspirai qu'à me laisser retomber sur mon matelas pour faire une longue sieste.

— OK, c'est parti.

Quelques heures plus tard, j'avais terminé. Tous mes cartons étaient proprement repliés et entreposés dans le placard du couloir. Mes vêtements étaient suspendus et ordonnés. Mes livres étaient proprement alignés, et mon ordinateur portable ouvert sur le bureau, n'attendant que mes mots. Une photo de mes parents trônait sur ma table de chevet, une autre de Rhian et moi à une fête d'Halloween égayait l'étagère. À côté de mon ordi, mon cliché préféré, sur lequel je tenais Beth dans mes bras, assise devant papa et maman. L'œuvre du voisin, un instant de vie capturé dans notre jardin lors d'un barbecue, l'été avant leur mort.

Je savais que les photos attiraient bien souvent des questions, mais je ne pouvais pas me résoudre à les laisser dans un placard. Elles me rappelaient qu'un être cher finissait toujours par vous briser le cœur… et pourtant je ne parvenais pas à m'en débarrasser.

J'embrassai le bout de mes doigts avant de les placer délicatement sur la photo de mes parents.

Vous me manquez.

Après quelques secondes, une goutte de sueur ruisselant dans mon cou m'arracha à ma brume mélancolique. Je plissai le nez. Il faisait chaud, et j'avais mis autant de fougue à vider mes cartons que le Terminator à traquer John Connor.

Il est temps d'inaugurer cette fabuleuse baignoire.

Je versai un peu de bain moussant et ouvris en grand le robinet d'eau chaude. L'odeur de fleurs de lotus m'apaisa immédiatement. De retour dans ma chambre, je retirai mon chemisier et mon short collants de transpiration et ressentis une véritable libération en déambulant nue comme un ver dans mon nouvel appartement.

Je souris en embrassant les lieux du regard, n'arrivant pas à croire que cette merveille m'appartiendrait au moins pour les six mois à venir.

J'allumai la musique sur mon Smartphone et m'immergeai profondément dans l'eau ; je me mis rapidement à somnoler. Seule l'eau devenant froide finit par me tirer de ma torpeur. Apaisée et aussi satisfaite que possible, je m'extirpai sans grâce de la baignoire et tendis la main vers mon téléphone. Dès que le silence se fit dans la pièce, je me tournai vers le sèche-serviette et me figeai.

Merde.

Il était vide. Je lui adressai un regard mauvais, comme si c'était sa faute. J'aurais juré qu'il y en avait un quand Ellie m'avait fait faire le tour du propriétaire la semaine précédente. Maintenant, j'allais mettre des gouttes partout dans le couloir.

Je grommelai, furieuse, et ouvris brusquement la porte pour me retrouver dans l'entrée spacieuse.

— Euh... bonjour, m'accueillit une voix grave.

Mes yeux quittèrent instantanément la flaque que j'étais en train de causer sur le plancher.

Un hurlement de surprise se bloqua dans ma gorge quand je croisai le regard de M. Costard.

Qu'est-ce qu'il foutait là ? Chez moi ? *Espèce de cinglé !*

Je restai bouche bée en essayant de comprendre ce qui pouvait bien se passer. Il me fallut plusieurs secondes pour prendre conscience que ses yeux n'étaient pas rivés sur mon visage. Ils arpentaient à loisir mon corps nu.

Avec un gargouillis de détresse, je plaquai un bras sur ma poitrine. Des iris bleu pâle défièrent mon expression horrifiée.

— Qu'est-ce que vous faites dans mon appartement ?

Je cherchai une arme à portée de main. *Un parapluie ? Avec sa pointe en métal... ça pourrait faire l'affaire.*

Un autre bruit étouffé me força à l'observer de nouveau, et une vague de chaleur aussi indésirable que malvenue s'intensifia entre mes cuisses. Il arborait de nouveau cet air. Cet air sombre et concupiscent. Je haïssais mon corps d'y réagir si promptement, d'autant plus que ce type pouvait bien se révéler être un tueur en série.

— Retournez-vous ! m'écriai-je en m'efforçant de dissimuler ma profonde vulnérabilité.

M. Costard leva immédiatement les mains en guise de reddition et me tourna lentement le dos. J'étrécis les yeux en voyant s'agiter ses épaules. Ce salopard se payait ma tête.

Le cœur à cent à l'heure, je courus jusqu'à ma chambre pour y trouver de quoi m'habiller – ainsi, pourquoi pas, qu'une batte de baseball. J'avisai au passage une photo accrochée au tableau d'Ellie. Une photo d'elle... avec M. Costard.

C'est quoi, ce délire ?

Pourquoi ne l'avais-je pas encore remarquée ? *Ah ouais, sans doute parce que je n'aime pas poser de questions*. Furieuse après mon manque de facultés d'observation, je jetai un rapide coup d'œil derrière moi. Je fus agréablement surprise de constater que mon hôte ne m'espionnait pas. Alors que je détalais à petits pas vers mon antre, sa voix profonde me rattrapa depuis l'autre bout du couloir.

— Je suis Braden Carmichael. Le frère d'Ellie.

Évidemment, songeai-je, maussade, en m'épongeant avec une serviette avant d'abriter mon corps agacé sous un short et un débardeur.

Je rassemblai hâtivement mes cheveux châtain clair sur le sommet de mon crâne et retournai à grands pas jusqu'à l'entrée pour le confronter.

Braden s'était retourné. Un petit rictus lui déformait la bouche tandis qu'il m'examinait de la tête aux pieds. J'avais beau m'être habillée, j'avais conscience qu'il me voyait encore nue.

J'enfonçai mes poings sur mes hanches, adoptant une posture d'humiliation belliqueuse.

— Et vous entrez toujours sans frapper ?

Un sourcil sombre se dressa en réaction.

— C'est mon appartement.

— La courtoisie impose tout de même de frapper, insistai-je.

Sa repartie se limita à un haussement d'épaules ; puis il fit disparaître ses mains dans ses poches. Il avait ôté sa veste quelque part, et remonté jusqu'aux coudes ses manches de chemise immaculées, dévoilant des avant-bras forts aux veines saillantes.

Une envie subite me noua l'estomac quand j'aperçus ces avant-bras puissants.

Merde.

Putain de bordel de merde.

Je rougis intérieurement.

Je ressentis le besoin immédiat de le rassurer, puis de prendre la défense de Craig quand je vis les yeux froids et assassins de Braden rivés sur lui.

— Ça n'est pas méchant.

— Oh, bon sang, ça ne peut pas déjà faire dix minutes, se plaignit Jo en venant lentement reprendre sa place à mon côté.

Elle empestait la fumée de cigarette. Je n'arrivais pas à comprendre qu'on puisse s'adonner à un loisir qui fasse sentir aussi mauvais. Je la contemplai en fronçant le nez, et elle comprit immédiatement. Sans s'en offusquer, elle haussa les épaules et me souffla un baiser taquin avant de venir s'accouder au comptoir devant Braden. Elle le dévorait littéralement de ses grands yeux verts, comme s'il était une cigarette et qu'elle était en pleine période de sevrage.

— Et qui sont tes amis ?

— Moi, c'est Ellie.

Elle la salua de la main telle une gamine de quinze ans. Je ne pus m'empêcher de sourire. Elle était vraiment adorable.

— Je suis la nouvelle coloc de Joss, précisa-t-elle.

— Salut.

Jo lui adressa un sourire poli avant de se tourner avidement vers Braden.

Son intérêt flagrant pour mon admirateur ne m'ennuyait absolument pas.

— Braden.

Il lui fit un rapide signe de tête avant de reposer les yeux sur moi.

Ah ouais ? À ce point ?

J'étais stupéfaite.

Pour être tout à fait honnête, je dois avouer que j'attendais avec impatience de voir Braden jouer le jeu de la séduction avec Jo. Elle était grande, la taille mannequin, avec de longs cheveux raides d'un blond vénitien.

Si Braden Carmichael entreprenait de me draguer, alors je supposais qu'il allait déployer tout son charme pour faire fondre Jo.

Au lieu de quoi, il s'était montré plutôt froid avec elle.

Ce qui ne me réjouit pas le moins du monde.

Mmm, qu'il est bon de se mentir parfois !

— Braden Carmichael ? s'étonna Jo, sans se formaliser de son apparent manque d'intérêt. Oh, mon Dieu. C'est toi qui possèdes le *Fire*.

Au diable la curiosité.

— Le *Fire* ?

— La boîte sur Victoria Street. Tu sais, juste à côté de Grassmarket.

Les cils de Jo battaient désormais à mille à l'heure.

Il possède une boîte de nuit. Évidemment.

— En effet, murmura-t-il avant de consulter sa montre.

Je connaissais ce geste. Je faisais le même chaque fois que je me sentais mal à l'aise. À cet instant, je voulus gifler Jo de lui tourner autour. Braden n'allait pas remplacer Steven. Hors de question.

— J'adore cet endroit, embraya Jo en se penchant sur le comptoir pour lui offrir une vue imprenable sur son décolleté ridicule.

Miaou. C'était quoi, cette technique d'approche ?

— On pourrait peut-être s'y retrouver un soir ? À propos, je m'appelle Jo.

Pouah. Elle gloussait comme une fillette de cinq ans. Pour une raison ou pour une autre, ce rire, que j'entendais pourtant chaque jeudi et vendredi, me parut soudain insupportable.

Braden donna un petit coup de coude à Ellie comme pour lui signifier « Allons-y ». Il avait vraiment l'air impatient. Cependant, sa petite sœur était trop occupée à chuchoter des mots doux à Adam pour remarquer son désespoir silencieux.

— Qu'est-ce que tu en dis ? insista Jo.

Braden m'adressa un signe que je ne sus interpréter avant de lui répondre avec un haussement d'épaules.

— J'ai une petite amie.

Jo ricana et fit voler ses cheveux par-dessus son épaule.

— Tu n'auras qu'à la laisser chez toi.

Oh, pu...

— Ellie, tu ne disais pas que vous deviez retrouver quelqu'un ? demandai-je suffisamment fort pour capter son attention.

Elle devait secourir son frère, et fissa.

— Pardon ?

Je lui adressai un regard lourd de sous-entendus et lui répétai ma question entre mes dents serrées.

Avisant finalement l'expression de Jo et celle de Braden, elle finit par hocher la tête.

— Oh, oui. Il faut qu'on y aille.

Jo se rembrunit.

— Non, ne...

— Jo !

Craig avait besoin d'aide à l'autre bout du comptoir, où un groupe de nouveaux clients s'était amoncelé. J'aurais pu tomber amoureuse de lui à cet instant.

Jo grommela, gratifia Braden d'une moue enfantine, puis partit rejoindre Craig.

— Désolée.

Ellie se mordit la lèvre en contemplant honteusement son frère.

Il balaya ses excuses d'un geste de la main et recula d'un pas pour l'inviter très galamment à sortir du bar la première.

— À plus tard, Joss. (Elle me salua, rayonnante.) On se voit demain matin.

— Ouais, passe une bonne soirée.

Je remarquai la main possessive d'Adam posée en bas du dos d'Ellie ; il m'adressa un signe de tête poli et l'accompagna dehors. Y avait-il quelque chose entre eux ? Sans doute. Même si je n'avais pas l'intention de lui poser la question. Le risque serait trop grand qu'elle se serve de ma propre curiosité pour m'interroger sur le néant de ma vie amoureuse et tâcher d'en comprendre les raisons. Je ne voulais pas avoir ce genre de conversation avec qui que ce soit.

Je frémis légèrement et me retournai malgré moi vers Braden, qui s'était approché du comptoir. L'air distant qu'il avait arboré plus tôt avait cédé le pas à une chaleur que je ne connaissais que trop bien.

— Merci pour ton aide.

Je jure que sa voix grave vibra jusqu'à ma petite culotte.

Je feignis la nonchalance, tout en me tortillant intérieurement.

— Pas de problème. Jo est adorable, et elle ne pense pas à mal… mais c'est une incorrigible chercheuse d'or.

Braden hocha simplement la tête ; visiblement ce qui concernait Jo ne l'intéressait pas.

Un silence s'installa rapidement entre nous, et nos regards se croisèrent, se soutinrent, se verrouillèrent. Je ne me rendis compte que j'avais la bouche grande ouverte que lorsqu'il l'observa.

C'était quoi encore, ce délire ?

Je détournai la tête en hâte, me sentant rosir. J'examinai les alentours pour m'assurer que personne n'avait surpris cet instant d'absence. Par chance, nul ne nous surveillait.

Pourquoi ne partait-il pas ?

Je me décidai à lui faire de nouveau face, m'efforçant d'adopter un air naturel alors que j'étais complètement chamboulée. Je fis mon possible pour ne pas remarquer qu'il me déshabillait lentement des yeux. Il fallait vraiment qu'il arrête !

Quand il reposa enfin ses prunelles sur mon visage, je lui fis la grimace. Incroyable. Tout à l'heure, Jo semblait ne pas exister, mais pour moi il s'était mis en mode « allumeur ». Prenait-il une sorte de plaisir malsain à me tourmenter ainsi ?

Il s'éloigna du comptoir avec un léger rictus et secoua la tête.

— Quoi ?

Je l'étudiai d'un œil torve.

Il m'adressa un sourire narquois. Je détestais qu'un garçon m'adresse un sourire narquois. Même un sourire narquois aussi sexy que le sien.

— Je ne sais pas ce que je préfère..., déclara-t-il, penseur, en se frottant le menton. Te voir toute nue, ou en débardeur ? D, c'est ça ?

Quoi ? Je fronçai les sourcils, complètement désarçonnée.

Puis je compris.

Pauvre type !

Ce salopard venait - avec justesse - de deviner ma taille de bonnet. Il ne me permettrait jamais d'oublier l'incident de la veille. J'en avais conscience, désormais.

Je lui jetai mon torchon dessus, et il l'esquiva en éclatant de rire.

— Je prends ça pour un oui.

Puis il disparut sans me laisser le temps de lui balancer la repartie cinglante qui l'aurait laissé sur le cul.

Ma parole, la prochaine fois que nous nous rencontrerions, je jurais d'avoir le dernier mot.

4

Lena, héroïne de ma série de fantasy et assassin redoutable du royaume de Morvern, était censée préparer son attentat contre la lieutenante de la reine, Arvane – une mage entretenant une liaison secrète avec le neveu de la souveraine et se servant de son influence et de sa magie pour manipuler la monarchie et exercer un contrôle politique. Au lieu de quoi, Lena s'était mise à fantasmer sur le fait de déshabiller Ten, le chef de la garde royale. Ten, qui était resté blond durant les cinq premiers chapitres, avait maintenant des cheveux bruns et des yeux bleu clair. Il n'était en outre pas censé devenir le héros romantique. Il ne devait d'ailleurs pas y en avoir. C'était l'histoire de Lena !

Contrariée, je m'éloignai de mon ordinateur.

Saleté de Braden ! Voilà qu'il souillait même mes manuscrits avec sa toxicité sexuelle.

Tant pis. Je laissai tomber pour la journée. Sachant qu'Ellie rapporterait des plats chinois après ses recherches à l'université, je décidai de profiter de mon temps libre pour aller m'entraîner un peu dans la salle de gym au coin de Queen Street, afin d'éliminer d'avance quelques calories. Généralement, je ne me souciais pas trop de ce que j'avalais, mais j'avais toujours fait du sport à l'école et j'aimais rester en forme. Ce qui n'était pas plus mal, car j'avais un vrai faible pour les chips. N'importe quelles chips, toutes les sortes de chips, tant qu'elles étaient délicieuses, croustillantes et qu'elles faisaient grossir. La relation que j'entretenais avec les chips était sans doute la plus sincère de toute mon existence.

Je chassai la frustration liée au travail à force d'acharnement sur les tapis de course, les vélos, elliptiques ou normaux, et les poids ; bientôt, je ne fus plus qu'une masse informe. La muscu me détendait – tant et si bien que mon esprit se remit en branle. Un personnage commença à prendre forme dans ma tête, et cette héroïne refusait de me laisser en paix. Surtout parce qu'elle me ressemblait beaucoup. Elle était seule dans la vie, indépendante, dynamique. Elle avait grandi dans une famille d'accueil en Écosse, puis était partie travailler aux États-Unis, où elle était tombée amoureuse…

Ma mère tout craché. La vie de maman était géniale, jusqu'à sa fin tragique. Tout le monde aime suivre une bonne tragédie. Tout le monde adorait ma mère. Elle ne manquait pas de cran et ne mâchait pas ses mots, mais était fondamentalement gentille et pleine de compassion. Mon père avait été séduit dès leur première rencontre, il lui avait toutefois fallu six mois pour franchir ses défenses. Leur histoire avait été épique. Je n'avais encore jamais écrit de roman sentimental, pourtant l'idée d'immortaliser leur vie sur papier était tenace. Des bribes de souvenirs enfouis sous une volonté d'acier se mirent à défiler devant mes yeux jusqu'à faire disparaître la salle de sport : maman debout devant l'évier de la cuisine, à faire le boulot du lave-vaisselle en lequel elle n'avait aucune confiance. Papa l'étreignant silencieusement par-derrière, lui enserrant la taille tout en lui susurrant des mots à l'oreille. Quoi qu'il ait pu lui dire ce jour-là, il l'avait poussée à se laisser aller contre lui et à lever le menton pour réclamer un baiser. Puis j'eus une vision de mon père pourchassant ma mère dans la maison un soir, faisant claquer des portes, nous terrifiant, ma petite sœur et moi. Ma mère l'accusant d'être un imbécile de mâle dominant. Lui, répondant qu'il n'allait pas rester les bras croisés tandis que l'un de ses collègues de travail la draguait ouvertement juste sous son nez. Ma mère hurlant qu'il n'avait pas à le frapper. « Il avait la main sur ton cul ! » avait rétorqué mon père, alors que je les observais, ébahie. Quelqu'un avait posé la main sur le cul de ma mère, et ce, devant mon père ? *Crétin.* « Je m'en occupais », avait-elle répliqué. « Pas assez vite ! Hors de question que tu continues à bosser avec lui ! » De là, la dispute avait pris de l'ampleur, jusqu'à ce que ma sœur fuie les lieux sans demander son reste. Quant à moi, cette prise de bec ne m'avait pas inquiétée. Mes parents avaient toujours entretenu une relation passionnée. Le soufflé retomberait de lui-même. Ce qui s'avéra. Papa s'excusa d'avoir perdu son sang-froid, mais ne changea pas d'avis sur le « Hors de question que tu continues à bosser avec lui ». L'affaire avait pris de telles proportions que maman avait fini par capituler, parce que le connard du boulot était, effectivement, un connard, et que je supposais qu'il s'était passé autre chose que ce simple petit incident. Elle avait d'ailleurs rejoint un autre cabinet de comptabilité. Elle expliqua que le mariage était une affaire de compromis, et que papa en aurait fait autant pour elle.

Tous ces souvenirs étaient si vivaces. J'apercevais encore les reflets dorés dans les yeux noisette de ma mère, sentais encore l'eau de Cologne de mon père, ses bras autour de moi, la main de maman m'ébouriffant les cheveux…

Ma poitrine se comprima et je trébuchai sur mon tapis ; le monde réel reprit ses droits, bien que dans un kaléidoscope de sons et de couleurs parfaitement incohérent. Le sang me battait aux tempes ; mon pouls était si rapide que je peinais à respirer. La douleur me vrillait le genou ; je n'en avais cependant guère plus conscience que des mains puissantes qui m'aidèrent à me remettre debout.

— Concentre-toi sur ta respiration, m'encouragea une voix apaisante.

Je lui obéis et parvins à m'extraire de cette déferlante de panique, reprenant le contrôle de mon corps.

Ma vision finit par s'éclaircir, l'étau qui me compressait la tête par se desserrer, mes poumons par s'ouvrir. Tremblant encore sous l'effet de la décharge d'adrénaline provoquée par la crise d'angoisse, je me tournai vers l'homme qui m'avait porté secours. Ses yeux sombres trahissaient son inquiétude.

— Ça va mieux ?

J'opinai, sentant la gêne m'envahir quand je remarquai que chacun nous observait depuis son appareil. Je me libérai doucement de son étreinte.

— Désolée.

Il secoua la tête.

— Tu n'as aucune raison de l'être. Je suis simplement soulagé de t'avoir rattrapée avant que tu t'affales de tout ton long sur le tapis. Par contre, tu risques d'avoir un joli bleu au genou.

Il me le montra.

Je remarquai mes collants de sport déchirés, et sentis seulement alors la douleur. Je grimaçai en m'efforçant de plier la jambe.

— Génial.

— Je m'appelle Gavin.

Il me tendit une main, que je saisis poliment sans toutefois la serrer avec beaucoup d'énergie. J'étais vidée.

— Joss. Merci, au fait.

Quand il fronça les sourcils, je constatai qu'il était plutôt mignon, pour peu que l'on aime le genre musculeux et bien taillé. En outre, il était blond.

— Tu es sûre que ça va ? Je sais reconnaître une crise d'angoisse quand j'en vois une.

Je rougis intérieurement et acquiesçai, ne tenant pas à faire resurgir les souvenirs qui m'avaient mise dans cet état.

— Oui, tout va bien. Juste une semaine un peu stressante. Mais, euh... merci encore. Je vais rentrer.

— Je t'ai déjà vue ici. (Il m'arrêta d'un sourire.) Je suis coach personnel.

Et alors ?

— D'accord.

Ma réponse le fit sourire.

— C'est juste pour dire que je suis là. Si tu as besoin de quoi que ce soit.

— Je m'en souviendrai. Merci encore.

Je lui adressai un signe timide de la main et me dirigeai vers les vestiaires.

J'imagine qu'il n'était dès lors plus question d'écrire sur ma mère.

J'arrivai à la maison avant Ellie et décidai que le mieux, pour éviter une nouvelle crise, était de rester active. Ce genre de malaise ne m'était plus arrivé depuis des années. J'entrepris de dresser la table tout en essayant d'élaborer mentalement la trame du prochain chapitre de mon roman, comme s'il ne s'était rien passé à la salle.

Puis mes pensées vagabondèrent effectivement loin de cette crise. Pas grâce à mon roman, cependant.

Ce fichu Braden s'imposa de nouveau à mon esprit.

J'ouvris le tiroir des couverts et y trouvai tout un tas de saloperies qui n'avaient rien à y faire. Prochaine étape sur la liste : réorganiser le désordre qu'Ellie avait instauré dans la cuisine. Le tiroir débordait de trucs et de machins : du fil, des aiguilles, un appareil photo, de la colle, du ruban adhésif double face et des photos. L'une d'entre elles montrait Braden accoudé à une rambarde dominant une étendue d'eau impossible à identifier. C'était un jour ensoleillé, et il s'était tourné vers l'objectif au dernier moment, plissant les paupières pour lutter contre la lumière trop vive, ourlant sa bouche magnifique en un sourire affectueux.

Alors que je disposais les couverts, le sourire de Braden me rappela son rire, qui résonnait encore à mes oreilles ainsi qu'il le faisait depuis quatre jours que je l'avais rencontré au bar. Je n'arrivais pas à me l'imaginer autrement que torse nu, et moi entre ses bras. J'avais beau avoir fait une croix sur les rapports sexuels, je n'en restais pas moins une femme au sang chaud capable d'excitation. Je possédais une boîte à chaussures remplie de sex-toys prêts à me satisfaire dès que l'envie m'en prenait. Il se trouvait que depuis que j'avais croisé Braden la première fois, l'envie m'en prenait régulièrement, et que je songeais de plus en plus souvent à accepter l'idée d'un coup d'un soir.

Naturellement, je me rappelais ce que ça faisait de se réveiller dans un lit inconnu au côté d'un inconnu sans savoir ce qui s'était passé, et cette lubie se dissipait instantanément.

Simplement… je n'arrivais pas à comprendre comment je pouvais me sentir à ce point attirée par quelqu'un. Quelqu'un que je connaissais à peine.

La porte d'entrée claqua, m'arrachant à ma rêverie, et je me remplis un verre d'eau avant de servir du thé à Ellie.

— Hellooooo, gazouilla-t-elle gaiement en me rejoignant dans la cuisine. (L'odeur de nourriture chinoise fit gargouiller mon ventre.) Tu as passé une bonne journée ?

Elle laissa tomber un sac sur la table, et je l'aidais sans plus attendre à en sortir les plats.

— Normale, marmonnai-je en croquant dans un beignet de crevette.

Quand nous nous installâmes enfin face à face, elle me dévisagea d'un air inquiet.

— Tout va bien ?

Non, rien ne va. Je suis allée à la salle de sport et j'ai fait une crise d'angoisse devant un milliard d'inconnus. Oh, et ton salaud d'allumeur de frère refuse de sortir de ma tête et de mes rêves érotiques. Je suis tout excitée, je suis furax, et je déteste ça.

— Syndrome de la page blanche.

— Oh, ça craint. Ça m'arrive parfois quand je fais mes recherches, j'imagine que c'est mille fois pire quand on écrit un roman.

— C'est plus que frustrant.

Nous mangeâmes en silence pendant quelques instants, puis je constatai avec curiosité qu'Ellie semblait particulièrement tendue.

— Et toi, tu as passé une bonne journée ?

Elle me gratifia d'un pauvre sourire avant d'enfourner une bouchée de riz au curry. Quand elle l'eut avalée, elle opina.

— Je commence à ressentir la pression des doctorants.

— Ah, les joies de la vie étudiante.

Ellie acquiesça en marmonnant, puis, après avoir silencieusement contemplé la table pendant une bonne minute, elle s'enquit :

— Au fait, qu'as-tu pensé d'Adam, l'autre soir ?

La question sortait de nulle part et débordait de fausse timidité. *Euh.* Je compris qu'il y avait anguille sous roche.

— Je ne sais pas. Je n'ai pas vraiment eu l'occasion de discuter avec lui. Il est mignon. Il a l'air sympa.

Un air rêveur passa sur le visage d'Ellie. Sans blague, un air rêveur. Je n'avais jusqu'alors vu cette expression que dans des films. Elle en pinçait sérieusement pour lui.

— Adam est génial. Braden et lui sont amis depuis toujours. Si ce n'était pas mon frère qui faisait peur à mes petits copains au lycée, Adam s'en chargeait. (Elle rougit et secoua la tête.) Je le suivais partout quand j'étais petite.

Rien ne me forçait à...

— Vous sortez ensemble ?

Ellie me regarda soudain droit dans les yeux.

— Non. Pourquoi ? C'est l'impression que tu as eue ?

OK. Les deux pieds dans le plat.

— Un peu.

— Non. (Elle secoua le chef avec véhémence.) On est juste amis. En plus, Braden me répète toujours que c'est un vrai gigolo. Il n'arrête jamais. Et puis, je le vois bien trop comme un frère pour qu'il y ait... tu sais... plus que ça.

Sa voix dérailla par manque de conviction.

Au moins, j'étais sûre d'une chose : je n'aurais jamais à m'inquiéter de voir Ellie me mentir. Elle ne savait pas faire.

— Ah, d'accord.

— Et toi, tu as un copain ?

Merde. C'était ma faute. J'avais posé une question.

— Non. Toi ?

— Non. (Elle soupira.) À quand remonte ta dernière relation ?

Est-ce qu'un coup d'un soir compte comme une relation ? Je haussai les épaules.

— Et toi ?

Elle fit la moue et se mit à battre des cils comme pour dissimuler son air soudain dur. Une violente vague de compassion venue d'on ne sait où me surprit moi-même.

— Ellie ?

— Ça fait neuf mois.

Et qu'est-ce qu'il t'a fait, le salopard ?

— Qu'est-ce qui s'est passé ?

— On est sortis ensemble pendant cinq mois. Il m'a dit qu'il travaillait à Glasgow dans une agence de recrutement. En réalité, il bosse pour un groupe de promotion immobilière concurrent ici, à Édimbourg. Ils étaient en lice contre Braden pour ce bail incroyable dans la zone commerciale, sur les quais. Au final, il s'est servi de moi pour lui griller la politesse et savoir combien mon frère allait mettre afin de surenchérir.

Je haussai un sourcil, félicitant Braden en mon for intérieur d'avoir donné une bonne leçon à ce connard.

— Ton frère lui a cassé la gueule ?

— Non. (Ellie secoua la tête.) Braden n'aime pas se battre. Il ne l'a plus fait depuis longtemps. C'est Adam qui lui a flanqué une raclée.

Je lui adressai un large sourire.

— Je ne devrais pas encourager la violence, mais... bien joué, Adam.

Ellie rit brièvement avant de reprendre son sérieux.

— Je suis juste soulagée que ma naïveté n'ait pas eu de conséquences sur la vie professionnelle de Braden.

Je suis sûre que ce n'est pas ce qui l'inquiétait le plus. J'ignorai d'où me venait ce sentiment, j'en étais pourtant convaincue. N'importe quelle personne normalement constituée aurait aussitôt compris qu'Ellie comptait beaucoup pour lui.

— Je n'arrive pas à croire qu'on puisse se donner tant de mal et faire quelque chose d'aussi odieux pour une parcelle de terrain.

— Les quais sont vraiment à la mode. On y trouve des restaurants étoilés, des chirurgiens esthétiques, des bars à cocktail très branchés... Braden y construit des immeubles de luxe, et le prix de chaque appartement oscille entre un demi-million et un million de livres. Ça fait une sacrée marge.

J'étais révulsée à l'idée qu'on puisse se servir d'une personne aussi douce qu'Ellie pour réaliser un simple profit.

— Les mecs, ça craint.

Elle brandit son mug vers moi en guise d'assentiment.

Après avoir mastiqué silencieusement pendant quelques instants, Ellie se racla la gorge.

— J'ai vu que tu avais sorti des photos de famille dans ta chambre. Tu sais, tu peux aussi en mettre au salon ou n'importe où dans l'appartement. C'est aussi chez toi, maintenant.

Je me crispai en l'entendant évoquer mes proches, redoutant toujours une nouvelle crise d'angoisse.

— Ça va, merci.

J'entendis son soupir et me préparai psychologiquement à la suite.

— Tu ne parles pas beaucoup d'eux.

Déjà ? Il avait fallu six semaines à Rhian avant de s'en rendre compte. Mon estomac se noua, et je repoussai mon assiette avant d'affronter le regard inquiet d'Ellie. Nous étions colocataires, désormais, et nous nous entendions bien – étonnamment bien, même, étant donné nos différences ; il était temps de jouer cartes sur table.

— Ils sont morts, lui dis-je simplement, sans chagrin, sans larmes, sans aucune émotion alors que ses joues pâlissaient. Je ne parle pas d'eux. Jamais.

Je ne sais pas à quoi je m'attendais. Ellie était si gentille et si ouverte que je craignais peut-être qu'elle ne tente de me faire baisser la garde. Toutefois, elle me surprit une fois encore.

— D'accord, répondit-elle, et je la vis lutter pour dissimuler la lueur de pitié dans son regard.

— Affaire classée, alors.

Je lui adressai un petit sourire qui se voulait rassurant ; elle se détendit légèrement en retour.

Une minute plus tard, elle murmura :

— Tu sais, tu es plutôt intimidante.

J'eus une légère moue d'excuse.

— Je sais. Désolée.

— Ce n'est pas grave. J'ai l'habitude, avec Bran.

Et comme s'il avait épié notre conversation, son nom s'afficha sur l'écran de téléphone d'Ellie. Elle répondit immédiatement, mais sans sa joie habituelle. On dirait que feu ma famille avait le chic pour plomber l'ambiance.

Je ne sais pas par quel miracle, mais Ellie était parvenue à me convaincre de sortir avec eux. J'examinai un à un les amis d'Ellie et Braden, vêtue d'une robe qu'elle m'avait gentiment prêtée. Ils étaient assis sur des canapés autour d'une table basse, dans un bar sur le pont George-IV. Braden nous avait appelées deux heures plus tôt pour nous demander de les y rejoindre. Naturellement, j'étais prête depuis une heure. Ellie avait mis beaucoup plus de temps et, quand je vis le sourire qu'elle adressa à Adam, je compris pourquoi.

— Tout le monde, voici ma nouvelle coloc, Jocelyn. (Elle pivota vers moi.) Jocelyn, voici Jenna et Ed.

Elle m'avait mise au parfum durant notre trajet en taxi. Jenna, la blonde mignonne aux lunettes originales et au solitaire à son annulaire gauche, était la meilleure amie d'Ellie et préparait son doctorat avec elle. Ed, le petit blond aux airs de geek, était son fiancé.

— Tu connais déjà Adam et Braden.

Son sourire s'évanouit légèrement quand elle avisa la femme collée contre son frère. Elle avait des cheveux blond platine, presque blancs, d'immenses yeux bleus, des bras et des jambes interminables, ainsi qu'une bouche pleine et légèrement boudeuse.

— Et voici Holly, la petite amie de Braden.

Je me souvins instantanément qu'Ellie ne l'appréciait guère. Vu le sourire méprisant que l'autre lui adressa, il m'apparut que la réciproque était vraie. Je les saluai tous, évitant discrètement le regard de Braden et faisant comme si mon cœur ne battait pas la chamade à la simple idée de me trouver à proximité de mon fantasme et de sa copine.

Je n'allais pas non plus me laisser abattre par le fait qu'elle me faisait penser à Jo : en gros, qu'elle était mon plus parfait opposé.

Alors qu'Ellie s'empressa d'aller nous chercher à boire, je pris place à côté de Jenna en m'efforçant d'éviter soigneusement d'apercevoir le couple à ma droite.

— Alors, comment se passe ton installation, Jocelyn ? me demanda Adam depuis l'autre côté de la table.

Reconnaissante, je le remerciai d'un large sourire.

— Bien, merci. Et c'est Joss.

— Ça se passe bien entre Ellie et toi ?

Quelque chose dans sa voix me fit comprendre que ce n'était pas une question tout à fait désintéressée. Il s'inquiétait pour ma coloc. Je me demandai si les sentiments de cette dernière pouvaient être partagés.

— On s'entend à merveille. Elle est géniale.

Ma réponse sembla le satisfaire.

— Bon, tant mieux. Alors, il paraît que tu écris un livre ?

— Oh, mon Dieu, intervint Holly avec son accent anglais guttural. (Je détestais le fait qu'il soit aussi génial.) Je t'ai dit, bébé, que ma copine Cheri avait été publiée ?

Braden secoua la tête, et ses yeux se rivèrent sur moi. Je m'empressai de me détourner, feignant d'être captivée par l'histoire de cette mystérieuse Cheri.

— C'est ma meilleure amie, nous expliqua Holly alors qu'Ellie revenait avec les boissons. (Je me serrai pour lui ménager une petite place.) Elle écrit les meilleurs romans qui soient.

— De quoi ils parlent ? s'enquit Ed par politesse.

Je jetai un coup d'œil à Jenna et m'aperçus qu'elle et Ellie échangeaient un regard. J'en déduisis que Holly ne faisait pas l'unanimité auprès des filles.

— Oh, ils sont trop géniaux. Ça parle de cette fille dans un hospice de pauvres qui tombe amoureuse d'un homme d'affaires ayant gardé, genre, un vieux titre de noblesse... un comte, ou un machin comme ça. C'est tellement romantique. Et son style est vraiment génial. Elle est supergéniale.

Bon, apparemment, elle était géniale.

— C'est donc un roman historique ? l'encouragea Ed.

— Non.

Elle secoua la tête, perplexe.

— Holly... (Braden semblait réprimer un sourire)... il n'y a plus d'hospices de pauvres, aujourd'hui. Tu es sûre que ce n'est pas historique ?

— En tout cas, Cheri ne me l'a pas dit.

— Alors, tu as sûrement raison, intervint Adam d'un ton affable.

Je sentis les épaules d'Ellie tressauter tandis qu'elle gloussait de ce sarcasme habilement dissimulé. Je me forçai à tout observer, excepté Braden.

— Jenna, c'est quand ton premier essayage de robe, déjà ? lui demanda Ellie en se penchant devant moi.

L'intéressée sourit d'un air espiègle.

— Oh, pas avant des siècles. Je n'ai plus le droit d'aller chez ma mère parce que je n'arrête pas d'admirer sa penderie.

— Ah bon ? intervins-je pour m'intégrer. Le mariage est prévu pour quand ?

— Dans cinq mois, répondit Ed en adressant un sourire amoureux à sa promise.

Waouh, un gars qui n'avait pas peur de montrer ses sentiments. C'était déconcertant, et une autre vision de mon père souriant à ma mère s'imposa à moi. Je bus une gorgée, enfouissant cette réminiscence sous ma volonté d'acier.

Ellie couina légèrement à côté de moi.

— Si tu voyais la robe de Jenna. On est toutes...

— Oh, bébé, s'imposa à nouveau Holly. Je t'ai dit que Lisa se mariait en octobre ? Je l'ai pourtant prévenue que c'était la pire période de l'année, mais elle insiste pour faire ça à l'automne. Tu as déjà entendu une chose pareille ? Bref, ça se passe dans un château plein de courants d'air dans un bled nommé Oban, il faudrait qu'on trouve un hôtel.

— Le château de Barcaldine, expliqua Braden. C'est un joli petit endroit.

— Peut-être en été, mais pas au mois d'octobre.

L'heure que nous passâmes ensemble se déroula à peu près de la même manière. Chaque fois qu'un sujet venait sur le tapis, Holly se l'appropriait, sa voix forte semblant recouvrir toute autre conversation dans le bar. Elle faisait le nécessaire pour se faire mal voir, et je compris sans mal pourquoi Ellie ne pouvait pas la supporter. Hollie était bruyante, odieuse et complètement égocentrique. Pis encore : j'avais l'impression que Braden épiait chacune de mes réactions. En quoi pouvait-il se soucier de mon opinion ?

Ayant grand besoin de m'éloigner un moment de la voix de Holly – une voix que j'avais initialement trouvée charmante avant de la juger détestable –, je me portai volontaire pour aller commander la tournée suivante. Je passai commande au barman et profitai du calme

– le comptoir était situé au fond de l'établissement, au bout d'un couloir et derrière un mur, loin des braillements de Holly.

Pourtant, il avait fallu qu'il me suive ?

Mon côté droit tout entier subit une vague de chaleur quand je le sentis se serrer contre moi pour s'accouder au bar. Mon nez me picota sous l'effet de son eau de Cologne, et les papillons revinrent envahir mon ventre.

— Ainsi... tu es écrivain ?

Braden m'observait de toute sa hauteur.

C'était la première fois qu'il me parlait sans la moindre tension sexuelle dans la voix. Je levai les yeux vers lui, surprise par la curiosité sincère que je découvris dans son regard. J'eus un sourire de fausse modestie. Je n'avais encore rien publié.

— J'aimerais bien.

— Et qu'est-ce que tu écris ?

Je songeai à ma mère et pris une profonde inspiration, avant de repousser cette pensée.

— De la fantasy.

Il arqua légèrement les sourcils, comme s'il ne s'était pas attendu à pareille réponse.

— Pourquoi de la fantasy ?

Le barman m'annonça le prix des boissons avant que je puisse me justifier, et Braden tendit l'argent sans me laisser le temps d'exhumer mon porte-monnaie.

— C'est moi qui paie, insistai-je.

Il repoussa mon offre sans même la considérer.

— Alors ? s'obstina-t-il en récupérant sa monnaie.

Les verres étaient devant nous sur le comptoir, pourtant Braden ne semblait même pas envisager de m'aider à les apporter à notre table.

Je soupirai, comprenant que plus vite je lui répondrais, plus tôt je serais débarrassée.

— Parce que la réalité n'y a aucune emprise. Seule mon imagination gouverne.

Je regrettai ces mots dès qu'ils eurent franchi la barrière de mes lèvres. Une personne intelligente saurait lire entre les lignes. Et Braden n'était pas idiot.

Nos regards se croisèrent, et nous nous comprîmes alors. Il finit par hocher la tête.

— Je saisis l'intérêt.

— Ouais.

Je détournai la tête. C'était déjà malheureux qu'il m'ait vue sans vêtements, voilà qu'il venait de me mettre à nu psychologiquement.

— Je suis content qu'Ellie et toi vous entendiez bien.

— Tu es très protecteur avec elle, pas vrai ?

— C'est rien de le dire.

— Pourquoi ? Elle a l'air bien plus forte que tu ne le penses.

Il fronça les sourcils en y réfléchissant.

— Ce n'est pas une question de force. C'est peut-être son allure ou la manière dont elle parle qui pousse les autres à la penser fragile. Je la connais mieux que ça. Ellie peut encaisser et rebondir mieux que n'importe qui. Ce n'est pas la question. Je tiens juste à m'assurer que rien de mal ne lui arrive. Elle est trop gentille, et je l'ai déjà vue souffrir plus souvent qu'à son tour à cause de personnes qui prétendaient tenir à elle.

Je ne lui enviais pas ce rôle.

— Ouais, je m'en suis rendu compte. Ellie a le cœur sur la main.

— Contrairement à toi.

Surprise par cette remarque, je lui lançai un œil méfiant.

— C'est-à-dire ?

Son regard se fit inquisiteur, comme s'il cherchait à lire en moi. Je reculai d'un pas, et il s'approcha d'autant.

— J'ai entendu ce qu'Ellie racontait sur toi. Et je vois comment tu te comportes avec moi. Tu essaies de ne jamais lâcher aucune info.

Recule.

— Toi non plus. Je ne sais rien sur toi.

— Je ne suis pas difficile à connaître. (Il me gratifia d'un sourire rapide.) Toi, en revanche... tu es experte dans l'art de l'esquive et de la maîtrise de soi.

Arrête de jouer les psychanalystes. Je levai les yeux au ciel.

— Tu penses que te jeter un torchon dessus prouve mon grand self-control ?

Il éclata d'un rire qui résonna dans chaque partie de mon corps.

— Un point pour toi.

Puis il me contempla, toujours avec cet air. Cet air qui me donnait l'impression qu'il introduisait ses longs doigts virils dans ma petite culotte.

— Tu es magnifique, ce soir.

Je fus secrètement émoustillée par la flatterie. Extérieurement, je traduisis cela par une grimace.

— Ta copine aussi.

Braden poussa un profond soupir et ramassa quelques verres sur le comptoir.

— Il n'y avait pas de sous-entendu, Jocelyn. C'était un simple compliment.

Non, pas du tout. Tu t'amuses avec moi. Et si nous sommes amenés à nous voir régulièrement, je veux que cela cesse.

— Vraiment ? Tu parles donc à tout le monde comme à moi ?

— Et comment je te parle ?

— Comme quelqu'un qui m'a vue nue.

Le sourire éclatant de Braden rivalisait avec la chaleur de son regard.

— Non. D'un autre côté, je ne vois pas tout le monde tout nu.

Agacée, je secouai la tête.

— Tu sais très bien ce que je veux dire.

Je faillis sursauter en sentant son souffle chaud sur mon oreille quand il se pencha vers moi pour me chuchoter discrètement :

— J'aime bien te faire réagir.

Je me repliai. C'était donc un défi ? D'accord. J'avais pigé.

— Contente-toi d'arrêter. Tu es le frère d'Ellie, et il y a des chances pour qu'on se croise régulièrement, j'aimerais donc autant que tu arrêtes d'essayer de me mettre mal à l'aise.

Il se renfrogna.

— Je ne veux pas te mettre mal à l'aise. (Il m'examina derechef, mais cette fois-ci je ne laissai rien filtrer. Braden poussa un profond soupir, puis opina.) Bon, d'accord. Écoute, je suis désolé. Je voudrais qu'on s'entende bien. Je t'apprécie ; Ellie aussi. J'aimerais qu'on soit amis. Dorénavant, je ne flirterai plus avec toi, et je m'efforcerai d'oublier à quoi tu ressembles toute nue.

Il reposa les verres sur le comptoir et me tendit la main. Il m'observait d'un air que je ne lui avais jamais vu jusque-là. Suppliant, presque enfantin, et parfaitement touchant. Je n'y croyais pas, mais me surpris pourtant à secouer la tête avant de lui saisir la main. Dès que mes doigts effleurèrent sa paume, les poils de mes bras se hérissèrent.

Je pensais jusque-là que cette étincelle que les gens ressentaient apparemment quand ils étaient attirés par autrui était un mythe réservé aux romans de chick lit ou à Hollywood.

En fait, non.

Quand nos yeux se croisèrent, ma température corporelle grimpa de plusieurs degrés. Le picotement s'intensifia entre mes cuisses ; j'étais en proie à un désir ardent. Je ne voyais que Braden, ne sentais que Braden, et son corps était si proche du mien que j'imaginais presque sa puissance virile plaquée contre moi. À cet instant, je ne désirais rien tant que de l'attirer dans les toilettes des femmes et le laisser me prendre violemment contre le mur.

La poigne de Braden se resserra, ses yeux s'assombrirent, et je sus… qu'il me voulait lui aussi.

— Parfait, murmura-t-il. (Sa voix avait une saveur inquiétante, ses mots rebondirent sur ma bouche tant il était proche.) C'est dans mes cordes. Si tu arrives à faire semblant, je devrais y parvenir moi aussi.

Je retirai hâtivement ma main, tentant de ne pas trembler en m'emparant des verres restants. Braden récupéra ceux qu'il avait reposés en me proposant cette satanée poignée de main. Je détestais admettre qu'il avait raison. Notre attirance était physique. Je n'avais jamais rien connu de pareil.

Ce qui faisait de Braden Carmichael un être extrêmement dangereux à mes yeux.

Il fallait impérativement que je simule. Je lui décochai un sourire insouciant.

— Je ne fais pas semblant.

Je m'éloignai avant qu'il puisse répondre, soulagée qu'une cloison nous ait protégés à la vue des autres durant notre conversation. J'aurais été mortifiée que quiconque en soit témoin.

Braden reprit place près de Holly, lui tendit son verre, ainsi qu'à Adam. Nos yeux se croisèrent un court instant, et il me fit un sourire faussement poli avant de se rencogner dans son siège en glissant le bras derrière le dossier de Holly. Cette dernière lui sourit et posa sa main manucurée sur sa cuisse.

— Bébé, j'étais justement en train de parler à Ellie de cette robe Gucci que j'ai vue sur Internet. Je me disais que tu pourrais m'emmener à Glasgow pour l'essayer. Elle te plairait. Elle en vaut la peine.

Elle battit de ses faux cils dans sa direction.

Nul n'eut besoin de m'expliquer qui la financerait.

Dégoûtée, je repoussai mon verre et tentai d'oublier leur présence. Malheureusement, Holly n'était pas du genre à se faire oublier.

— Alors, Josh, comment fais-tu pour te payer le merveilleux appartement que tu partages avec Ellie ?

Tous les yeux se braquèrent sur moi.

— C'est Joss, en fait.

Elle répondit d'un haussement d'épaules et étrécit les paupières, amusée. Je me demandai soudain si elle avait surpris les œillades que Braden et moi avions partagées.

Merde.

— Alors ? insista-t-elle d'un ton légèrement agressif.

Elle les avait bel et bien surprises.

— Mes parents.

Je bus une gorgée et me tournai vers Jenna pour m'enquérir de son temps partiel dans l'industrie du tourisme écossais.

La voix de Holly interrompit ma question :

— Qu'est-ce que tu entends par « tes parents » ?

Mais ferme-la, nunuche ! Je la contemplai en dissimulant mon exaspération.

— Leur argent.

— Oh. (Elle fronça le nez comme si elle venait de sentir une odeur vraiment nauséabonde.) Tu vis donc aux crochets de tes parents ? À ton âge ?

Non, elle n'avait pas dit ça… Je pris une nouvelle lampée et lui adressai un sourire menaçant, du genre « Ne joue pas à ça avec moi, ma chérie, tu n'en sortiras pas gagnante ».

Elle ne tint aucun compte de mon avertissement silencieux.

— Et donc, ce sont eux qui paient tout ? Tu ne te sens pas un peu coupable ?

Chaque putain de jour que Dieu fait.

— Tu as acheté ces Louboutin avec ton argent... ou avec celui de Braden ?

Ellie ravala son éclat de rire, étouffant son gloussement dans son verre. Je lui tapai dans le dos pour crédibiliser sa petite comédie. Quand je reposai les yeux sur Holly, elle me fusillait littéralement du regard, la figure écarlate jusqu'à la racine des cheveux.

Un partout, la balle au centre. Question éludée. Pétasse pourrie gâtée remise à sa place.

— Alors comme ça, on peut se marier à Stirling Castle, hein ? (Je pivotai face à Jenna pour reprendre notre conversation.) Je ne l'ai visité qu'une fois, mais c'est un endroit magnifique.

5

Deux soirs plus tard, je faisais trempette dans ma baignoire après une session de muscu éprouvante quand j'entendis Ellie pousser un cri de joie. Je me tournai vers la porte en haussant un sourcil, et ne fus pas surprise d'entendre frapper deux secondes plus tard.

— Je peux entrer ? s'enquit-elle en riant.

À l'évidence, la nouvelle qu'elle avait reçue ne pouvait pas attendre. Je m'assurai d'être suffisamment recouverte de mousse.

— Bien sûr, répliquai-je alors.

Le battant pivota, et Ellie se glissa à l'intérieur avec un verre de vin dans chaque main et une expression béate sur le visage. Je la délestai d'un verre et fus contaminée par son sourire.

— Qu'est-ce qui se passe ?

— Eh bien… (elle rayonnait littéralement)… après six mois horribles, Braden a fini par larguer Holly.

Je ricanai dans mon vin, malgré mon ventre qui se noua instantanément.

— C'est ça, ta nouvelle si excitante ?

Ellie me contempla comme si je venais de proférer une insanité.

— Bien sûr ! C'est la meilleure nouvelle du siècle. Holly était la pire d'entre toutes. Tu sais, je crois que la soirée au bar lui a été fatale. Braden était mort de honte. Il était plus que temps qu'il se débarrasse de cette plaie égocentrique, bipolaire et dépensière.

J'acquiesçai en repensant au flirt éhonté auquel il s'était adonné avec moi.

— Ouais, il aurait sans doute fini par la tromper de toute façon.

Toute trace de joie disparut soudain du visage d'Ellie, qui me toisa méchamment. J'arquai un sourcil surpris.

— Braden ne ferait jamais un truc pareil.

Elle le tenait vraiment en haute estime. J'inclinai la tête en arborant un rictus cynique, ce qui devait me conférer un air de tête à claques condescendante.

— Je t'en prie, Ellie. Il flirte avec tout ce qui bouge.

Elle m'examina un instant, puis s'adossa au mur carrelé sans se soucier de la buée qui le recouvrait et qui devait inonder le dos de son chemisier. Sa jubilation avait vraisemblablement succombé à mon négativisme.

— Il y a une chose que tu dois savoir à son sujet. Il ne tromperait jamais personne. Il est loin d'être parfait, j'en suis bien consciente. Mais disons qu'il ne se montrerait jamais aussi cruel ou malhonnête envers quiconque. Chaque fois qu'il s'est épris d'une autre alors qu'il était en couple, il a fait preuve d'une grande honnêteté et a rompu avant de démarrer autre chose. Je ne dis pas que c'est un comportement exemplaire, mais au moins, c'est honnête.

Intriguée par son côté catégorique, j'avalai une gorgée de vin avant de demander :

— Est-ce que quelqu'un l'a déjà trompé ?

Elle m'adressa un sourire triste.

— Ce n'est pas à moi de te répondre.

Waouh. Si même Ellie ne voulait pas en parler, c'est que Braden avait vraiment dû souffrir.

— Disons que c'est un coureur. Il est parfaitement monogame, bien qu'il passe d'une relation à une autre. Holly a duré plus longtemps que la plupart d'entre elles. Je pense que c'est parce qu'elle partait régulièrement dans le Sud. (Ellie m'examina d'un air taquin, presque entendu.) Je me demande bien quelle fille a pu retenir son attention, cette fois.

Je l'étudiai avec soin. Était-elle au courant ? Avait-elle perçu l'étincelle entre nous ?

— Et je me demande si c'est celle qui lui remettra les pieds sur terre. Il a bien besoin qu'on le bouscule un peu.

Je marmonnai une réponse incohérente, refusant d'alimenter ses soupçons à mon égard.

— Désolée de t'avoir dérangée pendant ton bain.

— Non, pas de problème. (Je brandis mon verre vers elle.) Tu m'as apporté du vin. On est quittes.

— Tu as déjà trompé quelqu'un ?

Waouh. Ça avait le mérite d'être direct.

— Alors ?

S'agissait-il d'un entretien prénuptial ?

Je la regardai droit dans les yeux afin qu'elle comprenne que j'étais on ne peut plus sérieuse et répliquai avec sincérité, faisant confiance à Ellie pour ne pas me pousser dans mes retranchements :

— Je n'ai jamais été assez proche de quelqu'un pour que la question se pose. (Ma réponse parut la démonter, ce qui semblait confirmer ma théorie selon laquelle elle envisageait quelque romance entre Braden et moi.) Je n'aime pas les relations durables, Ellie. Je n'ai pas ça dans le sang.

Elle acquiesça, légèrement perdue.

— J'espère pour toi que cela changera.

Jamais.

— Peut-être.

— Bon, je te laisse à ton bain. Oh. (Elle s'arrêta et se retourna vers moi.) Ma mère prépare chaque dimanche un gros rôti pour toute la famille. Tu es invitée, cette semaine.

Une soudaine vague de froid s'abattit sur moi, et je frissonnais. Je n'avais plus participé à une réunion de famille depuis le lycée.

— Oh, je ne voudrais pas m'imposer.

— Tu ne t'imposes pas. Et je ne t'autorise pas à refuser.

J'arborai un sourire timide et vidai mon verre d'une traite dès qu'elle eut fermé la porte. En sentant l'alcool me réchauffer, je priai pour un miracle qui me permettrait d'échapper à cette grand-messe dominicale.

Le vendredi soir, j'étais en retard pour le travail. Ellie avait décidé de préparer le dîner, qui s'était révélé être un désastre sans nom. Nous avions donc décidé d'aller manger dehors, et avions perdu la notion du temps en discutant longuement sur nos travaux respectifs – ses recherches et mon roman. Ellie était rentrée se coucher à cause d'une migraine subite, et j'avais couru jusqu'au bar. En passant devant le comptoir pour rejoindre la salle du personnel, j'adressai à Jo un regard d'excuse. J'étais en train de fourrer mes affaires dans mon casier quand mon portable se mit à sonner.

C'était Rhian.

— Salut, ma belle, je peux te rappeler pendant ma pause ? Je suis déjà en retard.

Rhian renifla à l'autre bout du fil.

— D'accord.

Mon cœur s'arrêta de battre. Rhian était-elle en train de pleurer ? Elle ne pleurait jamais. *Nous* ne pleurions jamais.

— Rhian, qu'est-ce qui se passe ?

Le sang me battait aux tempes.

— J'ai rompu avec James.

Sa voix se brisa en même temps que mes certitudes. J'imaginais leur couple solide. Indestructible.

Merde.

— Qu'est-ce qui s'est passé ?

Bon sang, l'avait-il trompé ?

— Il m'a demandée en mariage.

Un long silence s'installa entre nous, le temps que j'assimile l'information.

— Il t'a demandée en mariage, et donc tu l'as largué ?

— Bien sûr.

Quelque chose m'échappait.

— Je ne comprends pas.

Elle grogna. Littéralement.

— Comment se fait-il que toi, plus que n'importe qui d'autre, n'arrive pas à comprendre, Joss ? C'est précisément pour ça que je t'appelle ! Putain, toi, tu es vraiment censée piger !

— Eh bien, non, alors arrête de me hurler dessus, rétorquai-je en ressentant un pincement au cœur pour ce pauvre James.

Il adorait Rhian. Sa vie entière tournait autour d'elle.

— Je ne peux pas l'épouser, Joss. Je ne peux pas épouser qui que ce soit. Le mariage vient toujours tout gâcher.

J'eus soudain un éclair de lucidité. Nous venions de mettre un pied dans la zone interdite. Il était question des parents de Rhian. Je savais qu'ils étaient divorcés, mais rien de plus. Si mon amie avait décidé de tourner le dos à James, l'histoire devait être bien pire, bien plus complexe.

— James n'est pas ton père. Vous n'êtes pas tes parents. Il t'aime.

— Putain, Joss ! Qui êtes-vous et qu'avez-vous fait de mon amie ?

Je marquai une pause. Peut-être que je passais effectivement trop de temps avec Ellie. Elle déteignait sur moi.

— Désolée, maugréai-je.

Rhian poussa un soupir de soulagement.

— Donc tu penses que j'ai fait ce qu'il fallait.

— Non, répliquai-je en toute honnêteté. Je crois que tu as la trouille, mais de trouillarde à trouillarde, je sais que personne ne pourra te faire changer d'avis.

Nous demeurâmes silencieuses, nous contentant chacune d'écouter la respiration de l'autre, sentant ce lien qui nous unissait, ce soulagement de savoir qu'il existait une autre personne au monde aussi dérangée que nous.

— Tu as déjà envisagé les conséquences, Rhian ? finis-je par murmurer. C'est-à-dire imaginé James avec une autre fille ?

Elle me répondit par un bruit étouffé. Mon cœur se serra.

— Rhian ?

— Il faut que j'y aille.

Elle raccrocha. Et d'une façon ou d'une autre, je compris qu'elle raccrochait pour pleurer. Nous ne pleurions jamais.

Prise d'un accès de mélancolie, je lui envoyai un texto lui conseillant de bien y réfléchir et de ne pas prendre de décision hâtive. Pour une fois, je regrettais d'être aussi déglinguée, d'être incapable de tomber amoureuse et d'offrir à Rhian cette épaule forte à laquelle se raccrocher ou de lui donner l'exemple. Au lieu de quoi, je servais d'alibi à son attitude irrationnelle. Je l'avais involontairement encouragée dans cette voie.

— Joss ?

Je levai les yeux vers Craig.

— Ouais ?

— Un coup de main, s'il te plaît ?

— Oui, bien sûr.

— Ça te dit une petite baise après le boulot ?

— Non, Craig.

Je secouai la tête et le suivis hors de la pièce, trop déprimée pour plaisanter.

Le dimanche arriva sans crier gare ; j'étais tellement préoccupée par mon livre et par Rhian – qui ne cessait de filtrer mes appels –, et si terrifiée à l'idée d'appeler James, craignant de sentir mon cœur se briser de nouveau en le découvrant complètement dévasté, que je n'eus pas le moindre début d'occasion de réfléchir à une excuse pour éviter le repas de famille d'Ellie.

Nous nous retrouvâmes donc toutes deux dans un taxi ; j'avais enfilé mon short Topshop et un magnifique caraco en soie couleur olive pour célébrer la présence d'un soleil radieux. Nous prîmes la route de Stockbridge et arrivâmes à peine cinq minutes plus tard devant un appartement qui ressemblait énormément au nôtre.

Je ne fus donc pas surprise de découvrir un intérieur similaire, avec des pièces immenses, de hauts plafonds et un confortable désordre qui n'était pas sans me rappeler celui de ma colocataire. Au moins, je savais d'où elle tenait ça.

Élodie Nichols m'accueillit à la française, en m'embrassant sur les deux joues. À l'instar de sa fille, elle était grande, belle et délicate. Bizarrement, je m'attendais à ce qu'elle ait un accent, alors qu'Ellie m'avait prévenue qu'elle s'était installée en Écosse à l'âge de quatre ans.

— Ellie m'a tant parlé de toi. Elle m'a dit que vous étiez rapidement devenues amies. Je suis tellement contente. J'étais un peu inquiète quand elle m'a annoncé vouloir prendre une colocataire, mais tout s'est bien passé.

J'eus l'impression d'avoir à nouveau quinze ans. Élodie avait une façon très maternelle de s'adresser à moi.

— Oui, en effet, répondis-je d'un ton avenant. Ellie est géniale.

Élodie rayonna, ce qui lui fit perdre vingt ans et ressembler énormément à sa fille.

Puis on me présenta Clark, une sorte de type quelconque aux cheveux bruns et au sourire agréable.

— Ellie nous a dit que vous étiez auteur ?

J'adressai à mon amie un sourire empreint d'ironie. C'est ce qu'elle répétait à tout le monde.

— J'essaie de le devenir.

— Et qu'est-ce que vous écrivez ? s'enquit Clark en me tendant un verre de vin.

Nous nous étions rassemblés dans le salon tandis qu'Élodie allait surveiller la cuisson en cuisine.

— De la fantasy. Je travaille sur une série.

Les yeux de Clark s'écarquillèrent légèrement derrière ses lunettes.

— J'adore la fantasy. Vous savez, je serais ravi de lire votre manuscrit avant que vous l'envoyiez à un éditeur.

— Vous voulez dire en tant que premier lecteur ?

— Oui. Si ça peut vous aider ?

Me rappelant que Clark enseignait à l'université et avait l'habitude de noter des copies, je fus secrètement très heureuse de sa proposition. Je lui souris avec reconnaissance.

— Ça serait super. Ça me rendrait un grand service. Cependant, je suis encore loin d'avoir fini.

— Eh bien, le moment venu, n'hésitez pas.

Mon sourire s'élargit.

— Entendu. Merci.

Je commençais tout juste à me dire que j'allais peut-être survivre à cette réunion de famille quand j'entendis des rires d'enfants.

— Papa !

La voix d'un jeune garçon retentit depuis l'autre bout du couloir, puis son propriétaire se présenta dans l'embrasure de la porte. Il courut jusqu'à Clark, pétillant d'excitation. Je devinai qu'il s'agissait de Declan, le demi-frère de dix ans.

— Papa, regarde ce que Braden m'a acheté !

Il brandit une Nintendo DS et deux jeux sous le nez de son père. Ce dernier les contempla en souriant.

— C'est celle que tu voulais ?

— Ouais, c'est le dernier modèle.

Clark leva les yeux en faisant claquer sa langue d'un air faussement désapprobateur.

— Son anniversaire n'est que dans une semaine. Tu le gâtes trop.

Je me retournai subitement, et mes paumes devinrent moites dès que j'aperçus Braden, la main posée sur l'épaule d'une sorte d'Ellie miniature. L'adolescente était collée à lui ; sa frange épaisse et ses cheveux courts étaient étonnamment seyants pour une fille de son âge. Je ne m'attardai toutefois pas longtemps sur celle qui devait être Hannah. Non, mes yeux remontèrent d'eux-mêmes vers Braden pour le dévorer tout entier.

Une vague de désir déferla dans mes veines.

Il portait un jean noir et un tee-shirt gris. C'était la première fois que je le voyais en tenue décontractée, la première fois aussi que j'avais accès à ses biceps bien dessinés et à ses larges épaules.

Sentant mon entrejambe palpiter, je détournai rapidement la tête, détestant mon corps de réagir ainsi.

— Je sais, répondit Braden. Mais je ne voulais pas passer un dimanche de plus à entendre Dec me casser les oreilles avec cette fichue console.

L'intéressé se contenta de ricaner, son regard triomphal se posant alors sur son écran tandis qu'il s'avachissait au pied de son père pour commencer une partie de Super Mario Bros.

— Regardez ce que j'ai eu.

Hannah exhiba quelque chose qui ressemblait à une carte de crédit. J'espérais sincèrement que ça n'en était pas une.

Clark loucha dessus.

— C'est quoi ?

Le visage de sa fille s'illumina.

— Une énorme carte-cadeau pour la librairie !

— Super. (Ellie lui rendit son sourire et écarta les bras pour l'embrasser.) Qu'est-ce que tu vas acheter ?

Sa petite sœur se précipita vers elle et se glissa sous son bras tout en prenant place sur le canapé. Hannah m'adressa un sourire timide avant de répondre à Ellie.

— Il y a une nouvelle série sur les vampires qui m'intéresse...

— Hannah dévore littéralement les bouquins, expliqua une voix profonde juste au-dessus de ma tête.

Je pivotai et découvris Braden, debout derrière moi, me contemplant avec un sourire parfaitement amical. Bien que légèrement déconcertée par son changement d'attitude, je lui souris moi aussi.

— Je vois.

Une volée de papillons décolla dans mon ventre, et je tressaillis intérieurement en arrachant mon regard au sien. Je n'avais jamais imaginé que Braden serait là pour ce déjeuner ; pourtant, Ellie m'avait bien dit qu'il faisait partie intégrante de la famille.

— Vous avez remercié Braden ? s'inquiéta brusquement Clark.

Cela eut le mérite de reporter mon attention vers les enfants, au détriment du sexe sur pattes debout à côté de moi.

Deux « oui » bredouillés répondirent à cette question.

— Hannah, Dec, voici ma colocataire, Joss, dit Ellie pour faire les présentations.

Je leur souris à tous deux.

— Salut.

Hannah me fit un petit coucou de la main. Ma poitrine se serra légèrement tant elle était adorable.

— Salut.

Je fis à mon tour un signe.

— Tu aimes la Nintendo ? demanda Declan avec un air inquisiteur.

Je compris que de ma réponse dépendrait l'avenir de notre relation.

— Oh, ouais. Mario et moi, c'est une longue histoire.

Il eut un sourire impertinent.

— Il est trop cool, ton accent.

— Le tien aussi.

Cela parut lui plaire, et il s'en retourna illico à son jeu. J'estimai avoir réussi l'examen d'entrée.

Clark lui tapota la tête.

— Fiston, coupe le son, s'il te plaît.

La musique familière de Mario s'évanouit presque immédiatement, et je décrétai que ces enfants me plaisaient bien. Braden les gâtait sans doute et, à en juger par leur appartement, ils ne devaient manquer de rien, mais étaient tout aussi bien élevés qu'Ellie.

— Braden ! (Élodie débarqua, radieuse, dans la pièce.) Je ne t'ai pas entendu entrer.

Braden l'étreignit affectueusement.

— Est-ce que Clark t'a servi à boire ?

— Non, mais je vais me chercher quelque chose.

— Oh non, ne bouge pas, intervint l'intéressé en se levant. Une blonde ?

— Oui, merci, ce serait parfait.

— Assieds-toi. (Élodie le força à s'installer dans le fauteuil à ma droite tandis que son mari quittait la pièce. Elle se jucha sur l'accoudoir et repoussa la mèche de cheveux qui tombait sur le front de Braden.) Comment vas-tu ? Il paraît que Holly et toi avez rompu ?

Je n'avais jamais imaginé que Braden puisse aimer se faire dorloter, pourtant il semblait ravi de l'attention que lui portait Élodie. Il lui embrassa tendrement le revers de la main.

— Tout va bien, Élodie. Nos routes se sont séparées, voilà tout.

— Mmm, répondit-elle avec un froncement de sourcils. (Puis, comme si elle venait de se souvenir de ma présence, elle se tourna vers moi.) Tu as déjà rencontré Joss, n'est-ce pas ?

Il opina tandis qu'un sourire discret, presque secret, venait orner le coin de sa bouche. Cela demeurait amical, sans rien de sexuel, et je n'arrivais pas à déterminer si je devais m'en sentir heureuse ou déçue. Saloperies d'hormones.

— Ouais, Jocelyn et moi nous connaissons.

Je sentis mon front se plisser. Pourquoi persistait-il à m'appeler Jocelyn ?

Le retour de Clark mit un terme à ma réflexion, et la discussion reprit de plus belle. Je fis de mon mieux pour répondre aux questions et les retourner ; cependant, je devais rendre grâce à Ellie. Celle-ci vint à ma rescousse quand sa mère commença à m'interroger sur mes parents, en détournant chaque fois la conversation. Elle m'évita ainsi de faire preuve d'une grande impolitesse. Je poussai un soupir de soulagement. Je ne m'en sortais pas trop mal. Je parvins même à échanger quelques paroles amicales et dénuées de sous-entendus avec Braden.

Puis nous passâmes à la salle à manger pour déjeuner.

Tous ces rires, ces voix, ces bruits alors que nous nous servions de pommes de terre et de légumes pour agrémenter les généreuses portions de poulet rôti qui emplissaient déjà nos assiettes... Tandis que je me servais en jus, leurs bavardages, leur affection, la normalité ambiante firent resurgir des souvenirs profondément enfouis...

— J'ai invité Mitch et Arlene à déjeuner, dit ma mère en rajoutant des couverts.

Dru mangeait à la maison, puisqu'on préparait un exposé ensemble, et mon père installait la petite Beth dans sa chaise haute.

Papa soupira.

— Heureusement que j'ai fait la dose de chili, Mitch va sans doute encore tout engloutir.

— Sois gentil, le réprimanda maman avec un léger sourire. Ils seront là d'une minute à l'autre.

— C'était juste un constat. Il a un bon coup de fourchette.

Dru gloussa à côté de moi en lui adressant un regard d'adoration. Son père n'était jamais à la maison, elle voyait donc le mien comme une sorte de Superman.

— Alors, comment avance votre exposé ? s'enquit maman en nous servant un verre de jus d'orange.

Je décochai à Dru un sourire entendu. Nous n'avions pas progressé d'un pouce. Nous avions passé la dernière heure à discuter de Kyle Ramsey et Jude Jeffrey. Nous ricanions comme des bécasses en prononçant des « Juuuude » langoureux.

Ma mère sourit en comprenant notre amusement.

— Je vois.

— Salut, voisins ! s'exclama une voix chaleureuse.

Mitch et Arlene avaient l'habitude d'entrer sans frapper par la porte-fenêtre. Ça ne nous dérangeait pas, puisqu'ils habitaient vraiment à deux pas de chez nous. Ma mère adorait leur grande décontraction. Mon père ? Beaucoup moins.

Après une interminable cérémonie d'accueil – Mitch et Arlene étaient incapables de se contenter d'un seul bonjour –, nous nous installâmes finalement à la table de la cuisine, autour du célèbre chili de papa.

— Pourquoi tu ne me fais jamais à manger ? se plaignit Arlene à son mari après avoir gémi de façon légèrement inconvenante en avalant sa première bouchée.

— Tu ne me le demandes jamais.

— Je parie que Sarah ne le demande jamais à Luke. Hein, Sarah ?

Ma mère implora silencieusement mon père de lui venir en aide.

— Euh…

— Oui, c'est bien ce que je pensais.

— Papa, Beth a renversé son verre, déclarai-je en désignant le sol.

Comme il était le plus près, il se pencha pour le ramasser.

— Mon père ne cuisine jamais, intervint Dru pour rassurer Arlene.

— Tu vois ? marmonna Mitch par-dessus sa fourchette. Je ne suis pas le seul.

Arlene se rembrunit.

— Comment ça, « tu vois » ? Comme si le fait qu'un autre homme ne cuisine pas pour sa femme justifiait que tu ne le fasses pas non plus.

Mitch avala sa bouchée.

— Comme tu veux. Je vais cuisiner.

— Tu sais faire ? demanda maman à mi-voix, et j'entendis papa s'étouffer sur sa bouchée.

Je dissimulai mon gloussement en buvant une gorgée de jus d'orange.

— Non.

Un silence se fit autour de la table, durant lequel nous nous dévisageâmes avant de tous nous esclaffer. Cela fit peur à Beth qui, d'un geste maladroit, fit à nouveau tomber son verre. Les éclats de rire redoublèrent…

Cette scène fut suivie par une autre, lors d'un repas de Noël. Puis de Thanksgiving. Puis vint mon treizième anniversaire...

Tous ces souvenirs déclenchèrent en moi une crise d'angoisse.

D'abord, la tête me tourna, et je reposai rapidement la fourchette dégoulinante de jus que je tenais entre mes doigts tremblants. Mon visage se mit à me picoter, et je fus parcourue d'une soudaine sueur froide. Mon cœur battait si fort contre ma poitrine que je craignis qu'elle n'explose. Elle se comprima alors, et je dus lutter pour chaque inspiration.

— Jocelyn ?

Le souffle court, je cherchai de mes yeux paniqués d'où provenait la voix.

Braden.

Il lâcha ses couverts et se pencha vers moi, le front barré d'un pli soucieux.

— Jocelyn ?

Il fallait que je sorte d'ici.

J'avais besoin d'air.

— Jocelyn... bon sang, murmura Braden en quittant rapidement la table pour voler à mon secours.

Je bondis alors de ma chaise et tendis les bras pour l'arrêter. Sans un mot, je tournai les talons et quittai la pièce en courant, me précipitant vers la salle de bains, où je m'enfermai.

J'appuyai mes mains tremblantes sur le rebord de la fenêtre, soulagée de sentir enfin un courant d'air, même chaud. Sachant que je devais impérativement recouvrer mon calme, je m'efforçai de ralentir ma respiration.

Quelques minutes plus tard, je retrouvai la maîtrise de mon corps et de mon esprit. Je me laissai glisser sur la cuvette des toilettes, les jambes en coton. Je me sentais complètement éreintée. Une deuxième crise d'angoisse.

Génial.

— Jocelyn ?

La voix de Braden me parvint à travers la porte.

Je fermai les paupières pour la chasser, me demandant déjà comment j'allais pouvoir me justifier. Un profond embarras empourpra mes joues.

Je croyais avoir surmonté ça. Cela faisait huit ans. J'aurais dû avoir tourné la page.

En entendant le battant pivoter, j'entrouvris les yeux et vis un Braden plus qu'inquiet entrer dans la pièce et refermer derrière lui. Je me demandai brièvement pourquoi ce n'était pas Ellie qui était venue aux nouvelles. Constatant que je ne disais rien, il s'accroupit devant moi afin de se mettre à ma hauteur. Mes yeux examinèrent son visage parfait et, pour une fois, je regrettais de m'imposer toutes ces foutues règles. Pas de relation et pas de coup d'un soir avec des gars que je connaissais à peine. Braden était donc hors jeu, ce qui était fort dommage car j'avais la ferme impression qu'il pourrait bien arriver à tout me faire oublier pendant quelques minutes.

Nous nous examinâmes sans un mot pendant près d'une éternité. Je m'attendais à une avalanche de questions puisqu'il devait être évident, au moins pour les adultes, que j'avais eu une crise. Ils se demandaient sans doute pourquoi, et je ne tenais vraiment pas à retourner auprès d'eux.

— Ça va mieux ? finit par s'enquérir Braden.

Attendez une seconde. C'était quoi, ça ? Pas un semblant d'inquisition ?

— Ouais.

Non, pas franchement.

Il dut interpréter correctement mon expression, car il inclina la tête de côté, le regard pensif.

— Inutile de t'expliquer.

Je me fendis d'un sourire sans humour.

— Alors je préfère te laisser me prendre pour une dingue.

Il me sourit à son tour.

— Je le savais déjà. (Il se releva et me tendit la main.) Allez, viens.

Je considérai avec hésitation la proposition.

— Je crois que je devrais rentrer.

— Et moi je crois que tu devrais profiter d'un bon repas avec de bons amis.

Je pensai à Ellie et à l'accueil fantastique qu'elle m'avait réservé. Il aurait été insultant de quitter sans un mot le déjeuner de sa mère, et je ne voulais rien faire qui risquerait de la fâcher.

Je finis par saisir la main de Braden et le laissai me remettre debout.

— Qu'est-ce que je vais bien pouvoir raconter ?

Inutile de prendre un air assuré et décontracté désormais. Il m'avait déjà vue dans mon état le plus vulnérable. Deux fois.

— Rien, m'assura-t-il. Pas la peine de te justifier auprès de qui que ce soit.

Son sourire était avenant. Je n'arrivais pas à savoir si je préférais celui-ci ou le sourire pervers.

— D'accord.

J'inspirai profondément et le suivis jusqu'à la salle à manger. Il ne me lâcha pas la main jusqu'à ce que nous y soyons, et je refusai d'admettre l'existence de cette pointe de désespoir quand il me libéra enfin.

— Tout va bien, ma puce ? s'inquiéta Élodie.

— Elle a dû faire une petite insolation, la rassura Braden. Elle est restée trop longtemps dehors ce matin.

— Oh. (Elle me gratifia de son air de maman inquiète.) J'espère au moins que tu avais mis de la crème.

J'opinai en me glissant sur ma chaise.

— J'aurais dû prendre un chapeau.

Alors que la conversation reprenait son cours et que la tension se dissipait, je fis mine de ne pas remarquer les œillades suspicieuses d'Ellie et remerciai Braden d'un sourire.

6

À la fin du repas, l'ambiance était un peu plus détendue, même s'il me tardait d'être de retour chez moi pour me retrouver seule. Résolue à ne plus me laisser prendre de court, j'érigeai de nouveau la barrière mentale isolant mes souvenirs et m'efforçai de profiter au mieux de la compagnie des Nichols. Ça n'avait rien de compliqué : il était difficile de ne pas les apprécier.

Braden et Ellie réduisirent à néant mes projets de solitude. Ils avaient prévu de retrouver Adam pour boire quelques verres, et Ellie m'interdit de les abandonner, comme si elle avait deviné que je voulais rentrer pour broyer du noir.

Après avoir fait mes adieux aux Nichols, non sans avoir promis à Élodie de revenir, nous hélâmes un taxi qui nous ramènerait à l'appartement le temps que je récupère mon sac à main. Je n'avais apporté que mon téléphone, et je refusais que quiconque – c'est-à-dire Braden – m'offre mes boissons ce soir-là. Moins j'aurais de dettes à son égard, mieux je me porterais.

En arrivant sur Dublin Street, la grande silhouette dégingandée assise sur notre perron me comprima douloureusement la poitrine. Le cœur battant, je bondis la première hors du taxi pour rejoindre James, qui se leva alors, son sac marin gisant à ses pieds. De grands cernes noirs soulignaient ses yeux ; il avait les traits tirés et le visage blême, la bouche plissée de colère et de chagrin.

— Dis-moi juste une chose : l'as-tu poussée à me quitter ?

Désarçonnée par cette fureur qui m'était destinée, je secouai la tête d'un air hébété tout en avançant vers lui d'un pas hésitant.

— James, non.

Il pointa un doigt sur moi, un rictus amer déformant ses lèvres.

— Vous êtes aussi timbrées l'une que l'autre... Tu as forcément joué un rôle dans l'histoire.

— Hé ! (Braden vint se poster devant moi, s'adressant à James d'un ton calme, mais intimidant.) Laisse-la.

— Braden, tout va bien. (Je me tournai vers Ellie, qui nous surveillait à quelque distance. Je l'implorai silencieusement d'éloigner son frère.) Allez-y sans moi.

— Je ne crois pas, non.

Braden secoua la tête, sans jamais quitter James du regard.

— S'il te plaît.

— Braden. (Ellie le tira doucement par le coude.) Viens. Laissons-les un peu seuls.

Profondément contrarié, Braden s'empara de mon téléphone et commença à pianoter dessus.

— Qu'est-ce... ?

Il me le déposa dans la paume puis referma mes doigts autour.

— Maintenant, tu as mon numéro. Appelle-moi, si besoin. D'accord ?

J'acquiesçai. Alors qu'Ellie entraînait son frère à l'écart, j'observai mon portable. Braden était-il aux petits soins pour moi ? Était-il inquiet ? Je lui lançai un coup d'œil par-dessus mon épaule. Je ne parvenais pas à me souvenir de la dernière fois qu'on avait fait une chose pareille pour moi. Ce n'était presque rien, pourtant…

— Joss ?

La voix impatiente de James me ramena à la réalité. Je poussai un profond soupir, épuisée mais consciente que cette affaire ne pouvait pas attendre.

— Entre.

Quand nous fûmes installés au salon avec une tasse de café, je ne perdis pas de temps en préambule.

— J'ai dit à Rhian que je pensais qu'elle faisait une erreur. Je ne l'aurais jamais incitée à te quitter. Tu es la meilleure chose qui lui soit arrivée.

Il secoua la tête, les yeux dans le vague.

— Je suis désolé, Joss. Pour ce que je t'ai dit tout à l'heure. C'est juste que… j'ai du mal à respirer. Ça me paraît tellement surréaliste, tu comprends ?

Désemparée, je me penchai vers lui et lui frottai l'épaule pour le réconforter.

— Peut-être qu'elle finira par changer d'avis.

— Je pensais qu'elle en avait fini avec ses conneries, poursuivit-il comme si je ne l'avais pas interrompu. Tout ça à cause de ses parents… Tu es au courant, pas vrai ?

— Plus ou moins. Pas complètement. On ne parle pas de ce genre de choses.

Il me scruta avec une forme d'incrédulité.

— Vous êtes censées être meilleures amies, et pourtant j'ai parfois l'impression que vous vous faites plus de mal que de bien.

— James…

— La mère de Rhian adorait son mari. Pourtant, c'était un sale con alcoolique et cinglé, mais cette salope l'aimait davantage que leur fille. Lui les tabassait sans arrêt toutes les deux. Malgré ça, la mère de Rhian retournait toujours vers lui. Finalement, il a mis les voiles, a demandé le divorce et refait sa vie. Son ex a tout mis sur le dos de Rhian. Elle disait que c'était une pauvre tarée qui finirait comme son père. Pendant des années, elle a seriné à Rhian que, comme son vieux, elle n'était qu'un désastre en devenir. Et Rhian le pense encore.

» Tu sais que sa mère a fait deux tentatives de suicide ? Cette grosse vache égoïste a été retrouvée par sa fille. Les deux fois. Et maintenant, Rhian pense que c'est *elle* qui va m'infliger ce que son père a infligé à sa mère. Je n'arrive pas à la raisonner. Putain, elle ne boit même pas. Tout ça, c'est dans sa tête. J'ai cru qu'on n'en était plus là, Joss. Quand c'est devenu sérieux entre nous, il y a des siècles de ça, on en a longuement discuté, et je pensais que c'était rentré dans l'ordre. C'est pour ça que je l'ai demandée en mariage. (Il baissa la tête dans l'espoir de dissimuler les larmes qui lui montaient aux yeux.) Je n'arrive pas à croire ce qui se passe.

Sous l'emprise de la colère, il donna un coup de pied dans la table basse, et je ne cillai même pas.

Je ne pensais qu'à Rhian. Comment avais-je pu être sa meilleure amie pendant quatre ans en ignorant tout de cela ? C'était encore bien plus tordu que je ne l'avais envisagé. Bien sûr, elle ne savait rien non plus de mon passé. Je me demandai soudain si James n'avait pas raison. Comment pouvions-nous espérer nous conseiller mutuellement sans rien savoir des démons qui habitaient l'autre ?

Puis je me rendis compte, en observant James pleurer la femme qu'il aimait, que Rhian était bien moins tordue que moi. Elle avait parlé de ses problèmes à James parce qu'elle lui faisait confiance, et ils les avaient résolus ensemble. Enfin, presque.

Néanmoins, c'était un pas de géant dans la bonne direction.

— Joss. (Le ton de James était désormais suppliant.) Parle-lui, s'il te plaît. Toi, au moins, elle t'écoute. Elle pense que si tu es heureuse toute seule, elle pourra l'être également.

Heureuse ? Je n'étais pas heureuse. Juste en sécurité.

Je soupirai longuement, hésitant sur la conduite à tenir.

— Écoute, tu peux rester ici aussi longtemps que tu veux.

Il me contempla un bon moment, d'un air complètement indéchiffrable. Puis il acquiesça.

— Je profiterais bien de ton canapé pour la nuit. Demain, je vais chez ma mère. Jusqu'à ce que tout ça soit résolu.

— D'accord.

Après quoi, nous ne dîmes plus un mot. Je trouvai une couverture dans un placard et la déposai sur le canapé avec l'un de mes oreillers. Je sentais la déception de mon ami chaque fois que je m'approchais de lui, je l'abandonnai donc dans le salon et m'enfermai dans ma chambre.

J'appelai Ellie.

— Salut, tout va bien ? me demanda-t-elle.

La musique et les bruits divers en fond sonore s'estompèrent alors qu'elle quittait le bar où elle se trouvait pour le calme relatif de la rue.

Non. Rien ne va. Loin de là.

— Ouais, ça va. J'espère que ça ne t'ennuie pas, j'ai dit à James qu'il pouvait passer la nuit sur le canapé. Il repart chez lui demain.

— Bien sûr, pas de… Quoi ? (Elle écarta la bouche du combiné pour parler à quelqu'un d'autre.) Tout va bien. Il dort sur le canapé.

Était-ce Braden ?

— Non, je t'ai dit que ça allait. Braden, elle va bien. Va-t'en. (J'entendis la fin de son soupir alors qu'elle reprenait le fil de notre conversation.) Désolée, Joss. Donc oui, pas de problème. Tu veux que je rentre à la maison ?

Tu veux que je rentre à la maison ?

Étais-je à la maison ? Et avais-je besoin d'elle ?

Je la connaissais à peine. Pourtant, à l'instar de Braden, elle s'était débrouillée pour se ménager une place dans mon existence. Épuisée par cette journée qui s'était révélée exceptionnellement riche en émotions, je secouai la tête.

— Non, Ellie, ça va, vraiment. Reste où tu es. Amuse-toi. Souviens-toi juste, en revenant, qu'il y a un type étrange qui dort sur ton canapé.

— C'est noté.

Elle raccrocha à contrecœur et je restai à contempler le mur. La tête me tournait. Pourquoi me sentais-je tellement prise au dépourvu ? Ne maîtrisant rien ? Si paniquée ?

Pourquoi le fait d'emménager à Dublin Street avait à ce point bouleversé ma vie en si peu de temps ?

Tant de choses *avaient* changé… Pas assez, visiblement. J'étais toujours seule. Cependant, je l'étais parce que je l'avais décidé. Rhian, compris-je soudain, ne me ressemblait en rien sur ce point. Elle serait incapable de survivre seule.

Je composai son numéro.

Elle décrocha juste alors que je m'apprêtais à couper la communication.

— Allô ?

Bon sang, elle avait une voix horrible.

— Rhian ?

— Qu'est-ce que tu veux, Joss ? Je dormais.

Oui, j'imaginais bien volontiers qu'elle passait ses journées au lit maintenant que James était parti. Soudain, je fus furieuse contre elle.

— Je t'appelle pour te dire que tu n'es qu'une pauvre imbécile.

— Pardon ?

— Tu as très bien entendu. Maintenant, prends ton téléphone, appelle James, et dis-lui que tu as fait une erreur.

— Va te faire foutre, Joss. Tu sais mieux que personne que je préfère être seule. Tu as bu, ou quoi ?

— Non, je suis sur mon lit pendant que ton petit ami est vautré sur mon canapé.

Elle en eut le souffle coupé.

— James est à Édimbourg ?

— Ouais, et il est dévasté. Il m'a tout raconté. Pour tes parents, pour ta mère. (Je m'attendais à une réplique cinglante, mais Rhian resta silencieuse.) Pourquoi tu ne m'as jamais rien dit ?

— Et toi, pourquoi tu ne m'as jamais parlé de *tes* parents ? contra-t-elle.

Je clignai les paupières pour chasser les larmes qui me piquaient les yeux ; elles s'écrasèrent sur la photo de famille sur ma table de chevet.

— Parce qu'ils sont morts en même temps que ma petite sœur quand j'avais quatorze ans, et qu'il n'y a pas grand-chose d'autre à ajouter.

J'ignorai si c'était vrai ou faux. En réalité, depuis mes deux crises d'angoisse, je me demandais si le fait de n'en avoir jamais parlé n'était pas le vrai problème. J'inspirai profondément puis lui avouai une chose que je n'avais encore partagée avec personne :

— Quand ils sont partis, je n'avais plus que ma meilleure amie, Dru. Et quand elle est morte l'année suivante, je n'avais plus personne. J'étais complètement seule. J'ai passé les années charnières de ma vie à prendre soin de moi. Je n'ai jamais reçu un coup de fil, personne ne prenait de mes nouvelles. Certains l'auraient peut-être fait si je les avais laissés, mais j'ai l'habitude de m'occuper de moi sans avoir à compter sur qui que ce soit.

Après plusieurs secondes durant lesquelles je n'entendis rien d'autre que les battements de mon cœur, Rhian renifla.

— Je crois que tu ne t'étais jamais autant ouverte à moi.

— Je ne m'étais jamais autant ouverte à personne.

— Tu as toujours été si réservée. Je pensais que tout allait bien, que ce n'était pas la peine qu'on s'inquiète pour toi...

Je m'affalai sur mon lit avec un profond soupir.

— Je ne t'ai pas déballé toutes ces conneries pour te culpabiliser. Je n'ai pas besoin qu'on s'inquiète pour moi. C'est justement ça, le truc. Est-ce que ça changera un jour ? Je n'en sais rien. Je n'y tiens pas. Mais Rhian, en te confiant à James ce jour-là, c'est toi qui as demandé à ce qu'on s'inquiète pour toi. Tu en avais marre d'être seule. Est-ce que ce sera dur de rester avec lui ? Oui. Est-ce qu'affronter tes peurs au quotidien sera compliqué ? Oui. Mais ce qu'il ressent pour toi... putain, Rhian... ça en vaut la peine. Et te convaincre que tu peux le plaquer pour vivre seule sous prétexte que je le suis et que je le vis très bien, c'est des conneries. Je suis seule parce que c'est comme ça. Tu es seule parce que tu l'as décidé. Et c'est vraiment une mauvaise décision.

— Joss ?

— Quoi ?

— Je suis désolée de ne pas avoir été une meilleure amie. Tu n'es pas toute seule.

Oh que si.

— Moi aussi, je suis désolée.

— James est encore là ?

— Ouais.

— Je ne veux pas rester seule. Pas alors que je pourrais être avec lui. Bon sang, c'est tellement niais.

Je secouai la tête en souriant, et le poids qui me comprimait la poitrine disparut soudain.

— Ouais, c'est effectivement niais. Mais la vérité l'est aussi, parfois.

— Je vais l'appeler.

Je souris.

— Je te laisse, alors.

Nous raccrochâmes et je restai dans le noir à écouter. Vingt minutes plus tard, j'entendis ma porte d'entrée s'entrouvrir et se refermer.

Je trouvai le salon vide. La couverture sur le canapé était proprement repliée. Un morceau de papier était posé dessus. Un mot de James.

Je t'en dois une.

J'étreignis la feuille avec force et retournai en titubant jusqu'à ma chambre pour regarder mes photos de famille. Au moins, ces dernières semaines m'avaient appris que je n'avais pas encore fait le deuil. Je devais en parler à quelqu'un. Mais contrairement à Rhian, je ne voulais pas m'en ouvrir à une personne qui pourrait s'en servir contre moi. Ma psy au lycée avait bien tenté de m'aider, mais chaque fois je m'étais refermée comme une huître. J'étais alors encore ado. Je pensais tout savoir.

Or je n'étais plus une enfant, et je ne savais pas tout. Et je voulais voir cesser ces crises d'angoisse. Je téléphonerais dès le lendemain, à la première heure.

7

— Alors, M. Mystère a disparu ?

La voix me flanqua une trouille bleue, et je renversai sur le comptoir ma cuillerée de café.

Je me retournai pour lancer à Braden un regard profondément méprisant.

— Ça ne t'arrive jamais de travailler ? Ou de frapper ?

Il était négligemment adossé à l'embrasure de la porte, me regardant préparer mon petit déjeuner.

— Je peux en avoir un ?

Il désigna la bouilloire d'un geste du menton.

— Tu le prends comment ?

— Deux sucres et du lait.

— Je m'attendais à ce que tu me dises serré.

— S'il y a quelqu'un de serré ici, c'est bien toi.

Je lui fis la grimace.

— Tu veux un café, oui ou non ?

Il grommela.

— Tu n'es pas trop du matin, on dirait.

— Je ne suis pas non plus du reste de la journée.

Je mis deux sucres dans sa tasse avec morgue.

Le rire de Braden me heurta.

— C'est vrai.

En attendant que la bouilloire fasse son office, je m'appuyai au comptoir en croisant les bras sur la poitrine. J'étais on ne peut plus consciente du fait que je n'avais pas de soutien-gorge sous mon caraco. En réalité, je n'avais jamais aussi conscience de mon corps que lorsque je me trouvais à proximité de Braden. Pour être honnête, j'avais cessé de me soucier de mon apparence depuis que mes parents et ma sœur étaient morts. Je portais ce qui me plaisait, j'avais l'allure que j'avais, et je me foutais bien de ce que les mecs pouvaient penser. Bizarrement, cela semblait jouer en ma faveur.

À présent que je me trouvais debout face à Braden, je ne pouvais plus me targuer d'une telle confiance en moi. J'étais curieuse de connaître son opinion sur ma personne. Je n'étais pas grande et maigre comme les top models qui gravitaient généralement autour de lui. Même si je n'étais pas à proprement parler petite, j'étais loin des canons de beauté. J'avais des jambes élancées et la taille fine, mais j'avais de la poitrine, des hanches et un cul bien rebondi. Mes cheveux étaient soyeux quand je me donnais la peine de les entretenir, ce qui se faisait de plus en plus rare. S'ils étaient d'une couleur indéfinie – quelque part entre le blond et le châtain –, ils étaient longs, épais et naturellement ondulés. Ils étaient cependant si lourds qu'ils avaient tendance à me gêner quand ils me tombaient sur les épaules, je ne les détachais donc que rarement. Mes yeux constituaient sans doute mon meilleur argument – c'est en tout cas ce que l'on me disait. Je les tenais de mon père. Gris clairs, avec des reflets vert-de-gris, ils n'étaient pas aussi immenses et adorables que ceux de Holly ou Ellie, mais plutôt félins, en forme d'amandes. Et particulièrement efficaces pour les regards assassins.

Non. Je n'étais ni belle, ni mignonne, ni même sexy. Je ne m'estimais pas moche non plus, bien qu'il ne me fût jamais venu à l'esprit de m'espérer extraordinaire. Avec Braden... cela m'importait. Et je détestais cela.

— Sérieux, tu n'as pas de travail ?

Il s'écarta du chambranle et se dirigea vers moi d'un pas nonchalant. Il portait encore un costume trois pièces fantastique. Quelqu'un d'aussi grand et carré que lui aurait sans doute paru moins dépareillé dans un jean et une chemise de flanelle, surtout avec ses cheveux en bataille et sa barbe de trois jours, mais bon sang, ce costard lui allait à ravir. Tandis qu'il s'approchait, mon esprit se mit à vagabonder au pays des merveilles : Braden m'embrassait, me hissait sur le comptoir, m'écartait les jambes, disparaissait en moi, plongeait sa langue dans ma bouche, refermait sa main sur mon sein, glissait l'autre entre mes cuisses...

Incroyablement excitée, je fis soudain volte-face, enjoignant silencieusement à l'eau de bouillir.

— J'ai une réunion dans une demi-heure, répliqua-t-il en saisissant la bouilloire avant moi. Je suis juste venu faire un saut pour voir si tout allait bien. Les choses avaient l'air un peu tendues hier soir, quand Ellie et moi t'avons laissée.

Je l'observai remplir nos mugs, hésitant à lui parler de James et Rhian.

— Bonjour, gazouilla Ellie en entrant dans la cuisine.

Elle n'était pas réveillée depuis longtemps, pourtant elle s'était déjà lavée et habillée. Elle avait enfilé son gilet à l'envers. Je tirais sur l'étiquette pour le lui montrer. Avec un sourire penaud, elle s'en débarrassa d'un haussement d'épaules puis le remit à l'endroit.

— Alors ? Je suis rentrée et James n'était pas sur le canapé. Il a dormi dans ta chambre ?

Braden se raidit aussitôt, et je le vis qui fronçait les sourcils. Apparemment, il n'avait pas envisagé cette possibilité. J'eus un petit sourire narquois et suffisant.

— Non. (J'étudiai Ellie un instant et, alors que mes réserves disparaissaient, je compris que, presque, si ça se trouve, plus ou moins, je lui faisais à peu près confiance.) James est le petit ami de Rhian.

— Rhian... Rhian, ta meilleure amie ? demanda-t-elle en se servant un verre de jus d'oranges pressées.

Elle s'attabla avec. Je pensais qu'il valait mieux pour moi me trouver près d'elle que de son frère, je m'assis donc sur la chaise qui lui faisait face.

— Il l'a demandée en mariage, elle a paniqué, elle l'a largué.

Horrifiée, Ellie en resta bouche bée.

— Tu plaisantes ? Le pauvre...

J'eus un large sourire en repensant au message qu'il m'avait laissé.

— Ça va aller pour eux.

— Ils se sont rabibochés ?

Punaise, elle semblait sincèrement pleine d'espoir alors qu'elle ne les connaissait même pas.

— Tu es un ange, lui dis-je doucement, et elle fondit littéralement.

— C'est toi qui as rattrapé le coup, pas vrai ? déclara-t-elle avec espoir.

Elle seule pourrait avoir pareille foi en moi. Elle était diablement déterminée à prouver que je n'étais pas aussi détachée que je voulais le laisser paraître. Le fait qu'elle n'ait en l'occurrence pas tort était à la fois légèrement agaçant et parfaitement perturbant.

— Il était furieux contre toi, intervint Braden sans me laisser le temps de répondre.

Je me tournai vers lui, toujours adossé au comptoir à siroter son café comme s'il avait la journée devant lui.

— Il croyait que c'était moi qui avais convaincu Rhian de... rompre.

Braden ne parut pas franchement étonné. En réalité, il arqua même un sourcil et répliqua :

— Pourquoi est-ce que cela ne me surprend pas ?

Ellie le rabroua d'un claquement de langue.

— Braden, Joss ne ferait jamais une chose pareille.

— Bien sûr que non. Mais selon moi, elle ne l'a pas fait pour les raisons que tu t'imagines, Els.

Merde. Il se figurait donc qu'il me connaissait mieux que sa sœur. Je réprimai une grimace. C'était peut-être vrai. Saleté de petit génie perspicace. Troublée, je détournai la tête et plongeai le nez dans mon café afin de prétendre ne pas sentir le poids de son regard pénétrant.

— C'est un peu trop énigmatique à mon goût, grommela Ellie avant de s'intéresser de nouveau à moi. C'est bien toi qui les as convaincus de se remettre ensemble, non ?

Je t'en dois une.

Ce simple message me fit sourire dans ma tasse.

— Ouais. Ouais, c'est moi.

— Vraiment ?

Braden semblait tellement stupéfait que c'en était insultant.

Ouf, finalement ce petit génie *pensait* seulement me connaître.

— Rhian est ma meilleure amie. Je l'ai aidée, c'est tout. Je ne suis pas qu'une salope sans cœur, tu sais ?

Braden tressaillit.

— Ce n'est pas ce que j'ai dit, bébé.

Je frissonnais quand cette marque d'affection m'atteignit, touchant un point sensible dont j'ignorais jusqu'à l'existence.

— Ne m'appelle pas « bébé ». Ne t'avise plus jamais de m'appeler « bébé ».

Mon ton cassant et ma colère subite firent s'abattre un silence de plomb sur la cuisine, alors que, soudain, je ne me rappelais plus pourquoi j'avais été si reconnaissante à Braden de m'avoir secourue la veille après ma crise d'angoisse. Voilà ce qu'on gagnait à s'ouvrir aux autres : ils commençaient à croire qu'ils vous connaissaient alors qu'ils savaient que dalle.

Ellie s'éclaircit la voix.

— Et alors James est retourné à Londres ?

— Ouaip. (Je me levai et vidai le fond de ma tasse dans l'évier.) Je vais à la salle de sport.

— Jocelyn..., essaya Braden.

— Tu n'avais pas une réunion ? l'interrompis-je alors que j'étais sur le point de quitter la pièce pour laisser la tension retomber.

— Jocelyn...

Il semblait sincèrement préoccupé.

Je me calmai en poussant un profond soupir en mon for intérieur. *On a compris, Joss. Inutile de continuer à en faire des tonnes.* Cette fois-ci, je soufflai vraiment puis le gratifiai d'un mesquin :

— J'ai un mug isotherme dans le placard de gauche, si tu veux emporter du café.

Il me dévisagea un instant d'un air scrutateur. Il finit par secouer la tête, un rictus mystérieux aux lèvres.

— Ça ira, merci.

J'opinai, feignant l'indifférence vis-à-vis de la mauvaise ambiance que j'avais provoquée, puis je me tournai vers Ellie.

— Tu veux venir à la salle avec moi ?

Elle fronça le nez.

— À la salle ? Moi ?

J'étudiai son corps tout mince.

— Tu veux dire que tu es naturellement canon ?

Elle éclata de rire en rosissant légèrement.

— C'est génétique.

— Ouais, eh bien moi, je dois faire de l'exercice pour rentrer dans mon corps.

— C'est mignon, murmura Braden, moqueur, dans son café.

Je lui souris, ce qui constituait ma deuxième excuse non verbale pour l'avoir envoyé sur les roses.

— Peu importe. J'y vais en solo. À plus.

— Merci pour le café, Jocelyn, me lança-t-il avec insolence tandis que je traversais le couloir.

Je grimaçai.

— C'est Joss ! hurlai-je en ronchonnant, m'efforçant de ne pas entendre son rire.

— Bien, maintenant que les présentations sont faites et les formalités remplies, pouvez-vous me dire ce qui vous a convaincue qu'il était temps pour vous de parler à quelqu'un ? me demanda d'un ton calme le Dr Kathryn Pritchard.

Pourquoi tous les psys parlaient-ils de la même voix douce ? C'était censé être apaisant, mais je trouvais cela tout aussi condescendant aujourd'hui qu'à l'âge de quatorze ans.

Une semaine s'était écoulée depuis l'accrochage avec Braden dans la cuisine, et je me trouvais désormais dans le grand bureau de ma thérapeute sur North St. Andrew Lane. Le cabinet était étonnamment froid et moderne, rien à voir avec le désordre réconfortant de celui du lycée. Par ailleurs, je n'avais alors rien payé, tandis que cette petite bonne femme tout en daim et lunettes allait me coûter les yeux de la tête.

— Vous devriez acheter des fleurs, ou un truc dans le genre, fis-je remarquer. Mettre un peu de couleur. Votre bureau n'est pas très accueillant.

Elle me sourit de toutes ses dents.

— C'est noté.

Je ne répliquai rien.

— Jocelyn…

— Joss.

— Joss. Pourquoi êtes-vous venue me voir ?

Mon estomac se retourna, et une sueur froide commença à perler à mon front. Je m'empressai de me seriner que tout ce que je lui raconterais resterait confidentiel. Je ne la verrais jamais en dehors de cet endroit, et elle ne pourrait jamais se servir de mon passé ou de mes problèmes contre moi ou pour apprendre à me connaître personnellement. Je pris une longue inspiration.

— Je recommence à faire des crises d'angoisse.

— Vous recommencez ?

— J'en faisais souvent quand j'avais quatorze ans.

— Eh bien, les crises d'angoisse peuvent avoir de nombreuses origines. Pourquoi en aviez-vous à l'époque ? Que se passait-il dans votre vie ?

Je déglutis malgré la boule qui m'obstruait la gorge.

— Mes parents et ma petite sœur sont morts dans un accident de voiture. Je n'ai pas d'autre famille – à part un oncle qui n'en a rien à foutre –, et j'ai passé le reste de mon adolescence en familles d'accueil.

Le Dr Pritchard prenait des notes tandis que je parlais. Elle s'arrêta toutefois pour me regarder dans les yeux.

— J'en suis sincèrement désolée, Joss.

Je me détendis légèrement en la devinant honnête, et je la remerciai d'un petit signe de tête.

— Après leur mort, vous avez commencé à faire des crises d'angoisse. Pouvez-vous m'en décrire les symptômes ?

Je les lui énumérai et elle m'écouta en opinant.

— Y a-t-il un déclencheur ? En tout cas, en avez-vous identifié un ?

— Je ne m'autorise pas à penser trop à eux. À ma famille. Les souvenirs – les souvenirs bien précis, tangibles, pas seulement les vagues impressions... ce sont eux qui déclenchent les crises.

— Mais elles se sont arrêtées ?

Je fis la moue.

— Je suis devenue experte dans l'art de ne plus penser à eux.

Le Dr Pritchard arqua un sourcil.

— Pendant huit ans ?

Je haussai les épaules.

— Je peux regarder des photos ou y songer rapidement, mais je prends soin d'éviter les souvenirs trop précis.

— Cependant, vos crises ont repris récemment ?

— J'ai baissé ma garde. J'ai laissé les souvenirs affluer... J'ai fait une crise à la salle de sport, et une autre chez une amie, lors d'un repas de famille.

— À quoi pensiez-vous, à la salle de sport ?

Je remuai sur mon siège, mal à l'aise.

— Je suis auteur. Enfin, j'essaie. J'imaginais écrire la vie de ma mère. C'est une belle histoire. Triste. Cela dit, je pense que les gens l'aimeraient. Bref, j'ai eu une réminiscence – plusieurs, à vrai dire – de mes parents et de leur relation. Une belle relation. Tout ce que je me rappelle, c'est qu'un type m'a aidée à me relever de mon tapis.

— Et le repas de famille ? C'était votre premier depuis les familles d'accueil ?

— On n'en faisait jamais dans mes familles d'accueil.

Je lui souris tristement.

— C'était donc votre premier repas de famille depuis votre perte ?

— Ouais.

— Et ça a fait remonter un souvenir ?

— Ouais.

— Avez-vous subi de gros changements dans votre quotidien récemment, Joss ?

Je repensai à Ellie, à Braden, et à notre petit déjeuner de la semaine précédente.

— J'ai déménagé. Nouvel appartement, nouvelle colocataire.

— Autre chose ?

— Mon ancienne coloc, ma meilleure amie, Rhian, est partie à Londres. Son petit ami et elle viennent de se fiancer. C'est à peu près tout.

— Rhian et vous étiez-vous très proches ?

Je haussai les épaules.

— Aussi proches que je ne me suis jamais autorisée à l'être de quelqu'un.

Elle serra les lèvres, compatissante.

— Eh bien, cette phrase en dit long. Et votre nouvelle colocataire, alors ? Vous autorisez-vous à vous rapprocher d'elle ?

J'y réfléchis quelques secondes. J'avais partagé plus de choses avec Ellie que je ne l'avais envisagé. Et je tenais plus à elle que je ne me l'étais imaginé.

— Ellie. Nous sommes vite devenues amies. Je ne m'y attendais pas. Ses copains sont sympas, et ils traînent souvent ensemble avec son frère et la bande. J'ai une vie sociale bien remplie, désormais.

— Votre deuxième crise d'angoisse a-t-elle eu lieu avec la famille d'Ellie et son frère ?

— Ouais.

Le Dr Pritchard hocha la tête et griffonna quelque chose.

— Alors ? demandai-je.

Elle me sourit.

— Vous espérez un diagnostic ?

Je haussai les sourcils.

— Désolée de vous décevoir, Joss, mais nous avons à peine effleuré la surface du problème.

— Mais vous pensez que ces changements ont un lien avec tout ça, pas vrai ? Je veux que ces crises d'angoisse s'arrêtent.

— Joss, vous n'êtes dans mon cabinet que depuis un quart d'heure, et je peux d'ores et déjà vous assurer qu'elles ne cesseront pas prochainement... à moins que vous essayiez d'accepter la mort de vos proches.

Quoi ? C'était complètement idiot.

— Je l'ai acceptée. Ils sont morts. J'ai fait mon deuil. À présent, je cherche un moyen d'aller de l'avant. C'est pour ça que je suis venue ici.

— Écoutez, vous avez eu la présence d'esprit de comprendre que vous aviez un problème et que vous aviez besoin d'en parler, vous êtes donc assez maligne pour savoir qu'enterrer vos souvenirs familiaux n'est pas un moyen sain d'accepter leur décès. Vous n'avez pas fait correctement votre deuil, Joss, et c'est ce que nous allons devoir réaliser. Les changements au quotidien, les nouvelles rencontres, les nouvelles émotions, les nouvelles attentes... tout cela peut faire resurgir des événements du passé. Surtout s'ils n'ont pas été correctement assimilés. Profiter d'un repas en famille après des années sans en avoir eu un seul a achevé d'effondrer les remparts que vous aviez pu construire autour de la mort de vos proches. Je pense qu'il est possible que vous souffriez d'un syndrome de stress post-traumatique, et ce n'est pas une chose à prendre à la légère.

Je grommelai.

— C'est le trouble des anciens combattants, c'est ça ?

— Les soldats ne sont pas les seuls concernés. Quiconque subit une perte ou n'importe quel autre traumatisme physique ou émotionnel peut être atteint d'un SSPT.

— Et vous pensez que c'est ce que j'ai ?

— C'est possible, oui. J'en saurai plus au fil des séances. Et avec un peu de chance, plus nous discuterons, plus il sera facile pour vous de repenser à votre famille et de faire appel à vos souvenirs.

— Je ne suis pas sûre que ce soit une bonne idée.

— Ce ne sera pas facile. Mais cela vous aidera.

8

J'adorais l'odeur des livres.

— Tu ne crois pas que c'est un peu violent pour Hannah ? s'inquiéta la petite voix d'Ellie dans mon dos.

Je souris à l'intéressée, qui me dépassait de quelques centimètres. À l'instar de sa mère et de sa sœur, la gamine était grande. Je tordis le cou, l'air incrédule, pour répondre à Ellie.

— Elle a quatorze ans. C'est un bouquin pour jeunes adultes.

L'ouvrage en question glissa entre mes doigts lorsque Hannah s'en saisit sans qu'Ellie puisse l'en empêcher. Je passais mon dimanche matin avec elles à la librairie, où la petite était venue dépenser la carte-cadeau offerte par Braden.

Ellie semblait perturbée.

— Oui, une dystopie où des ados s'entre-tuent…

— Tu l'as lu, au moins ?

— Non…

— Alors, fais-moi confiance. (J'adressai à Hannah un sourire complice.) C'est génial.

— Je le prends, Ellie, annonça-t-elle d'un ton catégorique en l'ajoutant à sa pile interminable.

Avec un soupir de résignation, Ellie acquiesça avant de s'en retourner vers le rayon des romans sentimentaux. Je venais d'apprendre qu'elle ne résistait pas à un happy end. Nous avions regardé pas moins de trois comédies romantiques cette semaine-là. Cependant, avant de me farcir une énième adaptation d'un roman de Nicholas Sparks, j'avais décrété que ce soir nous admirerions Matt Damon, alias Jason Bourne, briser des crânes.

Mon téléphone se mit à sonner et je fouillai dans mon sac pour découvrir que l'appel venait de Rhian. Je lui avais envoyé un e-mail la veille au soir.

— Ça t'embête si je décroche ? demandai-je à Hannah.

Elle me fit signe de le faire, sans décoller le nez des étagères où elle étudiait chaque titre. Le sourire aux lèvres, je m'éloignai pour répondre discrètement.

— Hello !

— Salut, répliqua Rhian d'un ton presque hésitant.

Je me crispai.

Merde. Je n'aurais peut-être pas dû lui apprendre la nouvelle. Allait-elle me traiter comme une cinglée, désormais ? Prendre des pincettes avec moi ? Ce serait trop bizarre. Déjà, ça me manquerait de ne plus me faire insulter.

— Comment ça va, James et toi ? demandai-je pour lui couper l'herbe sous le pied.

— Beaucoup mieux. Ça progresse. En réalité, il m'a demandé d'aller voir quelqu'un. Un thérapeute.

Je m'immobilisai au rayon de la SF.

— Tu plaisantes ?

— Nan. Je te jure que je ne lui ai pas parlé de ton e-mail. C'est sorti de nulle part. Simple coïncidence. (Elle prit une profonde inspiration.) Tu en as vraiment vu un ?

J'observai alentour pour m'assurer de bien être seule.

— J'avais besoin de quelqu'un à qui parler, et un professionnel sans le moindre intérêt pour ma vie personnelle était la seule personne en qui j'avais suffisamment confiance pour… euh… parler de ce dont j'avais besoin de parler…

Je fronçai les sourcils. Dix points pour la qualité d'expression.

— Je vois.

Son ton me fit grimacer. Il recelait une pointe d'amertume.

— Rhian, ne le prends pas mal.

— Je ne le prends pas mal. Je pense simplement que tu ferais mieux de parler à quelqu'un pour qui tu comptes. Pourquoi crois-tu que je raconte tous ces trucs perso à James ? Tu sais, tu avais raison : je lui ai fait confiance. Et j'en suis ravie.

— Je ne suis pas encore prête. Je n'ai pas de James. Je ne veux pas de James. Et, de toute façon, ton James veut quand même que tu voies un psy.

Elle grommela.

— Je crois qu'il imagine que si j'accepte de le faire, ça voudra dire que je suis sérieuse quand je parle de recoller les morceaux avec lui.

Je repensai à combien James avait été dévasté l'autre soir, quand il était venu me voir.

— Alors fais-le.

— C'était comment ? Pas trop bizarre ?

C'était horrible.

— Ça allait. Un peu étrange au début, mais j'y retourne.

— Tu veux en discuter ?

Ouais, c'est pour ça que je file cent livres de l'heure à une professionnelle : pour pouvoir te parler. Je ravalai mon sarcasme.

— Non, Rhian, pas du tout.

— OK. Pas la peine de m'envoyer paître, grosse vache.

Je roulai les yeux.

— Tu sais que ça me manque de me faire insulter en face à face ? Ce n'est pas pareil par téléphone.

Elle ricana.

— Ne m'en parle pas, plus personne ne me comprend. J'ai traité une femme de mon groupe de recherche de connasse – tu sais, amicalement – et elle m'a dit d'aller me faire voir. Et je crois qu'elle le pensait vraiment.

— Rhian, on en a déjà discuté. Les gens normaux n'aiment pas se faire traiter de tous les noms. Curieusement, ils ont tendance à le prendre personnellement. Et je *te* trouve d'ailleurs un poil connasse, si je puis me permettre.

— Les gens normaux sont trop susceptibles.

— Joss, tu l'as lu, celui-ci ?

Hannah apparut au bout du rayonnage en me montrant une autre dystopie. Et oui, je l'avais lue. Quoi ? J'ai un faible pour les dystopies.

— C'était qui ? s'enquit Rhian. Tu es où ?

— Il est super, répondis-je à Hannah. Et le héros est carrément craquant. Ça devrait te plaire.

Elle jubila et plaqua le livre contre sa poitrine avant de récupérer son panier plein et de retourner au rayon pour ados.

— Joss ?

— C'était Hannah.

Je tournai brusquement la tête vers un roman de Dan Simmons. Ah ah, je ne l'avais pas encore lu.

— Et Hannah est... ?

— La petite sœur de quatorze ans d'Ellie.

— Donc tu te promènes avec une adolescente... Pourquoi ?

Sa voix était étrange. Elle aurait tout aussi bien pu me demander : « Donc tu fumes du crack... Pourquoi ? »

— On est dans une librairie.

— Tu fais du shopping avec une ado ?

— Pourquoi tu me dis ça sur ce ton ?

— Je ne sais pas. Peut-être parce que tu as emménagé dans un appart hors de prix ; parce que tu dépenses de l'argent que tu n'as jamais aimé dépenser ; parce que tu es copine avec une fille qui a vu *N'oublie jamais* cinquante-cinq fois et qui sourit tout le temps ; parce que tu sors boire des verres avec des vrais gens en semaine ; parce que tu as sauvé mon couple ; parce que tu vois un psy ; parce que tu fais la baby-sitter pour des ados. Je pars m'installer à Londres et toi tu subis une putain de lobotomie.

Je poussai un soupir exagéré.

— Contente-toi de me remercier d'avoir sauvé ton couple.

— Joss, sérieux, qu'est-ce qui se passe ?

Je m'emparai du Dan Simmons.

— Je ne l'ai pas fait exprès. Ellie et moi nous entendons bien, et pour une raison que j'ignore, elle aime bien mon sale caractère. Elle a eu une vie différente de la nôtre. Et comme il se trouve qu'elle *aime* les gens, eh bien j'en rencontre beaucoup.

— Joss ?

Je pivotai pour me retrouver nez à nez avec Ellie, qui m'observait, sourcils froncés. Je sentis un brusque accès de panique et observai par-dessus les étagères, cherchant Hannah des yeux.

— Hannah va bien, me rassura-t-elle en comprenant la cause de mon petit manège. J'hésite.

Elle me tendit un livre de poche avec une femme vêtue d'une imposante robe victorienne en couverture. Deux mains séductrices s'échinaient à délacer son corsage. D'ailleurs, il était question de séduction dans le titre. L'autre était le dernier Nicholas Sparks.

— Lequel ?

Je désignai le déshabilleur sans l'ombre d'une hésitation.

— *La séduction de Machinette*. Je sature un peu des Sparks, cette semaine.

Elle brandit le déshabilleur dans ma direction et hocha la tête d'un air militant avant de retourner dans son rayon.

— Sérieux, murmura Rhian à l'autre bout du fil, où est Joss, qu'est-ce que vous avez fait d'elle ?

— Joss va raccrocher si tu as fini de la psychanalyser.

— Joss parle d'elle à la troisième personne.

J'éclatai de rire.

— Rhian, va chier, OK ? Et passe le bonjour à James. Et oui, il m'en doit une.

— Attends, quoi ?

Je raccrochai, riant toujours, et allai retrouver Hannah et Ellie.

Elles faisaient la queue à la caisse, et je me glissai à côté d'elles. Ellie était étonnamment silencieuse tandis que Hannah contemplait avec amour ses dernières acquisitions. Nous aurions dû apporter un sac à dos pour les transporter toutes.

J'observai le caissier empiler les ouvrages dans de fragiles sacs en plastique, et puisque Ellie se tenait légèrement à l'écart, je m'adressai directement à l'employé.

— Eh, ce serait possible de les mettre dans un de ces sacs de courses ? Ceux-ci vont craquer.

Il haussa paresseusement les épaules.

— C'est cinquante pence chaque.

Je fis la grimace.

— La petite vient d'acheter pour cent livres de bouquins, vous pourriez peut-être les lui offrir.

Il agita la carte-cadeau dans ma direction.

— Non, elle n'a pas donné un penny.

— Pas directement, mais la personne qui lui a offert cette carte, si. Vous n'êtes quand même pas en train de dire que nous devons payer en plus pour avoir le droit de les emporter ?

— Oh nooooon. (Il insista sur ce dernier mot comme s'il me prenait pour une demeurée.) Vous pouvez les emporter dans ces sacs en plastique gratuits.

J'aurais peut-être jeté l'éponge s'il ne s'était pas adressé à moi sur ce petit ton du genre « Je déteste mon boulot alors j'emmerde les clients ». J'ouvris la bouche pour le remettre à sa place, mais Ellie m'interrompit en me saisissant la main. Je levai les yeux vers elle et m'aperçus qu'elle chancelait légèrement, les paupières serrées. Elle était blême.

— Ellie.

Je lui tendis le bras et elle s'y accrocha.

— Ellie ? s'inquiéta Hannah en se précipitant de l'autre côté de sa sœur.

— Ça va, murmura-t-elle. C'est juste un vertige. C'est cette... migraine...

— Encore une ?

C'était au moins la troisième cette semaine.

Laissant le caissier se flétrir sous mon regard meurtrier, j'entraînai Ellie sur le côté tout en lui décochant sèchement :

— Mettez-les dans les sacs en plastique.

— Donne-leur de bons sacs, lui indiqua sa collègue dans un soupir.

— Mais...

— Fais-le, c'est tout.

Je ne me souciai pas de son air agacé, trop préoccupée par l'état de santé d'Ellie.

— Comment tu te sens ?

Même si elle restait pâle, je constatai au moins qu'elle ne tremblait plus.

— Mieux. Je n'ai pas mangé aujourd'hui. J'ai juste eu une faiblesse passagère.

— Et les maux de tête ?

Elle m'adressa un sourire rassurant.

— Honnêtement, je n'avale quasiment plus rien à cause de mon doctorat. Je sens de plus en plus la pression et je stresse complètement. Je vais faire attention.

— Tenez.

Le caissier me tendit deux sacs de courses robustes.

Je grommelai un remerciement et en confiai un à Hannah, gardant l'autre.

— Donne.

Ellie voulut délester sa sœur.

— Oh non, pas question. (Je la saisis par le coude.) D'abord, on va te faire manger un peu.

Ellie tenta d'arguer qu'elle allait déjeuner plus tard lors du repas dominical – un repas que, par bonheur, j'avais réussi à éviter en déclarant que j'avais vraiment besoin de travailler quelques heures –, mais je parvins à la convaincre de s'acheter au moins un sandwich au charmant petit resto du coin de la rue. Hannah marchait à côté de nous, la main de sa sœur plaquée dans son dos afin de la guider à travers la foule de Princes Street, puisqu'elle avait décidé de commencer un roman sans plus attendre. J'ignorais comment il était humainement possible de lire en marchant. Personnellement, cela me donnait le mal des transports.

Nous discutions de l'imminence du Festival d'Édimbourg quand j'aperçus Braden. Nous nous étions revus au bar le vendredi, quand il était passé boire un verre avec Ellie, Adam, Jenna, Ed et quelques collègues. Nous n'avions pas vraiment eu l'occasion de parler, mais son attitude envers moi était désormais purement amicale.

Je n'arrivais pas à déterminer si ce que je ressentais quand il se comportait de la sorte me gênait. En revanche, je savais que le fait de le voir avec *elle* ne me laissa pas indifférente.

Braden marchait dans notre direction, facilement reconnaissable parmi les autres badauds de par sa taille et… disons son sex-appeal. Il portait un jean bleu nuit, des bottes noires et un tee-shirt à manches longues gris foncé qui mettait en valeur son corps délicieusement sculptural et ses larges épaules.

Une main était enfermée dans la sienne.

Elle appartenait à une femme que je n'avais encore jamais croisée.

— Braden, murmura Ellie.

Hannah redressa brusquement la tête, et son visage s'illumina dès qu'elle l'aperçut.

— Braden ! s'exclama-t-elle.

Alors qu'il souriait à son amie, il tourna les yeux pour voir qui l'appelait. Son sourire s'élargit quand il le découvrit.

Alors que nous nous rapprochions les uns des autres, je regrettais soudain de ne pas être ailleurs. Le petit pincement au cœur que j'avais ressenti en le voyant avec quelqu'un n'avait rien d'amusant. En réalité, il s'agissait peut-être même du pire tour qu'on m'ait joué depuis un long moment.

En outre, je n'appréciai que modérément l'expression soigneusement polie qu'il arbora quand il se rendit compte que j'accompagnais ses demi-sœurs.

Quand nous nous arrêtâmes, je constatai qu'Ellie fusillait littéralement du regard l'inconnue qui accompagnait Braden. Curieuse et franchement stupéfaite, je ne pus m'empêcher de susurrer son nom d'un air interrogateur.

Elle se tourna vers moi, les mâchoires serrées.

— Je t'expliquerai plus tard.

— Hannah ! (Braden la serra contre lui et désigna les sacs du menton.) Tu as dépensé ta carte-cadeau ?

— Oui, j'ai pris des tonnes de livres. Merci encore, ajouta-t-elle.

— De rien, ma puce. (Il la libéra et pivota vers nous.) Els, tu es toute pâle. Ça va ?

Elle avait toujours l'air furieux, et je crevais d'envie de comprendre pourquoi.

— J'ai eu un petit vertige. Je n'ai pas mangé.

— Je l'emmène manger un bout.

Il me semblait utile de le préciser, afin qu'il ne se dise pas qu'on se promenait alors qu'elle se sentait mal.

— Bien, répondit-il en croisant mon regard. Jocelyn, je te présente Vicky.

Vicky et moi nous observâmes avec un sourire poli. Elle me faisait beaucoup penser à Holly : grande, blonde, jolie, et à peu près aussi naturelle qu'une Barbie. Cela dit, elle était canon.

Braden aimait décidément un type de filles bien particulier, et je ne correspondais pas à ses critères. Son radar sexuel avait dû être déréglé à notre première rencontre, mais visiblement il était réparé.

— Bonjour, Vicky, déclara Ellie de mauvaise grâce.

Mes sourcils atteignirent le haut de mon front sans que je puisse les en empêcher. Ellie était prête à sortir les griffes.

J'étais impressionnée.

Et de plus en plus curieuse.

Braden la foudroya du regard.

— J'avais un dîner d'affaires hier soir, et Vicky était à la table voisine. Nous avons décidé de rattraper le temps perdu en petit-déjeunant ensemble ce matin.

En d'autres termes, Vicky était à la table voisine et ils avaient couché. Je repoussai ce malaise inhabituel qui tenta à nouveau de m'envahir. J'avais la poitrine légèrement douloureuse et le ventre un peu noué. Peut-être finalement qu'Ellie ne mourait pas de faim et que cela venait de ce que nous avions mangé la veille au soir.

— Contente de te revoir, Ellie, répliqua Vicky d'un ton doucereux.

Elle avait pourtant l'air sympathique.

— Mmm. (Ellie la dénigra outrageusement en roulant les yeux avant de se retourner vers son frère.) Tu viens déjeuner chez les parents, tout à l'heure ?

Je le vis serrer les dents. À l'évidence, le comportement de sa sœur ne l'amusait guère.

— Bien sûr. (Puis il me regarda.) Je vous retrouve sur place.

— Joss ne pourra pas venir. Elle a des trucs à faire.

Il m'observa, sourcils froncés.

— C'est juste l'affaire de quelques heures. Tu dois bien pouvoir nous ménager une petite place dans ton emploi du temps ?

En réponse, Vicky se colla tout contre lui.

— J'adorerais venir déjeuner, Braden.

Celui-ci lui tapota la main d'une façon légèrement condescendante.

— Désolé, ma belle. C'est un truc de famille.

Trois choses se déroulèrent simultanément : Ellie faillit s'étouffer de rire, Vicky recula comme s'il venait de la gifler, et je sentis poindre une crise d'angoisse.

Je pris une profonde inspiration pour fuir ma grande confusion et ce brouillard qui menaçait de m'étouffer.

— Vous savez quoi ? (Je fis un pas en arrière.) J'ai complètement oublié que je devais aller chez Jo pour lui déposer ses pourboires. Aujourd'hui. Ce matin, même. (Je m'excusai d'un signe de la main.) Faut que j'y aille. À plus tard.

Puis je déguerpis aussi vite que possible.

— Pourquoi vous êtes-vous enfuie ? s'enquit le Dr Pritchard, la tête inclinée de côté comme celle d'un oiseau curieux.

Je n'en sais rien.

— Je n'en sais rien.

— Voilà plusieurs fois que vous me parlez du frère d'Ellie, Braden. Quelle place a-t-il dans votre vie ?

J'ai envie de lui.

— Je dirais que c'est une sorte d'ami. (Comme elle me dévisageait, je haussai les épaules.) Nous avons eu une première rencontre quelque peu originale.

Je lui déballai tout.

— Donc il vous attire.

— M'attirait.

Elle opina.

— Revenons-en à ma question d'origine. Pourquoi ? Pourquoi avoir fui ?

Madame, si je le savais, vous pensez sincèrement que je serais ici ?

— Je n'en sais rien.

— Parce que Braden était avec une autre femme ? Ou parce qu'il a sous-entendu que vous faisiez partie de la famille ?

— Un peu des deux, sans doute. (Je me frottai le front, sentant poindre une migraine.) Je voudrais qu'il reste dans la case où je l'ai rangé.

— La case ?

— Vous savez, la case. Avec une étiquette et tout. Ça dit « Plus ou moins amis ». On est tout juste copains, pas bons amis. On traîne ensemble, sans se connaître vraiment. C'est mieux comme ça. J'ai peut-être paniqué à l'idée qu'il pense qu'il y avait autre chose. Qu'il nous croie proches, d'une manière ou d'une autre. Je n'en ai pas envie.

— Pourquoi pas ?

— Parce que.

Visiblement sensible au ton de ma voix, le Dr Pritchard se contenta d'acquiescer sans reposer la question.

— Et quels ont été vos sentiments quand vous l'avez vu avec une autre fille... ?

— Je n'ai ressenti que de la confusion et de la panique. Il avait manifestement couché avec cette femme, et ils avaient un passé commun, et pourtant, en lui disant ce qu'il lui a dit, il a laissé entendre que notre amitié était plus profonde que la leur. Encore une fois, ça n'est pas vrai. Et ça n'est pas ce que je veux.

— C'est donc la seule raison ?

— Oui.

— Vous ne voulez donc pas d'une relation avec Braden ? Sexuelle ou autre ?

Si.

— Non.

— Discutons-en. Nous n'avons pas encore parlé de vos rapports avec les hommes. Vous semblez douée pour exclure les autres de votre vie, Joss. Votre dernière relation remonte-t-elle à longtemps ?

— Je n'ai jamais eu de relation suivie.

— Avez-vous déjà eu des rendez-vous ?

Je fis la moue en me remémorant le soi-disant âge d'or.

— Vous voulez entendre une histoire sordide ? Très bien, en voici une.

— Tu as donné son argent à Jo ? me demanda doucement Ellie en se laissant tomber à côté de moi sur le canapé.

J'acquiesçai et, pour compenser mon mensonge, je lui tendis mon tant convoité sachet de cookies pour lui en offrir un.

— Tu en veux ?

— Nan. Je suis pleine. (Elle s'adossa au coussin, les yeux rivés sur la télé.) Tu regardais quelque chose ?

— *La mort dans la peau.*
— Mmm, Matt Damon.
— Tu as bien mangé ? Tu te sens mieux ?
J'étais d'autant moins à l'aise d'avoir fui qu'elle n'était pas dans son assiette. J'essayais encore de comprendre quelle mouche m'avait piquée.
Elle m'observa du coin de l'œil.
— Maman a demandé de tes nouvelles.
C'était gentil de sa part.
— Tu lui as passé le bonjour ?
— Oui. Mais l'ambiance était à l'orage. Braden m'en voulait toujours.
J'eus un petit sourire affecté en me retournant vers l'écran.
— Je ne t'avais jamais vue comme ça. Tu avais l'air d'une tueuse.
— Eh bien, oui, cette Vicky est une salope.
J'inspirais entre mes dents. Son visage d'ordinaire si avenant était contracté et inexpressif.
— Tu ne l'aimes vraiment pas. Qui est-ce ?
— Elle est sortie avec Braden pendant un moment. Je n'arrive pas à croire qu'il la revoie.
— Et... ?
Quand elle comprit que les points de suspension signifiaient « Mais bordel, qu'est-ce qu'elle t'a fait ? » Ellie haussa les épaules et sa figure se froissa.
— Je suis allée voir Adam un jour, et elle était là. Nue. Dans son lit. Il était nu, lui aussi.
Je n'arrivais pas à y croire.
— Ils ont fait ça dans le dos de Braden ?
— Non. (Elle eut un ricanement dépourvu d'humour.) Elle plaisait à Adam, alors Braden la lui a prêtée.
Putain de m...
— Prêtée ?
— Hein hein.
— Elle n'a donc aucune fierté ?

— Quand je te dis que c'est une salope…

— Je n'arrive pas à croire que Braden ait pu faire une chose pareille. La prêter…

— Ce n'était peut-être pas le terme adéquat. En réalité, c'est elle qui a dit à Braden qu'elle voulait coucher avec Adam. Comme ça ne lui posait pas de problème, il l'a laissée faire.

Spécial, un peu froid peut-être, mais avec consentement mutuel, qu'y avait-il de mal à cela ?

— Donc elle *a* de la fierté. Quel est le problème ? (J'essayais de comprendre ce qui causait *réellement* l'animosité d'Ellie.) Elle aime le cul.

— C'est une salope !

Ah d'accord. C'était donc ça.

Adam.

— Adam te plaît vraiment, n'est-ce pas ?

Elle soupira lentement et serra les paupières.

Un pincement douloureux me vrilla la poitrine quand j'avisai la larme qui coulait sur sa joue.

— Oh, ma belle.

Je me redressai et l'attirai vers moi, la laissant pleurer tout son soûl sur mon pull. Quelques instants plus tard, j'attrapai le sachet de cookies à moitié vide et lui en tendis un.

— Tiens. Prenons des forces pour regarder Jason Bourne botter des culs.

— On peut prétendre qu'il vise celui d'Adam ?

— J'y pensais, justement. Tu vois ce type ? C'est Adam. Et Bourne est en train de coller une bonne raclée à ce naze.

Elle gloussa à côté de moi, et je m'émerveillai à l'idée qu'on puisse être à la fois si forte et si fragile.

9

Deux semaines, une crise d'angoisse et un rendez-vous chez ma psy plus tard, je me débattais toujours avec mon manuscrit. Généralement, lorsque j'étais en phase d'écriture, mon esprit profitait de la moindre occasion pour naviguer dans mon monde chimérique, que je me trouve ou non devant mon ordinateur. Désormais, je devais forcer mon imagination à se mettre en branle.

Mon histoire s'essoufflant et mon angoisse grandissant de ne pas être taillée pour devenir écrivain – et donc de devoir envisager un autre moyen de gagner ma vie –, je pris la meilleure des décisions possibles : j'enfermai le tout dans l'un de mes tiroirs mentaux afin de ne plus y penser et me concentrai sur tout autre chose.

Maintenant que le Festival d'Édimbourg battait son plein, mes heures de travail au bar avaient augmenté, et je sortais avec Ellie aussi souvent qu'elle le souhaitait. Lors de ma dernière consultation, ma thérapeute m'avait encouragée à retenter l'expérience d'un repas de famille, ce que je parvins à accomplir sans subir de crise d'angoisse – victoire ! Je fréquentais également la salle de sport de façon plus assidue, tout en prenant grand soin d'éviter les sourires aguicheurs de Gavin, le coach personnel.

Au grand soulagement d'Ellie, Vickie sortit de la vie de Braden aussi vite qu'elle s'y était immiscée. Chose que je n'aurais pas apprise si elle ne m'avait pas tenue informée, car je n'avais pas recroisé son frère depuis ce matin-là sur Princes Street. Le boulot lui prenait tout son temps – quelque chose en rapport avec l'expansion de son entreprise, sans compter le gros événement prévu en fin de Festival au *Fire*, la boîte de nuit qui lui appartenait. Ce fut alors que je découvris qu'Adam était l'architecte de Braden et que, lorsque le second était occupé, le premier l'était également. Les rares fois où nous aurions dû nous retrouver – la première à un spectacle comique, la deuxième pour boire un verre et la troisième au repas dominical –, il avait annulé au dernier moment, me donnant ainsi tort : il *travaillait* effectivement pour gagner sa vie.

Je commençai à voir son absence d'un bon œil : j'étais plus détendue que depuis des semaines, et Ellie et moi nous étions rapprochées. Elle m'avait tout raconté du fiasco Adam…

Amoureuse de lui depuis son plus jeune âge, elle avait fini par prendre son courage à deux mains après qu'il avait démoli le connard qui l'avait piégée pour lui soutirer des infos sur Braden. Elle était allée le trouver chez lui, et s'était plus ou moins offerte à lui. Adam étant un mec, et Ellie une belle fille, il avait accepté la proposition. En tout cas, jusqu'à ce qu'elle se retrouve entièrement nue sous lui. Il avait alors fait machine arrière, arguant qu'il ne pouvait pas leur faire ça à son frère et à elle, que Braden ne le lui pardonnerait jamais et que lui-même ne se le pardonnerait pas. Comprenant alors qu'il n'avait envisagé qu'un simple coup d'un soir, elle s'était rhabillée et avait quitté les lieux pour aller soigner son cœur brisé et son ego écorné.

Je n'aurais jamais imaginé pareille histoire. Ellie était toujours superdétendue en sa présence. Elle m'avait expliqué qu'elle ne voulait pas que les choses changent et qu'elle s'efforçait donc de se comporter normalement. Je l'avais vue à l'œuvre : elle faisait effectivement de son mieux. Cependant, une certaine douceur – voire quelque chose de plus profond – envahissait parfois son regard quand elle l'observait. À bien y réfléchir, c'était d'ailleurs réciproque. En réalité, je n'arrivais pas à déterminer s'il n'était pour lui question que de luxure, ou de sentiments plus forts. J'étais curieuse en diable, tout en sachant que ce n'étaient pas mes affaires et que je n'avais donc pas à m'en mêler.

Après s'être ouverte à moi, Ellie avait tenté de me reparler de ma famille, de mon passé.

Je l'avais rabrouée.

Le Dr Pritchard m'avait prévenue que cela prendrait du temps. Pour l'instant, je n'y arrivais pas, et peu importe ce que pouvait raconter ce bon docteur, je n'étais pas certaine d'y parvenir un jour.

— Encore le syndrome de la page blanche ?

Je pivotai sur mon siège et vis Ellie, debout dans l'embrasure de ma porte, agiter dans ma direction une enveloppe A4 en papier kraft.

Je grimaçai et refermai mon portable.

— Je devrais le faire imprimer sur un tee-shirt.

— Ça va passer.

Je répondis d'un simple grognement.

— Bref, ça m'ennuie de te demander ça, mais...

— Dis-moi.

Elle agita le pli derechef.

— Braden est passé hier soir pendant que tu travaillais, et il a oublié ces documents. Il vient d'appeler pour me demander de les lui apporter au bureau parce qu'il en a besoin pour sa réunion dans deux heures, mais j'ai un cours et...

Mon estomac se noua.

— Et tu veux que je m'en charge.

Ellie ouvrit en grand ses yeux immenses et adorables.

— S'il te plaît, supplia-t-elle.

Merde, putain, chier de merde. Je me levai en grommelant et lui pris l'enveloppe des mains.

— Où est son bureau ?

Elle me nota l'adresse et je découvris qu'il travaillait sur les quais, ce qui signifiait que j'allais devoir prendre un taxi pour y arriver à temps, puisqu'il fallait encore que je passe sous la douche.

— Tu me tires une énorme épine du pied, Joss. (Elle me sourit de toutes ses dents et sortit à reculons.) Il faut que je file. À plus.

Puis elle disparut.

Voilà que j'étais contrainte de voir Braden. *Bordel.* M'efforçant d'ignorer les papillons qui voletaient au creux de mon ventre, je râlai en pestant à mi-voix tout en me douchant et m'habillant. J'enfilai un jean et un pull léger, car il faisait relativement doux, et que mettre une veste en Écosse quand la température n'était pas négative vous faisait passer pour une touriste. Sérieusement. Dès que le soleil pointait le bout de son nez, les gens se mettaient torse nu.

Je contemplai mon reflet dans le miroir : très peu de maquillage, les cheveux entortillés en un chignon approximatif. Le pull était mignon et dévoilait un léger décolleté, mais mon jean était vieux et délavé. Cependant, j'avais beau me demander ce que Braden pensait de mon physique, je n'allais sûrement pas laisser cela influer sur mes habitudes. Je ne m'habillais jamais pour impressionner quelqu'un d'autre que moi-même, je ne risquais pas de m'y mettre pour un gars qui préférait les jambes plus longues, les seins plus petits et les cheveux plus blonds.

Le trajet en taxi sembla durer des heures et, comme à mon habitude, je commençais à avoir un léger mal des transports après que nous eûmes cahoté sur je ne sais combien de rues pavées. Le chauffeur me déposa sur les quais, et je flânai le long du canal artificiel qui coulait jusqu'au fleuve. À ma droite, un parking ; à ma gauche, d'innombrables enseignes commerciales. Le bureau de Braden se trouvait dans un bâtiment abritant des cabinets d'architecte, de comptable et de dentiste. Après qu'on m'eut laissé entrer à l'interphone – et après m'être honteusement embrouillée pour descendre de l'ascenseur, qui s'ouvrait du côté opposé à la montée –, je me retrouvai dans un hall d'accueil des plus chic.

La réceptionniste – blonde – n'était pas du tout telle que je me l'étais figurée. Elle devait avoir l'âge d'Élodie, mais au moins dix kilos de plus, et elle m'aveugla de son grand sourire amical. Un badge indiquait son nom : MORAG. Je m'étais attendue à une fille grande, élancée et magnifique, qui aurait ricané en apercevant mon jean et demandé à la sécurité de me jeter dehors. Étais-je au bon endroit ?

— Puis-je vous aider ?

Morag rayonnait encore.

— Euh… (Je lançai un coup d'œil alentour, espérant repérer quelque indice m'indiquant que je me trouvais bien au bureau de Braden.) Je cherche Braden Carmichael.

— Vous avez rendez-vous ?

Au moins, je ne m'étais pas trompée. J'approchais jusqu'au comptoir et agitai mon enveloppe.

— Il a laissé ces documents chez sa sœur – ma colocataire – et, euh, il lui a demandé de les lui rapporter. Comme elle ne pouvait pas venir, je lui ai proposé de m'en charger.

Chose incroyable, le sourire de Morag s'élargit un peu plus.

— Oh, comme c'est aimable de votre part, ma chère. Je peux prendre votre nom ?

— Joss Butler.

— Un instant. (Elle décrocha son téléphone et n'eut pas à patienter bien longtemps.) Une certaine Joss Butler vous attend, avec des documents à votre attention, monsieur Carmichael. (Elle fit un petit bruit de nez.) Entendu. (Elle raccrocha et me sourit derechef.) Veuillez me suivre jusqu'au bureau de M. Carmichael, Jocelyn.

Je serrai les dents.

— C'est Joss.

— Mmm, mmm.

J'avais déjà du mal à admettre qu'il refuse de m'appeler autrement que Jocelyn, mais était-il obligé de faire passer le mot à tout le monde ? Je suivis la joyeuse réceptionniste quinquagénaire dans un étroit couloir, jusqu'à rejoindre un bureau en coin. Elle frappa, et une voix profonde répondit :

— Entrez.

Je frissonnai en l'entendant et me demandai un instant si elle m'avait manqué durant ces quinze derniers jours.

— Jocelyn, monsieur, annonça Morag en ouvrant la porte.

Je me glissai devant elle et entendis le battant se refermer derrière moi quand elle nous laissa seule à seul.

Le bureau était plus grand que je ne l'avais imaginé ; la seule fenêtre, immense, donnait sur le quai. La décoration était toute masculine, avec l'énorme bureau en noyer, le fauteuil et le canapé en cuir, les lourdes étagères croulant sous les classeurs et les dossiers. Quelques caissons métalliques occupaient un coin de la pièce. Une impressionnante toile représentant Venise était suspendue au-dessus du canapé ; sur les étagères, de nombreuses photos de lui étaient encadrées : lui et Ellie, lui et Adam, lui et sa famille et celle d'Ellie. Derrière moi se trouvaient un vélo elliptique et un banc de muscu.

Braden était juché sur son bureau, les jambes étendues devant lui, à m'observer. Je sentis un nouveau pincement au cœur en l'apercevant, ainsi que l'habituel picotement entre mes cuisses. Bon sang, il était encore plus attirant que dans mes souvenirs.

Merde, putain de merde, fait chier.

— Salut.

J'agitai l'enveloppe dans sa direction. *Très brillante entrée en matière, Joss, félicitations.*

Braden sourit, et je me figeai en sentant ses yeux s'attarder longuement sur chaque partie de mon anatomie. Je déglutis douloureusement tandis que mon cœur s'emballait : il ne m'avait plus détaillée de la sorte depuis que je l'avais vu au bar avec Holly.

— Content de te revoir, Jocelyn. J'ai l'impression que ça faisait une éternité.

Réprimant la vague de plaisir que me procurèrent ces paroles, j'approchai de lui à grands pas et lui tendis ses documents.

— Ellie m'a dit que tu en avais besoin au plus vite.

Il opina et se saisit du pli sans cesser de me dévisager.

— Je te remercie d'avoir fait tout ce trajet. Combien je te dois pour le taxi ?

— Rien. (Je secouai la tête.) Aucun problème. De toute façon, j'étais en train de me prendre la tête devant mon ordi.

— Syndrome de la page blanche ?

— Syndrome de la bobine blanche.

Il fit la moue.

— À ce point ?

— À ce point.

Il se leva avec un sourire compatissant ; nos corps se touchaient presque. Je sentis mes poumons se vider de leur air quand je dus incliner la tête en arrière pour le regarder dans les yeux.

— Désolé de t'avoir laissée en plan ces derniers temps.

À l'entendre, c'était presque comme s'il avait annulé des rencards. Je ris, légèrement confuse.

— Euh, d'accord.

— Je suis passé à l'appart, hier soir, mais tu n'étais pas là.

— Je travaillais. À cause du Festival.

Je reculai d'un pas, espérant que la distance permettrait à la fièvre qui m'habitait de retomber.

Je crus le voir sourire pendant qu'il se retournait pour poser l'enveloppe sur son bureau.

— La dernière fois que nous nous sommes vus, je crois que j'ai dit quelque chose qui t'a fait partir en courant. À moins que ce ne soit la personne qui m'accompagnait ?

Connard prétentieux. Je m'esclaffai.

— Vicky ?

Son sourire était désormais narquois.

— Tu étais jalouse ?

Étions-nous réellement en train d'avoir cette conversation ? Je ne l'avais pas revu depuis deux semaines, et, et… pfft ! Stupéfaite devant tant d'égocentrisme, je croisai les bras sur la poitrine, un sourire aux lèvres.

— C'est dingue que j'aie réussi à me faufiler dans cette pièce malgré ton ego gigantesque qui occupe toute la place.

Braden éclata de rire.

— Tu as bien fui à cause de quelque chose, Jocelyn.

— D'une : arrête de m'appeler Jocelyn. C'est Joss. J-O-S-S. Joss. De deux : ce jour-là, tu as insinué que je faisais plus ou moins partie de la « famille », alors que tu ne me connais que depuis quelques semaines.

Il fronça les sourcils en y réfléchissant, puis se percha de nouveau sur un coin de bureau et croisa à son tour les bras.

— Vraiment ?

— Vraiment.

Soudain, ses yeux scrutaient ma figure, semblant se poser mille questions.

— Ellie m'a dit pour tes parents et ta sœur. Je suis navré.

Tous mes muscles se contractèrent, et la chaleur qu'il avait fait naître en moi se volatilisa comme s'il venait de brancher la clim à fond. Que pouvais-je répondre ? Je ne voulais pas qu'il en fasse toute une affaire, et je ne tenais pas non plus à ce qu'il me psychanalyse.

— C'était il y a longtemps.

— Je ne m'étais pas rendu compte que j'avais sous-entendu une chose pareille. Je commence à comprendre. Le repas chez Élodie, ta fuite...

— Ne fais pas ça, aboyai-je en effectuant trois pas rapides dans sa direction. Braden, non. (Je me tus en essayant de me retenir de le mordre tel un animal blessé.) Je refuse d'en parler.

Alors qu'il m'étudiait, je ne pus m'empêcher de me demander ce qu'il se disait. Me prenait-il pour une folle ? Me trouvait-il ridicule ? En avais-je quelque chose à faire ? Puis il se contenta d'acquiescer.

— J'ai compris. Nous ne sommes pas obligés...

Je ressentis alors un profond soulagement et reculai d'un pas ; il en fit un vers moi, de sorte que nous nous touchions presque une fois encore.

— Je pensais aller pique-niquer aux Meadows ce samedi s'il fait beau – pour m'excuser auprès d'Ellie de m'avoir pas été très présent ces derniers temps. Et je sais qu'Adam lui manque, lui aussi. Ça te dirait ?

— Tout dépend. (Je me réfugiai précipitamment à Râleville, dans l'espoir de me sentir moins en danger.) Est-ce que tu comptes encore insinuer que je serai jalouse du sandwich que tu vas te préparer ?

Il éclata d'un rire sincère qui détendit quelque peu l'atmosphère.

— Un point pour toi. (Il s'approcha encore, de sorte que je dus reculer.) Est-ce que tu me pardonnes et acceptes de venir ? En amie ?

Il y avait une pointe évidente de sarcasme dans sa manière de prononcer le mot « amie ».

Je le scrutai avec méfiance.

— Braden...

— Juste en amie. (En se posant sur ma bouche, son regard s'assombrit.) Je te l'ai déjà dit. Je peux faire semblant si toi tu y parviens.

— Je ne fais semblant de rien.

Était-ce bien ma voix qui semblait si chaude et voilée ?

Braden m'adressa une moue visant à prouver qu'il ne me croyait pas.

— Tu sais, tu me forces à donner le meilleur de moi-même.

— Le meilleur de toi-même ?

— Pour faire semblant, Jocelyn. (Il approcha encore, et étrécit les paupières.) Je n'ai jamais été très doué à ce jeu-là.

Oh, mon Dieu, il allait m'embrasser. J'étais debout dans son bureau, avec mon jean dégueu et mes cheveux dégueu, et il allait m'embrasser.

— Monsieur Carmichael, M. Rosings et Mme Morrison sont arrivés.

La voix de Morag résonna dans l'interphone, et Braden se raidit.

Un étrange mélange de soulagement et de déception m'envahit, et je reculai d'un pas maladroit, pivotant vers la porte.

— Je te laisse travailler.

— Jocelyn.

Je me retournai, posant mes yeux n'importe où sauf sur lui.

— Ouais ?

— Le pique-nique. Tu y seras ?

Le sang me battait encore aux tempes, et mon corps était encore tout contracté d'avoir attendu son baiser, mais je chassai toutes ces émotions en me rappelant qui il était et à quel point il m'effrayait. Je relevai le menton pour affronter son regard.

— En tant que coloc de ta petite sœur, ouais, j'y serai.

— Pas en tant qu'amie ? me taquina-t-il.

— Nous ne sommes pas amis, Braden.

J'ouvris la porte de son bureau.

— Non. En effet.

Je n'eus pas besoin de l'observer pour deviner son expression. Elle affectait assez ses paroles. Je remontai hâtivement le couloir, saluai à peine Morag d'un geste de la main avant de plonger dans l'ascenseur qui m'éloignerait de lui. Qu'était-il arrivé ? Où était passé le Braden amical et platonique, et pourquoi « M. Costard » avait-il repris sa place ? J'avais fini par me convaincre que je n'étais pas son type. Je m'étais crue en sécurité.

Non. En effet. Ces mots retentissaient encore dans ma tête tandis que je bondissais hors du bâtiment pour respirer un peu d'air frais. Ça ne venait pas des mots, plutôt du ton employé. Un ton lourd de sous-entendus sexuels.

Bordel.

10

Je n'allai pas au pique-nique de Braden.

Enfin, si, mais pas vraiment.

Sidérée par son retour au stade du « Braden insupportablement sexy du taxi », celui qui refusait de me quitter des yeux, j'étais trop troublée pour y comprendre quelque chose. Et oui, j'étais en outre atteinte du syndrome de la mégatrouillarde ! J'avais donc choisi la voie de l'esquive et convaincu Rhian de me tirer de cette situation – sans lui dévoiler mes véritables motivations, et sans que j'aie *l'air* de vouloir me tirer de cette situation…

Le samedi déboula à toute allure, une journée particulièrement chaude durant laquelle les Meadows – un grand parc à l'autre bout de la ville, tout près de l'université – étaient envahis de gens faisant bronzette ou tapant dans un ballon. Braden avait réussi à dénicher un coin à l'ombre. Quand Ellie et moi arrivâmes, Adam, Jenny, Ed et Braden étaient déjà là. Les rires et les exclamations des enfants se mêlaient aux aboiements des chiens pour constituer la bande-son idéale de cet après-midi parfait. Il émanait du parc une atmosphère d'allégresse générale. L'espace d'un instant, je regrettai presque de ne pas rester.

— Euh...

Je contemplai les deux paniers d'osier que Braden avait apportés. Ils étaient si copieusement garnis que je n'aurais pas été surprise d'apprendre qu'il les avait volés au Harrods.

— C'est ça que tu appelles un pique-nique ?

Il s'était levé pour embrasser Ellie et lui désigner fièrement les mannes disposées sur une magnifique couverture en chenille. À présent, il semblait perplexe.

— Oui. (Il fronça les sourcils.) Comment tu appelles ça ?

— Un cinq étoiles sur herbe.

Le coin de ses lèvres se tordit en un soupçon de sourire ironique.

— J'ai justement demandé à une équipe de chefs de préparer tout ça.

— Des chefs de quel resto ? Le cinq étoiles ?

— Je crois qu'elle se moque de toi et de tout ton argent, Braden. (Ellie lui sourit.) C'est un peu exagéré.

Il maugréa.

— C'est un foutu pique-nique. Asseyez-vous. Mangez. Fermez-la.

Elle gloussa avant de se laisser tomber près d'Adam, qui lui passa un bras autour des épaules pour la serrer contre lui.

— Content de te voir, Els.

— Oui, moi aussi.

Elle lui sourit mais s'écarta imperceptiblement, ce qui suffit à me faire hausser un sourcil. Que se passait-il ?

— Alors ?

Je levai les yeux vers Braden et me rendis compte qu'il me tendait la main. Il ne cherchait pas à dissimuler son regard de braise.

Rhian vint à ma rescousse à l'instant idéal.

Mon portable se mit à sonner et, avec une grimace d'excuse, je l'extirpai de ma poche.

— Salut, Rhian.

Je tournai les talons et m'éloignai de quelques pas pour éviter qu'ils ne l'entendent à travers l'appareil.

— J'ai une urgence, débita-t-elle d'un ton monocorde. Annule ton pique-nique.

— Oh non, tu plaisantes ? (Je jouai le jeu, adoptant un ton à la fois maternel et rassérénant.) Tu vas bien ?

— Putain de merde, Joss, je croyais que tu savais mentir ? grommela Rhian. Tu parles comme un extra-terrestre qui aurait entendu parler du concept de la « compassion » mais ne saurait pas le mettre en œuvre.

Je serrai les dents pour ne pas relever la pique.

— Bien sûr que je peux parler. Une seconde.

Je me concentrai un instant pour tenter d'exécuter la « compassion » avant de me retourner vers Braden et les autres. J'avais l'impression d'avoir l'air renfrogné plutôt qu'inquiet, mais tant pis.

— Navrée, tout le monde, je vais devoir remettre ça à plus tard.

Ellie se redressa, inquiète.

— Tout va bien ? Tu veux que je t'accompagne quelque part ?

— Non, ça va. Rhian a simplement besoin de discuter. Ça ne peut pas attendre. Désolée.

Je risquai un coup d'œil en direction de Braden et pris conscience qu'il ne m'observait pas : il m'*analysait*. Avec circonspection. Je baissai rapidement la tête.

— À plus tard. (Je m'éloignai de leurs au revoir chaleureux et recollai le combiné à mon oreille.) J'étais pleine de compassion, lui grommelai-je.

— Quelqu'un qui te connaît sait que tu ne parles pas comme ça quand tu compatis.

— Alors encore heureux qu'ils ne me connaissent pas.

Ou peut-être que si, finalement... Braden semblait réellement soupçonneux.

— Ce Ed ne te plaît pas du tout, hein ?

Je grimaçai en me rappelant mon mensonge. Afin de ne pas ressasser toute l'affaire Braden avec Rhian, j'avais élaboré un bobard en affirmant qu'Ed, le fiancé de Jenna, la copine d'Ellie, était un vrai bigot que je détestais, mais que je n'avais pas voulu faire de peine à ma coloc en refusant l'invitation au pique-nique. Je m'en voulais un peu de calomnier Ed de la sorte, mais cela n'avait guère d'importance, car Rhian et lui ne risquaient pas de se rencontrer.

— Non, pas du tout.

— Tu sais que je ne suis pas dupe, pas vrai ?

Je manquai trébucher.

— Pas dupe de quoi ?

— Tu me parles d'Ellie sans arrêt, Joss. Je crois pouvoir dire sans me tromper qu'elle ne pourrait pas se lier d'amitié avec un foutu bigot. Comme je te le disais, tu es vraiment incapable de mentir.

Oh ! C'était carrément faux !

— Si, je sais mentir. Je suis même une menteuse de génie !

— Oh, tu as raison. Tu devrais le hurler encore plus fort tant que tu n'es pas trop loin d'eux.

Merde. Je me retournai discrètement pour m'assurer qu'ils étaient à une distance suffisante pour ne pas m'avoir entendue. Oui. Mon cœur reprit un rythme normal.

— Tu es une vraie connasse, maugréai-je en oubliant qu'elle venait de me rendre service.

Elle fit un petit *pfff.*

— C'est toi qui m'as menti. Sérieux, qu'est-ce qui se passe ?

Je poussai un soupir.

— On pourrait dire que c'est un de ces trucs dont on ne parle pas ?

— Non.

— Je t'en prie, Rhian.

— Tu t'en es ouverte à ta psy ?

— Non...

Je fronçai les sourcils, me demandant pourquoi elle me posait une question pareille.

— D'accord. (Elle soupira à son tour.) Je n'insisterai pas, à condition que tu me promettes de lui en parler. Et tu sais peut-être mentir, mais je sais que tu serais incapable de rompre une promesse.

— Rhian...

— Promets-le-moi.

Je secouai la tête

— Ça n'en vaut pas la peine.

— Si ça valait la peine de me mentir, alors ça en vaut la peine pour ta psy. Mets de l'ordre dans tes idées, Joss, et promets-le-moi.

— Comme tu voudras, capitulai-je, mais seulement parce que je savais que c'était sa façon toute particulière d'être une bonne amie.

Le Dr Pritchard avait des fleurs sur son bureau. Je souris. Elle avait effectivement pris note de ma remarque.

— Vous avez menti afin de ne pas être obligée de passer du temps avec Braden ?

Je me tortillai sur ma chaise, détestant Rhian de m'avoir fait promettre.

— Ouaip.

— L'autre jour, quand je vous ai demandé s'il vous attirait, vous m'avez répondu : « M'atti*rait* », en insistant bien sur le passé. Était-ce la vérité ?

Non.

— Peut-être pas.

— Donc, il vous attire.

Oh, et puis merde...

— Personne ne m'a jamais attirée plus que lui.

Le bon docteur me gratifia d'un sourire empreint d'ironie.

— D'accord. Pourtant vous l'évitez, alors même qu'il vous a clairement fait comprendre que la réciproque était vraie. Est-ce qu'il vous fait peur, Joss ?

Honnêtement ?

— Oui.

— Vous n'avez pas la moindre intention d'entamer quelque relation que ce soit avec lui ?

— Vous n'étiez pas là quand je vous ai parlé de mon passé avec les garçons ?

— Ce n'est pas pareil. Pour commencer, vous connaissez Braden.

— Je ne veux rien avoir à faire avec lui, d'accord ?

— Vous venez de m'avouer qu'il vous attirait énormément. Quand vous parlez de lui, il apparaît évident que vous l'aimez bien, alors non, je ne dirais pas que vous êtes d'accord. Vous ne voulez pas *vouloir* avoir quelque chose à faire avec lui.

— C'est pareil.

— Non, pas tout à fait. Pourquoi vous fait-il si peur, Joss ?

— Je ne sais pas, répliquai-je, aussi furieuse du cours pris par la conversation que du fait que Rhian m'ait fait promettre d'en discuter. Tout ce que je sais, c'est que je ne veux rien commencer avec lui.

— Pourquoi pas ?

J'avais parfois l'impression de m'adresser à un mur avec elle.

— Ça compliquerait tout. Entre Ellie, lui et moi. Non.

Elle inclina la tête, le visage neutre. Elle était douée pour cet exercice.

— Joss, il est peut-être temps de cesser de tout calculer et de laisser les choses se dérouler naturellement.

— La dernière fois que j'ai fait ça, je me suis réveillée à poil au lit avec deux inconnus.

— Je vous l'ai dit, ce n'est pas pareil. Vous n'êtes plus la même personne, et Braden n'est pas un inconnu. Je ne vous dis pas ni ne vous demande de faire quelque chose que vous n'avez pas envie de faire au sujet de Braden ou de n'importe quoi d'autre. Simplement, je vous conseille d'arrêter de chercher à prédire l'avenir et de prendre les choses comme elles viennent. Pas pour l'éternité, ni même pour quelques mois. Tentez l'expérience sur quelques jours, voire quelques semaines. Je sais que ça peut faire peur, mais... essayez.

Depuis plusieurs semaines, je travaillais le samedi soir au *Club 39*. Ellie était rentrée à la maison un peu plus tôt, vers l'heure du dîner, gavée comme une oie après le pique-nique et n'aspirant qu'à rester vautrée à côté de moi tandis que j'engloutissais un casse-croûte avant de me rendre au boulot.

— Alors, tout va bien avec Rhian ? me demanda-t-elle, un petit pli lui barrant le front.

Une pointe de culpabilité se logea dans ma gorge. Je ne m'étais pas sentie trop mal de mentir à Braden, puisque son virage à trois cent soixante degrés pour redevenir le canon prédateur aux yeux pervers et au sourire qui criait braguette était ce qui m'avait poussée à mentir dans un premier temps. Toutefois, abuser Ellie était une tout autre histoire, qui me rendait plus que légèrement mal à l'aise.

Je marmonnai une vague réponse, la bouche pleine de pâtes, en acquiesçant tout en fuyant son regard. J'espérais qu'elle comprendrait que je ne tenais pas à en parler.

Comme je n'obtins pour toute réponse que son silence, je levai les yeux et la vis qui m'observait avec curiosité. J'avalais ma bouchée.

— Quoi ?

Elle haussa les épaules.

— C'est juste... pendant que Braden me raccompagnait jusqu'ici, il a dit qu'il pensait que peut-être... peut-être tu avais menti au sujet de ce coup de téléphone de Rhian afin de pouvoir éviter le pique-nique.

Punaise, il était vraiment bouffi d'orgueil !

Peu importait qu'il ait raison.

Je m'esclaffai.

— Quoi ? À cause de lui ?

Elle haussa à nouveau les épaules.

— Est-ce qu'il a vu juste ?

J'esquivai de nouveau son regard.

— Nan.

— Bon, simplement pour te prévenir : j'ai l'impression qu'il mijote quelque chose.

J'arquai un sourcil.

— Comme quoi ?

Elle soupira en se rencognant dans son fauteuil.

— Avec Braden, on ne sait jamais à quoi s'attendre. Seulement, à force, j'ai appris à repérer les signes avant-coureurs. Je connais mon frère mieux qu'il ne le pense. Il t'a dans la peau, Joss. À dire vrai, je suis même agréablement surprise qu'il se soit montré aussi patient. Même si cela signifie sans doute qu'il est prêt à tout pour t'avoir.

J'étais stupéfaite et incapable de prétendre le contraire. Je m'adossai, oubliant momentanément mon repas.

— Dans la peau ? Prêt à tout ?

— Même si la vie sexuelle de mon frère me dégoûte, je ne peux pas toujours éviter d'en entendre parler et, à ce que j'entends, Braden obtient toujours ce qu'il désire.

Je ricanai.

— Je t'en prie, Ellie, tu penses vraiment que c'est moi qu'il désire ? Je ne suis pas franchement son genre. Jocelyn Butler est loin d'être un top model.

Elle sembla perplexe.

— Tu plaisantes, n'est-ce pas ?

— Euh... à quel sujet ?

— Toi. (Elle me montra du doigt avec indignation.) Tu es carrément canon, Joss. Certes, tu ne ressembles pas aux magnifiques portemanteaux sur lesquels il craque d'habitude, mais tu as des yeux incroyables, une voix rauque de téléphone rose, une poitrine que je jalouse, et cette sorte de réserve boudeuse qui est à mille lieues de la personne cool et amusante que tu peux être. Crois-moi, j'entends parler les mecs. Tu es différente, et comme on ne les refera pas, ils ne peuvent pas s'empêcher de te voir comme un défi. Tu es une vraie bombe.

J'étais ébahie. Était-ce vraiment ainsi que les gens me considéraient ? Gênée, je ramassai ma fourchette en marmonnant un « N'importe quoi » sans conviction.

Je sentais le sourire de ma coloc sans même la regarder.

— Tu as vraiment besoin d'un miroir.

Je haussai les épaules.

Puis Ellie se tut, et je me surpris à l'examiner pour m'assurer qu'elle allait bien. Elle ne souriait plus.

— Il aura beau le nier, tu l'intéresses vraiment, Joss. Il n'arrête pas de me parler de toi, ce qu'il ne m'avait encore jamais fait et, crois-moi, j'ai perdu au moins trois amies qu'il a fait sortir de ma vie en couchant avec elles avant de les jeter comme de vieilles chaussettes. Je ne lui raconte presque rien...

Tu lui as parlé de ma famille.

— … parce que tu ne me racontes presque rien, alors évidemment, ça ne fait que l'intriguer davantage. Et comme je le disais, Braden obtient généralement ce qu'il désire.

— Par pitié, me vexai-je, accorde-moi au moins ça : je ne tombe pas dans le lit du premier beau mec venu sous prétexte qu'il obtient généralement ce qu'il désire. Devine quoi ? Moi aussi j'ai l'habitude d'obtenir ce que je veux. Et ce que je veux, c'est *ne pas* tomber dans son lit.

C'était comme si elle ne m'avait même pas entendue.

— Si tu devais finir par craquer, sois douce avec lui, d'accord ? Il a déjà été maltraité par le passé, je ne voudrais pas que cela se reproduise.

J'entendis ma fourchette choir bruyamment dans mon assiette quand mes doigts prirent de leur propre chef l'initiative de la lâcher.

— Attends une seconde. Ce qui t'inquiète, c'est que, *moi*, je *lui* fasse du mal ?

Elle eut un sourire d'excuse.

— Tu es quelqu'un de bien, et le fait que tu ne fasses confiance à personne est très difficile à vivre pour ceux qui tiennent à toi. Quant à Braden, quand il tient à quelqu'un, il se doit de tout savoir afin de connaître les bases pour pouvoir les protéger. Il faut absolument qu'il soit celui sur qui on peut compter. Il est comme ça. S'il démarrait quelque chose avec toi, il ne serait blessé que si tu ne t'ouvrais pas à lui.

J'entendis vaguement la fin de son discours. Tout ce qui résonnait encore dans ma tête était : « Tu es quelqu'un de bien, et le fait que tu ne fasses confiance à personne est très difficile à vivre pour ceux qui tiennent à toi. »

— Est-ce que mon comportement te fait de la peine, Ellie ?

Je refusais d'admettre à quel point sa réponse me faisait peur.

Elle poussa un profond soupir, semblant peser chacun de ses mots.

— Au début, un peu. Mais le fait de savoir que tu ne le fais pas exprès rend les choses un peu moins difficiles. Est-ce que j'aimerais que tu me fasses plus confiance ? Oui. Est-ce que je vais t'y forcer ? Non. (Elle se leva.) Sache simplement que si un jour tu veux te fier à moi, je serai là. Et tu peux tout me dire.

Je sentis ma gorge se serrer, et dus me contenter d'un hochement de tête. Afin de dissiper le trouble qui s'était emparé de moi, Ellie me sourit.

— Je sors avec Braden et Adam, ce soir. J'ai été plutôt froide avec Adam aujourd'hui. Ça l'a mis en colère.

Hum, qu'est-ce que tu complotes, jeune fille ?

— Tu t'amuses avec lui ?

Elle se renfrogna.

— Hier, j'ai découvert qu'il avait menacé Nicholas alors qu'il voulait me proposer de sortir. Alors oui, je m'amuse.

— Waouh, attends une seconde.

Je repoussai cette fois mon assiette tout entière, complètement perdue. J'avais déjà rencontré ce Nicholas. C'était l'un des amis d'Ellie qui venaient parfois traîner à l'appartement. Et il enseignait dans la même UFR qu'elle.

— Adam a fait quoi ?

— J'ai fait tout un laïus hier sur le fait que je n'avais pas eu de rencard depuis des mois, et Nicholas m'a dit que si Adam arrêtait de mettre en garde mes cavaliers potentiels, il n'en serait peut-être pas ainsi. J'étais si désorientée qu'il m'a expliqué qu'il avait prévu de me proposer de sortir il y a quelques mois, et qu'il était allé demander à Adam où il lui conseillerait de m'emmener. (Elle serra les mâchoires rien que d'y penser.) En guise de réponse, Adam l'a simplement menacé. Physiquement. Il lui a dit de ne pas m'approcher. Sans explication. Juste un « pas touche ».

J'eus un petit rire incrédule.

— Et bien sûr, Adam est supercarré tandis que Nicholas est maigre comme un clou. Alors évidemment, ça l'a fait réfléchir.

— Exactement.

— Mais à quoi il joue, bon Dieu, ?

— C'est précisément ce que j'aimerais découvrir. S'il veut jouer au plus bête, on verra bien qui va gagner.

Je devais bien reconnaître que ce côté-là d'Ellie me plaisait. Ceux qui pensaient pouvoir lui marcher sur les pieds se mettaient le doigt dans l'œil. Je lui adressai un large sourire.

— Donc tu le snobes, hein ?

Elle sourit joyeusement en retour avec un air de petit ange diabolique.

— Et ce soir, je compte bien mettre les bouchées doubles. Il se peut même que je flirte avec quelqu'un au hasard, pour voir si ça lui hérisse le poil. Alors je pourrai lui demander à quoi il joue. C'est lui qui ne voulait pas qu'on soit plus que des amis.

— Eh bien, en général, je n'encourage pas ce genre de jeu, mais dans le cas présent, il l'a bien mérité. Je n'arrive pas à croire qu'il ait menacé des gars derrière ton dos. J'attends avec impatience le prochain compte rendu, mademoiselle Carmichael.

Ellie pouffa et s'empressa d'aller se changer pour la soirée, me laissant terminer mon dîner afin que je puisse aller me doucher avant de partir travailler.

Craig était de service ce soir-là, tout comme moi et Alistair, un autre barman avec qui j'avais déjà travaillé à quelques reprises. Les gars se sentaient d'humeur joyeuse, et le bar était comble. Comme mes collègues s'efforçaient au mieux de me faire rire, les minutes défilaient et je m'éclatais bien. Notre enthousiasme déteignait sur l'ambiance de la boîte, et de plus en plus de clients s'amassaient au comptoir pour boire leur verre et plaisanter comme nous pouvions le faire de l'autre côté du zinc.

— Si je rattrape ce shaker, me cria Craig à travers la pièce, tu acceptes enfin de baiser avec moi, Joss.

Tout le monde gloussa tandis que je lui souriais en servant deux whiskies-Coca aux filles devant moi.

— Aucune chance, Tom Cruise.

Craig avait de superréflexes. J'étais sûre de perdre.

— Tu me brises le cœur, chérie.

Je l'envoyai paître d'un geste de la main avant de tendre leur boisson à mes clientes et de les encaisser.

— Et moi, Joss ?

Alistair m'adressa un sourire aguicheur, mais je savais qu'il plaisantait. Il était fiancé, et heureux de l'être, avec une étudiante de Napier. Toutefois, il avait beau être fidèle, il flirtait aussi ostensiblement que Craig.

— Euh, je vais y réfléchir, répliquai-je suffisamment fort pour que Craig puisse m'entendre.

Ce dernier poussa un gémissement affecté et fit la moue à la beauté dont il traitait la commande.

— Elle me tue.

La fille pouffa, une étincelle dans le regard. Je roulai les yeux quand Craig lui saisit la main pour la plaquer sur sa poitrine.

— Tu sens ? C'est mon cœur qui se brise.

— Oh, non ! me lamentai-je, honteuse pour lui. Tu pourrais être plus ridicule ?

— Bien sûr que oui.

Alistair éclata de rire.

— Crois-le ou non, mais c'est l'une de ses meilleures techniques d'approche.

Craig lui fouetta la tête d'un coup de torchon.

Moqueuse, je passai derrière lui pour aller chercher la bouteille de rhum, puis me hissai sur la pointe des pieds pour lui planter un baiser sur la joue. Cela nous valut les ovations du public, mais les huées d'Alistair.

À force de nous comporter comme des idiots, nous ne vîmes pas passer l'heure suivante, et le pot à pourboires se remplissait rapidement. La salle était de plus en plus bondée, de sorte que je ne pensais qu'au travail et à mes collègues. Ainsi, le fait que je sente son regard sur moi en disait probablement long...

Quand ma peau fourmilla, je dressai brusquement la tête et parcourus la foule jusqu'à la porte d'entrée ; mes yeux glissèrent sur Adam et Ellie, qui suivaient Braden vers le comptoir – Braden, qui déambulait au côté d'une grande brunette lui tenant fermement le bras des deux mains.

Nos regards se croisèrent, et ce fut comme s'il ne me reconnaissait pas. Il baissa même la tête pour chuchoter quelque chose à l'oreille de sa conquête, ce qui la fit ricaner.

Un certain malaise me noua l'estomac, et je me tournai rapidement vers Ellie. Elle observa son frère en fronçant les sourcils, puis adressa un œil noir à Adam, dont elle repoussa la main. Elle partit à grands pas rejoindre Braden, qui s'était débrouillé pour convaincre des gens assis à une table de se serrer suffisamment sur le canapé en cuir pour que lui, sa mystérieuse cavalière, Ellie et Adam puissent s'installer à leur tour.

Tout le monde se glissa sur la banquette, sauf Ellie, qui les toisait furieusement. Adam lui dit quelque chose, mais elle fit non de la tête, semblant plus colère que jamais ; Adam s'assombrit. Ses mains jaillirent telle une langue de serpent et la contraignirent à s'asseoir à côté de lui. Elle se débattit pour se libérer, mais il lui passa le bras autour de la taille, posa la main sur sa hanche – un geste apparemment naturel, mais son étreinte était visiblement puissante, et ce qu'il lui chuchota à l'oreille la fit se calmer.

Elle n'en avait pas pour autant le regard moins froid.

Inquiète, j'observai Braden, qui n'avait rien suivi de la scène, trop occupé à discuter avec sa brunette.

Je me détournai rapidement, pas du tout préparée à subir la brusque accélération de mon rythme cardiaque et le sentiment d'oppression dans ma poitrine.

Honnêtement, je ne savais jamais sur quel pied danser avec lui. Un instant il me faisait les yeux doux, le suivant c'était comme si je n'existais pas. J'étais résolue à ne pas le laisser m'atteindre. Je finis de m'occuper de mes clients et me tournai vers Alistair.

— J'ai aperçu des amis à moi. Vous pouvez gérer le bar pendant que je leur apporte à boire ?

— Bien sûr.

Faisant peu de cas des papillons qui jouaient dans mon ventre, je traversai la salle en remerciant bêtement mon boss du débardeur sexy qu'il me forçait à porter. Si, bien que légèrement transpirante, je voulais tenter de tenir la comparaison avec la brunette et sa robe droite chatoyante, j'allais devoir tirer le meilleur profit de ce top.

Tandis que j'approchais de leur table, le regard glacial d'Ellie se réchauffa et elle me sourit, visiblement soulagée de me voir.

— Salut, tout le monde, lançai-je assez fort pour couvrir le bruit de la musique. Je vous sers quelque chose ?

— Oh, pas la peine, répondit Adam avec un sourire. Darren s'en occupe.

Il désigna quelqu'un du doigt, et j'aperçus en me retournant un grand rouquin bien soigné se frayant un passage jusqu'au comptoir.

Je fronçais des sourcils interrogateurs.

— Darren ?

— Mon mari.

La réponse émanait de la brunette, et je la dévisageai, surprise. Tandis que je la voyais assise tout contre Braden, mon esprit tentait de comprendre en quoi la scène qui se déroulait devant moi et ce qu'elle venait de dire pouvaient être liés. Je croisai le regard de Braden, qui se fendit d'un rictus froid, comme s'il avait deviné que je l'avais prise pour l'une de ses Barbie.

— Je te présente Donna, la femme de Darren. Darren est le manager du *Fire*.

Oh.

Eh bien, j'étais toute penaude.

Braden et moi nous considérâmes à nouveau, et son sourire s'élargit.

Les soupçons dont m'avait fait part Ellie me revinrent en tête : « Bon, simplement pour te prévenir : j'ai l'impression qu'il mijote quelque chose. »

Qu'il aille au diable ! Il voulait que je prenne Donna pour son rencard. Il voulait apercevoir le soulagement dans mes yeux quand je me rendrais compte du contraire. Et que j'aille au diable, car je la lui avais servie sur un plateau.

— Enchantée. (Je la saluai d'un signe de tête.) Je vais dire à ton mari de retourner s'asseoir, sinon il va y passer des heures. Je vous apporte vos boissons.

— Merci, Joss.

Ellie m'adressa un faible sourire.

Je me rembrunis, détestant la sentir si mal à l'aise. Je tendis la main et lui serrai l'épaule d'un air rassurant, remarquant la main d'Adam toujours fermement posée sur sa hanche. Je le menaçai discrètement du regard, et le vis hausser des sourcils surpris. Sans plus me soucier de Braden ou de son petit jeu, je me faufilai jusqu'à Darren, me présentai, et lui conseillai d'aller s'asseoir après avoir pris sa commande.

— Il est revenu, me dit Craig à l'oreille en se penchant vers moi sans cesser d'agiter son shaker.

— Qui ça ?

— Le type à qui Jo a tenu la jambe pendant des heures quand il est passé la dernière fois.

— Braden. (J'opinai et levai les yeux vers lui ; je ne m'étais pas rendu compte que nous étions si proches l'un de l'autre, à quelques centimètres à peine.) Jo voulait faire de lui son prochain portefeuille sur pattes.

— D'après les poignards que je sens dans mon dos, j'ai dans l'idée qu'il préférerait servir de portefeuille à quelqu'un d'autre.

Je reculai et levai les yeux au ciel.

— Je n'ai besoin de rien, Craig.

Il se retourna alors vers Braden.

— Il me perturbe. La dernière fois, il n'a pas cessé de te dévisager comme si tu lui appartenais, et voilà qu'il recommence. Il se passe un truc entre vous ?

— Rien du tout. Je te l'ai dit : je n'ai besoin de rien.

Craig étrécit les yeux et, quand il m'examina de nouveau, son visage se fendit d'un sourire malicieux.

— Peut-être que moi, j'aurais besoin d'un portefeuille.

Puis il m'embrassa, me maintenant la nuque d'une main tout en glissant sa langue dans ma bouche, le corps plaqué contre le mien.

La stupeur me paralysa, puis la surprise de sentir le toucher agréable de ses lèvres me fit rester sur place. Craig savait embrasser, ce n'était rien de le dire. Des sifflets et des vivats rompirent le charme, et je le repoussai d'une main sur la poitrine.

— Euh… (Je cillai, essayant de comprendre ce qui se passait.) Qu'est-ce que tu viens de faire, là ?

Craig m'adressa un clin d'œil appuyé.

— Je rends jaloux M. Pognon et j'en tire énormément de plaisir !

Je secouai la tête, incrédule, et le repoussai avec véhémence. Je surpris le large sourire d'Alistair quand Craig chancela dans sa direction, visiblement fier de lui. Alors que je m'affairais à préparer les boissons de mes amis, je me forçai à ne pas lever les yeux. Je ne voulais pas savoir si Craig avait raison pour Braden. Je refusais d'admettre l'existence éventuelle de sentiments dans un sens ou dans l'autre. Mais j'étais sacrément soulagée que quelqu'un d'autre constate son manège autrement que par l'aspect romantique et jusqu'au-boutiste qu'avait remarqué Ellie. Au moins, je savais désormais que je ne souffrais pas d'hallucinations.

Car n'étais-je pas qu'une boule d'hormones en ébullition ?

Je déposai les verres sur un plateau, quittai l'abri relatif du comptoir, fis mine de ne pas entendre le « Salut, chérie » d'un client ayant probablement assisté au *Craig Show*, et je fendis la foule pour apporter leur commande à Ellie & Cie sans en renverser une goutte.

— Et voilà.

Je posai mon fardeau sur la table et entrepris la distribution.

— Euh, c'était quoi, ça ? me demanda Ellie, les yeux ronds de surprise, quand je lui tendis sa boisson.

J'ignore ce qui me prit de penser que faire l'imbécile résoudrait tous mes problèmes.

— C'était quoi, quoi ?

Adam grogna.

— Ce type qui a mis sa langue dans ta gorge ?

J'étais incapable de me tourner vers Braden, car je sentais son regard brûlant me… euh… me consommer. Je haussai les épaules.

— C'est juste Craig.

Puis je m'esquivai avant qu'ils puissent poursuivre leur interrogatoire.

Toutefois, Craig ne se contenta pas de fourrer sa langue dans ma bouche : durant les quarante minutes qui suivirent, il intensifia son flirt, m'embrassant dans le cou, me caressant le cul, me provoquant sans arrêt avec des propos cochons.

J'imagine que, puisque je ne m'étais pas mise en colère quand il m'avait embrassée, il se figurait que tout était permis. Et en vérité, je ne fis rien pour le démentir. J'avais décidé d'envoyer un message à Braden.

Nous n'étions pas amis.

Et nous ne serions jamais rien de plus que pas amis.

En conséquence, nous n'étions… rien du tout.

— C'est l'heure de ta pause, Joss !

Alistair me fouetta les fesses à l'aide d'un torchon en reprenant son service.

Je poussai un soupir.

— Putain, je vais te reprendre ce machin si tu n'arrêtes pas de t'en servir comme d'une arme. Sérieux, c'était vraiment nécessaire ?

Il me décocha un large sourire.

— Quoi ? Tu aurais préféré ma langue dans ta bouche ?

— Très marrant.

Je tournai les talons et disparus dans la salle réservée au personnel. Il y avait un vestiaire exigu doté d'un petit canapé, d'un distributeur de friandises et de quelques magazines. La porte à droite menait au bureau du manager, mais Su ne venait qu'un week-end sur deux, car elle bossait déjà à plein temps durant la semaine. Et une fois sa porte fermée, tous les bruits du bar disparaissaient. La tête bourdonnant, en proie à une montée d'adrénaline à cause de Braden et de Craig, je m'enfermai donc dans son bureau avec une canette de Coca et m'affalai contre sa table.

Encourager Craig dans son délire n'avait pas été très malin. Si nous avions l'habitude de nous provoquer de la sorte, il avait franchi ce soir la ligne jaune, et je l'avais laissé faire. Tout ça parce que Braden m'embrouillait l'esprit. Je haïssais ce pincement que j'avais ressenti en pensant que Donna était sa copine. Je haïssais le fait qu'il ait su que j'avais ressenti quelque chose. Et pour couronner le tout, je haïssais le fait de soupçonner qu'il avait manigancé tout ça.

Je devais trouver le moyen de lui faire comprendre une bonne fois pour toutes qu'il ne se passerait jamais rien entre nous.

Je cessai de contempler le tapis en entendant s'ouvrir la porte de Su ; je me redressai, soudain envahie par une volée de papillons frénétiques alors que Braden entrait dans la pièce et refermait derrière lui.

Il me dévisagea d'un air calculateur, les traits tendus, indéchiffrables.

Il semblait furieux.

— Qu'est-ce que tu fous ici ?

Il ne me répondit pas, et mes yeux s'égarèrent de nouveau, parcoururent son corps malgré eux, embrassant le pull ras du cou très classe et le pantalon noir de couturier. Le seul accessoire qu'il arborait était une montre de sport très luxueuse en platine. Son élégance et le fait qu'il ne se soit pas rasé depuis quelques jours contribuaient à rendre l'ensemble extrêmement attractif.

Je sentis à nouveau ce pincement au plus profond de moi, et ma mâchoire se contracta. Pourquoi fallait-il qu'il m'excite à ce point ? Ce n'était pas juste.

Pour masquer mon trouble, j'avalais une gorgée de soda.

— Alors ?

— Je n'aime pas partager.

Je soutins son regard et, même si cela me paraissait impossible, il sembla encore plus furieux qu'avant. Dans cette toute petite pièce, Braden paraissait aussi immense qu'intimidant, et le contraste entre nos deux physionomies n'en était que plus saisissant. Il pouvait m'écraser comme un insecte si tel était son désir.

— Quoi ?

Il étrécit les yeux.

— J'ai dit que je n'aimais pas partager.

Je repensai à Vicky.

— Ce n'est pas ce que j'ai entendu dire.

— Disons les choses autrement. (Il approcha d'un pas, bouillant de colère.) Quand il s'agit de toi... je n'aime pas partager.

Je n'eus pas le temps d'y réfléchir. Un instant, je le contemplai d'un air incrédule, l'instant suivant, ma canette gisait à terre et mes fesses se posaient sur le bureau tandis que Braden se collait contre moi. Sa chaleur et sa puissance me submergèrent quand sa large main se referma sur ma nuque, tandis que de l'autre il soulevait ma cuisse gauche afin de prendre place entre mes jambes et me positionner correctement. Sa bouche se plaqua contre la mienne, et le désir que mon corps subissait depuis des semaines prit le pouvoir. Je m'agrippai à lui, enfonçant mes doigts dans son dos, enserrant ses hanches de mes jambes, tandis que j'entrouvrais les lèvres pour pousser un soupir de soulagement qui autorisa sa langue à venir agacer la mienne. Son odeur, son haleine qui sentait le whisky, ses mains chaudes me serrant fermement... tout cela me submergea et je laissai échapper un son rauque que je ne pus réprimer.

Son baiser dissipa tous mes souvenirs de Craig.

La pression de ses doigts sur mon cou s'accentua, et il gémit à son tour ; la vibration de ce son se répercuta dans tout mon corps, telles des mains effrontées, me torturant les mamelons, me soufflant sur le ventre, s'immisçant entre mes cuisses. Il m'embrassa plus profondément, plus avidement – une succession de baisers envoûtants qui dérobaient chacune de mes respirations. Nous haletions tout en nous mordant respectivement la bouche, incapable de l'explorer tout entière. Mes ongles s'enfonçaient dans son pull tandis que je l'encourageais à se rapprocher encore.

Quand je pris conscience de son érection contre moi, je succombai. Mon estomac se noua, et sa bouche étouffa ma plainte. Ma petite culotte était trempée. Mon désir ne fit que croître lorsque Braden remonta sa main le long de ma taille pour venir m'effleurer le sein avant de s'arrêter à la lisière de mon débardeur. Il interrompit notre baiser et se recula de quelques centimètres afin de pouvoir m'observer dans les yeux. Les siens étaient sombres, à moitié masqués par ses cils ; sa bouche était rouge de morsures. Je sentis deux de ses doigts se faufiler sous la bretelle de mon top et l'abaisser suffisamment pour dévoiler la partie gauche de mon soutien-gorge. Il ne me quitta jamais du regard en effectuant la même manœuvre avec mon sous-vêtement.

L'air frais vint caresser ma poitrine dénudée, et mon téton se dressa, provocant. Dès que Braden l'avisa, sa main vint se refermer dessus. Il me pétrit le sein, le faisant davantage durcir à force de cercles rapides dessinés du bout du pouce. Je retins mon souffle en le sentant se crisper tandis que le désir inondait mon entrejambe. Ses yeux remontèrent jusqu'à mon visage.

— Ça te plaît, bébé ? murmura-t-il en contemplant mes lèvres. Tu aimes sentir mes mains sur toi ?

À dire vrai… ouais !

— Ou… (il baissa la tête pour venir poser délicatement sa bouche sur la mienne)… ou celles de n'importe quel homme feraient l'affaire ?

Il me fallut quelques instants pour saisir la portée de ces mots, mais, lorsqu'ils firent mouche, j'en ressentis la violence et m'écartai de lui, furieuse. Mes bras quittèrent son dos pour remonter soutien-gorge et débardeur.

— Va te faire foutre, aboyai-je en tentant de le repousser.

En réaction, il accentua la pression de son bas-ventre et me saisit les poignets pour empêcher mes poings déjà fermés de s'abattre sur lui.

— C'étaient quoi, ces conneries, dehors ? m'invectiva-t-il.

À l'évidence, il était toujours excité, car sa virilité me provoquait encore, encourageant mon corps à entrer en guerre avec ma tête.

— Ça ne te regarde pas.

— Tu baises avec lui ?

— Ça ne te regarde pas !

Il émit dans sa barbe un léger grognement et me tira sur les bras.

— Étant donné que j'ai moi-même envie de te baiser, si, ça me regarde. Et étant donné que tu désires visiblement que je te baise, je pense qu'il est dans ton intérêt de me répondre.

— Tu es un gros connard arrogant et égocentrique, tu es au courant ? fulminai-je, résolue à ne pas me laisser dicter ma conduite par ce mâle dominant dégoulinant de testostérone. Je ne coucherais pas avec toi même si tu étais le dernier être humain sur Terre !

Ce n'était pas une repartie des plus originales. J'en avais conscience. Et c'était clairement la pire des choses à lui balancer.

Sans me lâcher les mains, il m'embrassa de nouveau, me mordillant furieusement les lèvres, me torturant de son membre raidi. Mon corps se languissait et ma bouche s'entrouvrit pour l'inviter à y pénétrer. Je tentai de feindre de me débattre, mais j'étais bien plus intéressée par le fait d'être investie que par celui de contrôler la situation.

— Est-ce que tu couches avec lui, Jocelyn ? me murmura-t-il d'un ton aguicheur tout en déposant un chapelet de baisers le long de ma mâchoire.

— Non, soufflai-je.

— Est-ce que tu veux coucher avec lui ?

— Non.

J'étais vaguement consciente de l'étau qui se desserra autour de mes mains quand celles-ci, de leur propre initiative, vinrent réclamer leur dû sur le ventre tendu de Braden.

— Est-ce que tu veux que je te baise ? me grogna-t-il à l'oreille.

Je frémis d'impatience. *Oui !*

Au lieu de lui répondre la vérité, je secouai la tête afin de ne pas perdre toute maîtrise des événements.

Puis ses doigts glissèrent entre mes cuisses, et deux d'entre eux vinrent frotter puissamment sur la couture de mon jean. L'excitation fit déferler en moi des torrents de frissons.

— Oh, mon Dieu..., gémis-je en me plaquant contre lui.

Une fois de plus, ses lèvres effleurèrent les miennes, et alors que je réclamais un contact plus profond, plus humide, Braden se recula.

— Est-ce que tu veux que je te baise ?

Ma colère éclata, et j'ouvris en grand les paupières pour le foudroyer du regard.

— Bordel, qu'est-ce que tu crois ?

J'attirai sa tête vers moi, et nos langues se trouvèrent enfin, m'accordant gain de cause. Ses bras entourèrent ma taille, nous compressant l'un contre l'autre tandis que nos bouches se dévoraient avidement. L'impatience nous rendait fébriles, et les mains puissantes de Braden se frayèrent un chemin le long de mon dos et jusqu'à mes fesses, qu'il souleva sans effort. Mon corps comprit ce qu'il voulait, et mes cuisses se refermèrent automatiquement autour de ses hanches quand il se retourna et effectua les deux pas me séparant du mur. Son érection tenta de transpercer le V de mon jean quand, d'un coup de reins, il fit mine de me pénétrer. La satisfaction et le désir achevèrent d'abattre mes dernières réserves, et je suffoquai tout contre sa bouche, en réclamant silencieusement davantage.

— Oh merde... désolé !

La voix d'Alistair me parvint à travers mon esprit embrumé et j'écartai ma bouche de celle de Braden. Ma poitrine se levait et s'abaissait rapidement tandis que j'essayais de retrouver mon souffle.

Je contemplai mon collègue, horrifiée, tandis que la réalité reprenait le dessus.

C'est. Quoi. Ce. Bordel ?

Oh merde, merde, merde ! J'invoquai toute la maîtrise de moi dont je pouvais encore disposer.

— Merde, soufflai-je.

Le regard perplexe d'Alistair alla se poser sur le visage de Braden avant de revenir vers le mien.

— Ta pause est finie.

Je ravalai la boule de panique qui m'obstruait la gorge.

— J'arrive tout de suite.

Dès qu'il fut parti, je sentis la pièce se refermer sur moi. J'étais toujours accrochée à Braden. Je dépliai les jambes, et il me déposa doucement au sol. Quand mes pieds y furent solidement ancrés, je plaquai une main sur sa poitrine pour le repousser.

— Je dois retourner travailler.

Des doigts délicats m'attrapèrent le menton et me forcèrent à plonger les yeux dans les siens. Il arborait un air assuré, déterminé, maîtrisé, en parfaite contradiction avec sa bouche enflée et ses cheveux ébouriffés.

— Il faut qu'on parle.

De ma cruelle absence de volonté ?

— Je n'ai pas le temps maintenant.

— Alors je passerai demain soir.

— Braden…

Il resserra les doigts autour de mon menton, me réduisant au silence.

— Je passerai demain soir.

Cela n'était pas en train d'arriver. Comment pouvais-je le laisser faire ?

— Braden, je ne veux pas qu'il se passe quoi que ce soit entre nous.

Il dressa un sourcil circonspect.

— Va dire ça à ta petite culotte trempée, bébé.

Je le toisai d'un œil noir.

— T'es vraiment un gland.

Il me sourit et me déposa un baiser rapide sur les lèvres.

— À demain.

Je le rattrapai par le pull, l'empêchant de partir.

— Braden, je suis sérieuse !

Il ricana, décrocha patiemment chacun de mes doigts, puis recula d'un pas.

— J'ai une proposition à te faire : je passerai demain soir pour en discuter.

Argh ! Il est sourd, ou quoi ?

— Braden…

— Bonne nuit, Jocelyn.

— Braden…

— Oh. (Il se retourna vers moi en atteignant la porte, et son expression se durcit.) J'attendrai la fermeture pour vous mettre dans un taxi, Ellie et toi. Si je te reprends à flirter avec ce petit branleur, je lui pète les dents.

Et il disparut.

J'en restai béate quelques instants, n'arrivant pas à croire que j'avais laissé cette scène se dérouler sans rien faire. Toutefois, mes lèvres palpitaient suite à tous ces baisers torrides, mes joues me brûlaient encore d'avoir frotté contre sa barbe de trois jours râpeuse, mon cœur battait toujours la chamade et ma culotte était *vraiment* humide.

Pis encore : j'étais si excitée que j'envisageai un instant de verrouiller la porte pour terminer seule ce qu'il avait commencé.

Demain, je mettrai un terme à tout ça. Si Braden pouvait à ce point me chambouler, il était hors de question que nous allions plus loin.

Peut-être que je devrais déménager.

Ma poitrine se comprima à l'idée d'abandonner Ellie et l'appartement de Dublin Street. Non ! J'en étais capable. J'allais remettre ce salopard pédant à sa place.

J'opinai d'un air déterminé et, en m'éloignant du mur, sentis mes jambes flageoler dangereusement.

Je levai les yeux au ciel. Pourquoi diable fallait-il qu'il fût la version humaine d'une bombe nucléaire à radiations sexuelles ? Je me rhabillai du mieux que je pus sans cesser de grommeler, puis j'allai reprendre ma place derrière le comptoir sans m'inquiéter des airs interrogateurs d'Alistair, du regard brûlant de Braden ou des tentatives d'approche de Craig.

J'aimais autant que les dents de ce dernier restent à sa place, merci bien.

11

Mes clés tintèrent sur le buffet en noyer de l'entrée, ce qui fut le premier bruit assez puissant pour rompre le silence pesant entre Ellie et moi. Après une soirée agitée au *Club 39*, j'avais généralement la tête qui bourdonnait, et il me fallait quelques heures de détente avant de pouvoir aller au lit. Ce soir-là était pire que les autres. Je sentais encore Braden dans ma bouche, sur mon sein, entre mes jambes. Bon Dieu, son odeur et son goût refusaient de m'abandonner. Et je m'étais comportée comme si de rien n'était tandis qu'il respectait sa promesse en nous mettant, Ellie et moi, dans un taxi, à la fermeture du bar. Je ne lui avais même pas adressé la parole.

Pas plus qu'à quiconque.

Alistair et Braden étaient les deux seuls à savoir pourquoi. Craig m'avait observée d'un air confus pendant tout le reste de la soirée, se demandant sans doute où ma bonne humeur était passée ; pour ma part, je m'étais efforcée d'éviter le regard d'Ellie. Je l'avais évité dans le bar, je l'avais évité sur le trottoir, je l'avais évité dans le taxi, et je l'évitais encore maintenant. Je retirai mes chaussures d'un coup de pied tout en lui tournant le dos, et je la laissai dans l'entrée pour aller me chercher un verre d'eau dans la cuisine.

— On ne va pas en discuter, donc ? me demanda-t-elle doucement en m'emboîtant le pas.

Je lui jetai un rapide coup d'œil par-dessus mon épaule, feignant de ne pas comprendre.

— Discuter de quoi ?

Elle me toisa d'un air exaspéré.

— Du fait que Braden ait été furax de voir Craig t'embrasser, qu'il t'ait suivie dans la salle du personnel, qu'il y soit resté enfermé avec toi pendant plus de vingt minutes et qu'il en soit ressorti dans le même état que si on l'avait jeté en pâture à une femme privée de sexe et de vibromasseur depuis dix ans.

Je ne pus m'en empêcher. J'éclatai de rire en visualisant la scène.

Ellie ne partagea pas mon hilarité.

— Joss ! Sérieux, qu'est-ce qui se passe ?

Mon rire mourut sur mes lèvres.

— Il m'a embrassée. On s'est arrêtés. Ça ne se reproduira plus.

— Braden ne fera pas machine arrière s'il pense que tu es intéressée.

— Je ne suis pas intéressée.

Je suis carrément *intéressée.*

— Je pense que si, et je...

— Ellie. (Je pivotai pour lui faire face, les nerfs à vif.) Stop, d'accord ? S'il te plaît. Je n'ai pas envie d'en parler.

Elle eut l'air d'un enfant venant de se voir confisquer son jouet préféré.

— Mais...

— Ellie.

— D'accord.

Elle soupira.

Afin de détourner la conversation, je m'adossai au comptoir et arquai le sourcil droit avec inquiétude.

— Alors, c'était quoi cette histoire entre Adam et toi, ce soir ?

— Pareil que toi. Je n'ai pas envie d'en parler.

Ouais, c'est ça.

— Ellie…

Elle étrécit alors ses yeux clairs et tristes.

— Bon, d'accord, je meurs d'envie d'en parler. Merde, comment tu fais pour toujours tout garder pour toi ? (Elle fit la moue.) C'est vraiment trop difficile.

Je souris en secouant la tête.

— Pas pour moi.

Elle me tira la langue et s'affala mollement sur une chaise de cuisine.

— Je suis vidée. La soirée a été éprouvante.

— D'où ton air grincheux ?

— Je ne suis pas grincheuse.

— Un petit peu.

— Eh bien, tu le serais toi aussi si tu avais dû supporter Adam jusqu'à la fermeture.

Je me glissai sur le siège voisin du sien en me demandant si j'allais devoir mettre les bouchées doubles en salle de muscu pour flanquer une correction à ce salaud.

— Qu'est-ce qui s'est passé, ma belle ?

— Je n'y comprends rien. (Elle grimaça, me contempla d'un œil malheureux.) Il n'arrête pas de dire que nous ne sommes qu'amis, tout en se comportant comme si ça n'était pas le cas. Braden est tellement focalisé sur toi qu'il n'a même pas remarqué son comportement de ce soir, et Adam en a tiré profit.

— Je l'ai vu faire son possessif avec toi, te forcer à t'asseoir à côté de lui et tout ça.

— Possessif ? Plus j'essayais de me montrer distante, plus il envahissait mon espace. Puis quand Braden a disparu avec toi, j'ai crevé l'abcès. Je lui ai parlé de

Nicholas avant de lui demander pourquoi il agissait si bizarrement...

— Et qu'est-ce qu'il t'a répondu ?

— Que Nick n'était pas assez bien pour moi, et que si j'arrêtais de me conduire comme une gamine irascible, il arrêterait d'être si dominateur.

Il était doué. J'eus un rire sans humour.

— Jolie façon d'esquiver le sujet, hein ?

— Et tu sais de quoi tu parles, me glissa-t-elle.

Je ricanai.

— Ouch.

— Oh, mon Dieu, désolée, Joss, gémit Ellie. Je me comporte vraiment comme une pétasse.

— Je trouve ça charmant. Vraiment.

Elle gloussa en secouant la tête, les yeux tombant de fatigue.

— Tu es barge. (Elle se leva.) Mais je t'aime. (J'en restai pétrifiée. Elle bâilla.) Il faut que j'aille me coucher. On en reparle demain matin. On essaiera de comprendre l'insensé, d'accord ?

Mais je t'aime.

— Euh... ouais, répliquai-je, toujours abasourdie.

— Bonne nuit.

— 'Nuit.

Mais je t'aime.

— Allez, suppliai-je Dru, on va s'amuser. Kyle sera là.

Elle me toisa d'un air sceptique.

— Je me suis complètement ridiculisée à la dernière soirée, Joss, et ça n'avait rien à voir avec le fait de porter un bikini.

Je roulai les yeux.

— On s'est tous ridiculisés à la dernière soirée. C'était même presque le but. Allez. Nate sera là aussi, et je meurs d'envie de traîner avec lui ce soir.

— Tu veux dire de coucher *avec lui.*

Je haussai les épaules.

— Joss, on devrait peut-être faire l'impasse pour cette fois. On est déjà beaucoup sorties dernièrement.

Un large sourire aux lèvres, je lui passai un bras autour du cou et l'attirai vers moi.

— On est jeunes, on est censés s'amuser. (J'ai besoin de m'amuser. J'ai besoin d'oublier.) *Et je ne veux pas faire la fête sans toi. Tu sais quoi ? Je vais même vomir sur une pom-pom girl pour toi. Comme ça, quoi que tu fasses, j'aurais toujours la palme de l'acte le plus séditieux de la soirée.*

Elle éclata de rire et m'étreignit fermement.

— Tu es barge... mais je t'aime.

Les murs se refermèrent sur moi, oppressants. La respiration sifflante, je peinais à avaler assez d'oxygène.

J'étais en train de mourir.

La crise d'angoisse dura plus longtemps cette fois, l'écho de ces mots m'empêchant de me concentrer.

Finalement, je parvins à reprendre pied dans la réalité et à repousser les souvenirs. Mon corps put alors se détendre.

Une fois la crise surmontée, je voulus me mettre à pleurer, mais les larmes n'auraient fait que m'affaiblir. Je repris donc appui sur mes jambes tremblotantes et abandonnai ces réminiscences sur le carrelage de la cuisine. Le temps de me changer et de me glisser dans mon lit, je pus prétendre que rien ne s'était passé.

— Vous avez fait une nouvelle crise d'angoisse ? s'enquit doucement le bon docteur.

Pourquoi l'avais-je mentionnée ? Nous allions devoir parler d'*elle*, et le Dr Pritchard ne pourrait rien changer à mes actes.

— Ouais, rien de grave.

— Si, c'est grave, Joss. Qu'est-ce qui l'a déclenchée, cette fois ?

Je contemplai mes pieds.

— Mon amie.

— Laquelle ?

Ma meilleure amie.

— Dru.

— Vous n'avez encore jamais parlé d'elle.

— Non.

— Pourquoi Dru vous a-t-elle déclenché une crise d'angoisse, Joss ?

Je levai lentement les yeux jusqu'à croiser les siens ; une vive douleur m'envahissait tout entière.

— Parce qu'elle est morte. (J'inspirai longuement entre mes dents serrées.) Et que c'est ma faute.

Je me réveillai peu avant midi et fus immédiatement assaillie par les souvenirs de la nuit précédente. De souvenirs de Braden, de ce qu'il pouvait y avoir entre nous. Afin de me changer les idées, je passai le déjeuner à parler en boucle d'Adam avec Ellie, luttant contre le nerf qui m'élançait dans le ventre chaque fois que je repensais à la promesse que m'avait faite Braden de passer me voir le soir même.

Je m'apprêtais à aller prendre un bain quand le téléphone d'Ellie bipa. Elle jura en parcourant son message.

— Quoi ? demandai-je paresseusement en débarrassant la table.

— Braden est une fois de plus coincé au bureau, il ne pourra pas assister au repas de famille. Maman va encore me poser vingt mille questions pour savoir s'il va bien.

Je ne m'attardais pas sur la pointe de déception que je ressentis alors au creux de la poitrine. Si Braden travaillait, il ne risquait pas de venir. Ce qui aurait pourtant dû me réjouir.

— Ta mère a vraiment l'air de tenir à lui, hein ?

— Eh bien, celle de Braden est une sorcière avide, égoïste et vaniteuse qui entre et sort de sa vie comme il lui chante. Il ne l'a plus vue depuis des années. Alors… oui. La mienne veille sur lui, parce que tout le monde a besoin d'une maman.

Comment sa propre mère pouvait-elle se désintéresser de lui ? On parlait tout de même de Braden Carmichael !

— C'est incroyable. Je ne peux pas imaginer infliger ça à mes enfants.

Même si je n'en aurai jamais.

Ellie m'observa d'un air triste.

— Braden ressemble beaucoup à notre père, que la mère de Braden, Evelyn, aimait beaucoup. Mais il a brusquement coupé les ponts avec elle. Il lui a donné de l'argent. Quand elle lui a appris qu'elle était enceinte, il a affirmé qu'il prendrait soin de Braden, mais qu'il ne voulait plus jamais la revoir. Désormais, lorsqu'elle regarde son fils, elle voit en lui l'homme qui lui a brisé le cœur, ce qui explique qu'elle ne soit pas très aimante. Elle ne l'a jamais été. Braden a passé son enfance à Édimbourg avec un père distant et assez strict, et chaque été il parcourait l'Europe en voyant sa mère s'enticher de quelque riche imbécile n'ayant que faire d'un gamin.

J'eus de la peine pour le petit Braden.

Et je commis l'erreur de le montrer sur mon visage.

— Oh, Joss…, souffla Ellie. Maintenant il va bien, tu sais ?

Je m'en fiche. Je me renfrognai devant son expression doucereuse.

— Je m'en fiche.

Elle pinça les lèvres, mais ne répondit rien. Au lieu de quoi, elle se leva pour quitter la pièce, et me serra chaleureusement l'épaule au passage.

Je contemplai fixement l'évier, et une sorte de malaise m'étreignit. Je n'étais pas encore prête à m'ouvrir, pourtant mon masque n'arrêtait pas de tomber devant Ellie ou son frère.

J'attrapai mon téléphone et me dirigeai vers la salle de bains afin de me prélasser dans l'eau chaude en écoutant de la musique. Alors même que je me déshabillais, la sonnerie retentit.

Braden.

J'observai l'écran, bouche bée, hésitant à décrocher. Je laissai finalement l'appel basculer sur ma messagerie.

Le téléphone sonna de nouveau.

Et de nouveau, je le fixai sans réagir.

Deux minutes plus tard, alors que je m'immergeais dans la baignoire, soulagée de m'en tirer à si bon compte, Ellie tambourina à la porte.

— Braden voudrait que tu décroches !

Mon téléphone sonna encore, et je fermai les paupières.

— D'accord ! criai-je en retour en attrapant mon portable. Quoi ? répondis-je sèchement.

Son rire profond ne me laissa pas indifférente.

— Salut, toi.

— Qu'est-ce que tu veux, Braden ? Je suis occupée.

— Ellie m'a dit que tu prenais ton bain. (Il parlait à voix basse.) J'adorerais être avec toi, bébé.

Je sentais presque sa présence.

— Braden. Qu'est-ce. Que. Tu. Veux ?

Il feignit de se vexer.

— Je voulais juste te dire que je ne pourrais pas venir ce soir.

Merci mon Dieu !

— J'ai un problème avec des fournisseurs, ce qui nous reporte à dans plusieurs semaines. Je ne sais pas encore quand j'aurai un peu de temps, mais je te promets qu'à la première occasion, je passerai te voir.

— Braden, ne fais pas ça.

— Après la nuit dernière, inutile de prétendre qu'il n'y a rien entre nous. Il est hors de question que je fasse machine arrière, alors au lieu d'élaborer une nouvelle stratégie de défense – même si je suis sûr que je trouverais ça très amusant –, capitule, bébé. Tu sais que tu vas finir par craquer de toute façon.

— Je t'ai déjà dit à quel point je te trouvais pénible et arrogant ?

— Je sens encore ton goût et ton odeur, Jocelyn. Et je bande toujours comme un dingue.

Je chavirai en mon for intérieur et serrai les jambes.

— Mon Dieu, Braden..., soufflai-je sans réfléchir.

— J'ai hâte de t'entendre dire ça quand je serai en toi, bébé. À bientôt.

Sur ce, il raccrocha.

Je gémis, et laissai aller ma tête contre la baignoire.

J'étais foutue.

12

Vous voyez ces documentaires animaliers où le mignon petit suricate se promène sur ses quatre petites pattes de mignon suricate pour retourner dans son terrier, où l'attendent toutes les histoires politiques, dramatiques ou familiales de mignons petits suricates ? C'est alors qu'un gros menaçant aigle arrive, en roulant les mécaniques...

Le petit suricate, malin, court se mettre à l'abri et attend que le gros aigle disparaisse.

Au bout d'un certain temps, le suricate estime que l'aigle a dû se lasser et partir terrifier un autre mignon petit suricate. Alors le suricate sort discrètement de son refuge pour poursuivre son bonhomme de chemin.

Et alors que ce petit suricate commence à se sentir en sécurité, le gros aigle réapparaît, se précipite sur lui, et l'attrape dans ses serres de gros dur.

Eh bien... Je sais exactement ce que ressent ce petit suricate.

Braden ne rappela pas, ni n'envoya de texto ou d'e-mail. Je consacrai les quelques journées suivantes à me battre avec mon manuscrit, à effacer des chapitres qu'un élève de troisième aurait pu écrire, à ranger l'appartement de fond en comble, et à profiter du Festival d'Édimbourg avec Ellie. Nous nous rendîmes au théâtre Big Top, dans les Meadows, pour voir *The Lady Boys of Bangkok*[1] – et waouh, que de beaux garçons ! –, admirâmes l'exposition Edvard Munch au musée d'Art moderne à l'ouest de la ville, et dégotâmes des tickets à prix réduit pour assister au spectacle d'un jeune et talentueux humoriste coincé dans une vieille salle miteuse du bâtiment des syndicats étudiants sur le campus. Cela me rappela de nombreux souvenirs avec Rhian et James. Je m'efforçai de profiter de la foule, des touristes, des odeurs de café, de bière et de nourriture qui flottaient partout. Des revendeurs occupaient les trottoirs, tentant d'écouler leur camelote – bijoux, posters, souvenirs divers, innombrables flyers.

J'avais également subi une consultation traumatisante chez ma psy, où j'avais parlé de Dru pour la première fois.

Ouais. Je préférais ne pas y penser.

Tout ça pour dire que, lorsque le jeudi arriva, j'avais fini par me convaincre que Braden n'avait fait que jouer avec moi. Après tout, s'il avait été sérieux, il m'aurait au moins envoyé un message pour s'assurer que je ne l'avais pas oublié, mais non. Rien. Que dalle.

J'avais demandé à ne plus travailler les jeudis et vendredis, mais les vendredis et samedis, de sorte que j'étais libre de traînasser à la maison ce soir-là. Quand Ellie m'annonça qu'elle allait rendre visite à sa mère parce qu'elle était d'humeur à se retrouver en famille, je ne soupçonnai rien. J'avais baissé ma garde. J'étais détendue, pensant que Braden m'avait oubliée.

J'avais fourré ma tête d'imbécile dans un terrier pour imbéciles.

---

1. Spectacle de music-hall où les « danseuses » de cabaret sont en réalité des hommes. (*N.d.T.*)

Ce fut cet instant que choisit Braden pour fondre sur moi comme un gros dur d'aigle.

L'appartement était parfaitement silencieux en dehors du salon, où j'étais lovée dans un fauteuil à siroter un verre de vin devant le *300* de Zack Snyder. Aujourd'hui, je me rends compte que c'était une idée totalement stupide. Cette orgie de muscles mêlée à l'effet alanguissant de l'alcool... Tout ce qui a pu se dérouler par la suite est uniquement dû à ce cocktail maléfique.

— Tu sais, tu devrais vraiment penser à fermer à clé quand tu es seule chez toi.

— Oh, merde !

Je sursautai, renversant du vin partout sur mon jean. Je bondis hors de mon siège, lançant un regard furieux à Braden qui se tenait dans l'embrasure de la porte, l'air pas du tout amusé. Il n'avait pourtant aucune raison d'être en colère : il ne venait pas de foutre en l'air son pantalon préféré !

— Bon sang, Braden ! Pour la dernière fois, tu veux bien frapper avant d'entrer ?

Ses yeux glissèrent jusqu'à mon jean souillé avant de remonter vers mon visage.

— Seulement si tu me promets de fermer à clé quand tu es toute seule.

Je me figeai et étudiai sa mine sérieuse. Est-ce qu'il... s'inquiétait pour moi ? Je fronçai les sourcils et détournai la tête en reposant mon verre presque vide sur la table basse.

— D'accord, marmonnai-je sans trop savoir qu'en penser.

— Ellie passe la soirée dehors.

Je le dévisageai alors et me rendis compte qu'il m'observait avec intensité. Son costume était légèrement froissé, comme s'il l'avait porté durant toute sa journée de travail sans faire un arrêt au stand chez lui avant de passer me voir. Soudain, je compris. Un nœud se forma dans mon ventre.

— C'est toi qui as tout organisé ?

Il fit la moue.

— Pour ta gouverne, Ellie peut être achetée avec une simple boîte de truffes au champagne.

J'allais tuer cette traîtresse.

D'autant que Braden était vraiment canon. Sans compter que les costumiers de *300* avaient largement stimulé ma libido, comme en témoignait le désastre hormonal qui se tenait devant mon invité-surprise. Il fallait vraiment que je suive le conseil du Dr Pritchard et que j'arrête de penser cinquante coups en avance. Je me rabâchais que je devais vivre l'instant présent parce que l'avenir était trop terrifiant. Pourtant, si je restais ancrée dans le présent, je ne pouvais m'empêcher de me soucier du lendemain, et je crois que mon bon médecin m'encourageait juste à me détendre et à profiter du quotidien.

Mais avec Braden ?

C'était bien trop dangereux. J'étais certaine de ne pas vouloir entretenir une liaison avec lui.

— J'en déduis que tu ne t'attendais pas à me voir ? me demanda-t-il en s'installant de son propre chef sur le canapé.

Refusant de me laisser intimider, je retournai à mon fauteuil, me juchant sur l'accoudoir.

— Non. J'ai réussi à me convaincre, au prix de gros efforts, que tout ce qui avait pu se passer entre nous était terminé…

Il se débarrassa de sa veste d'un haussement d'épaules.

— Tu veux dire quand on a joué à frotti-frotta contre un mur ?

Mes mâchoires se crispèrent. S'il s'était agi d'un personnage de roman, j'aurais détesté sa grossièreté. En l'état actuel des choses, mon corps l'*adorait*. Je n'allais certainement pas le lui avouer.

— Tu sais, Braden, je t'ai bien observé durant ces derniers mois. Tu te comportes en vrai gentleman avec tout le monde, sauf avec moi. Comment tu l'expliques ?

— Je veux te mettre dans mon lit. Et les gentlemen sont ennuyeux à mourir au pieu.

Pas faux.

— Les gentlemen se comportent en gentlemen et s'assurent qu'on prenne du plaisir.

— Je m'assurerai que tu prends du plaisir et que tout ce qu'on fait te satisfait. Simplement, je n'y mettrai pas les formes.

J'avais l'estomac noué.

— Il me semble que nous en avons déjà discuté. Cela n'arrivera pas.

Il fronça les sourcils et s'inclina vers l'avant, les coudes sur les genoux et les mains jointes devant lui. Ses manches de chemise étaient une fois de plus remontées sur ses avant-bras. Comme s'il savait l'effet que cela produisait sur moi.

— Nous n'avons encore discuté de rien.

J'exagérai un soupir.

— Braden, je t'aime bien. Sincèrement. Certes, tu es un connard dominateur et tu n'as aucun tact, mais tu as l'air d'être un chic type et un bon frère pour Ellie. (Nos regards se croisèrent, et je faillis tressaillir en ressentant un pincement d'excitation dans la poitrine.) Ta sœur est devenue une amie très proche, et j'adore notre colocation. Je ne voudrais pas tout foutre en l'air. Et je n'ai aucune envie de me retrouver emprisonnée dans une relation. Avec qui que ce soit.

Il me contempla silencieusement, si longtemps que je me demandais s'il allait finir par répondre. J'étais sur le point de décréter qu'il valait mieux le laisser poursuivre sa réflexion seul quand il se détendit contre le dossier. Ses yeux s'assombrirent. Je connaissais ce regard. *Oh, oh.*

— Heureusement que je ne t'ai pas proposé une relation.

J'en restai totalement perplexe.

— Euh, qu'est-ce que tu suggères, alors ?

— Du cul.

Quoi ?

— Quoi ?

— Toi et moi. Juste du cul. Quand on veut. Sans aucune contrainte.

— Juste du cul, répétai-je en sentant ces mots tournoyer dans ma bouche et dans mon esprit.

Juste du cul. Du cul avec Braden, chaque fois que je le voudrais, sans aucune contrainte.

— Et le reste ? Ellie, l'appartement, les copains ?

Braden haussa les épaules.

— Ça n'est pas obligé de changer. On restera amis, sauf qu'en plus, on couchera ensemble.

— Et qu'est-ce qu'on raconterait aux autres ?

— Ça ne les regarde pas.

J'inclinai la tête, exaspérée.

— Je parlais d'Ellie.

— La vérité. (Il me scruta avec attention.) Je ne mens jamais à ma sœur.

— Ça ne va pas lui plaire.

Il gloussa.

— Je n'en ai rien à foutre que ça lui plaise ou non. En fait, j'aimerais autant que ma petite sœur ne se mêle pas de ma vie sexuelle.

— Ce qui serait difficile si la personne avec qui tu couches habitait avec elle.

Cela ne semblait pas lui poser problème.

— Vos chambres sont chacune à un bout de l'appartement. Et puis, tu pourras toujours venir chez moi.

Mmm. Chez Braden. J'étais curieuse de découvrir ça.

Non ! Non, arrête tout de suite !

— Je ne peux pas.

— Tu ne peux pas, ou tu ne veux pas ?

Ses yeux s'étrécirent dangereusement.

J'avais mal au ventre ; je fermai les paupières. Je sentais déjà son corps plaqué au mien, sa langue caresser la mienne, sa main douce mais ferme parcourir ma poitrine. Oh, mon Dieu. J'ouvris grands les yeux et fus surprise de découvrir son expression radoucie.

— Rien que du cul ?

Je voyais bien qu'il essayait de réprimer un sourire, comme s'il se savait sur le point de gagner la partie.

— Eh bien... quasiment.

Quoi ?

— Quasiment ?

— J'ai besoin que quelqu'un m'accompagne aux dîners d'affaires et autres inepties que Morag a planifiés pour moi. Et ça m'arrangerait que ce quelqu'un ne s'attende pas à une demande en mariage ou à un collier en diamant en fin de soirée.

— Ça n'est pas que du cul. Ça ressemble plutôt à un arrangement. Comme ceux que tu conclues généralement avec ces Barbie avec lesquelles tu sors. Ce qui m'amène au : pourquoi moi ? Braden, tu es plein aux as et on ne peut pas dire que tu sois désagréable à regarder – même si tu le sais déjà et que je viens sans doute de te donner une raison supplémentaire de te pavaner –, alors pourquoi ne te contentes-tu pas d'aller cueillir l'un de ces top models qui ne demandent qu'à te mettre le grappin dessus ?

Une lueur de surprise fila sur son visage, et il baissa la tête.

— D'une : parce qu'elles ont besoin que je m'occupe d'elles. Elles veulent que je m'ouvre à elles et que je leur achète tout un tas de saloperies. C'est précisément ce que je cherche à éviter, et ce que *tu* cherches à éviter. De deux : sérieux ?

Je tiquai légèrement. Comment ça, « sérieux » ?

— Eh bien (il secoua la tête, souriant jusqu'aux oreilles), tu me surprendras toujours.

— C'est-à-dire ?

— J'imaginais que tu mesurais à quel point tu étais sexy. Apparemment pas.

Waouh. Au plus profond de moi-même, je rougis et lui fis les gros yeux, comme si ses mots n'avaient pas ébranlé ma carapace.

— N'importe quoi.

Mon ton blasé ne le découragea pas. Il était résolu à répondre à ma question.

— Non, tu ne ressembles pas à mes conquêtes habituelles. Et oui, j'aime les longues jambes. Et les tiennes sont toutes petites.

Mes yeux lui lancèrent des poignards.

Son sourire s'élargit encore.

— Et pourtant, elles m'ont bien fait bander quand je t'ai vue en minishort dans ce taxi. Pareil chez Élodie et Clark.

J'en restai bouche bée.

— Tu mens.

Il secoua la tête, jubilant de plaisir.

— Tu as des jambes de rêve, Jocelyn. Et un sourire à tomber quand tu te laisses enfin aller. Et des seins magnifiques. Ah ouais, et je sors généralement avec des blondes. Et tu es blonde. Je crois. (Il éclata de rire quand je le fusillai du regard.) Peu importe la couleur, c'est ce qu'il y a en dessous qui compte. Et je n'arrive pas à m'ôter de la tête l'idée de te sentir sous moi, de voir tes cheveux répandus sur mon oreiller tandis que je te pénètre.

Oh. Mon. Dieu.

— Mais je crois que ça vient surtout de tes yeux. Je veux y lire quelque chose qui ne serait destiné qu'à moi.

— Et quoi donc ? m'enquis-je d'une voix basse, légèrement rauque.

Ses paroles m'avaient émoustillée presque autant qu'un aphrodisiaque.

— De la douceur. (Son timbre, plus grave, était désormais adapté à la tension sexuelle ambiante.) Je veux y lire la douceur qu'une femme ne connaît qu'après avoir vécu le plaisir avec moi.

J'étais agitée mais n'en montrais rien, me contentant d'incliner la tête en arborant un rictus empreint d'ironie.

— Tu es doué avec les mots, je veux bien t'accorder ça.

— Je suis doué avec les mains. Tu veux bien me laisser t'accorder ça ?

Je ris à mon tour, et le sourire dont il me gratifia était à la fois malicieux et merveilleux. Je poussai un soupir et secouai de nouveau la tête.

— On dirait que c'est plus que du cul, Braden. Tu cherches de la compagnie. Ça complique légèrement la donne.

— Pourquoi ? Ce sont deux bons amis qui se rendent en soirée et qui couchent ensemble en rentrant. (Il dut sentir mon doute car il le balaya d'un haussement d'épaules.) Écoute, est-ce que tu m'as déjà vu m'investir dans une relation sérieuse ? Je te veux, toi. Et toi, tu me veux. Ça plane comme une épée de Damoclès au-dessus de ce qui n'aurait dû être qu'une fantastique amitié, alors finissons-en.

— Mais en y ajoutant quelques soirées. Est-ce que ça ne prolonge pas légèrement cette histoire d'une nuit ?

Je perçus une lueur de contrariété dans ses yeux, mais elle disparut en un battement de cils.

— Tu veux qu'on détermine une échéance ?

— Un mois.

Il sourit alors : je venais de capituler.

Merde. Je venais *vraiment* de capituler.

— Six.

Je ricanai.

— Deux.

— Trois.

Nous nous dévisageâmes puis, comme si nous nous étions soudain rendu compte que nous débattions de la durée hypothétique de notre liaison purement sexuelle, l'excitation déjà palpable se fit de plus en plus tangible et l'air sembla se densifier. C'était comme si nous nous retrouvions pris dans un lasso sur lequel on tirait et tirait encore afin de nous rapprocher inexorablement l'un de l'autre. Je nous imaginai nus, en train de nous ébattre dans mon lit, et mon corps réagit instantanément. Ma petite culotte s'humidifia en conséquence, tandis que mes seins se joignirent à la fête en durcissant – ostensiblement. Braden n'en manqua pas une miette. Il les couva du regard avant de replonger ses yeux dans les miens.

— Marché conclu, murmurai-je.

Sa question suivante fut tout aussi inattendue que pragmatique.

— Tu prends la pilule ?

J'avais eu des règles abondantes et irrégulières, je la prenais justement pour éviter ces désagréments.

— Oui.

— Tu as fait des examens ?

Je compris à quoi il faisait allusion. Et après mon dernier rapport, dont je ne gardais strictement aucun souvenir… – oh que oui – j'avais fait des dépistages de MST.

— Oui. Et toi ?

— Après chaque relation.

— Alors, je suppose qu'on est parés.

Ces mots avaient à peine quitté mes lèvres que Braden se tenait déjà debout devant moi, l'air sérieux et déterminé, les prunelles brûlant de désir. Sa main puissante se tendit vers la mienne.

— Quoi ? Maintenant ? couinai-je, prise au dépourvu.

Il arqua un sourcil surpris.

— Tu préfères attendre ?

— C'est que... j'espérais avoir le temps de me préparer.

— Te préparer ?

— Tu sais... mettre du parfum, de la jolie lingerie...

Avec un grognement amusé, il me saisit le poignet et me tira hors de mon fauteuil. Mon corps frêle heurta le sien, et ses bras m'enlacèrent aussitôt, me serrant tout contre lui. Ses doigts glissèrent le long de ma hanche et s'emparèrent de ma fesse. Il la malaxa légèrement et m'étreignit plus fort, si fort que je sentis son érection contre mon ventre. J'étouffai un gémissement, basculant la tête en arrière pour voir ses yeux pétillant d'envie.

— Ma belle, la jolie lingerie est faite pour séduire un homme. Je suis déjà plus que séduit.

— D'accord, mais...

Il me fit taire en m'embrassant à pleine bouche, sa langue venant à la rencontre de la mienne sans l'ombre d'une hésitation. Son baiser profond et humide semblait dire *Ce n'est pas un rencard, c'est un plan cul.* Ce qui me convenait à merveille. Je passai les bras autour de son cou en gémissant, et il prit ça pour un assentiment.

Mes pieds quittèrent le sol et, en un instant, je me retrouvai dans les bras de Braden, les jambes passées autour de sa taille, les doigts plongés dans ses cheveux. À force de nous bécoter, de nous mordiller les lèvres et d'échanger des coups de langue, nous apprîmes à nous découvrir, à apprivoiser le goût de l'autre.

— Il n'y a pas de mais, déclara Braden.

Je sentis son souffle sur ma bouche. Je n'eus pas le temps de lui reprocher d'avoir interrompu notre baiser : déjà nous traversions la pièce, puis le couloir, avant que je me sente tomber. J'atterris sur le matelas avec un cri de surprise et lançai à Braden un regard indigné.

— Était-ce bien nécessaire ?

— Déshabille-toi, répondit-il d'un ton bourru en déboutonnant rapidement sa chemise de ses doigts habiles.

Mon sexe se contracta. Ma mâchoire également.

— Pardon ?

Il arrêta son geste, se pencha sur moi, plaqua ses mains sur le lit de part et d'autre de mon corps et colla son visage au mien.

— Règle numéro deux : pendant nos séances de baise, tu ne discutes pas.

— Mais...

— Jocelyn, murmura-t-il, presque menaçant.

Je contemplai sa bouche, cette bouche que je voulais sentir de nouveau sur la mienne. Si je devais pour cela cesser de discuter pendant que nous faisions l'amour, parfait. Je discuterais quand nous ne le ferions pas.

— Pourquoi persistes-tu à m'appeler Jocelyn ?

Je m'assurai que mon ton n'ait pas l'air provocateur, simplement curieux. Car *j'étais* curieuse.

Ses lèvres effleurèrent les miennes, doucement, gentiment, puis il se recula, ses yeux bleu clair étincelant.

— Joss est un prénom de fille, voire de garçon manqué. (Il eut un petit sourire narquois.) Jocelyn, en revanche, est un prénom de femme. Un prénom de femme vachement sexy. (Il se releva.) Alors, déshabille-toi, Jocelyn.

OK, va pour Jocelyn.

Je m'assis et saisis le bas de mon chemisier pour le retirer. Je le jetai à l'autre bout de la pièce et pris un instant pour observer Braden se débarrasser de sa chemise. Je la regardai tomber au sol et remontai lentement les yeux. J'eus un sourire gourmand en avisant la bosse qui déformait sa braguette, puis ma bouche s'assécha quand je remarquai son ventre nu.

Braden faisait de la muscu. *Beaucoup* de muscu.

Son pantalon taille basse dévoilait le V appétissant que dessinaient ses muscles saillants. Je me mordis la lèvre, me retenant de le toucher. Mes yeux glissèrent le long de ses tablettes de chocolat pour se poser sur son torse puissant et ses larges épaules. Le tout était divinement enveloppé d'une peau dorée sans défaut.

— Merde, Jocelyn. (Je surpris ses prunelles plus éclatantes encore qu'auparavant.) Si tu continues à me regarder de cette façon, tout sera terminé bien trop vite à mon goût.

Mmm. Voilà qui me plaisait. J'aimais exercer un pouvoir sur lui.

— Et ça, c'est hors de question.

Je lui souris d'un air coquin et m'attelai à défaire mon soutien-gorge. La fraîcheur de la pièce caressa mes seins nus quand je le laissai tomber à côté du lit, et ce fut cette fois au tour de Braden de me dévorer des yeux.

Il étudia d'abord ma poitrine, puis mon visage, et arbora soudain une expression légèrement fâchée. Je me raidis de surprise.

— Tu sais ce que j'ai pu ressentir depuis ce fameux jour à l'appart ? Chaque fois que je m'asseyais en face de toi dans un bar ou un resto, je savais que sous tes airs affectés se trouvait le fantasme de tout homme.

Bon sang, il était doué.

Il étrécit les yeux en portant les doigts au bouton de son bas de costume. Sa braguette coulissa bruyamment.

— Je vais te faire payer cette attente interminable.

La chaleur s'intensifia entre mes cuisses. *Je n'attends que ça.*

Je levai les bras pour libérer mes cheveux, que je laissai cascader glorieusement sur mes épaules, frissonnant en voyant le désir croître chez Braden.

— D'accord, acceptai-je d'une voix rauque.

J'ignore lequel d'entre nous retira ensuite son pantalon le plus vite : une seconde j'adoptais ma pose langoureuse en jouant avec ma chevelure, la suivante je me retrouvai allongée sur le dos et dépourvue de culotte, les seins écrasés sous le torse de Braden, les cuisses grandes ouvertes pour l'accueillir… et les yeux rivés aux siens, le souffle court, impatiente.

— Qu'est-ce que tu attends ? murmurai-je.

Il m'adressa un sourire chargé d'ironie.

— Que tu changes d'avis.

Je me renfrognai, contrariée.

— Je suis toute nue, pas vrai ?

— Et alors ? Ce n'est pas la première fois.

— Braden !

Mon coup de poing dans l'épaule le fit doucement ricaner ; son corps tressaillit alors et son membre long, épais et délicieux glissa sur mon ventre avant de s'éloigner.

Je suffoquai à la décharge de plaisir que ce contact taquin provoqua, et Braden gémit en réponse, plaquant ses lèvres aux miennes. Je suis certaine que son baiser se voulait lent, aguicheur, provocant. Il débuta d'ailleurs ainsi. Mais toutes ces semaines passées à repousser l'échéance nous avaient rendus quelque peu fébriles. Bientôt, nous nous embrassions de façon agressive, douloureuse ; je lui agrippais les cheveux à pleines mains tandis que les siennes pétrissaient ma taille, mes côtes, mes seins. Ces derniers étaient particulièrement sensibles, et quand son pouce vint effleurer mon mamelon, je me cambrai.

— Ça te plaît, bébé ? chuchota-t-il sans vraiment attendre de réponse, tant celle-ci semblait évidente.

Il traça du bout des lèvres une ligne allant de ma mâchoire à mon cou, et mes mains abandonnèrent sa tête pour se plaquer sur ses épaules quand il s'attarda sur mon sein droit. Il y posa une bise légère et mesurée, et je jure avoir alors cessé de respirer. Un autre baiser. Un troisième.

— Braden…, suppliai-je.

Je le sentis sourire contre ma poitrine ; sa langue chaude et humide me titilla alors le tétin et ses lèvres se refermèrent dessus avant de l'aspirer avidement. Je fus soudain parcourue d'un brusque élan de désir.

— Mon Dieu, Braden !

Il répéta la même manœuvre avec mon autre sein, et je me surpris à lui donner des coups de hanches, apparemment encore plus impatiente que lui. À ma décharge, j'étais sevrée de tout rapport depuis plus longtemps.

— Bébé, gronda sa voix au-dessus de ma tête tandis que sa main m'appuyait sur la taille pour m'immobiliser. Est-ce que tu mouilles déjà pour moi, Jocelyn ?

Oh que oui.

— Braden…

— Réponds-moi. (Je sentais sa main descendre lentement, ses doigts me frôler l'entrejambe, me tourmenter cruellement.) Dis-moi que tu mouilles pour moi.

Quand j'y repenserais plus tard, je me demanderais comment j'avais pu ne pas me sentir gênée par sa question. Ou comment j'avais pu être aussi excitée à l'idée même d'y répondre. Jamais on ne m'avait encore parlé crûment pendant l'acte, mais il faut croire que cela fonctionnait sur moi.

— Je suis tout humide, marmonnai-je contre sa bouche.

Satisfait, il m'embrassa profondément, et sa langue enlaça la mienne tandis que ses doigts remontaient de quelques centimètres. Je tressaillis quand ils rencontrèrent enfin mon intimité. Il y avait bien longtemps que personne ne m'avait plus touchée à cet endroit. En réaction, Braden m'embrassa plus vigoureusement, mais me caressa avec douceur. Mes lèvres s'éloignèrent des siennes pour laisser échapper un gémissement quand il trouva mon clitoris du bout du pouce et appuya dessus.

— Bébé, tu es carrément trempée, grogna-t-il en posant sa tête à côté de la mienne.

Il me baisa le cou et retira sa main. Avant même que je songe à protester, il introduisit deux doigts dans mon vagin. J'écartai un peu plus les genoux ; j'en réclamai davantage. Je m'accrochai alors au dos nu de Braden pour obtenir ce que je voulais.

— Encore, suppliai-je.

Et il m'en donna encore, faisant aller et venir ses doigts en moi. Il prit appui sur son bras libre pour se redresser et pouvoir m'observer tandis qu'il m'emmenait vers l'orgasme.

— Oui, soupirai-je en sentant mes muscles se contracter autour des ondulations de ses doigts.

Puis il retira la main.

— Qu'est-ce... ?

— Pas question que tu termines avant que je te pénètre, me dit-il, à l'agonie, tout en me plaquant les poignets au matelas. Je veux te sentir jouir autour de moi.

Eh bien, je ne risquais pas de m'y opposer.

Je réprimai un soupir de plaisir en sentant son gland palpiter devant mon ouverture. Il se frottait contre ma vulve de façon provocante, tant et si bien que je mourais d'envie de lui attraper les fesses pour le forcer à entrer. Cependant, il m'immobilisait les poignets, tout sourire, comme s'il savait précisément ce que je pensais. En guise de torture, il tortilla des hanches, m'excitant encore plus.

— Braden, gémis-je impatiemment.

Il rit.

— Oui, bébé ?

— Si tu ne te dépêches pas, je vais changer d'avis.

— N'y pense même pas.

Il s'enfonça brusquement en moi, et je poussai un petit gémissement, incapable de passer outre à la légère gêne que je ressentis quand mon sexe s'efforça de s'adapter à sa taille.

Son corps tout entier se contracta, ses yeux s'assombrirent.

— Tout va bien ?

J'acquiesçai, expirant longuement alors que mes muscles se détendaient enfin.

Il relâcha légèrement son étreinte, sans pour autant libérer mes poignets. Au lieu de ça, il donna quelques coups de reins hésitants, les mâchoires crispées, les paupières serrées fermement, comme s'il souffrait.

— Putain, Jocelyn, souffla-t-il bruyamment. Ce que tu peux être étroite.

Je tendis le bassin, l'encourageant à poursuivre, sentant la vague de plaisir déferler de nouveau, remplie et attendant désespérément d'être comblée.

— Ça faisait longtemps.

Il ouvrit grands les yeux.

— Combien de temps ?

— Braden…

— Combien ?

Je soupirai.

— Quatre ans.

— Bébé…

Il inclina la tête pour m'embrasser tendrement et, quand il se recula, son sourire impudent flottait de nouveau sur ses lèvres. Il me donna un puissant coup de boutoir tout en venant mêler ses doigts aux miens. Puis il me maintint en allant et venant plus doucement, me faisant lentement monter vers l'orgasme avant de se retirer.

— Plus fort, réclamai-je.

Sa bouche effleura mon oreille.

— Demande-le-moi, Jocelyn.

— Plus fort, Braden. Baise-moi plus fort.

Je soulevai les hanches et il s'enfonça derechef. Je poussai un cri, arquant le cou. Il grogna contre ma tempe et me pilonna de plus belle. Nos deux corps étaient si concentrés sur le fait d'atteindre le plaisir ultime qu'il me lâcha les mains pour m'attraper les fesses, inclinant légèrement mon bassin afin de pouvoir me pénétrer plus profondément.

— Jouis pour moi, bébé, m'ordonna-t-il d'un ton pressant.

J'opinai, sentant le bonheur croître. J'y étais presque.

— Braden, Braden…

Sa main glissa entre mes jambes et son pouce me massa le clitoris en de petits cercles délicieux.

— Oh, mon Dieu ! hurlai-je quand l'orgasme s'imposa à moi.

— Putain.

Il écarquilla les yeux et m'observa jouir longuement et puissamment. Je fermai les paupières, plus que jamais désireuse de rompre le contact visuel entre nous, et je sentis la tête de Braden plonger au creux de mon cou. Il frémit et poussa un râle tout en se répandant en moi. Je fus parcourue d'un nouveau spasme en recevant la chaleur moite de son sperme.

Il se détendit alors, son souffle chaud me caressa la nuque. Les muscles brûlants de mes cuisses semblaient fondre sur les siennes. Nous exhalions une odeur de sueur fraîche et de stupre. Mon vagin palpitait encore autour de son sexe.

Waouh.

Le. Pied. Absolu.

Braden m'embrassa délicatement le cou avant de relever la tête. Ses traits avaient la douceur du plaisir après l'amour.

— Jocelyn, murmura-t-il avant de s'emparer langoureusement de ma bouche.

Quand il écarta ses lèvres des miennes, il se glissa doucement hors de moi et roula de côté tout en me caressant tendrement le ventre.

Tandis que je le contemplai, mille questions me venaient à l'esprit.

Avait-il lui aussi vécu un véritable séisme de sensations ? Lui aussi avait bien joui, je l'espérais donc.

Et puis ? Pourquoi restait-il ainsi allongé à me dévisager ?

Je levai les yeux au plafond, perturbée par la tendresse dans son regard.

— Euh... merci.

Quand je sentis le matelas remuer, je pivotai sur l'oreiller et le surpris à se moquer de moi.

— Quoi ?

Il secouait la tête, visiblement amusé. Il se pencha sur moi et me planta un nouveau baiser sur la bouche.

— De rien. (Il sourit de toutes ses dents et me caressa du pouce la lèvre inférieure.) Merci à toi. T'es un coup d'enfer, bébé.

J'éclatai de rire. De soulagement. D'hystérie. D'incrédulité.

Je venais de faire l'amour, de faire l'amour comme jamais, avec Braden Carmichael. Et j'étais à peu près certaine que nous recommencerions bientôt. Et je n'attendais que ça.

Mais à mes conditions, cette fois.

— Je vais faire un brin de toilette.

Je me levai du lit, sans avoir honte de ma nudité, puisqu'il ne s'était pas privé de me faire savoir que ce qu'il voyait lui plaisait. Tout en me rendant nonchalamment à la salle de bains, j'espérais secrètement que Braden comprenait ce que « Je vais faire un brin de toilette » signifiait : qu'il avait intérêt à avoir rhabillé son petit cul et à être prêt à déguerpir quand je reviendrais dans la chambre.

Toutefois, quand je revins dans la chambre, son petit cul était toujours dans mon lit à m'attendre.

Je posais les mains sur mes hanches, fronçant les sourcils.

— Qu'est-ce que tu fais ? Tu ne devrais pas être habillé ?

Il me décocha un sourire aguicheur.

— Tu sais à quel point tu es sexy, là ?

Je roulais les yeux.

— Braden.

Mon ton menaçant fit disparaître son sourire, et il s'assit.

— Je ne pars pas déjà.

— Mais tu *vas* partir ?

Il ne répondit pas. Au lieu de cela, il se pencha en avant pour m'attraper la main et m'attirer sur le lit. Bon sang qu'il était fort.

— Braden, grognai-je en me retrouvant allongée sur le côté, prisonnière de ses bras.

Il m'embrassa le front.

— Tu sens bon.

Euh, quoi ?

Je l'observai à travers mes paupières mi-closes et découvris qu'il avait fermé les yeux.

Sérieusement, il pensait vraiment passer la nuit avec moi ?

Je me tortillai hors de son étreinte et me retournai dos à lui, espérant qu'il saisirait le message. Je n'eus pas cette chance. Quelques secondes plus tard, son bras puissant était de nouveau autour de ma taille, sa main posée à plat sur mon ventre, et mon corps glissa sur le drap jusqu'à se retrouver plaqué au sien.

Sa prise se resserra, positionnés tous deux en cuiller. Je sentis le contact tremblant de ses lèvres sur mon épaule.

— Bonne nuit, bébé.

Ébahie, je restai silencieuse un moment.

Ce n'était pas ce que j'avais prévu. Pas du tout. Cela ne semblait pas du tout indiquer « Nous ne sommes que des partenaires sexuels ! »

Et c'était agréable.

Et effrayant.

— Est-ce qu'on serait en train de se... blottir l'un contre l'autre ? m'enquis-je à voix haute, essayant lamentablement de mettre un peu d'agressivité dans mon ton.

Je perçus son souffle sur ma nuque.

— Dors, bébé.

Euh... non !

Comme anticipant ma fuite imminente, Braden m'étreignit plus fort encore, glissa une jambe entre les miennes pour m'en capturer une.

— Dors.

Quel sale type autoritaire.

— Les câlins ne faisaient pas partie de notre accord.

Il ne releva pas. À peine une minute plus tard, j'entendis son souffle se réguler. Il allait réellement s'endormir ! J'essayais de remuer, mais il banda ses muscles, menaçant, et je n'eus pas la force de me libérer.

Je demeurai donc allongée, à attendre.

J'étais merveilleusement épuisée par cette superbe séance de sport en chambre, et dormir m'apparaissait tel le paradis ; néanmoins, j'étais déterminée à ne pas sombrer dans ses bras. Cela faisait bien trop… truc de couple.

Me contraignant à rester éveillée, je gardai la pose pendant une bonne demi-heure, jusqu'à sentir son corps parfaitement détendu. Je me mordis la lèvre pour atténuer le moindre souffle provoqué par mes mouvements de ninja, je soulevai son bras aussi délicatement que possible et démêlai nos jambes.

Je me figeai.

J'aurais juré entendre sa respiration se modifier.

Aux aguets, je ne me détendis qu'après m'être assurée de son rythme régulier.

Furtivement, silencieusement, je m'éloignai de lui, rampai jusqu'au bord du lit, faisant lentement basculer mes jambes vers le sol. Mes fesses avaient à peine quitté le matelas que je me retrouvai clouée dessus avec une telle force que je rebondis en laissant échapper un cri étouffé.

Mon cœur trépignait contre ma poitrine tandis que Braden me remettait en position de façon experte, avec une telle agilité que je me retrouvai sous lui en quelques secondes, les poignets croisés au-dessus de ma tête, un bel étalon à califourchon sur moi.

Il n'avait pas l'air content.

— Bordel, tu veux bien dormir ?

Je lui lançai un regard furieux.

— Pas tant que tu seras dans mon lit. Ça ne faisait pas partie du deal.

— Premièrement : c'est moi qui ai acheté ce lit. Deuxièmement : il s'agit juste de dormir, Jocelyn.

Je ne contestai pas l'argument initial, puisqu'il était vrai.

— Non. C'est de la papouillerie. Tu disais qu'il n'y aurait que du cul. Pas de câlins. On baise, on s'amuse, tu rentres chez toi. C'était ça, le deal.

Il m'étudia avec intensité pendant quelques instants, puis baissa la tête jusqu'à ce que ses lèvres viennent presque toucher les miennes.

— On baise, on s'amuse, puis on se câline. Je ne rentre pas chez moi. Je ne rentre pas chez moi parce que, parfois, au milieu de la nuit, je me réveille, et quand je me réveille, j'ai envie de baiser. Et pour une raison qui m'échappe, la personne que j'ai envie de baiser, c'est toi. Alors je te le répète une dernière fois : maintenant, dors.

Il me libéra seulement le temps de se laisser tomber contre moi et de m'attirer à lui.

Se blottissant.

Je serrai les dents.

— Et si je n'ai pas envie de me réveiller pour que tu puisses faire ta petite affaire ?

Il enfouit son visage dans mon cou, et je le sentis sourire sur ma peau. Il m'embrassa avant de se reculer.

— Et si je te donnais un avant-goût de la manière dont je compte m'y prendre pour te réveiller ?

Sur ces bonnes paroles, je me retrouvai allongée sur le dos tandis qu'il traçait une ligne de baisers descendant le long de mon corps. Sachant à quel point j'étais sensible, il s'arrêta au niveau de ma poitrine, jouant d'une main avec un mamelon tout en embrassant l'autre. Je poussai un soupir, m'éveillant à ses caresses, oubliant la dispute. Mon entrejambe s'humidifiait, je ne tenais plus mes hanches. Ce qui ne lui échappa pas. Il releva la tête le temps de la replonger entre mes seins, puis m'embrassa le ventre, introduisit la langue dans mon nombril avant de reprendre sa route. Ses lèvres glissèrent sur la surface douce et frémissante de mon aine.

Il m'écarta les cuisses puis posa sa bouche sur moi.

Je gémis quand sa langue m'excita, jouant avec mon clitoris. Je haletais déjà quand ses doigts se joignirent à la fête. Mes mains s'enfouirent dans ses cheveux, se refermèrent, l'encouragèrent à se rapprocher tandis qu'il m'emmenait avec art vers l'orgasme, me léchant, insérant des doigts en moi à m'en rendre folle.

— Braden, me plaignis-je quand il retira la main.

J'étais si proche, si proche…

Puis il les enfonça de nouveau, leur imposa un mouvement de va-et-vient, tandis que sa langue accomplissait son œuvre sur mon clitoris.

— Braden !

J'explosai tout contre lui tandis qu'il exploitait mon orgasme jusqu'à la dernière seconde. Mon corps se convulsait encore quand il revint s'allonger à ma hauteur.

D'accord, celui-ci avait été tout aussi extraordinaire que le précédent.

Je restai allongée, pantelante, à observer le plafond, encore émerveillée, quand Braden se matérialisa de nouveau au-dessus de moi. Sans un mot, il se pencha pour m'embrasser ; je goûtai à mon intimité quand sa langue se mêla à la mienne. La profondeur de ce baiser en disait plus que de grands discours.

Il venait d'achever brillamment son réquisitoire.

Mes membres en coton ne protestèrent pas quand ils se retrouvèrent une fois de plus entravés dans ses bras.

En plein câlin.

— Bonne nuit, bébé, gronda sa voix à mon oreille.

— Bonne nuit, marmonnai-je en retour, sentant mes paupières se fermer toutes seules.

Je sombrai dans la seconde qui suivit.

13

J'étais allongée sur mon lit, les yeux rivés au plafond, sentant ce tiraillement entre mes jambes et une douleur dans chacun de mes muscles dès lors que je bougeais.

J'avais connu ma meilleure expérience sexuelle durant la nuit.

Avec Braden Carmichael.

Puis nous nous étions blottis l'un contre l'autre. Je fronçai les sourcils en y repensant, et pivotai ma tête sur l'oreiller vers la place vacante sur le matelas. Je n'aimais pas l'idée que les câlins fassent partie du deal, mais puisqu'ils étaient accompagnés de certains avantages, je décidai de ravaler mon malaise et de m'en accommoder. D'autant que Braden avait fait ce qu'il fallait en partant sans me réveiller.

Cela, au moins, signifiait : « Du cul seulement ! »

Cela pourrait fonctionner. Cela pourrait me convenir.

Le bruit d'une porte de placard se refermant dans la cuisine me tira du lit. Mon cœur s'accélérait déjà. Ellie était-elle rentrée ? Puis mes yeux se posèrent au pied du lit. La chemise de Braden. La veille au soir, elle avait fini par terre. Il l'avait donc ramassée. Je consultai mon réveil. Huit heures.

Merde. Il était encore là. Qu'est-ce qu'il foutait là ? Il n'avait pas un métier ? L'agacement commençait à poindre, et je sentais mes joues s'empourprer quand je bondis hors du lit, avant de piocher au hasard un débardeur et un short de pyjama. Dans un même élan, j'attachai mes cheveux en une queue de cheval désordonnée et allai lui régler son compte.

Je m'arrêtai brusquement dans l'embrasure de la porte de la cuisine en sentant cette montée de désir déjà familière. Braden était debout au milieu de la pièce, à verser du lait dans deux tasses de café. Il était irrésistible. Il avait enfilé son pantalon de costume tout en restant évidemment torse nu. Les muscles de ses larges épaules roulaient à chacun de ses gestes, et je ne pus m'empêcher de me rappeler les avoir sentis sous mes mains.

— Deux sucres, c'est ça ? me demanda-t-il avant même de se retourner, les lèvres légèrement ourlées.

Son sourire me fit l'effet d'un coup à la poitrine. Il était intime. Affectueux.

Ça faisait un mal de chien. Mon expression se durcit.

— Qu'est-ce que tu fais encore ici ?

— Du café.

Il haussa les épaules avant de mettre le sucre et de remuer.

— Tu n'as pas de travail ?

— J'ai une réunion dans quelques heures. Ça me laisse le temps de prendre un café.

Il me sourit derechef et traversa la cuisine pour venir me tendre mon mug. Je refermai la main autour de la tasse délicieusement chaude à l'instant même où sa bouche se posa sur la mienne. Déjà éprise de son goût, je l'embrassai en retour. Brièvement. Mais tendrement. Quand il se recula, je faisais la moue.

Braden soupira et avala une gorgée d'instantané avant de me demander :

— Quoi, encore ?

— Tu es toujours là.

Je tournai les talons et me dirigeai vers le salon pour me blottir dans un coin du canapé, les pieds repliés sous mes fesses. Braden se laissa tomber dans le fauteuil et je m'efforçai de ne pas le reluquer. Ma moue s'accentua.

— Et tu es torse nu.

Il eut un léger rictus, comme s'il savait pertinemment ce que la vue qu'il m'offrait provoquait chez moi.

— J'ai besoin de café pour commencer la journée, et puisque j'étais en train de m'en préparer un, je me suis dit que j'allais t'en faire un également.

— Tu n'as quand même pas besoin d'un café pour t'appeler un taxi ?

— En outre, il faut qu'on parle, ajouta-t-il.

Je grognai avant d'avaler une grande lampée.

— De quoi ?

— De tes horaires de travail, pour commencer. Je risque d'avoir besoin d'être accompagné durant les soirs de week-end. Tu pourrais essayer de changer tes jours de boulot ?

Je lui répondis d'un sourire mièvre.

Il haussa un sourcil.

— C'est un oui ou un non ?

— C'est un bon gros « non, sûrement pas ». Braden, je ne changerai pas d'emploi du temps pour tes beaux yeux. (Je haussai les épaules.) Écoute, je vais faire un effort. Si un jour tu tiens vraiment à ce que je sois là, et si tu me le dis et me le répètes suffisamment à l'avance, j'essaierai de modifier mes horaires.

Il hocha la tête.

— Ça me va.

— C'est bon ? On a fini ?

Il étrécit les yeux, et je sentis un brusque changement d'humeur. Il se pencha en avant et je me recroquevillai sur mon canapé, malgré la table basse qui nous séparait.

— Arrête de me traiter comme un coup d'un soir dont tu n'arrives pas à te débarrasser, Jocelyn. Ça me tape sur les nerfs.

J'étais franchement perplexe.

— Tu as dit toi-même que ce n'était que du cul.

— J'ai aussi dit que nous étions amis, et tu as acquiescé. Tu es aussi désagréable avec tous tes amis ?

— Ça arrive. (Il m'adressa un regard menaçant, et je poussai un profond soupir.) Écoute, je tiens juste à ce que ça ne se complique pas trop. Tu ne crois pas que de s'endormir dans les bras l'un de l'autre et de me faire le café le matin soit un peu...

— Un peu quoi ?

— Argh !. (S'il avait décidé de se montrer si obtus, je capitulais.) Je ne sais pas.

Braden posa sa tasse et se leva, s'approcha lentement de moi. Je le suivis du regard avec un mélange de méfiance et de désir, promenant mes yeux de ses tablettes de chocolat à son cou. Je mourais d'envie d'embrasser ce cou. Il s'assit tout près de moi et tendit le bras pour attraper l'accoudoir, de sorte que je me retrouvais prise au piège.

— Je n'ai encore jamais fait ça. Et je parie que toi non plus. Alors, vivons-le à l'instinct. Pas de règles. Pas d'idées préconçues sur la manière de fonctionner. Faisons ce qui nous semble naturel.

— Tu te trompes, murmurai-je. Moi, je l'ai déjà fait.

À ma grande surprise, le visage de Braden se ferma aussitôt. Il arbora un air impénétrable, et le muscle de sa mâchoire se convulsa. J'avais l'impression qu'il tentait de me sonder du regard et, si désagréable que cela pût être, je n'arrivais pas à détourner la tête.

— Tu l'as déjà fait ? répéta-t-il doucement.

Je haussai les épaules.

— Rien dans notre deal n'impliquait d'évoquer nos expériences respectives. Disons simplement que je sais de quoi je parle. Et que ce genre de marché exclut clairement les câlins et le café du matin.

— Tu l'as déjà fait ? insista-t-il. Je croyais que tu n'avais plus eu de rapports depuis quatre ans. Tu devais donc avoir dix-huit ans, la dernière fois.

Oh, je compris où il voulait en venir. Je plissai les yeux.

— Et alors ?

— Quand j'avais dix-huit ans, la plupart des filles se pensaient amoureuses de la personne qu'elles se tapaient.

— Et ?

Braden se pencha un peu plus, tentant de m'intimider.

— Alors, quand l'as-tu déjà fait ?

— Ça ne te regarde pas.

— Putain de merde, Jocelyn, tu pourrais répondre un jour à une question personnelle ?

La fureur grandissait en moi. Je le savais. Je le savais pertinemment.

— C'est bon, c'est fini. C'était une grosse erreur.

Je fis mine de me lever, mais me retrouvai plaquée sur le canapé, Braden allongé sur moi. Je le contemplai d'un air incrédule.

— T'es vraiment une brute !

Un Braden furieux que je ne connaissais que trop bien me souffla un feu brûlant au visage.

— Non, ce n'est pas fini. On vient juste de commencer.

Je me débattis, ce qui ne fit qu'accroître la pression qu'il exerçait sur moi. Je perçus également le durcissement de sa virilité et je m'empourprai légèrement en sentant ma petite culotte s'humidifier. *Merde !*

— Braden, ça ne marchera pas. Je ne suis pas ta petite amie. Tu disais, pas de conneries sentimentales entre nous.

Il inclina la tête, les épaules tremblantes. Il m'épia derrière ses longs cils, pris d'un rire incrédule.

— Tu n'es vraiment pas comme les autres.

— Non, répondis-je en toute honnêteté. Pas du tout.

Il remua de nouveau pour trouver une position confortable, et je sentis son membre raidi me provoquer ; mes cuisses s'écartèrent malgré moi. Je me mordis la lèvre pour étouffer un halètement, et les yeux de Braden s'illuminèrent.

— Arrête, soufflai-je.

— Arrête quoi ?

Il fit décrire un nouveau cercle à ses hanches, se frottant de nouveau à moi et causant une nouvelle vague de chaleur dans mon intimité.

— Braden. (Je le repoussai des deux mains.) Sérieusement.

— Nous sommes amis, chuchota-t-il tout contre ma bouche. Les amis ont le droit de poser des questions. Alors, par qui t'es-tu laissé baiser ?

D'accord. Si c'était ce qu'il voulait...

— Pas mal de gars, en réalité. Et j'ai oublié la plupart de leurs prénoms.

Il se recula brusquement pour m'observer. J'avisai une nouvelle fois sa mâchoire se crisper.

— Putain, ça veut dire quoi, ça ?

Waouh ! Était-il en colère ? Je le fusillai du regard, toutes mes défenses redressées.

— Je n'aime pas les relations, Braden. Je te l'ai déjà dit. En revanche, j'aime le sexe, et je m'en sers pour m'amuser. Ce n'est pas l'alcool qui forme les couples durables.

Il garda le silence quelques instants. Il resta même muet si longtemps que je savais précisément ce qu'il pensait. Je me sentis alors moche et lamentable. Je le poussai de nouveau.

— Tu peux me libérer, maintenant.

Il refusa pourtant de bouger. Il secoua la tête et reprit un air normal en posant à nouveau les yeux sur moi.

— Quatre ans, répliqua-t-il à mi-voix. Tu n'avais pas couché depuis quatre ans. Depuis ton arrivée ici, je parie. Qu'est-ce qui a changé ?

— C'est encore une question.

Il eut alors un air si inquiétant que j'en fus, cette fois, réellement intimidée. Je me crispai sous son corps, retenant mon souffle tandis que ses iris bleu clair me sondaient.

— Est-ce que quelqu'un t'a fait du mal, Jocelyn ?

Quoi ? *Oh, mon Dieu...* Je me détendis légèrement en comprenant quelle conclusion il en avait tirée.

— Non. (Je levai la main pour lui caresser doucement la joue, espérant que ce contact effacerait cette lueur dans ses yeux.) Braden, non. Je ne veux pas en parler, d'accord ? expliquai-je tendrement. Mais non, personne ne m'a fait de mal. J'étais fofolle. Puis je suis devenue sage. Mais je ne t'ai pas menti hier soir. J'ai fait des tests, et je suis nickel. De toute façon, je suis sûre que tu as eu bien plus de partenaires que moi, et je ne te juge pas.

— Je ne te juge pas non plus, Jocelyn.

— Oh que si.

— Non.

— Si.

Il s'assit, passant le bras derrière mon dos pour me forcer à suivre le mouvement. Puis son autre main se posa sur ma hanche, de sorte que je me retrouvai tout contre son torse nu et chaud. Mes paumes se posèrent maladroitement sur ses pectoraux, et il me scruta alors avec intensité.

— Je n'aime pas partager, murmura-t-il.

Il me l'avait déjà dit. Je sentis un pincement à la poitrine, un mélange d'exaltation et de malaise.

— Braden, je ne t'appartiens pas.

Il m'étreignit plus fermement.

— Pendant les trois prochains mois, si. Je suis sérieux, Jocelyn. Personne d'autre n'a le droit de te toucher.

Mon corps refusa obstinément d'écouter mon cerveau qui lui hurlait *Cours ! Cours ! Cours !* Au contraire, je sentis mes seins se gonfler et mes mamelons se durcir face à cette menace.

— Tu te comportes comme un con, lui lançai-je d'un ton rauque.

Mes yeux me trahirent en plongeant vers sa bouche.

— Je ne te jugeais pas, continua-t-il comme si je n'avais pas parlé. (Il me planta alors quelques baisers légers et provocateurs, du menton jusqu'à l'oreille.) En public, tu es Joss Butler : posée, mesurée. Au pieu, tu es Jocelyn Butler : une vraie bombe. Sauvage. Insatiable. Douce, souffla-t-il. Je suis content de le savoir. Je déteste en revanche que d'autres hommes soient au courant.

J'étais peut-être assez excitée pour oublier qui nous étions et quelle était la nature de notre relation, mais je me surpris à me laisser aller à l'un de mes rares moments d'honnêteté. Je me penchai pour lui embrasser le cou, adorant la manière dont il arqua la gorge pour m'accueillir. Ma main remonta sur sa poitrine, son épaule, et s'enroula derrière sa nuque. Je mordillai, léchouillai et embrassai en retournant à sa bouche, puis je basculai le menton en arrière, déjà tellement prête à l'accueillir que ça n'en était pas amusant.

— C'étaient des gamins, pas des hommes. Et pour ta gouverne : ils n'ont jamais obtenu de moi ce que tu as eu hier soir. Jamais, parce qu'ils ne m'en ont jamais donné autant que toi. Loin de là. (J'effleurai ses lèvres du bout des miennes, puis le regardai droit dans les yeux avec une légère moue.) Voilà encore de quoi alimenter ton ego. (Je resserrai les doigts sur sa nuque.) Mais c'est la vérité.

Je m'attendais à ce qu'il réponde quelque chose, n'importe quoi. Au lieu de quoi, ses iris s'assombrirent de désir et il m'écrasa contre lui. Ses lèvres imposèrent à ma bouche de s'ouvrir, et elle leur obéit, le laissant m'embrasser voracement, cherchant moi-même à lui couper le souffle puisque sa puissante étreinte m'empêchait déjà de respirer. En moins d'une minute, j'étais sous lui. Trente secondes plus tard, j'étais complètement nue et, bientôt, il allait et venait en moi, prouvant une fois encore qu'il m'arrivait effectivement d'être insatiable et douce.

Je flânai jusqu'à ma chambre, à nouveau vêtue de mon short et de mon débardeur, où j'observai Braden boutonner sa chemise. Il me sourit en se tournant vers moi.

— Tu t'assures que je parte pour de bon ?

Je haussai les épaules, me sentant plus détendue maintenant qu'il m'avait offert deux nouveaux orgasmes retentissants.

— On va le faire à l'instinct.

Son sourire s'élargit.

— Ça va être facile, s'il suffit de coucher pour te faire changer d'avis.

Je lui adressai un regard exaspéré.

— Braden. Je suis sérieuse. On va le faire à l'instinct, et tant que nous couchons ensemble, on s'engage à ne coucher avec personne d'autre. En revanche, on s'engage aussi à ne pas insister pour obtenir des réponses à des questions auxquelles l'autre ne veut pas répondre.

Après m'avoir longuement contemplée, il se contenta de hocher la tête.

— Marché conclu.
— OK. Marché conclu.
— Bon, je rentre me doucher et me changer. (Il me déposa un rapide baiser sur les lèvres en posant la main sur ma hanche.) À ce soir.
Je fronçai les sourcils.
— Non. Ce soir, je travaille.
— Ouais. Je passerai avec Adam et Ellie.
— Pas question.
Je secouai la tête. Pas après ce qui s'était passé la fois précédente. Et, en vérité, j'avais besoin d'un peu d'air.
Le front de Braden se plissa.
— Pourquoi pas ?
— Je travaille. Pas de distraction.
— Tu bosses avec Craig ?
— Oui, admis-je avec une grimace.
Sa main se resserra sur ma hanche.
— Il t'embrasse et...
— ... tu lui casses les dents, acquiesçai-je en roulant les yeux. Oui, oui, tu m'as déjà fait le coup de l'Écossais macho. Il ne se passera rien. Je te le promets. Mais tu ne viens pas ce soir.
— D'accord. (Il haussa les épaules comme si de rien n'était.) Alors, tu me trouveras ici en rentrant.
OK. Je faillis opiner, quand mon cerveau intervint : *Attends ! Non ! Non, non et non !*
— Non ! rétorquai-je un peu plus fort que je ne l'avais souhaité.
Braden parut fâché.
— Ça ne fait même pas vingt-quatre heures, et cet arrangement m'épuise déjà.
— Eh bien, tu m'as donné quatre orgasmes. Ça fatigue.
J'eus un sourire coquin. Ma diversion ne prit pas.
— Je serai ici. Ce soir.

— Braden, sérieusement, non. C'est vraiment tout nouveau pour moi. J'ai besoin d'espace.

— *Bébé.*

Il se pencha pour m'embrasser sur le front, et je me détendis légèrement. Voilà. Comme quoi, il savait se montrer agréable et de bonne volonté de temps à autre.

— Nous n'avons que trois mois, reprit-il. Nous n'avons pas le temps de prendre le temps.

Ou pas.

— Je serai crevée en rentrant.

— Pas demain matin.

— Alors, viens demain matin.

Il opina avec un soupir de lassitude.

— D'accord.

Il m'attira à lui, puis me fit décoller du sol pour un baiser torride et humide que je ne risquais pas d'oublier de sitôt. Et dès qu'il m'eut reposée, chancelante, il quitta l'appartement sans même un au revoir.

— Vous pensez que je suis folle ?

Je fis la moue, redoutant la réponse du Dr Pritchard.

— Parce que vous avez accepté de vous rendre sexuellement disponible pour Braden ?

— Ouais…

— Joss, vous êtes une adulte. De telles décisions vous appartiennent. Et vous, vous estimez être folle ?

Elle me posa cette question avec un léger sourire.

Je répondis d'un rire sans humour, tout en réfléchissant à Braden et aux sentiments qu'il m'inspirait.

— Je crois que c'est le meilleur moyen de gérer cette attirance entre nous. Au moins, ça ne va pas dégénérer au point de me contraindre à déménager. Ni lui ni moi ne voulons d'une relation durable. Nous sommes deux adultes consentants. Nous connaissons tous deux les règles. Je n'accepterai jamais de m'engager davantage, alors ça me convient parfaitement. Nous nous servirons l'un de l'autre jusqu'à nous lasser. Pas d'animosité. Pas d'embrouille. Pas de déménagement.

— Pourtant, vous auriez pu quitter Dublin Street. Vous débarrasser de Braden pour de bon au lieu d'accepter ce petit arrangement. Pourquoi ne l'avez-vous pas fait ?

Je fronçai les sourcils tant cela me semblait évident.

— Pour Ellie. Nous sommes amies.

Elle acquiesça lentement, prenant bonne note de ma remarque.

— Vous acceptez donc d'explorer des territoires inconnus avec un homme qui, de votre propre aveu, vous fait peur à cause des sentiments qu'il fait naître en vous, et vous le faites uniquement parce que vous êtes amie avec sa sœur ?

— Oui.

— Vous consentez donc à vous soucier d'Ellie… mais pas de Braden ?

Attendez un instant. Non. Quoi ?

— Ce n'est pas… (Ma voix dérailla, ma poitrine se comprima.) Ellie est une amie. Ça ne veut rien dire. Je l'aime bien. Je ne veux pas la perdre, ça ne va pas plus loin que ça.

Le Dr Pritchard soupira, semblant pour une fois légèrement agacée.

— Vous savez, Joss, ce processus serait bien plus efficace si vous arrêtiez de vous mentir.

Je pris une profonde inspiration, m'efforçant d'ouvrir mes poumons au maximum.

— D'accord. (J'opinai.) Je me fais du souci pour elle. C'est une bonne amie, et quelqu'un de bien.

— Pourtant, vous ne cessez de répéter que vous ne vous faites du souci pour personne. Que vous ne tiendrez jamais suffisamment à personne pour vous sentir proche d'elle.

— Ce n'est pas comme si Ellie était de ma famille, rétorquai-je en espérant vainement lui faire comprendre mon point de vue. Ce n'est pas la même chose.

Elle inclina la tête de côté, de cette façon que je détestais.

— En êtes-vous sûre ? D'après tout ce que vous m'avez raconté, j'ai l'impression qu'Ellie vous traite comme un membre de sa famille.

— Vous déformez mes propos, me défendis-je, sentant poindre ma migraine habituelle. Je me soucie des gens. Je n'ai jamais dit le contraire. Rhian et James comptent beaucoup pour moi. Ellie aussi.

— Alors pourquoi refusez-vous cet honneur à Braden ?

Je contemplai mes pieds.

— Ce n'est que du cul, marmonnai-je.

— Pourtant, rien ne vous garantit que ce soit bien le cas, Joss. Personne ne peut prédire vos sentiments pour lui quand les trois mois seront écoulés. Ou les siens à votre égard. Et, au vu de ce que vous m'avez dit – que ce que vous ressentez pour Braden vous effraie –, je vous suggère de prendre le temps d'y réfléchir.

— C'est l'attirance *sexuelle* que je ressentais pour lui qui m'effrayait. Ça, je peux le gérer. Ce n'est que du sexe, persistai-je.

Quelque part au fond de moi, une voix tenta de s'extraire du petit tiroir où je l'avais enfermée pour me confirmer que je faisais l'autruche.

— Alors, c'est vrai que tu baises Barden Carmichael ? brailla Jo à mon intention tandis que je servais une pinte de Tennent à un client.

Ce dernier surprit mon regard courroucé et m'adressa un sourire compatissant en prenant son verre.

— Tu pourrais le crier un peu plus fort, Jo ? Je ne suis pas sûre que tout le monde t'ait entendue au fond de la salle.

— Alistair les a surpris, intervint Craig en agitant les sourcils de façon éloquente tout en saisissant la bouteille de Baileys. Il paraît qu'il était quasiment dans ta culotte.

Alistair avait la langue bien trop pendue.

Je haussai les sourcils avec indifférence et me tournai pour prendre la commande suivante.

— Oh, allez, gémit Jo. J'avais des vues sur lui, j'aimerais savoir s'il est toujours sur le marché.

Réprimant la vague de colère qui menaçait de me submerger, j'affichai un sourire glacial.

— Tu vas devoir attendre ton tour.

Elle en resta bouche bée.

— Alors c'est vrai ? Tu couches avec lui ?

Apparemment, oui, même si, à l'origine, il devait rentrer chez lui après. Ce salopard m'avait arnaquée. J'arquai un sourcil en direction de ma collègue, lui signifiant ainsi que je n'entrerais pas dans les détails.

Son visage se décomposa.

— Tu n'en diras pas plus ?

Je secouai la tête, puis me penchai par-dessus le comptoir pour prendre la prochaine commande.

— J'vou'ais mojito, whiscoca, une boudemiller... oh, hé, et, euh, Stace uncosmo. Faites décosmo ?

Par chance, quatre années passées à bosser dans un bar en Écosse m'avaient appris à comprendre les pires accents, notamment ceux dus à l'alcool.

Traduction : Je voudrais un mojito, un whisky-Coca, une bouteille de Miller... Oh, et oui, Stace désire un cosmo. Vous servez des cosmos ?

J'opinai et ouvris le frigo pour sortir la Miller.

— C'est un bon coup ?

Jo était de nouveau sur mon dos. Je poussai un profond soupir et la bousculai pour aller préparer le cosmo.

— C'est une relation exclusive ? s'enquit Craig depuis l'autre bout du comptoir. Ou est-ce qu'on peut encore baiser ?

— Qu'est-ce que tu entends par « encore » ? pouffai-je.

— Je dois prendre ça pour un non ?

— Un putain de non.

— Oh, allez, Joss, supplia Jo. Il paraît que c'est un vrai étalon, mais je ne le tiens pas de source directe. Donne-moi de l'info de première main.

— Tu sais quoi ? méditai-je. Je vais te donner un indice.

Je lui adressai un doigt d'honneur. Ouais, je sais, ce n'était pas une réponse très élégante, ni très éloquente, ni très adulte, mais elle commençait vraiment à me taper sur les nerfs.

Elle se rembrunit.

— Tu n'es vraiment pas marrante.

— Je suppose que non.

L'ambiance du bar était loin d'être aussi chaleureuse ou électrique que le week-end précédent. Jo boudait, Craig ne semblait pas savoir sur quel pied danser avec moi, tandis que je n'arrêtais pas de changer d'humeur à cause de tout ce qui me trottait en tête.

Je n'arrivais pas à oublier les événements de la veille et du matin et, si je faisais preuve d'un minimum d'honnêteté, j'étais agacée et gênée d'admettre que j'étais impatiente de revoir Braden le lendemain. Pourtant, j'essayais de moins me soucier du fait que j'avais accepté ce marché avec lui. Je voulais m'amuser, rien de plus. Simplement, il me fallait du temps pour me sentir à l'aise avec cette idée.

Cela m'aida beaucoup qu'Ellie prenne la chose avec légèreté. Je ne savais pas trop à quoi m'attendre, mais j'imaginais qu'elle me signalerait tout de même son mécontentement.

Elle était rentrée un peu plus tôt ce jour-là et m'avait trouvée devant mon ordinateur. J'avais évoqué avec le Dr Pritchard l'idée d'écrire un roman contemporain largement inspiré de la vie de mes parents, et elle avait jugé l'idée excellente. Thérapeutique, même. Cependant, j'avais du mal à m'y mettre, car la peur m'étreignait chaque fois que je posais les doigts sur le clavier. Pour me lancer dans un tel projet, j'allais devoir faire appel à des souvenirs, et je n'étais pas certaine de pouvoir gérer les inévitables crises d'angoisse qui s'ensuivraient. Mon bon docteur m'avait expliqué que le but était que les réminiscences cessent de provoquer pareilles crises, et elle estimait que l'écriture pourrait être un bon moyen d'y parvenir en douceur.

Après le départ de Braden, j'avais réussi à noircir une première page. Je la contemplais, surprise, n'arrivant pas à croire que j'avais réellement réussi à aligner les mots, quand Ellie rentra et se dirigea droit vers ma chambre.

Elle m'adressa un sourire entendu comme je me retournai pour l'accueillir.

— Alors… comment ça va ?

Je n'étais pas du genre à me sentir facilement embarrassée, mais je dois bien reconnaître que je trouvais un peu étrange de savoir qu'Ellie savait que j'avais couché avec son frère. Je fis la grimace.

— Ça ne va pas être trop bizarre pour toi ?

— Que tu sortes avec Braden ? (Elle secoua la tête, les yeux pétillants.) Pas du tout. Je trouve ça génial.

Oh oh. Je me raclai la gorge, me souvenant que Braden ne voulait pas lui mentir.

— En fait, Ellie, on ne sort pas vraiment ensemble. C'est disons une relation purement charnelle.

Elle sembla surprise.

— Tu veux dire comme des amis, mais avec des avantages ?

En fait, je préfère le terme « copains de baise ». Mais Ellie ne prononcerait jamais le mot « baise ».

— C'est ça.

Elle croisa les bras, un air de curiosité sur le visage.

— C'est ce que tu souhaites ?

J'acquiesçai.

— Tu sais que je ne cherche pas une relation stable.

— Et Braden ?

— C'est lui qui a eu l'idée de cet arrangement.

Ellie leva les yeux au ciel.

— Braden et ses foutus arrangements. (Elle poussa un soupir exaspéré.) Eh bien, si ça vous convient à tous les deux, alors parfait. Tant que ça ne change rien entre toi et moi, ça me va. C'est carrément antiromantique, mais tant pis.

J'eus un petit sourire affecté.

— Je te promets que ça va bien se passer. Ça te va ?

Son sourire de travers était parfaitement adorable.

— Ça me va.

Pour nous prouver que cela nous allait à toutes les deux, nous passâmes l'après-midi ensemble, arpentant Princes Street et ses cohortes de touristes, s'arrêtant çà et là pour photographier sous tous les angles l'impressionnant château d'Édimbourg. Il nous dominait du haut de son rocher, créant cet incroyable affrontement entre moderne et médiéval… ainsi qu'un certain chaos, car les visiteurs se fichaient bien de s'arrêter au milieu du chemin pour immortaliser cette vue magnifique. Pendant les heures qui suivirent, nous entrâmes et sortîmes d'un nombre incroyable de boutiques de vêtements, afin de trouver la tenue adéquate pour le rencard du soir d'Ellie. Eh oui. Un *rencard*. Elle avait rencontré un certain Jason au Starbucks. Il lui avait proposé de sortir, et elle avait accepté. Apparemment, il était mignon, mais j'avais surtout l'impression que le but était une nouvelle fois d'atteindre Adam.

Toutefois, je ne pouvais pas m'empêcher de m'inquiéter un peu pour elle. C'était son premier rendez-vous depuis le fiasco avec Adam, et elle semblait particulièrement nerveuse en partant. Même si j'étais déjà bien accaparée par mon histoire avec Braden, je n'arrêtais pas de me demander comment se passait la soirée d'Ellie.

Je fus donc la pire des rabat-joie ce soir-là au boulot. Pour la première fois depuis des lustres, j'attendais impatiemment de pouvoir rentrer afin de réfléchir à tout ça bien au calme.

Le bar fermait à une heure du matin. Le temps de tout nettoyer, j'arrivai chez moi vers deux heures. J'avisai directement la lumière sous la porte du salon. Apparemment, Ellie était toujours debout. Voulant m'assurer qu'elle allait bien, je poussai discrètement la porte… et me figeai sur place.

La seule lumière émanait de la lampe derrière le canapé. Allongé dans les paisibles ténèbres, étendu de tout son long sur le canapé, les pieds dans le vide, se trouvait Braden. Il avait les yeux fermés. Il semblait si jeune avec ses longs cils et ses traits détendus. Je n'avais pas l'habitude de le voir ainsi. Généralement, je sentais bien nos huit ans de différence d'âge. Il paraissait plus mûr, plus équilibré, plus responsable, plus résolu. Pourtant, dans cette situation, il aurait pu avoir mon âge. Il était bien moins intimidant ainsi, et cela me plaisait. Beaucoup.

Un classeur noir était ouvert sur la table basse devant lui ; plusieurs documents gisaient hors de leur pochette plastique. Sa veste de costume était étendue sur l'accoudoir, ses chaussures alignées au pied du canapé, et un mug vide reposait à côté de ses papiers.

Il était venu ici pour travailler ?

Plus que surprise, je quittai silencieusement la pièce et refermai derrière moi. Je pensais qu'Adam et lui seraient sortis ensemble, comme tous les vendredis soir.

— Salut.

Je pivotai et découvris Ellie dans l'embrasure de la cuisine, toujours vêtue de sa magnifique robe d'été couleur pêche qu'elle avait choisie pour la soirée, même si elle s'était débarrassée de ses sandales dorées à talons hauts qui lui faisaient des jambes interminables. Je la suivis dans la cuisine et en fermai la porte afin de ne pas réveiller Braden.

— Comment ça s'est passé ?

Ellie croisa les bras et s'adossa au comptoir avec une mine profondément mécontente. Oh oh.

— Mal.

— Oh, mon Dieu, qu'est-ce qu'il y a eu ?

— Adam.

— D'accord. Explique.

— Braden m'a appelée tout à l'heure pour me dire qu'il allait devoir travailler tard, mais qu'Adam ne faisait rien et qu'il se demandait si ça me dirait de manger un morceau avant d'aller au cinéma. J'ai chargé Braden de lui répondre que je sortais avec Jason.

— Et... ?

Ellie s'empourpra, et ses yeux clairs se mirent à luire furieusement.

— Il m'a appelée cinq fois pendant la soirée.

J'essayai de réprimer un gloussement, n'y parvenant que partiellement.

— Adam ?

— Je ne sais pas trop ce que Jason a entendu de ma moitié de conversation, mais il m'a dit que j'avais clairement des « trucs » à régler et qu'il cherchait une histoire sans complications. Puis il est parti.

— Attends une seconde. (Je l'observai avec curiosité.) Tu n'as quand même pas décroché chaque fois, si ?

Elle rougit de nouveau, cette fois-ci de honte.

— C'est malpoli d'ignorer un appel.

Je m'emportai.

— Ellie, honnêtement : tu adores qu'Adam se mette dans tous ses états à l'idée de te savoir avec un garçon.

— Il mérite bien qu'on le torture un peu.

— Waouh. Tu es bien plus rancunière que je ne le pensais. (J'eus un sourire démesuré.) C'est génial, Ellie, vraiment. Mais combien de temps tu comptes jouer à ça ? Ça doit être épuisant. Ce ne serait pas plus simple d'expliquer directement à Braden que vous avez des sentiments l'un pour l'autre ? Il serait bien obligé d'accepter la situation.

— C'est plus compliqué que ça. (Elle se mordit la lèvre et se perdit dans la contemplation du carrelage.) Ça ficherait en l'air leur amitié. Adam ne courrait jamais ce risque pour moi. (Elle secoua tristement la tête, et j'en eus le cœur serré. Adam avait grand besoin qu'on lui sonne les cloches.) À ce propos… (Elle releva la tête avec un froncement interrogateur.) Je suis rentrée il y a quelques heures, et Braden était en train de travailler dans le salon. Il a dit qu'il t'attendait. Tu ne vas pas le réveiller ?

Eh bien, étant donné que je lui ai demandé de me laisser un peu d'espace pour la soirée, non. Il mérite bien son torticolis.

— Non. Il a l'air rincé. Et je le suis aussi. Il aurait dû rentrer chez lui.

Le regard d'Ellie se fit coquin.

— Il a dû passer une très bonne soirée hier pour être tellement pressé de te revoir.

Je ricanai.

— Tu tiens vraiment à ce qu'on en parle ? Ça concerne ton frère.

Elle y songea un instant, puis fronça le nez.

— Tu as raison. Beurk. (Elle fit la moue.) Tu sors avec un garçon, et on ne peut même pas en discuter entre filles…

J'eus un léger rire.

— Si ça peut te rassurer, je ne suis pas très conversations de filles. Et Braden et moi ne sortons pas ensemble. On se contente de baiser.

Elle me gratifia d'un prude pincement de lèvres.

— Joss, c'est carrément antiromantique.

J'ouvris doucement la porte et lui adressai un clin d'œil.

— Mais carrément chaud.

La laissant à sa grimace « C'est dégueulasse », je me rendis à la salle de bains et me préparai à aller au lit. Je m'endormis dès l'instant où ma tête effleura l'oreiller.

14

Je repris peu à peu conscience et, en me réveillant, sentis un poids contre ma taille et une chaleur inhabituelle. Je me rendis alors compte que c'était cette dernière qui m'avait réveillée. Si j'en croyais la lourdeur de mes paupières et leur refus obstiné de se soulever, il était bien trop tôt pour se lever et mieux valait que je me rendorme.

Cependant, ce poids sur ma taille ne m'était pas inconnu.

Contraignant mes yeux à s'ouvrir, je découvris le torse nu allongé à quelques centimètres de mon visage.

Euh, quoi ?

Réveille-toi ! Mes prunelles douloureuses remontèrent jusqu'à la tête qui surplombait ce corps, et la réalité me pénétra lentement, mais sûrement. Braden était dans mon lit.

Encore.

Il me fallut quelques secondes pour me rappeler être rentrée la veille et l'avoir trouvé sur le canapé. J'avais discuté avec Ellie, je m'étais débarbouillée à la salle de bains, puis m'étais affalée au pieu.

À l'évidence, à un moment où à un autre, Braden s'y était glissé à son tour.

Ça ne faisait pas partie de notre accord.

Vexée, je repoussai sa poitrine de toutes mes forces. Et ce faisant, je le fis rouler hors du lit.

Il heurta le sol avec un bruit sourd et douloureux, et je me penchai par-dessus le rebord du matelas pour voir ses yeux s'ouvrir en grand, embrumés et surpris de me contempler ainsi par en dessous. Ai-je déjà signalé qu'il était complètement nu ?

— Bon Dieu, Jocelyn, gémit-il d'une voix endormie. Pourquoi tu as fait ça ?

Je le toisai avec un sourire narquois.

— Pour te rappeler que ce n'était qu'une histoire de cul.

Il se redressa sur ses coudes, plus sexy que jamais avec ses cheveux en bataille et son expression révoltée.

— En me dégageant de ton lit ?

— Avec style, précisai-je, mutine.

Braden hocha lentement la tête, comme pour admettre que j'étais dans le vrai.

— D'accord...

Il soupira...

... puis je ravalai un cri de terreur lorsqu'il se redressa subitement et m'attrapa les bras pour me précipiter au sol avec lui.

— Braden ! hurlai-je quand il me fit rouler sur le dos.

Puis il commit l'irréparable.

Il se mit à me chatouiller.

Je poussai un petit cri perçant de fillette, me tortillai tout en riant pour tenter de me libérer.

— Arrête !

Son sourire était mauvais, déterminé. Rapide et puissant, il parvint à éviter mes ruades sans cesser de me clouer au sol ni de me chatouiller.

— Braden, arrête !

Je riais et me débattais si fort que je peinais à respirer.

— Pourrai-je dorénavant m'allonger près de toi sans risquer une attaque surprise en plein milieu de la nuit ? me demanda-t-il de sa voix puissante pour couvrir mes halètements mi-étouffés, mi-rieurs.

— Oui ! promis-je.

Je commençais à avoir mal aux côtes.

Il s'arrêta enfin et je pus prendre une profonde inspiration. Je m'effondrai à côté de lui en grimaçant.

— Dis donc, c'est dur par terre.

— Ouais, va dire ça à mon cul.

Je me mordis la lèvre pour ne pas éclater de rire. J'échouai.

— Désolée.

— Oh, tu en as vraiment l'air. (Les coins de sa bouche se soulevèrent légèrement quand il se mit à califourchon sur moi, glissant un genou entre mes jambes.) Je devrais peut-être te punir malgré tout.

Mon corps réagit aussitôt à la lueur qui brillait dans ses yeux, au ton qu'il venait d'employer. Mes mamelons se durcirent, et tandis que j'écartais les cuisses, les contractions de mon vagin m'indiquèrent que j'étais prête à le recevoir. Je laissai courir mes doigts sur ses abdos avant de lui attraper les fesses.

— Tu veux des bisous guérisseurs au popotin ?

Braden, alors sur le point de m'embrasser, se releva.

— C'est vraiment un mot bizarre.

Je repoussai le souvenir d'une conversation identique avec ma mère – de nombreuses conversations, en réalité –, durant laquelle je la charriais à cause de certains mots désuets qu'elle employait. Je me concentrai sur les yeux de Braden pour la chasser de mon esprit.

— Au moins, j'ai un accent compréhensible, rétorquai-je.

Il fit la grimace. Puis, il exagéra l'élocution soignée de l'aristocratie britannique.

— Mon épouse débattait linguistique et phonétique tandis que j'essayais de la baiser.

J'éclatais de rire et lui giflai le dos.

— C'est toi qui as commencé avec ton histoire de popotin, *sir* Carmi...

Je retins mon souffle quand sa main glissa sensuellement le long de ma hanche, progressa jusqu'à mon dos et s'immisça sous mon short et ma culotte jusqu'à venir se refermer sur mes fesses nues. Il me força à remonter d'un coup, plaquant son érection tout contre moi. Je haletai tandis que mon corps tout entier se mettait à fourmiller – mon crâne, mes seins, mon sexe. L'atmosphère de la pièce se modifia tout à coup.

Nous restâmes muets tandis qu'il se remettait à genoux, le membre palpitant. Je m'assis, mon regard toujours verrouillé au sien, et je refermai la main autour de son sexe. Ses prunelles s'embrasèrent quand je relâchai juste assez mon étreinte pour la laisser coulisser jusqu'à la base. Il m'attrapa alors le poignet – je crus d'abord qu'il voulait me guider, me montrer ce qu'il aimait –, mais il replia mon bras derrière mon dos et me fit remonter jusqu'à sa bouche. Ses lèvres étaient douces, tendres, mais j'en voulais plus. Je titillai sa langue du bout de la mienne, provoquant un baiser plus profond, plus riche, plus humide. Il embrassait vraiment comme un dieu. Je sentais son eau de Cologne, son début de barbe qui me râpait la joue, et je pris conscience de ce que ma présence provoquait chez lui. J'ignorais jusqu'alors que quelqu'un pouvait ressentir un désir si puissant à mon égard. C'était pourtant son cas. J'en perdis la raison et oubliai tout le reste.

Les lèvres de Braden s'écartèrent des miennes de mauvais gré, et il me lâcha la main, entreprenant ensuite de faire glisser l'élastique de mon short. Je me redressai sur les coudes pour lui offrir une plus grande liberté de mouvement. Émoustillée, je l'observai me retirer pyjama et culotte et les jeter par-dessus son épaule. Je me débarrassai moi-même de mon caraco et m'allongeai, nue, à sa merci.

Cette fois-ci, l'acte fut différent de la veille. Le toucher de Braden était plus réfléchi, plus patient, presque déférent quand il me colla le dos au sol tout en se positionnant entre mes jambes. Il prit mes seins en coupe, y déposa la bouche, ses lèvres et sa langue se relayant pour lentement embraser tout mon être.

— Braden, soupirai-je en lui saisissant la nuque tout en arquant la mienne.

Mon souffle se fit court tandis qu'il m'attirait vers l'orgasme avec ces simples caresses.

Il releva la tête, glissa sa main entre mes cuisses. Les deux doigts qui me pénétrèrent me submergèrent de plaisir.

— Tu es tellement humide, murmura-t-il, les yeux brillants. Demain, après le repas de famille, on ira chez moi et je te baiserai dans chaque pièce, dans toutes les positions.

Je rivai mes yeux aux siens, sentant ma poitrine se soulever et s'abaisser rapidement tandis que je l'écoutais.

— Je vais te faire hurler de plaisir là-bas, puisque tu ne peux pas le faire ici, promit-il. (Je me rappelai alors qu'Ellie se trouvait effectivement au bout du couloir.) Mais pour l'heure, je vais me contenter de te voir te mordre les lèvres.

Ce que je fis. Il me pénétra et je ravalai un cri tandis que la douceur et la lenteur de ses premiers mouvements s'estompaient. Ses grognements rauques tout contre mon cou m'excitèrent encore davantage, et il me besogna jusqu'à l'orgasme.

Je me sentais légèrement plus détendue pour travailler au bar, le samedi soir. Braden me rendit un grand service en me laissant un peu d'air – avec Ellie, Jenny, Ed, Adam et deux autres amis que je connaissais à peine, ils sortirent pour dîner et boire quelques verres. J'étais invitée au repas, mais ne me sentais pas encore prête à me montrer avec lui en public. Et encore une fois, j'avais besoin d'espace.

Quand je rentrais après le boulot, il ne m'attendait pas à l'appartement, et j'étais toujours seule le lendemain matin.

Même Ellie m'avait laissée tranquille.

Ce qui me permit d'écrire. Je développai même un chapitre entier de mon roman contemporain, ne subissant qu'une seule crise d'angoisse. Elle fut toutefois si courte qu'elle comptait à peine, et dès que j'eus dépassé le cap initial, je parvins à gérer le souvenir de ma mère m'expliquant combien elle avait eu peur de débarquer seule aux États-Unis, mais à quel point cela lui avait paru libérateur. Le plus génial étant que je connaissais ce sentiment, et que je pouvais le décrire sans difficulté. Ce que je fis.

— Tu sais, tu devrais acheter une machine à écrire.

Je pivotai sur ma chaise de bureau en entendant cette voix familière. Je levai les yeux vers Braden, appuyé contre le chambranle de ma porte, vêtu d'un jean et d'un simple tee-shirt. Il pleuvait. Il aurait dû porter un pull.

— Une machine à écrire ?

Il acquiesça, tout en examinant mon portable.

— Ça ferait plus authentique, non ?

— Eh bien, ma mère m'avait promis de m'en acheter une pour Noël, mais elle est morte trop tôt.

Je me tétanisai.

Mon cœur s'accéléra quand mes mots me revinrent, comme en écho.

Pourquoi lui avais-je dit ça ?

Le regard de Braden se durcit quand il remarqua ma réaction, puis il haussa les épaules.

— Tu gaspillerais des tonnes de papier, si tu en avais une.

Il m'offrait une porte de sortie. Je lui répondis avec un léger sourire.

— Eh, je tape très bien.

— Ce n'est pas la seule chose pour laquelle tu es douée.

Il me sourit lascivement en pénétrant dans la pièce.

— Oh, tu n'as encore rien vu.

Il ricana, et je crus qu'il approchait pour m'embrasser. À ma grande surprise, il fit le tour du lit pour aller prendre la photo de mes parents sur ma table de chevet.

— C'est ta maman ?

Je détournai la tête en me crispant derechef.

— Ouais.

— Tu lui ressembles, mais tu as la peau de ton père. Elle était très belle, Jocelyn.

La douleur enfonça ses serres acérées dans ma poitrine.

— Merci, marmonnai-je en me levant. (Je me dirigeai vers la porte sans un regard pour lui.) Alors, qu'est-ce que tu fais ici ?

J'entendis ses pas rapides derrière moi et sentis son bras m'enlacer. Il posa la paume à plat sur mon ventre et m'attira tout contre lui, ma tête contre sa poitrine. Je commençais à être habituée à ses gestes. Il était tactile et aimait me toucher. Tout le temps. Je ne pensais pas m'y faire si vite, n'étant moi-même pas particulièrement affectueuse, mais de toute façon Braden ne m'avait jamais vraiment demandé si je voulais qu'il me prenne dans ses bras toutes les cinq secondes.

Et, en vérité, cela ne me dérangeait pas.

Encore une surprise.

Son souffle me caressa l'oreille quand il se pencha pour me chuchoter :

— Je suis passé vous prendre, Ellie et toi, pour le déjeuner dominical. Pour être sûr que tu ne nous fasses pas faux bond. Je ne voulais pas que tu manques le dessert, chez moi.

Je me détendis à présent que nous étions de retour sur un terrain plus familier. Je pivotais la tête pour lui planter un baiser sur les lèvres.

— Je ne raterais ça pour rien au monde.

— Ça devient dégueulasse. (La voix d'Ellie nous interrompit. Elle était dans le couloir, juste devant nous.) Vous pourriez fermer la porte quand vous tirez profit des avantages de votre amitié ?

Je m'extirpais des bras de Braden.

— Tu as douze ans, ou quoi ?

Elle me tira la langue et je lui donnai une tape amicale sur les fesses en allant chercher mes chaussures. Je m'apprêtais à enfiler mes bottes préférées quand un téléphone portable sonna.

— Allô ? répondit Braden. (Je me retournai et découvris son air sérieux.) Quoi ? Tout de suite ? (Il soupira en se passant la main dans les cheveux, et me jeta un coup d'œil.) Non. Parfait. J'arrive. (Il glissa son téléphone dans sa poche arrière avec un grognement de frustration.) C'était Darren. Des histoires de famille. Il ne peut pas aller travailler au *Fire* aujourd'hui, et j'ai une livraison qui arrive, ainsi que le DJ de la soirée. Personne ne peut le remplacer, je dois y aller.

Son regard soutint le mien quelques secondes, et je sentis sa déception s'accentuer.

— Tu vas encore louper le déjeuner ? grommela Ellie. Maman va adorer ça.

— Dis-lui que je suis désolé. (Il poussa un soupir de regret sans me quitter des yeux.) On dirait que je vais devoir annuler pour ce soir.

Ah oui, la fameuse visite de son appartement. J'éprouvai un mélange de déconvenue et de soulagement.

— Tant pis, lui répondis-je avec un sourire.

— Ne prends pas cet air déçu, me rétorqua-t-il, sardonique. On trouvera une autre date dans la semaine.

— Euh... (Ellie s'interposa entre nous.) Vous pourriez éviter de planifier devant moi ce que je ne veux pas savoir ?

Un léger sourire aux lèvres, Braden se pencha pour l'embrasser sur la joue.

— Els. (Il passa devant moi.) Jocelyn.

Il me serra légèrement la main, puis laissa glisser son pouce sur ma peau, qui se mit à picoter. Puis il quitta l'appartement sans rien ajouter. Au temps pour les avantages de notre amitié.

— Purement sexuel.

— Quoi ? (Je levai les yeux vers Ellie, qui me contemplait d'un air incrédule.) Quoi ? répétai-je.

— C'est purement sexuel. (Elle secoua la tête et attrapa son manteau.) Tant mieux pour vous, si vous y croyez.

Sans relever sa remarque, et en m'efforçant de chasser les tourbillons dans le creux de mon ventre, j'enfilai ma propre veste et la suivis dehors.

— Qu'est-ce que tu fais ici ?

Je venais de heurter le dos d'Ellie, restée plantée dans l'embrasure du salon de sa mère. J'ignorais donc à qui elle posait cette question sur ce ton accusateur.

— Ta mère m'a invité.

Ah, Adam. Je jetai un coup d'œil par-dessus l'épaule de ma colocataire et le découvris, assis à côté de Declan sur le canapé des Nichols. Ils regardaient un match de foot. Clark se trouvait dans son fauteuil, un journal sur les genoux. Il n'était à l'évidence pas fan.

— Ma mère t'a invité ? (Ellie entra dans la pièce à grands pas, les bras croisés sur la poitrine.) Quand ça ?

— Hier, pépia derrière nous la voix d'Élodie. (Nous nous retournâmes et les vîmes, Hannah et elle, des verres de soda dans les mains.) Qu'est-ce que c'est que ce comportement ?

Ellie lança un regard furieux à Adam, qui lui sourit sans vergogne en retour.

— Rien.

— Adam, tu es en train de tout rater.

Declan tirait sur la manche de son pull bleu clair qui mettait bien son corps en valeur. Pas étonnant que Braden et lui séduisent autant de filles. À eux deux, ils ressemblaient à une pub pour *GQ*.

— Désolé, mon pote. (Il provoqua Ellie d'une œillade solennelle.) Pardon, je ne peux pas parler. On regarde un match.

— Fais gaffe à ne pas te faire enfoncer un ballon dans le cul, rétorqua-t-elle entre ses dents, même si Adam et moi l'entendîmes tous deux.

Il éclata de rire et secoua la tête en se retournant vers l'écran.

— Qu'est-ce qu'il y a de si drôle ? demanda Élodie avec un sourire avenant, loin de se douter de la tension évidente entre sa fille et Adam.

Elle offrit à tout le monde un verre de Coca.

— Ellie a dit un gros mot, expliqua Declan.

Au temps pour moi : Adam et moi *et* Declan l'avions entendue.

— Ellie, tu sais qu'il a toujours les oreilles qui traînent, râla Élodie.

Ellie fit la moue et se laissa tomber dans un fauteuil. Je jugeai qu'il était de mon devoir de lui apporter mon soutien, puisque la présence d'Adam lui avait visiblement fichu un coup. Je me juchai donc sur son accoudoir. Elle soupira.

— Je suis sûre qu'il a déjà entendu bien pire à l'école.

Declan adressa un large sourire à sa mère.

— Ça, oui !

Clark ricana derrière son journal.

Élodie lui lança un regard mauvais avant de se tourner vers Ellie.

— Ce n'est pas une raison pour parler comme ça devant lui.

— J'ai juste dit « cul ».

Declan gloussa.

— Ellie !

Elle roula les yeux.

— Maman, ce n'est pas très grave.

— Non, renchérit Declan, j'ai déjà entendu *carrément* pire.

— Pourquoi tu as dit « cul » ? s'enquit Hannah d'un ton serein, depuis l'autre canapé.

Clark étouffa un éclat de rire en tournant sa page, refusant obstinément d'abandonner sa lecture.

— Hannah ! (Élodie la contempla d'un air noir.) Les jeunes filles n'emploient pas de vilains mots.

Hannah haussa les épaules.

— C'est juste « cul », maman.

— C'est Adam que je traitais de trou du cul, expliqua Ellie à sa petite sœur. Parce que c'est un vrai trou du cul.

Élodie semblait sur le point d'exploser.

— Est-ce que vous pourriez tous arrêter de dire « cul » ?

— Mais oui. (J'exagérai un soupir d'exaspération.) On dit le « derche », voyons. Le *derche*.

Clark et Adam éclatèrent de rire, et je m'excusai auprès d'Élodie d'un haussement d'épaules tout en lui adressant un sourire affable. Elle leva les yeux au ciel et écarta les mains d'un air désespéré.

— Bon, je vais surveiller la cuisson.

— Vous avez besoin d'aide ? m'enquis-je poliment.

— Non, non. Mon *derche* se débrouille très bien tout seul, merci beaucoup.

Je gloussai en l'observant partir, puis adressai à Ellie un sourire taquin.

— Je comprends mieux pourquoi tu ne jures jamais.

— Alors, pourquoi est-ce qu'Adam est un trou du cul ? persista Hannah.

Ellie se leva, fusillant l'intéressé du regard.

— Je crois que la bonne question serait : en quoi est-ce qu'Adam *n'est pas* un trou du cul ?

Puis elle quitta la pièce à grands pas.

Adam la suivit de ses yeux qui ne riaient plus du tout. Il se tourna vers moi.

— J'ai déconné.

La litote de l'année.

— On dirait bien que oui.

Je sentais le regard de Clark peser sur nous quand Adam soupira, et lorsque je me tournai vers le beau-père d'Ellie, je me rendis compte qu'il n'était plus d'humeur non plus. Il assaillait silencieusement Adam d'un million de questions, et j'eus l'impression qu'il commençait à comprendre.

Il était grand temps de faire diversion.

— Alors, Hannah, tu as lu les livres que je t'ai conseillés ?

Elle dressa le menton, les prunelles pétillantes.

— Ils sont géniaux. Je n'arrête pas de chercher des dystopies depuis.

— Tu fais lire des dystopies à Hannah ? s'étonna Adam, un sourire aux lèvres.

— Oui.

— Elle n'a que quatorze ans.

— Eh bien, celles-là sont destinées aux quatorze ans. Et j'ai étudié *1984* à l'école quand j'avais quatorze ans.

— George Orwell, intervint Clark à mi-voix.

Je souris.

— Vous n'êtes pas amateur ?

— Hannah doit lire *La Ferme des animaux* pour ses cours d'anglais, déclara-t-il comme si ceci expliquait cela.

Hannah souriait, une pointe d'espièglerie qui me rappelait sa sœur dans le regard.

— Je le lis à haute voix à papa et maman pour qu'ils puissent m'aider.

En d'autres termes, elle les torturait par plaisir. Ellie et elle étaient vraiment pleines de surprises. Des diables avec des visages d'ange, comme on dit.

Quelques minutes plus tard, nous passâmes à table. Ellie et Élodie se chamaillaient de façon inintelligible.

— J'ai juste dit que tu étais toute pâle, finit par soupirer Élodie en s'asseyant.

— Autrement dit, « Tu as une sale gueule ».

— Pas du tout. Je t'ai juste demandé pourquoi tu étais si pâle.

— J'ai la migraine.

Elle haussa ses épaules raidies, tout en fronçant les sourcils et en pinçant les lèvres.

— Encore ? s'inquiéta Adam.

Comment ça, *encore* ?

— Ça t'arrive souvent ?

Adam semblait furieux désormais, sa sollicitude s'étant brusquement muée en colère.

— Elle en a eu un certain nombre. Je lui ai dit d'aller consulter.

Ellie le fusilla du regard.

— J'ai vu le docteur vendredi. Il pense que j'ai besoin de lunettes.

— Tu aurais dû prendre rendez-vous depuis des semaines.

— Eh bien, je l'ai fait cette semaine !

— Tu ne prends pas soin de toi. Tu te ruines la santé à la fac.

— Si, je prends soin de moi. Pour tout te dire, je prenais justement soin de moi vendredi soir, mais quelqu'un a foutu en l'air mon moment de détente.

— C'était un trou du cul, se défendit Adam.

Élodie se racla la gorge d'un air éloquent.

Adam s'excusa d'un geste de la main.

— C'était un trou de fesses.

Declan et Hannah gloussèrent. Moi aussi, peut-être un peu.

— Tu ne le connais même pas. Et grâce à toi, je ne le connaîtrai jamais non plus.

— Cesse de changer de sujet. Ça fait des semaines que je te dis de prendre rendez-vous chez le médecin.

— Tu n'es pas mon père.

— Tu te comportes comme une enfant.

— Je me comporte comme une enfant… Mais tu t'entends ? *C'était un trou de fesses.* Putain, Adam. C'est toi qui me donnes mal au crâne.

Il fronça les sourcils et baissa d'un ton.

— Je m'inquiète pour toi.

Ça oui, il s'inquiétait pour elle. J'inclinai la tête de côté pour l'observer. Bon sang, il la regardait de la même manière que James regardait Rhian.

Était-il amoureux d'Ellie ?

Je réprimais l'envie de lui balancer ma fourchette dans la figure pour lui dire de prendre son courage à deux mains. S'il tenait tant à elle, alors qu'il *sorte* avec elle. Qu'y avait-il de si compliqué à cela ?

— J'aurais pensé que vous étiez mieux placée que quiconque pour le comprendre.

Le Dr Pritchard me scrutait, sourcils froncés.

Moi, je serais mieux placée que quiconque ?

— Euh... Quoi ?

— Vous teniez à Kyle Ramsey.

Mon ventre se noua, comme chaque fois que je pensais à lui.

— Ce n'était qu'un gamin.

— Auquel vous ne vouliez pas vous attacher à cause de Dru.

Merde. Elle avait raison. Je laissai retomber ma tête, affligée.

— Alors, Adam fait ce qu'il faut, c'est ça ? Car ça ferait de la peine à Braden. Comme ça en a fait à Dru.

— Vous ne l'avez pas tuée, Joss.

Je pris une profonde inspiration.

— Je n'étais pas la balle, non. Mais j'étais la détente. (Je contemplai mon bon docteur droit dans les yeux.) C'est quand même ma faute.

— Un jour, vous comprendrez que non.

Ellie et Adam firent l'animation pendant tout le repas dominical, et je rentrais épuisée de leur dispute incessante. Ellie s'enferma dans sa chambre, toujours furieuse, toujours souffrante, et n'en ressortit pas.

De mon côté, je m'installai devant mon ordinateur et me remis à écrire.

Mon téléphone bipa, et je découvris un texto de Braden.

J'avais oublié à quel point mon bureau du Fire *était grand et imposant. Il faut vraiment que je te prenne dessus.*

Je secouai la tête, incapable de réprimer un léger sourire en lui répondant :

Heureusement pour toi, grand et imposant me conviennent très bien.

Je sais ;-), me répondit-il dans la seconde.

Pour une raison ou pour une autre, le fait qu'il m'envoie un smiley clignant de l'œil me fit glousser comme une idiote. Malgré son air intimidant, il était incroyablement taquin.

Alors, on prévoit ça pour quand ? Dis-moi pour que je le note au crayon. Mon agenda de baise se remplit à toute vitesse.

Comme il n'avait toujours pas répondu au bout de cinq minutes, je me mordis la lèvre, me rappelant soudain à quel point il était sérieux quand il m'avait affirmé n'être pas partageur.

C'était une blague, Braden. Détends-toi.

Je ne m'attendais pas à ce qu'il réponde et m'efforçai de ne pas me soucier d'avoir commis un impair – apparemment, cette histoire de copains de baise n'était pas aussi dénuée de stress que prévu –, quand mon téléphone bipa de nouveau.

C'est dur de savoir, avec toi. En parlant de dur...

J'hésitai entre le rire et la colère, mais préférai laisser couler, puisqu'il recommençait à plaisanter.

Tu parles du plancher ?

Non...

De la reliure d'un livre ?

Quelque chose de plus anatomique...

J'éclatai de rire et m'empressai de lui répondre.

Dernier message. Je travaille sur mon roman. Je vous retrouverai plus tard, toi et ta queue toute dure, sur ton grand bureau.

Bonne chance pour ton roman, bébé. x

Ce *x* m'effraya.

Mieux valait prendre ça pour un smiley. Un simple smiley...

Mon téléphone sonna à ce moment-là. Rhian.

— Salut, répondis-je d'une voix sourde, songeant toujours à ce *x* et à ce qu'il sous-entendait.

— Ça va ? me demanda-t-elle, inquiète. Tu as l'air… bizarre.
— Ça va. Quoi de neuf ?
— J'appelai juste pour prendre des nouvelles. Ça fait un bail.
J'inspirai profondément.
— Je couche avec le frère d'Ellie. Comment ça se passe, entre James et toi ?

15

Braden excellait dans l'art de rédiger des textos coquins. Parfois, il se montrait très subtil. D'autres fois...

J'ai hâte de te pénétrer de nouveau, bébé. x

... Beaucoup moins.

Croulant sous le boulot, il disparut de la circulation pendant plusieurs jours. Si j'avais été différente, j'aurais sans doute craint qu'il ne me laisse en plan après m'avoir mise dans son lit, mais, en toute honnêteté, j'étais ravie d'avoir un peu de temps pour respirer. Notre accord venait à peine d'être scellé, j'avais pourtant l'impression qu'il durait depuis des semaines. À partir du mardi après-midi, ses messages commencèrent vraiment à m'atteindre, en ce sens où... ils m'excitaient outrageusement. Je n'arrivais pas à croire que, pendant quatre ans, j'avais plus ou moins bien vécu ma période de sevrage. Je m'occupais de moi et m'en contentais. Toutefois, coucher avec Braden semblait avoir réveillé mon appétit. Un appétit apparemment insatiable. Il me fallait de la chair fraîche. Et seule celle de Braden pouvait me satisfaire. Évidemment, je ne m'en ouvris pas à Rhian, même si elle m'assaillait de questions sur ce type qui m'avait tirée de mes quatre années de misère sexuelle. Je lui expliquai qu'il était canon. Qu'il baisait comme un dieu. Le reste de la conversation se résumait à ses « J'arrive pas à y croire ».

Ouais, ça n'était pas très flatteur.

Parler de nos ébats ne faisait qu'accroître mon désir. C'est pourquoi je me réfugiai à la salle de sport. Encore. J'y étais déjà allée la veille. En sprintant sur le tapis de course, en pédalant comme une dératée ou en ramant comme une championne olympique, j'espérais dissiper la tension sexuelle qui m'habitait. Ce n'était guère efficace.

— Joss, c'est ça ?

Je contemplai l'homme qui s'était arrêté près de mon tapis. Ah. Gavin. Le coach personnel qui me draguait discrètement depuis plusieurs semaines, depuis ma crise d'angoisse.

— Ouais ? répondis-je avec désinvolture.

Il m'adressa un sourire charmeur, et je rugis en mon for intérieur. D'une : les beaux gosses bien sculptés n'étaient pas mon genre. De deux : j'avais largement de quoi faire avec mon Écossais. Je n'allais pas m'en encombrer d'un second.

— Déjà de retour ?

Effectivement, il me surveillait. Ça n'était pas flippant du tout.

— Mmm.

Il bascula d'un pied sur l'autre, ne s'attendant visiblement pas à ma réponse moins qu'enthousiaste à son Opération Soulagement de la Frustration Sexuelle Causée par le Porté Disparu Braden Carmichael.

— Écoute, je me demandais si ça te dirait de dîner avec moi un de ces soirs.

J'arrêtai ma machine et en descendis aussi gracieusement que possible, étant donné que j'étais toute poisseuse et ruisselante de sueur. Je lui décochai un sourire platonique – vous voyez ce que je veux dire : quand on étire les lèvres sans dévoiler les dents.

— Merci, mais je vois déjà quelqu'un.

Je tournai les talons avant qu'il puisse me répondre, jubilant en prenant conscience que ce petit arrangement avec Braden présentait tout de même certains avantages. Sans parler des multiples orgasmes.

Après m'être douchée et changée, je quittai la salle en évitant Gavin ; à peine avais-je allumé mon téléphone que je reçus un message de Braden.

Réserve ton jeudi soir. Dîner d'affaires. Choisis une jolie robe. Je passe te prendre à 19 h 30. x

Je levai les yeux au ciel. Il n'avait même pas envisagé que je puisse avoir d'autres obligations. Salopard prétentieux. Je lui répondis :

C'est bien parce que tu me le demandes gentiment.

Irritée, j'arpentais le trottoir en serrant fermement mon portable dans ma main. J'allais devoir lui toucher deux mots de son côté odieux. Mon téléphone bipa et je m'arrêtai, fulminant toujours. Mon humeur sombre se dissipa en découvrant l'unique mot du SMS.

Bébé. x

Je l'entendais le prononcer de son air provocateur et secouai la tête avec un sourire d'exaspération. Le charme de ce petit con allait finir par lui jouer des tours.

Même si j'ignorais tout de ce dîner – qui seraient les convives et où il se passerait –, je savais néanmoins que je n'avais pas de tenue appropriée. Pour une fois, je décidai donc d'utiliser mon argent dans un but futile et je me dirigeai chez Harvey Nichols, sur la place St. Andrew. Après deux heures d'essayages – certains vêtements coûtaient plus cher qu'un mois de loyer –, je jetai finalement mon dévolu sur une robe Donna Karan à la fois classe et sexy. Droite et tombant aux mollets, elle était taillée dans un jersey anthracite qui épousait chacune de mes formes. Un drapé léger courait de l'épaule droite à la hanche gauche, ajoutant une pointe d'élégance à cette tenue autrement décontractée. J'y adjoignis une pochette démesurément onéreuse de chez Alexander McQueen, ornée du célèbre fermoir en forme de crâne doré – je jugeai ledit crâne on ne peut plus approprié –, ainsi que des escarpins compensés Yves Saint Laurent carrément hot. En réalité, je n'avais jamais été aussi canon. Ni dépensé autant d'argent pour une seule tenue. Ellie semblait complètement sous le charme.

Elle pouvait bien être autant sous le charme qu'elle le désirait, c'était la réaction de *Braden* qui m'inquiétait.

Au final, je n'avais pas de raison de m'en faire.

Enfin, question de point de vue.

Le jeudi soir, je l'attendais donc dans le salon avec Ellie, un verre de vin à la main. Je n'avais pas attaché mes cheveux, qui cascadaient donc librement dans mon dos en longues ondulations naturelles qu'Ellie avait admirées avec force commentaires, me suppliant de ne plus jamais faire de chignon. Hors de question. Je ne m'étais pas vraiment maquillée, me contentant d'un peu de blush, de mascara et d'un rouge à lèvres écarlate qui rehaussait ma tenue.

Notre porte d'entrée s'ouvrit et se referma, et mon ventre se noua.

— C'est moi, annonça Braden. Un taxi nous attend, dép... (Il s'interrompit en pénétrant dans le salon et en posant les yeux sur moi.) Bordel.

Ellie gloussa.

Je l'observai du coin de l'œil.

— J'ai réussi mon coup ?

Il eut un large sourire.

— Tu réussis tous tes coups, bébé.

— Beurk. (Ellie fit mine de vomir.) Au secours.

Braden ne prêta aucune attention à sa raillerie et avança vers moi d'un pas tranquille. Il portait un costume ajusté simple mais parfaitement taillé, doté d'un petit revers en velours et de boutons de manchette dorés, par-dessus une chemise gris foncé parfaitement assortie à ma robe. Sa cravate étroite était du même écarlate que mon rouge à lèvres. Sans nous consulter, nous nous étions parfaitement coordonnés.

Il était toutefois plus appétissant que moi.

Il m'examina des pieds à la tête. Quand ses yeux remontèrent enfin jusqu'à mon visage, ils brûlaient de désir.

— Viens.

Il m'attrapa le poignet et j'eus tout juste le temps de confier mon verre à Ellie avant qu'il m'entraîne hâtivement dans le couloir jusqu'à ma chambre, juchée sur ces chaussures dans lesquelles je n'étais pas encore habituée à marcher.

Il tourna sur lui-même, me passa un bras autour de la taille et me plaqua contre lui.

— Il faut que tu arrêtes de faire ça, me plaignis-je.

— Bébé, tu es… Disons que si un taxi ne nous attendait pas en bas et que nous n'ayons pas de réservation au resto, tu serais déjà couchée sur le dos.

Un poil trop sûr de lui ?

— En fait…, murmura-t-il en m'étreignant de plus belle et en laissant ses yeux glisser le long de mon décolleté.

— Braden.

Il planta son regard dans le mien.

— Tu es magnifique, Jocelyn.

De nouveaux papillons décollèrent dans mon ventre, et je me fendis d'un léger sourire.

— Merci.

— Mais tu dois t'attacher les cheveux.

— Quoi ? (Je me touchai la tête en lui lançant un regard sombre.) Pourquoi ?

À mon grand étonnement, ses yeux s'étrécirent dangereusement.

— Fais-le, c'est tout.

Je soufflai bruyamment et le repoussai pour me libérer de son étreinte.

— Pas avant que tu m'aies dit pourquoi.

Ma coiffure était parfaite. Il ne me ferait pas changer d'avis.

— Parce que... (il employa le grondement sourd et profond qu'il réservait à nos ébats, ce qui expliqua que ma petite culotte s'en ressentit)... j'aime être le seul à savoir à quel point tes cheveux sont magnifiques. À quel point tu es irrésistible quand ils sont détachés.

J'éprouvai un léger pincement dans la poitrine. Qui se répandit presque douloureusement. En apparence, je me contentai d'une grimace.

— C'est très élégant de ta part.

Ses yeux mi-clos se mirent à brûler furieusement.

— Jocelyn, me menaça-t-il.

Je levai les mains.

— Tu es sérieux ?

— Parfaitement.

— Braden...

— Jocelyn.

Je posai les poings sur les hanches et scrutai son visage. Il était implacable. Bon Dieu, il était sérieux. Avec une moue incrédule, je croisai les bras devant moi.

— Je n'aime pas qu'on me donne des ordres, Braden.

— Je ne t'ordonne rien. Je te demande.

— Non, tu exiges.

— Je ne veux pas que tu aies les cheveux détachés.

— D'accord. (J'inclinai la tête de côté, laissant mes yeux courir longuement et ostensiblement sur son corps.) Je n'accepte pas les ordres, mais je suis une femme de compromis. J'attache mes cheveux, mais tu me devras quelque chose.

Il m'adressa un sourire plein de malice.

— Marché conclu, bébé.

— Je n'ai pas dit que cela aurait quoi que ce soit de sexuel.

Son sourire s'élargit.

— Alors de quoi on parle ?

— Eh bien, c'est justement le truc. (Je retournai me plaquer contre lui, le sourire aux lèvres.) Tu ne le sauras que le moment venu.

Il pencha la tête vers moi, ses lèvres venant presque effleurer les miennes.

— Entendu.

— Brave petit. (Je reculai d'un pas en éclatant de rire.) Toi aussi tu es vraiment beau ce soir, au fait.

— Merci, murmura-t-il sans cesser de me dévorer du regard.

— Tu devrais dire au chauffeur que nous ne sortirons pas avant dix minutes. Il faut que je me recoiffe.

Je parvins à élaborer un chignon élégamment désordonné, puis souhaitai bonne nuit à Ellie, qui avait les yeux tout embués de larmes en nous voyant ensemble – je pense qu'elle n'a toujours pas vraiment compris le concept de copains de baise –, et me glissai dans le taxi avant Braden. Quand il monta à son tour, il annonça notre destination au chauffeur. Il s'agissait du restaurant français de Braden, *La Cour*, qu'il avait hérité de son père et qui était situé sur Royal Terrace, à côté du Jardin botanique. Je n'y étais encore jamais allée, mais je n'en avais entendu que du bien. Braden s'adossa tout près de moi et m'attrapa la main, qu'il retint prisonnière pendant toute la durée de la course. Je me forçai à ne pas fuir son contact. J'en mourais pourtant d'envie. Non parce que la sensation n'était pas agréable. Parce qu'elle l'était beaucoup *trop*.

Trop *plein de choses*.

C'était censé n'être qu'une histoire de cul. Et pourtant… il me tenait la main.

Je ne me rendis compte que nous nous étions rangés devant le restaurant que lorsque Braden paya le chauffeur et m'aida à descendre.

— Tu es bien silencieuse, murmura-t-il en entrelaçant ses doigts aux miens pour me guider à l'intérieur.

Je changeai de sujet.

— Qui est-ce qu'on retrouve ?

Avant qu'il puisse répondre, le maître d'hôtel apparut, un immense sourire aux lèvres.

— *Monsieur* Carmichael, votre table vous attend.

— Merci, David.

Braden prononça son nom avec un accent français, et je me demandai si l'autre l'était vraiment ou s'il ne s'agissait que d'une question d'image de marque de l'établissement. Ce dernier était tout en opulente élégance. Du rococo moderne avec un mobilier noir et argenté, des chaises dorées, des nappes d'un rouge profond, des candélabres en verre noir et des lustres en cristal transparent. La salle était bondée.

David nous guida jusqu'à une table confortable dans un des coins du restaurant, loin du bar et des cuisines. En vrai gentleman, Braden me tint ma chaise comme personne ne l'avait encore jamais fait pour moi. J'étais si concentrée sur cette attention et sur la caresse sensuelle de ses doigts sur ma nuque, que je ne pris conscience qu'après qu'il se fut assis et eut commandé du vin qu'il n'y avait que deux couverts.

— Où sont les autres ?

Il m'adressa un regard désinvolte en prenant une gorgée de l'eau fraîche que l'on venait de nous servir.

— Quels autres ?

Quels autres ? Je grinçai des dents.

— Tu m'as parlé d'un dîner d'affaires.

— Certes, mais je n'ai pas précisé le genre d'affaires.

Oh mon Dieu. C'était un rencard ! Pas question. D'abord l'autoritarisme, puis la balade main dans la main… non. Non, non et non. Je repoussai ma chaise, à deux doigts de bondir sur mes pieds, quand les mots suivants de Braden me figèrent sur place.

— Si tu essaies de partir, je te plaque au sol.

Même s'il avait dit ça sans me regarder, je compris qu'il était on ne peut plus sérieux.

Je n'arrivais pas à croire qu'il m'ait piégée de la sorte. L'air menaçant, je rapprochai néanmoins ma chaise de la table.

— Connard.

— Pour la peine, j'espère bien que tu refermeras ta bouche grossière autour de ma queue ce soir.

Il me contempla entre ses paupières mi-closes.

Ses dernières paroles ne me laissèrent pas de marbre, en attestèrent mes tétons durcis et ma petite culotte soudain trempée. En dépit de l'incroyable état d'excitation dans lequel je me trouvais, j'étais complètement désarçonnée. Je ne pouvais pas croire qu'il ait déclaré ça dans un restaurant chic où n'importe qui pouvait surprendre notre conversation.

— Tu plaisantes ?

— Bébé (son regard suggérait que j'étais complètement à côté de la plaque), je ne plaisante jamais au sujet d'une bonne fellation.

Un ricanement me fit relever la tête. Le serveur s'était présenté à notre table à temps pour entendre ces mots fort romantiques, et ses joues empourprées trahissaient son embarras.

— Avez-vous fait votre choix ? croassa-t-il.

— Oui, répondit Braden, visiblement parfaitement à l'aise avec la situation. Je vais prendre un steak, à point. (Il m'adressa un sourire avenant.) Et toi ?

Il but une nouvelle gorgée d'eau.

Il se trouvait tellement cool et marrant.

— De la saucisse, apparemment.

Il s'étouffa dans son verre, toussa dans son poing fermé, les yeux pétillant d'hilarité.

— Tout va bien, monsieur ? s'enquit le serveur d'un air inquiet.

— Oui, oui, ça va.

Il lui donna congé d'un geste de la main, et me dévora du regard. Il secoua la tête, une moue amusée sur les lèvres.

— Quoi ?

Je haussai innocemment les épaules.

— Tu es vraiment bandante.

Le serveur nous dévisageait désormais sans fard, tendant ostensiblement l'oreille pour ne pas manquer une miette de nos propos scandaleux. Je lui souris et refermai mon menu.

— Finalement, je vais aussi prendre un steak. À point.

Il récupéra les cartes et s'éloigna avec empressement, sans doute impatient de raconter à ses collègues ce que le propriétaire du restaurant venait de dire à son invitée. Je fis une grimace dont je ne me départis pas en reportant mon attention sur Braden.

— Tu sais, tout l'intérêt de notre petit arrangement réside dans le fait que tu n'as pas besoin de me payer un bon resto pour me sauter.

Le sommelier approcha avec la bouteille de vin rouge que Braden avait commandée, et nous demeurâmes silencieux le temps qu'il en serve une larme à son patron pour le lui faire goûter. Satisfait, Braden lui fit signe de remplir nos verres. Dès qu'il fut reparti, je me réchauffai d'une bonne lampée.

Je sentais peser sur moi le regard de braise de mon cavalier.

— Peut-être que nous sommes simplement entre copains, répliqua-t-il à mi-voix. J'ai envie de passer un peu de temps avec mon amie Jocelyn.

Comme c'était gentil...

— C'est là que les choses se compliquent.

— Pas si on fait en sorte qu'elles restent simples.

Il dut percevoir le doute sur mon visage, car la seconde d'après, ses doigts étaient sur mon menton pour me relever délicatement la figure.

— Essaie au moins, juste ce soir.

Son toucher léger provoqua en moi un léger frisson. Je l'avais vraiment dans la peau. Il m'avait procuré bon nombre d'orgasmes. Je connaissais son odeur, son goût, sa chaleur. Je croyais que cela suffirait. Que cela s'arrêterait là. Toutefois, en le contemplant, je me rendais compte que c'était loin d'être terminé. Cette attirance, ce besoin – peu importe le terme – venait de s'embraser, et ni lui ni moi n'étions prêts à appeler les pompiers.

— D'accord.

En réponse, il fit courir son pouce sur mes lèvres et plissa les yeux en un sourire avant de retirer sa main.

Puis nous fûmes tels deux amis passant une soirée ensemble. Nous abordâmes les sujets habituels : musique, cinéma, littérature, loisirs, amis. Nous riions. Nous nous amusâmes. Toutes sortes de petites choses. Braden veilla à ne poser aucune question dont il savait qu'elles me mettraient mal à l'aise. Et quand je butais sur un événement du passé, il glissait une plaisanterie et changeait subtilement de conversation. Il avait tout compris.

Nous étions sur le point de terminer le dessert, quand une voix sensuelle à l'accent aussi mélodieux que celui d'Ellie glissa jusqu'à nous.

— Braden, chéri, je me disais bien que c'était toi.

Mon regard se déporta sur la femme qui se tenait à côté de nous et plantait un baiser sur la joue de Braden, lui offrant une vue plongeante sur ses seins menus mais d'une forme parfaite. Elle portait une robe rouge, aussi provocante et sexy que sa voix. Elle m'adressa un large sourire et m'examina en détail.

— Aileen. Comment vas-tu ?

Elle sourit de plus belle en lui caressant affectueusement la joue.

— Mieux depuis que je t'ai vu.

Oh, bordel. Je m'efforçai de ne pas remuer sur ma chaise alors qu'une boule inexplicable m'obstruait la gorge. C'était l'une de ses ex. Bizarre.

— Comment va Alan ?

Qui diable était Alan ? *Faites que ce soit son mari.*

— Oh. (Elle balaya la question d'une grimace.) Nous sommes séparés. Je suis venue avec un très charmant rencard.

Alors, retourne le voir, ma grosse, pour qu'on puisse poursuivre le nôtre.

Merde ! Pas notre rencard ! Ce n'en est pas un !

Braden sourit et pivota légèrement pour me désigner d'un signe de tête.

— Aileen, je te présente Jocelyn.

— Salut.

Je lui souris poliment, ne sachant pas trop quels propos tenir avec une ex incontestable. Alors que j'étudiai cette grande blonde au physique parfait, j'étais plus que jamais convaincue d'être l'exact opposé des critères de Braden.

Elle me jaugea du regard. Puis elle sourit en se retournant vers lui.

— Enfin une fille qui ne ressemble pas à Analise. (Elle lui tapota l'épaule.) Contente pour toi.

— Aileen…

Braden s'écarta d'elle, les mâchoires crispées.

Analise ? Je haussai les sourcils en une question silencieuse. Qui était Analise ?

— C'est encore douloureux, on dirait ! (Elle s'exclama d'un ton réprobateur et prit un pas de recul.) J'imagine que c'est l'une des lois du mariage. Il faut du temps. (Elle attendit que quelqu'un réagisse puis, comme si elle se rendait soudain compte qu'elle s'invitait à notre dîner, elle eut un petit rire gêné.) Bref, je vais retourner voir Roberto. Prends soin de toi, Braden. J'ai été ravie de vous rencontrer, Jocelyn.

— Moi aussi, murmurai-je en essayant de dissimuler le fait que j'avais l'impression qu'on m'avait enfoncé la table dans le ventre.

Le mariage ? J'inspirai entre mes dents serrées, tandis qu'une décharge d'adrénaline provoquait une brusque accélération de mon rythme cardiaque. Pendant ce temps, Aileen s'éloignait d'un pas léger, inconsciente de la tension qu'elle venait de créer entre Braden et moi.

J'avais les lèvres tout engourdies.

— Ton épouse ?

— Ex-épouse.

Pourquoi me sentais-je soudain trahie ? C'était idiot. Il avait dit que nous étions amis. Et Ellie... Ellie aussi était mon amie, pourtant elle ne m'avait jamais dit que son frère était divorcé. Quelle importance ?

Tu ne lui as rien dit non plus, Joss.

Non, en effet. Mais je n'avais jamais été mariée.

— Jocelyn... (Braden soupira, et je levai les yeux sur son visage de marbre.) J'aurais fini par te parler d'Analise.

Je balayai sa phrase du revers de la main.

— Ce ne sont pas mes affaires.

— Dans ce cas, pourquoi as-tu l'air sous le choc ?

— Parce que je suis surprise. J'ai accepté cet arrangement car je te prenais pour un coureur invétéré. Pas le genre d'homme à se contenter d'une seule femme.

Je portai une main à ma poitrine. Quelle était cette douleur que j'éprouvais ?

Il s'ébouriffa les cheveux puis poussa un nouveau soupir. L'instant suivant, il enroula sa jambe autour du pied de ma chaise et m'attira vers lui, jusqu'à ce que nos épaules se touchent presque.

Je le contemplai d'un air interrogateur, m'égarant quelques secondes dans ses yeux magnifiques.

— Je me suis marié à vingt-deux ans, commença-t-il d'une voix douce et calme, épiant ma réaction. Elle s'appelait Analise. Elle était australienne, étudiante en troisième cycle. Nous n'étions ensemble que depuis un an quand j'ai fait ma demande, et nous ne sommes restés mariés que deux ans. Les neuf premiers mois ont été géniaux. Les trois suivants un peu plus tumultueux. La deuxième année, c'était l'enfer. Nous nous disputions sans arrêt. Surtout à cause de mon incapacité à m'ouvrir à elle. (Il fit tourner son vin dans son verre, parut hypnotisé par le liquide.) Avec le recul, c'est vrai. Et Dieu merci. (Il reporta ses yeux sur moi.) Quand je pense que j'aurais pu tout lui déballer, à quelqu'un d'aussi vindicatif...

— Ç'aurait été comme de lui fournir des munitions, marmonnai-je, comprenant parfaitement sa position.

— Exactement. Je pense qu'on fait beaucoup d'efforts pour qu'un mariage fonctionne. Je refusais de baisser les bras. Mais un jour, peu avant le décès de mon père, il m'a appelé et m'a demandé d'aller voir un bien que nous essayions de vendre sur Dublin Street. Pas l'immeuble dans lequel vous vivez, s'empressa-t-il d'ajouter. Il m'a dit que quelqu'un s'était plaint d'une fuite d'eau dans l'appartement du bas, je suis donc allé sur place. (Il serra les dents.) Je n'ai pas trouvé de fuite, mais j'ai surpris Analise au lit avec l'un de mes meilleurs amis d'école. Mon père était au courant. Ils se voyaient dans mon dos depuis six mois.

Je fermai les paupières, profondément peinée pour lui. Comment quelqu'un avait-il pu lui faire ça ? À *lui* ? Quand je rouvris les yeux, il m'observait d'un air doux ; je lui serrai tendrement le bras pour le réconforter. À ma grande surprise, il se mit à sourire.

— Ça ne me fait plus souffrir, Jocelyn. Des années de recul ont emporté le chagrin. Ma relation avec Analise était superficielle. Comme n'importe quel gamin, je pensais avec ma queue.

— Tu le crois vraiment ?

— Je le sais.

Je fronçais les sourcils en secouant la tête.

— Pourquoi avoir racheté un appartement sur Dublin Street ?

Il haussa les épaules.

— Analise a peut-être foutu le camp en Australie après que j'ai eu gain de cause au divorce sans lui verser un sou, elle n'en a pas moins souillé la ville que j'aimais. J'ai passé ces six dernières années à me reconstruire des souvenirs un peu partout, à rebâtir les ruines qu'elle avait laissées dans son sillage. Exactement comme avec Dublin Street. Votre appart ne ressemblait à rien. Une coquille vide au milieu d'une rue infestée par la trahison. J'ai voulu créer quelque chose de magnifique pour remplacer cette horreur.

Ses mots s'immisçaient si profondément en moi que je peinais à respirer. Qui était cet homme ? Existait-il vraiment ?

Il fit lentement glisser ses doigts le long de ma mâchoire, puis de mon cou. Je frissonnai. Oui, il existait bel et bien.

Et il m'appartenait pour les trois mois à venir.

Je me levai brusquement, empoignant ma pochette.

— Ramène-moi chez toi.

Il ne discuta pas. Une lueur de compréhension embrasa ses prunelles. Il laissa un pourboire, m'attrapa la main, et nous sortîmes du restaurant et grimpâmes dans un taxi en un rien de temps.

16

J'ignorai où Braden habitait et fus surprise de descendre de voiture à l'université, sur l'allée qui menait aux Meadows. Un immeuble moderne abritant des appartements de luxe était situé au-dessus d'un café et d'une petite supérette. Nous prîmes l'ascenseur jusqu'au dernier étage, et Braden m'invita à entrer dans son penthouse en duplex.

J'aurais dû m'en douter.

L'endroit avait beau être incroyable – au bas mot –, il était évident qu'un garçon l'habitait. Un plancher de bois dur recouvrait tous les sols, un immense canapé en daim couleur chocolat marquait un angle, un insert abrité derrière une vitre noire cassait la monotonie du mur, un écran plat gigantesque complétait le tableau. Une cloison séparait le salon de la cuisine et de son îlot central. Cette dernière était du dernier cri, et l'inox froid qui l'occupait semblait n'avoir jamais servi. Au fond de l'appartement se trouvait un escalier permettant d'accéder à ce qui devait être les chambres.

Les immenses baies vitrées faisaient tout le charme de l'endroit. S'élevant du sol au plafond sur trois côtés du penthouse, elles offraient une vue splendide sur la ville. Des portes-fenêtres permettaient, depuis le salon, d'accéder à une impressionnante terrasse privée. Je découvrirais plus tard qu'à l'étage, de l'autre côté du bâtiment, la chambre principale disposait également de ses baies vitrées et de sa propre terrasse, ce qui conférait à l'appartement un panorama à trois cent soixante degrés sur Édimbourg.

De nuit, le spectacle était à couper le souffle. Ma mère n'était jamais parvenue à rendre justice à la capitale écossaise, malgré toutes ses descriptions. Une douleur me déchira la poitrine alors que je contemplai la cité depuis l'aire de Braden ; je me demandai si la même chose lui arrivait souvent.

— Tu n'as pas dit un mot. Ça va ?

Je pivotai dans sa direction, sachant qu'il me délivrerait momentanément de mon malaise.

— Tu veux baiser pour oublier ?

Braden sourit lentement, perplexe, ce qui ne le rendit que plus attirant.

— Baiser pour oublier ?

— Toutes ces conneries. Ce qu'elle a fait. Ce qu'il a fait. Toutes ces salopes sans âmes qui n'en ont qu'après ton argent.

Son expression changea immédiatement, se fit sévère, énigmatique. Il approcha d'un pas.

— Es-tu en train de me dire que tu n'attends rien de moi ?

— Tout ce que je veux, c'est ça. Qu'on respecte notre accord. Je te veux, toi… (J'inspirais profondément, sentant les mots m'échapper.) Que tu m'aides à oublier.

— À oublier quoi, Jocelyn ?

Était-il donc aveugle ? Ou mon masque était-il si efficace ? Je haussai les épaules.

— Tout et rien.

Il demeura silencieux un moment, le regard scrutateur.

Puis il m'étreignit, se saisissant fermement de ma nuque pour m'embrasser à pleine bouche. Un baiser désespéré. J'ignorais au juste s'il s'agissait de son désespoir ou du mien. Je savais en revanche que je n'avais encore jamais été embrassée avec tant de ferveur, de désir. Il n'était plus question de finesse. Nous essayions simplement de nous fondre l'un dans l'autre.

Braden arracha finalement ses lèvres aux miennes, le souffle court. Je le dévorai des yeux, déjà nimbée d'une brume de désir ; il prit mon visage en coupe entre ses mains, puis vint me chatouiller la langue de la sienne. Quand il se replia de nouveau, ses mains dévalèrent mes bras tel un frisson, et il m'encouragea lentement à me retourner, me guidant par les hanches. Dos à lui, je haletai en sentant ses doigts s'emparer de la fermeture Éclair située sur le côté de ma robe. Sa peau était si chaude que j'en percevais l'intensité à travers le tissu. Les seuls bruits de la pièce étaient ceux de nos respirations erratiques et le *zip* aigu de la glissière progressant, dent après dent, avec une lenteur effarante. Ses ongles effleuraient ma peau tandis qu'il entreprenait d'ouvrir ma tenue. Quand il eut terminé, il remonta le long de mes bras pour atteindre les bretelles de la robe, qu'il effeuilla avec une langueur identique. Puis il saisit le tissu au niveau de ma taille et tira jusqu'à ce qu'il tombe à mes pieds.

— Viens, me chuchota-t-il d'un ton rauque.

Le cœur battant, je levai les talons pour abandonner mon vêtement ; ce simple mouvement me fit remarquer avec embarras que je mouillais déjà de façon conséquente. Braden ramassa ma robe et l'étendit sur le canapé. Quand il revint vers moi, je sentis sa main me caresser tendrement les fesses. Ai-je précisé que j'avais également investi dans de la nouvelle lingerie ? Je portais de la dentelle noire de chez Victoria's Secret. La culotte dévoilait amplement les galbes de mon postérieur, et le soutien-gorge était suffisamment bas pour m'octroyer un décolleté indécent.

Je frémis de plus belle tandis que Braden multipliait les caresses. Ses doigts longèrent la courbure de mon corps et me pénétrèrent par-derrière. J'arquai le dos en gémissant quand il les retira, avant de les enfoncer de nouveau.

— Braden.

Il m'attrapa par les hanches pour me plaquer contre lui, son érection pressant durement tout en bas de mon dos, puisque j'étais toujours juchée sur mes escarpins.

— Il ne m'en faut pas plus pour m'exciter, me susurra-t-il, la bouche tout contre mon oreille. Il suffit que tu prononces mon nom.

Ma poitrine se comprima, et je ne sus que répondre. Je ne voulais pas parler, simplement ressentir.

Semblant comprendre mon désir, il me tourna face à lui et recula d'un pas, m'examinant dans ma nouvelle lingerie sexy.

— Splendide. Mais je te préfère nue. (Ses yeux s'illuminèrent en se posant sur mes chaussures.) Tu peux les garder.

Je passai les bras derrière moi pour détacher mon soutien-gorge, or Braden m'en empêcha. Il secoua la tête et je laissai retomber mes mains.

— Attends.

Il s'éloigna. Je restai ainsi debout, en petite tenue et talons compensés, tandis qu'il se déshabillait de façon insupportablement provocante. Désormais vêtu de son simple pantalon de costume, torse et pieds nus, il me sourit, une idée derrière la tête. Je me fichais de cette idée. Je ne désirais qu'une chose : le sentir à l'intérieur de moi.

Cependant, Braden n'en avait pas terminé. Il passa un bras autour de ma taille, m'attira tout contre lui, nos ventres se touchant, mes jambes nues frottant contre le tissu de son pantalon, mes seins plaqués à son torse. Sa main libre me débarrassa rapidement de mes épingles à cheveux, et ces derniers cascadèrent bientôt en un océan de boucles désordonnées. Je vis ses yeux s'éclairer et, pour une fois, remerciai le ciel de m'avoir dotée d'une telle chevelure si cela le mettait dans pareil état. Il enroula les doigts à l'intérieur et me tira la tête en arrière avant de plonger ses lèvres sur ma gorge offerte. Je retins mon souffle, littéralement brûlante de désir, les jambes flageolantes, les mains ancrées sur ses épaules tandis que je l'attendais, fébrile. Je perçus sa bouche sur ma peau, un autre baiser, aussi léger qu'un battement d'ailes de papillon, et je me surpris à pousser un gémissement de frustration.

Le souffle de Braden glissa sur mon cou, puis lèvres et langue se relayèrent pour tracer un sillon jusqu'à la naissance de mes seins. Un air frais me lécha la peau quand il abaissa mon soutien-gorge. Mes mamelons durcis réclamaient son attention. Il y posa enfin la bouche, et je tendis les hanches pour sentir son membre tout contre moi. Je n'avais plus envie de lui : j'en avais besoin.

— Braden, pitié, suppliai-je, tendue à l'extrême.

Je jouai un instant avec sa poitrine puis descendis le long de sa peau brûlante pour apposer ma paume sur la bosse déformant son pantalon.

La respiration saccadée, il recula pour mieux se frotter contre ma main.

— Merde, murmura-t-il en fermant brièvement les yeux avant de les rouvrir, consumé de désir. Je ne peux plus attendre.

J'opinai, impatiente. Mon estomac se noua ; ma culotte était désormais totalement inondée. Braden dégrafa mon soutien-gorge en un éclair, prenant mes seins en coupe dans ses larges mains. Son érection grossit encore.

Il perdit alors la maîtrise de son insupportable lenteur. Il m'entraîna vers la porte, contre laquelle était positionné un buffet, puis il me fit de nouveau pivoter et me plaqua sans gentillesse dessus, son ventre contre mon dos. Le souffle court, je m'agrippai au meuble. Les mains de Braden me pétrirent à nouveau la poitrine tandis que sa langue me titillait l'oreille.

— Je vais te prendre comme ça. Ça va être violent, Jocelyn. Violent et vigoureux. Tu es prête ?

J'acquiesçai, sentant mon cœur s'emballer encore un peu plus.

Ma culotte avait disparu, balayée le long de mes jambes, et je m'en débarrassai d'un coup de pied. Sa chaleur dans mon dos, le bruit de sa braguette abaissée provoqua en moi une vague de pur désir, et j'enfonçai les ongles dans le bois.

Il posa une main à plat sur mon ventre, me soulevant légèrement de sorte que je me retrouvai penchée en avant, les avant-bras à plat sur le buffet. Il me pénétra d'un doigt.

— Bébé, murmura-t-il d'un ton suffisant, tu es trempée.

Je lui adressai un grognement signifiant « Finissons-en », et il gloussa un instant avant de s'enfoncer brusquement en moi. Je laissai échapper un cri, arquant le dos, mais Braden ne me laissa aucun répit. Il se retira de quelques centimètres puis me gratifia d'un nouveau coup de boutoir, et je m'étalai sur le buffet. L'appartement était désormais empli du bruit de nos souffles mêlés, de nos gémissements, du claquement humide de nos corps, peau contre peau, tandis qu'il me besognait sans relâche, me plongeant dans un état d'oubli. Ses doigts s'enfoncèrent dans mes hanches tandis qu'il me pilonnait de plus belle, grondant à mesure que je reculais en rythme parfait avec ses va-et-vient. Mes halètements s'intensifièrent, l'excitant davantage. Il tendit le bras pour me pincer les tétons sans cesser d'aller et venir. Ce fut l'élément déclencheur.

— Braden ! hurlai-je alors qu'un orgasme inouï explosa en moi.

Mon vagin se contracta et se mit à palpiter autour de son pénis, tandis qu'il me culbutait encore pour atteindre à son tour la délivrance.

Il jouit avec un profond gémissement, la bouche contre mon épaule, les mains ancrées toujours plus puissamment sur mes hanches, et il se vida en frémissant.

J'avais les jambes et les bras en coton. Seul Braden me permettait de ne pas m'écrouler au sol.

Après quelques secondes, il se retira délicatement, ce qui ne m'empêcha pas de grimacer. Il n'y était pas allé de main morte. Comme s'il en prenait brusquement conscience, il me serra fort.

— Tu vas bien ?

Non. J'allais *extrêmement* bien.

— C'était incroyable, soufflai-je en me laissant aller contre lui.

Il étouffa un rire, presque un ronronnement.

— Ne m'en parle pas.

Je me retrouvai soudain face à lui, et il me hissa doucement sur le buffet, me maintenant les jambes autour de sa taille, tandis que mes mains palpaient son torse et que mes yeux étaient rivés aux siens. Quelque chose dans son expression me coupa le souffle. Il s'en rendit compte et pencha la tête pour m'embrasser lentement, langoureusement. Tendrement.

Parfois, les mots sont inutiles pour savoir qu'un changement a eu lieu. Un regard suffit pour cimenter une profonde complicité avec un ami, pour raffermir le lien. Une main posée sur l'épaule d'une sœur, d'un frère, d'une mère ou d'un père pour signifier *Je serai là, quoi qu'il advienne*, et soudain, celui qui n'était qu'un parent, un être aimé, se retrouve également être l'un de vos meilleurs amis.

Une chose similaire se produisit avec Braden quand il me regarda en m'embrassant.

Ce n'était pas que du cul.

Il fallait que je foute le camp d'ici.

Il recula, un léger rictus sur les lèvres, et repoussa la mèche de cheveux qui me barrait le front.

— Je n'en ai pas encore fini avec toi.

Puis il m'embrassa derechef.

Je restai sur place, lovée contre lui tandis que nous remettions ça. Nous nous étreignîmes de la sorte pendant dix bonnes minutes, tels deux adolescents. Mon corps était en proie à de multiples émotions. Je ne voulais pas abandonner ce qui était né entre nous. C'était addictif, attrayant. Toutefois, je ne voulais rien de plus que ce que nous pouvions nous offrir physiquement. *Je devrais partir.*

J'en étais incapable.

Je comprenais à présent ce que les gens voulaient dire en considérant quelqu'un comme leur drogue.

Cela signifiait que j'allais devoir redéfinir ma nuit. Du sexe. Rien que du sexe.

Ma décision étant prise, j'humidifiai mes lèvres gonflées avant de descendre du buffet et de me débarrasser de mes talons.

— Je dois encore me faire pardonner, lui rappelai-je en me mettant à genoux.

Braden m'observa, les yeux mi-clos.

— Pourquoi ? demanda-t-il alors que son sexe à moitié dur retrouvait subitement de sa splendeur.

Je souris.

— Pour t'avoir traité de connard.

Il éclata de rire, un rire franc qui se mua en gémissement quand je refermai mes lèvres autour de lui.

Même si Braden avait activé une télécommande permettant de rabattre un store devant les fenêtres, qui occupaient l'essentiel du mur de sa chambre, le soleil matinal inondait copieusement la pièce, me réveillant. Je pivotai la tête sur son oreiller et vis son réveil indiquer 7 h 30. Je savais que Braden n'était pas à côté de moi car, en règle générale, sa chaleur suffisait à me tirer de ma torpeur ; en outre, j'entendais l'eau de la douche couler dans sa salle de bains attenante.

Des images de la nuit me revinrent en mémoire. Le restaurant. La découverte de son divorce. La compassion à son égard. Notre venue ici. Notre étreinte débridée sur le buffet. Moi, m'agenouillant pour lui retourner la pareille. Une visite, nus, de son duplex, qui s'était achevée dans sa chambre. Me sentant toujours bizarre, je l'avais fait basculer sur son lit. Alors qu'il était étendu sur le dos, j'avais parcouru son corps incroyable de baisers et de coups de langue avant de l'accueillir de nouveau en moi. L'idée avait été de remonter le temps et de reprendre les choses là où nous les avions laissées quelques heures plus tôt.

Braden avait un autre programme en tête.

Tandis que je jouissais, il nous avait fait nous retourner et m'avait pilonnée encore et encore, plongeant ses yeux dans les miens. Je voulais les clore comme la fois précédente. J'en fus incapable.

À présent, je les refermai avec un léger gémissement.

Tout cela devenait fort compliqué. Et même si c'était incroyablement lâche de ma part, je me sentais incapable d'affronter Braden en plein jour après l'intensité de la nuit précédente. Je me glissai hors de l'immense lit oriental et déguerpis silencieusement de la pièce, me précipitant à l'étage du dessous pour récupérer mes vêtements. J'enfilai en hâte mon soutien-gorge, ma culotte et ma robe, glissai mes pieds douloureux dans mes escarpins et récupérai ma pochette. Je sortis à l'air libre, mon cœur tambourinant contre ma poitrine alors que je mettais honteusement les voiles. N'étant pas d'humeur à accomplir la marche de la honte, je hélai un taxi tout en haut de Quartermile et ne me détendis que lorsque nous nous rangeâmes sur Dublin Street.

J'insérai tout juste ma clé dans la serrure quand je reçus le texto.

Je ne sais pas à quoi tu joues, mais ne me fais plus jamais ça. Il faut qu'on parle.

Je poussai un profond soupir, épuisée d'avance par cette perspective.

Judy Garland me braillait dans les oreilles, m'assenant que le soleil brillait et de me réjouir. Je n'avais rien contre la pauvre Judy, mais il me tardait que Gene Kelly revienne danser pour moi à l'écran. J'avais pris une douche pour me nettoyer de la sueur et du stupre de cette nuit torride, enfilé un jean et un sweat à capuche, et m'étais blottie sur le canapé pour regarder des vieilleries. Si je m'étais installée devant mon ordinateur pour écrire, je me serais à coup sûr égarée dans des pensées confuses et embrouillées. Je préférais donc m'assommer de comédies musicales avec mon plus gros coup de cœur hollywoodien, Gene Kelly.

Je venais de me préparer un sandwich quand j'entendis la porte d'entrée s'ouvrir. Je retins mon souffle jusqu'à percevoir des bruits de pas légers. Ellie. Je laissai échapper un soupir de soulagement.

— Salut. (Elle me sourit en pénétrant dans la pièce.) Je rentre de chez l'ophtalmo.

Je coupai la chique à Judy.

— Comment ça s'est passé ?

— Apparemment, j'ai besoin de lunettes pour lire et regarder la télé. (Elle fronça le nez.) Les lunettes me font une drôle de tête.

J'en doutais. Elle pourrait bien porter un sac à patates qu'elle resterait toujours aussi mignonne.

— Quand est-ce que tu les récupères ?

— La semaine prochaine. (Elle sourit soudain.) Alors ? Comment s'est passé le dîner ?

— Ton frère m'a piégée. Nous n'étions que tous les deux.

Ellie ricana.

— Du pur Braden. Vous avez quand même passé une bonne soirée ?

— En dehors du fait que j'ai rencontré l'une de ses ex, parfaitement agréable cela dit, bien que légèrement idiote puisqu'elle a, par inadvertance, évoqué le mariage de Braden… ouais (je hochai nonchalamment les épaules), on peut dire qu'on a passé une bonne soirée.

Ellie hoqueta, et un voile d'anxiété obscurcit ses prunelles lorsqu'elle s'approcha précautionneusement pour venir s'installer à côté de moi.

— Je voulais te le dire, Jocelyn, mais Braden a insisté pour s'en charger lui-même. Et ça le regarde. J'aimerais être plus claire mais, vraiment, ce sont ses affaires.

Je balayai l'histoire d'un geste de la main.

— Ce n'est pas grave. Il m'a parlé d'Analise. De la manière dont elle l'a trompé.

Ellie fronça les sourcils.

— Il te l'a dit ?

N'était-il pas censé le faire ?

— Ouais.

Elle demeura assise là un moment, comme paralysée, puis son expression s'adoucit et elle me sourit.

— Il te l'a dit.

Bon sang, voilà qu'elle recommençait ses interprétations romantiques.

— Arrête.

— Quoi ?

Elle arrondit des yeux d'une innocence feinte.

Je lui fis la grimace.

— Tu sais très bien quoi.

Avant qu'elle puisse me répondre, notre porte d'entrée s'ouvrit et claqua. De lourds bruits de pas franchirent le couloir jusqu'à nous.

— Oh merde, marmonnai-je sans me soucier de l'air interrogateur d'Ellie.

La porte du salon pivota brusquement, et le voilà dans son costume qui s'appuyait au chambranle, le visage dénué d'expression.

— Salut, Braden, l'accueillit faiblement Ellie, sentant la tension prendre de l'ampleur.

— Salut, Els. (Il la gratifia d'un léger hochement de tête, puis me cloua au canapé de son regard glacial.) Chambre. Tout de suite.

Il tourna les talons en attendant que je le suive.

Je restai figée, bouche bée.

— Qu'est-ce que tu as fait ? s'inquiéta Ellie.

Je lui jetai un coup d'œil.

— Je suis partie en douce de chez lui ce matin.

Elle haussa les sourcils.

— Pourquoi ?

Ma culpabilité inexplicable se mua soudain en colère.

— Parce que c'est ce que font les copains de baise, lâchai-je en me relevant d'un bond. Et parce qu'il faut vraiment qu'il arrête de me donner des ordres.

Je trépignai - oui, *trépignai* - jusqu'à la chambre et claquai la porte derrière moi, la poitrine bombée d'indignation.

— Il va vraiment falloir que tu arrêtes de me donner des ordres ! tempêtai-je en pointant vers lui un doigt menaçant.

Son expression neutre céda rapidement le pas à un air de profond mécontentement. Pour rester polie. Il était carrément furax.

— Il va vraiment falloir que tu arrêtes de te comporter comme une cinglée.

Je pris une profonde inspiration.

— Bordel, qu'est-ce que j'ai fait ?

Il me contempla, incrédule, et leva les mains de désarroi.

— Tu as filé de chez moi comme si j'étais un simple coup d'un soir dont tu avais honte.

Il n'aurait pas pu se tromper davantage. Je croisai les bras sur ma poitrine – un geste protecteur – tout en secouant la tête, fuyant son regard.

— Alors détrompe-moi et explique-moi pour quelle raison j'ai découvert en sortant de la douche ce matin que tu t'étais volatilisée ?

— Je... j'avais des trucs à faire.

Braden resta d'un calme inquiétant avant de répliquer.

— Des trucs à faire ?

— Ouaip.

— Je te pensais plus adulte que ça, Jocelyn. J'ai dû me tromper.

— Oh, arrête tes conneries, rétorquai-je avec irritation. Ce n'est pas moi qui me mets dans tous mes états parce que mon *copain de baise* n'est pas resté pour me faire un câlin le matin.

À la lueur qui embrasa ses yeux, je sentis mon estomac se tordre. Ce regard disparut comme il était venu, et ses traits se durcirent.

— Très bien. Arrêtons là. Tournons la page. Il faut que tu libères ton samedi dans quinze jours. Un célèbre DJ londonien vient mixer au *Fire* pour la soirée de rentrée. (Sa voix était neutre et creuse, et toute cette distance qu'il était parvenu à ménager m'était adressée. Cela ne me plaisait guère.) Je veux que tu viennes.

J'opinai d'un air hébété.

— OK.

— OK. Je t'enverrai un SMS.

Il s'approcha de moi à grands pas, et j'attendis anxieusement son prochain mouvement. Sans même m'octroyer un regard, il ouvrit la porte et sortit.

Il ne m'embrassa pas pour me dire au revoir.

J'en étais malade. Et maintenant, qui est-ce qui compliquait les choses ?

Le Dr Pritchard but une gorgée d'eau puis inclina la tête dès que je m'arrêtai de parler.

— Vous êtes-vous dit que, peut-être, vous étiez en train de développer des sentiments plus profonds à l'égard de Braden ?

Je soupirai longuement.

— Bien sûr que oui. Je ne suis pas stupide.

— Et pourtant, vous êtes résolue à ne pas sortir du cadre de cet arrangement, alors que vous êtes pleinement consciente que cela pourrait devenir autre chose, et vous persistez à vous raccrocher à son terme ?

Mon sourire était très clairement dépourvu d'humour.

— D'accord... je suis peut-être effectivement un peu stupide.

Je sais que j'ai la tête dure. C'est plus fort que moi. Je sais que j'ai des problèmes d'un kilomètre de long, et je sais que ces problèmes ne sont pas près de se résoudre. Toutefois, ces quelques mois passés à Dublin Street, ainsi que l'aide du bon Dr Pritchard, m'ont aidée à voir les choses sous un nouveau jour. J'étais jusqu'alors convaincue de n'avoir aucune réelle attache dans cette vie, parce que tel était mon choix. Lentement mais sûrement, je commençais à admettre le fait que Rhian et James étaient de réelles attaches, de même qu'Ellie. Même si je ne voulais pas m'en faire pour eux, je n'y pouvais rien. Et avec les sentiments naissent des tas d'autres trucs merdiques... comme le remords.

Je présentai mes excuses à Ellie pour lui avoir aboyé dessus. Bien entendu, elle les accepta de bonne grâce.

Cependant, le vendredi, j'étais toujours rongée par la culpabilité, et je n'arrêtais pas de voir le visage de Braden se matérialiser devant mes yeux. Ce repentir fit remonter des tas de saloperies, et je me retrouvais enfermée dans ma salle de bains, le vendredi après-midi, en proie à une crise d'angoisse assez horrible.

Je venais de me rendre compte de quelque chose. D'une chose terrifiante.

Ce n'était peut-être que du cul avec Braden, cela ne m'avait pas pour autant empêchée de développer une forme d'affection pour lui.

J'avais beau ne pas *vouloir* tenir à lui, c'était plus fort que moi.

Voilà pourquoi, alors que je me rendais au travail, je lui envoyai un texto exprimant un truc que je n'avais encore jamais dit à aucun garçon :

Je suis désolée. x

Vous ne pouvez pas savoir à quel point mon pouls s'accéléra quand j'ajoutai ce baiser en forme de *x*. Un tout petit baiser, et j'en avais les mains qui tremblaient.

Craig et Jo ne furent pas contents de moi ce soir-là. Je me trompai dans plusieurs commandes, renversai une demi-bouteille de whisky, puis fis accidentellement tomber le bocal à pourboires, mouillant au passage quelques billets. Je profitai de ma pause pour découvrir que je n'avais toujours pas reçu de réponse de Braden et je me passai un bon savon.

Je ne pouvais pas subitement me transformer en imbécile incompétente sous prétexte qu'un type n'avait pas accepté mes excuses. J'avais fait preuve de beaucoup de maturité en envoyant ce texto, me serinai-je, et s'il n'était pas capable de s'en rendre compte, alors tant pis pour lui ! Qu'il aille se faire voir. J'étais Joss Butler. Je n'allais pas me laisser emmerder par un mec.

Je me remis au boulot, plus rebelle et déterminée que jamais, et je parvins à finir mon service sans autre incident. Je justifiai ma maladresse par une migraine qui me laissait enfin tranquille. Ils finirent par me croire, car je me remis à plaisanter avec eux, faisant ce que je savais le mieux faire en enfouissant mes sentiments dans un tiroir au fond de mon esprit.

En fin de soirée, Jo et Craig me proposèrent gentiment de rentrer plus tôt, puisque je ne m'étais « pas sentie bien ». Je n'allais pas m'en plaindre. Je récupérai mes affaires, saluai Brian à l'entrée, et remontai les marches vers George Street.

— Jocelyn.

Je pivotai sur moi-même et découvris Braden, debout sur le trottoir devant la boîte. Mon estomac se noua de nouveau. Nous nous dévisageâmes silencieusement pendant une bonne minute avant que je recouvre l'usage de la parole.

— Tu m'attendais ?

Il me sourit légèrement en approchant.

— J'espérais te raccompagner.

Un soulagement dont je refusais d'admettre la nature m'envahit soudain, et je lui souris de toutes mes dents.

— Est-ce que cette promenade va finir à poil dans mon lit ?

Son rire fut bas et rauque, mais il m'atteignit au cœur comme d'habitude.

— C'est effectivement ce que j'avais en tête.

Je pris une profonde inspiration.

— Alors tu me pardonnes de m'être comportée comme une abrutie ?

— Bébé.

Il tendit la main pour me caresser la joue. La réponse semblait donc être un oui.

J'agrippai sa veste pour l'attirer à moi.

— Je crois que tu devrais tout de même me montrer qui est le chef.

Ses bras se refermèrent autour de ma taille, et je me retrouvai subitement blottie contre lui.

— Je croyais que tu voulais que j'arrête de te donner des ordres.

— Eh bien, dans certaines circonstances, je t'y autorise.

— Oh ? Et lesquelles ?

— Toutes celles qui peuvent me faire jouir.

Il me sourit en m'étreignant de plus belle.

— Pourquoi tout semble toujours aussi salace, avec toi ?

J'éclatai de rire en me souvenant qu'il s'agissait des mots précis qu'il avait employés quand il m'avait surprise toute nue. Bon sang, cela paraissait déjà si loin…

17

Un week-end de sexe et de rires nous réconcilia, Braden et moi. Je travaillais, Braden travaillait et, le dimanche, Élodie et Clark emmenèrent les enfants passer la journée à St. Andrews. Braden, Ellie et moi restâmes donc avec Adam, Jenna et Ed. C'était la première fois que Braden et moi sortions avec d'autres personnes depuis le début de notre arrangement. Je sus dès que nous pénétrâmes pour déjeuner dans le pub préféré d'Ed, sur Royal Mile, que tout le monde était désormais au courant de notre accord. Jenna nous étudia comme une curiosité scientifique, et Ed avait un sourire stupide de petit garçon. Adam m'adressa pour sa part un clin d'œil. Je jure devant Dieu que j'aurais fui les lieux sans tarder si Braden n'avait pas anticipé ma réaction en m'attrapant par le bras pour me forcer à avancer. Dès qu'ils prirent conscience que rien n'avait vraiment changé – nous ne formions pas un couple, nous ne nous tenions ni ne nous caressions la main et, en réalité, nos chaises étaient même à bonne distance l'une de l'autre –, tout le monde retrouva une attitude normale. Après un superdéjeuner et quelques bières, nous décidâmes d'aller au cinéma. Là-bas, Braden nous fit effectivement nous asseoir derrière les autres et, d'accord... nous nous tripotâmes peut-être légèrement dans le noir.

Nous ne nous revîmes pas le lundi, je parvins donc à rédiger un nouveau chapitre de mon roman en plus de mon rendez-vous chez le Dr Pritchard. Amusant. Le mardi, Braden prit sa pause déjeuner dans mon lit. Le mercredi, il fut rattrapé par le travail, je ne le vis donc pas de la journée. Je passai la soirée en compagnie d'Ellie devant une romance d'adolescentes, qui me donna des haut-le-cœur tant elle était niaiseuse. J'insistai pour que, la prochaine fois, nous regardions soit un film d'action où la superstar hollywoodienne cassait quelques gueules, soit une comédie musicale avec Gene Kelly.

— Tu es vraiment un garçon.

Ellie plissa le nez en avalant une pastille de chocolat.

Je détournai la tête du navet à l'écran pour la dévisager. Elle était vautrée sur le canapé, couverte d'emballages de chocolat. Comment faisait-elle pour ne pas prendre de poids ?

— Parce que je déteste les nanars dégoulinant de bons sentiments ?

— Non. Parce que tu préfères voir quelqu'un se faire rouer de coups plutôt que déclarer son amour.

— C'est vrai.

— Garçon.

Je fis la grimace.

— Je ne suis pas sûre que ça plairait à Braden.

— Pouah ! C'est un coup bas.

J'eus un sourire mauvais.

— Tu viens de me traiter de mec.

Elle tourna la tête sur son coussin pour me regarder.

— À ce propos... ce n'est pas que j'y fasse particulièrement attention – je ne peux rien contre mon exceptionnelle faculté d'observation –, mais vos petites affaires semblent toujours dépendre de l'emploi du temps de Braden. Ça ne te dérange pas ?

Évidemment, je m'en étais moi aussi rendu compte. Mais, sérieusement, comment m'y opposer ? Je « travaillais » à la maison, lui bossait sans arrêt. Et j'étais de corvée au bar deux des seules nuits où il était libre.

— C'est un mec très occupé, je te l'accorde.

Elle acquiesça.

— Ça pose souvent problème à ses petites amies.

— Je réfute le terme de petite amie, la menaçai-je amicalement.

— Je ne parlais pas de toi. Simplement… En fait, tu sais quoi ? Je ne sais pas ce que je voulais dire, parce que je ne comprends rien à vos histoires.

Je devinai que sa nature excessivement romantique allait finir par reprendre le dessus et qu'elle ne tarderait plus à nous reprocher notre petit accord, je m'empressai donc de changer de sujet.

— Ça fait un moment que tu ne m'as plus parlé d'Adam.

Son visage se ferma, et je regrettai immédiatement mon choix de conversation.

— On a à peine échangé quelques mots depuis l'autre dimanche chez maman. Je crois qu'il a pris conscience qu'il m'envoyait des signaux contradictoires, il s'est donc retranché dans son coin.

— Pourtant, tout avait l'air normal entre vous, au pub.

— C'est parce que tu étais perdue au Pays de Braden.

Je m'esclaffai.

— Ouais, d'accord.

Ellie secoua le chef.

— Tête de linotte.

C'était nouveau. De mémoire, Rhian et James ne m'avaient jamais appelée de la sorte.

— Tu viens de me traiter de tête de linotte ?

— Ouaip. Délirante, ajouterais-je même.

— Et puis-je te demander de quoi il s'agit ?

— D'une personne faisant preuve d'un manque de connaissance flagrant d'une situation donnée ; une idiote ; une imbécile ; une crétine. Tête de linotte délirante : Joss Butler et son opinion erronée, stupide, imbécile et aveugle de la nature de la relation qu'elle entretient avec mon frère, Braden Carmichael.

Elle me fusilla du regard, mais il s'agissait du regard d'Ellie, ça ne comptait pas vraiment.

J'opinai.

— Tête de linotte. Je valide.

Elle me lança un coussin dessus.

Lorsque le jeudi arriva, je reçus un message de Braden m'annonçant qu'il ne pourrait pas se libérer ce soir-là ; je dois bien reconnaître que je ressentis alors une très légère pointe de déception. Je ne pouvais clairement pas admettre mon immense déception, car j'avais enfoui ce sentiment dans l'un de mes tiroirs mentaux. Il était sur le point de conclure l'affaire sur laquelle il avait travaillé tout l'été, son désistement était donc tout légitime. Ce qui ne signifiait pas pour autant que cela ne craignait pas.

Je me creusai la tête et consacrai la journée à écrire, à la fois stupéfaite et heureuse d'avoir pu coucher sur le papier plusieurs chapitres de plus sans raviver des souvenirs qui m'auraient vraisemblablement renvoyée dans la salle de bains avec une crise d'angoisse. Toutefois, force était de constater que je n'en avais pas subi depuis celle, mémorable, du vendredi précédent.

Le soir venu, puisque Braden n'était pas là pour me tenir compagnie, je noyai mon chagrin dans un marathon Denzel Washington. Ellie capitula au bout de deux films et alla se coucher. Quelques heures plus tard, je sombrai à mon tour.

Je me réveillai en sentant le monde s'écrouler sous mon corps.

— Quoi ? marmonnai-je en essayant d'accoutumer ma vue à la faible lueur.

— Chut, bébé, me répondit la voix grave de Braden. (Je me rendis alors compte que j'étais dans ses bras.) Je te mets au lit.

J'enroulai paresseusement les bras autour de son cou tandis qu'il me menait vers ma chambre.

— Qu'est-ce que tu fais ici ?

— Tu me manquais.

— Mmm, grognai-je en me plaquant au plus près de lui. Toi aussi.

Une seconde plus tard, je m'étais rendormie.

Le niveau de l'eau grimpait dans notre appartement, et je ne pouvais pas m'échapper. L'angoisse m'oppressait de plus en plus alors que la crue approchait le plafond. Je me préparais à une mort imminente quand un geyser de désir jaillit d'entre mes jambes ; en baissant la tête, je découvris celle d'un magnifique triton. L'eau s'assécha en un instant, et je me retrouvai sur le dos, à observer le crâne d'un homme sans visage me dévorer avec passion.

— Mon Dieu, soufflai-je alors que le plaisir me ramenait dans le monde réel.

J'ouvris grands les yeux. J'étais dans mon lit. Il faisait jour.

Et la tête de Braden se trouvait entre mes cuisses.

— Braden, chuchotai-je en me laissant aller contre le matelas, plongeant les mains dans ses cheveux soyeux. Il avait une langue magique.

Mes hanches tressautèrent quand il m'agaça le clitoris, le contournant du bout de sa langue, avant de glisser ses doigts dans mon vagin. Je perdis la maîtrise de ma respiration, je n'entendais plus que mon cœur battre à mes oreilles, et je jouis dans sa bouche en quelques secondes à peine.

Vous parlez d'un réveil...

Je me détendis sur le lit tandis que Braden remontait contre moi ; ses yeux riaient quand il se plaça à califourchon sur moi. Je sentais la puissance de son érection sur mon sexe humide.

— 'jour, bébé.

Je lui caressai la taille, le griffant très légèrement tel qu'il aimait que je le fasse.

— Bonjour aussi. La matinée commence bien.

Mon sourire niais le fit éclater de rire, et il se laissa rouler à côté de moi. Je tournai la tête pour regarder l'heure, mais lorsque mes yeux perçurent l'objet sur mon bureau, je me relevai d'un coup, le regard fixe, me demandant si mon imagination me jouait des tours. Je sentis Braden derrière moi, qui posait le menton sur mon épaule.

— Elle te plaît ?

Une machine à écrire. Une vieille machine à écrire d'un noir brillant, disposée juste à côté de mon ordinateur portable. Elle était magnifique. Identique à celle que maman avait promis de m'acheter. Celle qu'elle n'avait pu m'offrir pour cause de mort prématurée.

C'était un cadeau incroyable. Splendide, plein d'attention. Et ce n'était pas que du cul.

Ma poitrine se comprima avant que je puisse réagir, et mon cerveau s'embruma comme s'il était trop encombré. Des fourmillements se répandirent sur toute ma peau et mon cœur s'emballa.

— Jocelyn. (La voix inquiète de Braden perça à travers le brouillard, et je lui attrapai la main pour le rassurer.) Respire, me murmura-t-il à l'oreille en me serrant les doigts.

Il apposa son autre paume sur ma hanche pour me tenir tout contre lui.

J'inspirai et expirai de façon lente et régulière, regagnant la maîtrise de mon corps, déployant mes poumons, ralentissant mon rythme cardiaque, libérant mon cerveau de la chape de brume qui l'enveloppait. Épuisée, je m'effondrai contre le torse de Braden.

Au bout d'une ou deux minutes, il me dit :

— Je sais que tu ne veux pas en discuter, mais… est-ce que ces crises d'angoisse t'arrivent souvent ?

— Parfois.

Il soupira, et mon corps suivit le mouvement de sa poitrine.

— Tu devrais peut-être en parler à quelqu'un.

Je m'écartai de lui, incapable de le regarder.

— C'est déjà le cas.

— Vraiment ?

J'acquiesçai, dissimulée derrière mes cheveux.

— À ma psy.

— Tu vois une psy, répéta-t-il d'une voix calme.

— Ouais.

Il lissa mes cheveux derrière mon oreille, puis me saisit délicatement par le menton pour me forcer à me tourner vers lui. Son regard était doux, soucieux. Compréhensif.

— C'est bien. Je suis content que tu te sois enfin décidée.

Tu es beau.

— Merci pour la machine. Elle est parfaite.

Il m'adressa un sourire gêné.

— Je ne pensais pas déclencher une crise.

Je l'embrassai rapidement pour le déculpabiliser.

— Je suis un peu zinzin. Ne t'en fais pas. Je l'adore. C'est vraiment adorable de ta part.

Plus que ça, même. Pour le convaincre de la portée de mes sentiments, j'eus un sourire diabolique et laissai glisser ma main sur son ventre jusqu'à saisir son sexe. Il se raidit instantanément.

— Cependant, je ne peux pas accepter sans rien t'offrir en retour.

Alors que ma tête descendait, il me retint par le haut des bras et me fit remonter à sa hauteur. Je fronçai les sourcils. Je savais qu'il en avait envie. Il palpitait sous mes doigts.

— Quoi ?

Son expression changea rapidement, ses yeux s'assombrirent, ses traits se durcirent.

— Si tu le fais, c'est parce que tu en as envie, pas à cause de cette machine à écrire. C'était un cadeau, Jocelyn. Ne va pas tout déformer et t'imaginer je ne sais quel truc tordu.

Je l'écoutai attentivement, et finis par opiner.

— D'accord. (Je le serrai un peu plus fort, et vis ses narines se dilater.) Alors, disons que je le fais pour te remercier de m'avoir réveillée.

Il me relâcha lentement et s'appuya sur ses coudes.

— Dans ce cas...

— Et donc, votre livre avance ? me demanda le Dr Prichard, l'air satisfait.

J'acquiesçai.

— Je progresse.

— Et les crises d'angoisse ?

— J'en ai eu quelques-unes.

— À quelles occasions ?

Je lui expliquai et, quand j'eus terminé, elle leva les yeux et j'y découvris une lueur que je ne compris pas.

— Vous avez dit à Braden que vous veniez me voir ?

Oh merde, avais-je commis une erreur ? Ça m'avait échappé, j'ignorais pourquoi.

— Ouais, en effet.

Je fis mine de ne pas me soucier d'avoir bien fait ou pas.

— C'est une bonne chose.

Attendez un instant. Quoi ?
— Vraiment ?
— Oui.
— Pourquoi ?
— À votre avis ?
Je fis la grimace.
— Question suivante.

Je vis Braden presque quotidiennement après ce matin-là. Nous sortîmes tous les jours de la semaine. Ellie, Braden, Jenna, Adam et son rencard du soir passèrent au bar le samedi avant de traîner Braden en boîte. Il détestait danser, à tel point que je lui avais demandé ce qui avait pu le pousser à acheter le *Fire*. Il m'avait répondu que c'était une affaire juteuse. Alors que les autres l'entraînaient dehors, je lui adressai un sourire compatissant. Je ne fus pas le moins du monde surprise de découvrir qu'il avait fui, plus tard dans la soirée, pour venir me chercher. Le dimanche, lors du repas chez Élodie et Clark, Declan et Hannah se chamaillèrent, Clark fit mine de ne rien entendre, et Élodie mit involontairement de l'huile sur le feu. Ellie, tentant d'oublier la fille qui s'était pointée avec Adam la veille, passa son temps à se plaindre que la correction de ses lunettes ne convenait pas. En revanche, nul ne remarqua le moindre changement de comportement entre Braden et moi. Dieu merci. Élodie ferait sans doute un arrêt cardiaque si elle apprenait ce qui se passait entre nous.

Le lundi, Braden était venu après sa séance de muscu – par chance, nous étions inscrits dans deux salles différentes : j'avais besoin de me concentrer quand je faisais du sport – et nous avions passé la soirée avec Ellie. Puis Braden était resté dormir. Le mardi fut l'occasion de mon premier dîner d'affaires imposé. Un vrai, cette fois. Ce que j'ignorais, c'était que Braden vendait son restaurant français, mais conservait l'écossais haut de gamme et moderne qui servait des fruits de mer sur la côte. La cession était privée, l'acheteur étant un proche collègue. Une cession privée, jusqu'à ce que les médias locaux découvrent l'acte de vente de *La Cour* et se mettent à spéculer sur les raisons de la transaction.

— Ça fait trop, avait expliqué Braden au fameux dîner, qui avait pour unique but de fêter cela en compagnie de l'acquéreur. La boîte a pris beaucoup plus d'ampleur que je ne l'imaginais, l'agence immobilière a toujours l'un ou l'autre problème à résoudre, qui ne concernent généralement pas la promotion, ce que je préfère. Je manque donc de temps. *La Cour* appartenait à mon père. Il n'y a rien là-bas qui porte mon empreinte. Donc, je l'ai vendue.

Nous rencontrâmes Thomas Prendergast et son épouse, Julie, au *Tigerlily*. Je portais une nouvelle robe et m'efforçais d'être aussi charmante que possible. Et je ne connaissais qu'une façon de l'être. Thomas était plus âgé que Braden, et infiniment plus coincé, mais il était sympathique et avait visiblement du respect pour lui. Julie était semblable à son mari : posée, calme, mais avenante. Suffisamment avenante pour s'autoriser à poser des questions personnelles. Des questions personnelles que Braden m'aida à esquiver.

Je l'en récompenserais chaleureusement plus tard.

Globalement, le dîner fut plutôt agréable. Braden semblait moins stressé à présent que le fardeau *La Cour* ne pesait plus sur ses épaules et, pour une raison ou pour une autre, je constatai que le fait qu'il soit plus détendu contribuait à me relâcher. Nous passâmes la nuit du mercredi chez lui, surtout parce que nous ne pouvions pas faire trop de bruit dans l'appartement que je partageais avec Ellie, ce qui nous privait d'une partie du plaisir. Nous criâmes donc tout notre soûl sur son canapé, sur son parquet, et dans son lit.

Comblée, j'étais allongée sur les draps froissés à contempler le plafond. Sa chambre était aussi moderne que le reste de son duplex. Un lit bas, de type japonais, des penderies incrustées dans les murs pour gagner de l'espace. Un fauteuil dans le coin, près de la fenêtre. Deux tables de chevet. C'était tout. Il lui manquait au moins quelques photos.

— Pourquoi tu ne parles jamais de ta famille ?

Tout mon corps se contracta, et le souffle m'abandonna quand j'entendis cette question à laquelle je n'étais pas du tout préparée. Je pivotai la tête sur l'oreiller pour le dévisager d'un air incrédule. Il ne m'observait pas avec méfiance, ainsi qu'il l'aurait fait s'il s'attendait à me voir piquer une crise. Il semblait juste déterminé. J'inspirai entre mes dents et me détournai.

— Parce que.

— Ce n'est pas vraiment une réponse, bébé.

Je levai les mains.

— Ils sont partis. Il n'y a rien à ajouter.

— C'est faux. Tu pourrais dire quel genre de personnes ils étaient. Comment ça se passait, en famille. Comment ils sont morts...

Je me débattis quelques instants avec ma colère, tentant de la contenir. Il n'avait pas l'intention de se montrer cruel, j'en étais consciente. Il était simplement curieux. Il voulait savoir. Ce n'était pas insensé. Mais j'avais cru que nous nous comprenions. J'avais cru qu'*il* me comprenait.

Et je venais de me rendre compte que c'était parfaitement impossible.

— Braden, je sais que tu n'as pas eu une vie facile, mais tu ne peux pas mesurer à quel point mon passé est compliqué. Merdique. Et ce n'est pas un endroit où je veux t'emmener.

Il s'assit, relevant l'oreiller contre la tête de lit, et je roulai de côté pour soutenir son regard où régnait une lueur de chagrin que je n'y avais encore jamais perçue.

— Je comprends ce qui est merdique, Jocelyn. Crois-moi.

J'attendis, pressentant qu'il n'en avait pas terminé.

Il poussa effectivement un soupir, et observa par la fenêtre.

— Ma mère est la femme la plus égoïste que je connaisse. Et je ne la connais même pas si bien que ça. J'ai été contraint de rester avec elle durant les vacances d'été, à faire le tour de l'Europe tout en supportant les pauvres connards qu'elle parvenait à manipuler jusque dans son lit. Durant l'année scolaire, j'habitais chez mon père, à Édimbourg. Douglas Carmichael était un salopard qui pouvait se montrer sévère et distant, mais au moins c'était un salopard qui m'aimait, ce que ma mère n'a jamais su faire. Et puis il m'a offert Ellie et Élodie. C'est d'ailleurs à propos d'Élodie que je me disputais souvent avec lui. Elle était douce et tendre, il n'aurait jamais dû lui courir après et la traiter comme les autres. C'est pourtant ce qu'il a fait. Et puis elle s'est mise avec Clark, et Ellie a rencontré un frère prêt à tout pour elle. Mon père était au mieux négligemment affectueux avec Ellie. Alors qu'à moi, il me serrait la vis. Je n'étais qu'un petit con qui refusait de marcher dans les pas de son père. (Il pesta après lui et secoua la tête.) Si seulement on pouvait revenir en arrière et inculquer un peu de bon sens aux gamins que nous étions...

Si seulement.

— J'ai commencé à avoir de mauvaises fréquentations, à fumer des joints, à me bourrer la gueule, à me bagarrer. J'étais remonté. J'en avais après tout et tout le monde. Et j'aimais me servir de mes poings pour libérer cette colère. J'avais dix-neuf ans, et je sortais avec une fille d'un quartier chaud des environs. Sa mère était en prison, son père parti, et son frère junkie. Une fille bien, mais une famille pourrie. Un soir, elle est venue chez moi dans un état pas possible. (Son regard se fit distant alors qu'il se remémorait la scène, et je devinai que la suite allait être plus qu'horrible.) Elle pleurait, tremblait, elle avait du vomi dans les cheveux. Elle était rentrée chez elle et son frère était tellement défoncé à l'héro qu'il l'avait violée.

— Oh, mon Dieu, soufflai-je en ressentant une profonde douleur pour cette fille que je n'avais jamais rencontrée, et pour Braden qui connaissait la victime. J'ai pété un plomb. Je suis parti sans réfléchir et j'ai couru jusque chez elle, porté par l'adrénaline. (Il se tut un instant, les mâchoires serrées.) Jocelyn, je l'ai quasiment battu à mort. (Il me contempla d'un air plein de remords.) Je suis plutôt costaud, chuchota-t-il. Je l'étais déjà quand j'étais ado. Je ne me rendais pas compte de ma force.

Je n'arrivais pas à croire qu'il me racontait tout cela. Je n'arrivais pas à croire que toutes ces choses lui soient arrivées. Braden, que j'avais toujours imaginé dans un monde de dîners de gala et d'appartements luxueux. Apparemment, il avait connu une vie bien différente pendant quelque temps.

— Que s'est-il passé ?

— Je suis parti, j'ai passé un coup de téléphone anonyme aux urgences, et je lui ai avoué ce que j'avais fait. Elle ne m'en a pas voulu. En réalité, quand la police a trouvé son frère, nous nous sommes couverts mutuellement. C'était un junkie notoire, il n'y avait pas de témoins, ils ont donc supposé que c'était une affaire de drogue. Il est resté plusieurs jours dans le coma. Les pires jours de ma vie. Quand il s'est réveillé, il a dit aux flics qu'il ne se rappelait pas qui l'avait agressé, mais quand je suis allé lui rendre visite avec sa sœur, elle lui a expliqué ce qu'il avait fait. (La voix de Braden dérailla légèrement.) Il s'est mis à pleurer. Je n'ai sans doute jamais rien vu de plus pitoyable que ses larmes et le regard assassin de sa sœur. Elle est partie. Il m'a promis qu'il ne raconterait jamais toute l'histoire. Il m'a dit qu'il le méritait, que j'aurais dû le tuer. Je ne pouvais plus rien faire pour eux. Je ne l'ai plus jamais revu. Quant à elle, notre relation s'est brisée quand elle a sombré dans la drogue pour oublier, refusant mon aide. Il y a quelques années, j'ai appris qu'elle avait fait une overdose.

Je me redressai à côté de lui, souffrant mille maux tant je compatissais.

— Braden... Je suis désolée.

Il hocha la tête puis la tourna vers moi.

— Je ne me suis plus jamais battu depuis. Je n'ai plus jamais porté la main sur qui que ce soit. Mon père et moi avons passé l'éponge sur des tas de trucs après ça. Il est la seule autre personne à connaître la vérité, et il m'a aidé à me remettre sur pied. Je lui dois beaucoup.

— Comme nous tous.

J'eus un sourire triste et lui caressai la joue en prenant conscience qu'il venait de s'ouvrir à moi.

À moi.

Oh, mon Dieu.

Lui étais-je moi aussi redevable, d'une manière ou d'une autre ? Est-ce que ça marchait comme ça ? Il m'avait fait confiance parce qu'il savait que je ne trahirais pas son secret ; parce qu'il savait que je ne le jugerais pas.

Il m'apparut, alors que j'étais ainsi allongée à côté de lui, que lui non plus ne répéterait jamais ce que je pourrais lui confier. Qu'il ne me jugerait pas. Je poussai un soupir et laissai retomber ma main, sentant mon ventre se nouer tandis que j'étais en plein conflit intérieur.

— Dru.

Son nom m'échappa des lèvres avant même que je puisse y penser.

Le corps de Braden se tendit instantanément.

— Dru ?

J'opinai, préférant regarder son ventre plutôt que son visage. Le sang afflua à mes oreilles, et je m'agrippai aux draps pour empêcher mes doigts de trembler.

— C'était ma meilleure amie. Nous avions grandi ensemble et, quand ma famille est morte, je n'avais plus qu'elle. Personne d'autre. (Je ravalai douloureusement ces souvenirs.) Après ça, j'ai fait n'importe quoi. Je l'ai entraînée dans des fêtes pour lesquelles nous étions beaucoup trop jeunes, nous avons fait des expériences qui n'étaient clairement pas de notre âge. C'était à peine plus d'un an après... Il y avait cette soirée bière du côté de la rivière. J'étais dans une phase où je sélectionnais les mecs, soit pour les emballer, soit, si j'étais assez soûle, pour faire d'autres trucs. De son côté, Dru essayait de trouver le courage de demander à Kyle Ramsey de sortir avec elle. (Je ricanai sans humour.) Kyle me rendait folle. Il n'arrêtait pas de me faire chier, mais... en dehors de Dru, c'était la seule personne à qui je pouvais parler d'à peu près tout. Il était vraiment sympa. Et je l'aimais bien, confessai-je à mi-voix. Vraiment bien. Mais Dru avait toujours craqué pour lui, et je n'étais plus la petite gamine pour qui il avait eu un coup de cœur. Elle ne voulait pas venir ce soir-là. Je l'avais malgré tout convaincue que Kyle serait là, et je lui avais plus ou moins forcé la main.

» En milieu de soirée, j'étais en train de flirter avec le capitaine de l'équipe de foot, pensant que Dru était occupée avec Kyle. Mais soudain, il s'est pointé et a demandé à me parler. On s'est isolés des autres et il m'a raconté des tas de trucs. Que je valais mieux que ce que je faisais avec tous ces types. Que mes parents seraient furieux de me voir agir de la sorte. (Tremblante, je pris une grande inspiration en relatant cet élément.) Et il m'a dit qu'il tenait à moi. Qu'il pensait pouvoir tomber amoureux de moi. Je n'ai pas réfléchi. Je l'ai laissé m'embrasser, et bien vite c'est devenu assez chaud. Il s'est arrêté avant d'aller trop loin et m'a dit que je n'étais pas obligée de coucher avec lui pour l'intéresser. Qu'il voulait être mon petit ami. Je lui ai alors répondu que c'était impossible, que Dru était folle de lui, que je ne pouvais pas lui faire ça. On a tourné en rond pendant quelques minutes, puis j'ai décidé qu'il fallait que je me bourre la gueule pour fuir ce mauvais drame pour adolescents, mais quand je suis allée rejoindre les autres, l'une des copines de Dru m'a dit que je n'étais qu'une salope, que je l'avais poignardée dans le dos. Et j'ai alors compris ; Dru avait appris ce qui s'était passé entre Kyle et moi.

Je fermai les paupières, la revoyant près de la balançoire, les yeux pleins de haine.

— Je l'ai retrouvée un peu plus loin, le long de la rivière, ivre morte. Elle tentait de grimper sur l'une de ces vieilles balançoires qui surplombent l'eau, mais elle était vraiment usée, et le courant tellement fort… Je l'ai suppliée de revenir me parler, mais elle n'arrêtait pas de me traiter de traîtresse et de salope. (Je levai la tête vers Braden, qui me contemplait avec compassion.) Elle s'est élancée avant que je puisse l'en empêcher, et la corde a cassé. Elle m'a appelée au secours tandis que le courant l'emportait, et sans réfléchir je me suis jetée à l'eau. Mais Kyle n'était pas loin derrière et il a plongé à ma suite. Il était bien meilleur nageur. Et au lieu de me laisser la rattraper, il m'a ramenée sur la berge. Dru a été entraînée par les flots. Je n'ai plus jamais parlé à Kyle.

— Bébé, murmura Braden en tendant la main vers moi.

J'élevai la paume en secouant la tête, des larmes de rage plein les yeux.

— Je l'ai tuée, Braden. Je ne mérite pas qu'on me console.

Il parut choqué.

— Jocelyn, tu ne l'as pas tuée. C'était un accident.

— C'était une succession d'événements causés par mes actes. Je suis la seule responsable. (Il ouvrit la bouche pour répliquer, mais j'apposai mes doigts sur ses lèvres.) Je sais que ce n'est pas rationnel. J'en suis consciente. Mais j'ignore si j'arriverais un jour à ne plus m'en vouloir. Cependant, je m'efforce de vivre avec. T'en parler est déjà énorme. Crois-moi.

Braden m'attira vers lui et me prit dans ses bras, refermant sa main derrière ma nuque.

— Merci de m'avoir fait confiance.

Je posai ma paume sur sa joue et poussai un soupir las.

— Je crois qu'on a besoin de faire l'amour, à présent.

Il fronça les sourcils.

— Pourquoi ?

— Pour qu'on se rappelle bien ce qu'on fait ici, répliquai-je d'un ton lourd de sous-entendus.

Il étrécit les yeux.

— Non, trancha-t-il d'un air bourru. Toutes les raisons sont bonnes pour coucher avec toi, sauf celle-là.

Surprise, je me rendis compte que je n'avais, pour une fois, pas de repartie, mais Braden n'en attendait aucune. Il m'embrassa à pleine bouche avant de se laisser glisser sur le lit, m'entraînant à sa suite. Il me serra contre lui, puis se pencha pour éteindre la lumière.

— Dors, bébé.

Complètement stupéfaite par le tour qu'avait pris la soirée, je restai immobile à l'écouter respirer jusqu'à ce que le sommeil m'emporte enfin.

— Comment vous sentez-vous, à présent que vous avez parlé de Dru à Braden ?

Mon regard glissa du diplôme encadré au mur jusqu'au visage du Dr Pritchard.

— Je suis à la fois terrifiée et soulagée.

— Terrifiée parce que vous vous en êtes ouverte à quelqu'un d'autre que moi ?

— Oui.

— Et soulagée... ?

Je remuai sur ma chaise, mal à l'aise.

— Je suis parfaitement consciente de cacher des choses aux gens. Je sais que ça n'est pas très courageux, mais c'est ma façon de gérer. Quand j'en ai parlé à Braden, ça n'était pas la fin du monde. Pour une fois, je me suis sentie courageuse. Et ça a été une forme de soulagement.

18

Je me voilerais la face en déclarant que rien ne changea dans notre relation après cette nuit-là. Cela nous rapprocha. Genre, nous nous comprenions en un regard. Et nous passions beaucoup plus de temps ensemble. Je préférais ne pas penser à l'avenir. Pour l'heure, je prenais un pied d'enfer avec un gars génial qui se trouvait être un ami. Je ne voulais pas de demain. Je savais ce qu'un demain me réserverait, à savoir un incroyable chaos. Tout était infiniment plus agréable au présent.

Le samedi arriva sans crier gare, et ce fut la soirée du DJ star de Braden au *Fire*, qui marquerait le lancement de la semaine d'intégration des étudiants. Je n'étais pas particulièrement pressée de voir débarquer des hordes de première année, pas plus que Braden, du reste, qui était toutefois tenu d'être présent par égard pour son fameux invité dont je n'avais jamais entendu parler. Ainsi, Ellie, Adam et moi lui rendions service. J'avais commis l'erreur d'aller faire les boutiques avec Ellie et Hannah dans l'après-midi pour me trouver une tenue, et je m'étais laissé embarquer dans l'achat d'une minirobe. Je n'en avais encore jamais eu. Elle était toute simple, bleu turquoise à col haut et dos nu jusqu'en dessous de ma taille. Elle me remontait largement au-dessus des genoux, étant considérablement plus courte que tout ce que j'avais jamais pu porter en public.

Bon, d'accord, il y avait bien ce short rayé vert et blanc, mais la robe était clairement plus osée.

Je rassemblai mes cheveux sur le sommet de mon crâne, mis un peu plus de maquillage que d'habitude – ou plutôt, je laissai Ellie s'en charger – et enfilai une paire de chaussures compensées sanglées au talon et assorties à ma robe. Comme à son habitude, Ellie était à tomber dans sa robe droite dorée et ses sandales à fines lanières.

Nous avions rendez-vous avec Braden directement sur place, ce qui n'était sans doute pas plus mal, car il se rembrunit dès qu'il avisa ma tenue. Nous nous trouvions tous quatre dans son bureau, qui ne nous isolait pas complètement des battements sourds de la musique. Je mis les mains sur mes hanches en découvrant sa réaction.

— Quoi ? aboyai-je.

Il m'examina de la tête aux pieds, une lueur légèrement menaçante dans le regard.

— Putain, c'est quoi, cette robe ?

J'étrécis les yeux.

— Putain, c'est quoi, ton problème ?

Ellie se racla la gorge.

— Je la trouve très jolie.

Braden la fit taire d'un coup d'œil.

Même si j'étais blessée de constater qu'il n'aimait pas cette robe que je trouvais ultrasexy, je haussai les épaules comme si je n'en avais cure.

— Buvons un verre.

Je pivotai sur mes talons, satisfaite d'entendre Braden hoqueter en apercevant le dos de ma tenue.

Des bruits de pas me suivirent tandis que je me frayais un chemin dans la boîte encore relativement calme. Nous étions venus tôt, et les premiers clients arrivaient tout juste. La salle principale du *Fire* était immense et s'étendait sur deux niveaux. Quatre longues marches incurvées séparaient le bar et une petite piste de danse, cernée de canapés et de tables basses, d'une autre piste plus grande. Des murs noirs rehaussés de lumières scintillantes cloisonnaient l'espace tandis que, en bas, les pourtours de la pièce étaient jalonnés de langues de feu en papier éclairées par-derrière. Un immense lustre moderne en forme de flamme pendait du plafond et ajoutait un peu d'originalité à cet intérieur d'une élégance discrète. Les clients entraient par l'étage inférieur, dont l'escalier permettait également d'atteindre les deux niveaux en sous-sol. Le premier proposait un salon et une piste plus petits, le second un bar à cocktails.

Je n'étais pas encore arrivée aux marches que Braden me plaqua contre lui. Sa main glissa jusqu'à ma taille et m'agrippa fermement la hanche tandis qu'il se penchait pour me murmurer à l'oreille :

— Tu es belle à croquer. C'est *ça*, mon problème.

J'inclinai la tête en arrière pour l'observer par en dessous, me sentant ridicule de n'avoir pas compris qu'il avait simplement eu une réaction de jalousie primitive.

— Oh. (Je rayonnais, à présent, et ma voix trahissait une certaine suffisance.) Eh bien, heureusement que tu es le seul à pouvoir te faufiler sous cette robe, hein ?

Il m'adressa un sourire carnassier, visiblement à peine rassuré, mais il opina néanmoins.

— OK. Va rejoindre Ellie et Adam à la table que je vous ai réservée. Je vais vous commander des rafraîchissements.

— Tu vas où ?

— J'ai des amis qui arrivent, et je dois accueillir les médias locaux. Il faut que je me montre un peu. Je vous retrouve bientôt.

J'acquiesçai et grimpai l'escalier pour gagner la table d'Ellie et Adam, qui semblaient pris dans une conversation relativement animée. Je m'apprêtais à les laisser tranquilles quand Adam m'aperçut et s'éloigna ostensiblement d'Ellie, m'ordonnant silencieusement de m'asseoir. Je lui répondis d'un regard signifiant « T'es un pauvre con », et je m'installai de l'autre côté d'Ellie.

— Braden nous envoie des boissons, leur annonçai-je. Je ne savais pas qu'il attendait d'autres amis, ce soir. Je pensais que c'était juste nous et des inconnus.

— Non. (Ellie pinça les lèvres, apparemment de mauvaise humeur.) Bon nombre de ses ex et autres copines de baise adorent danser. Il les a invitées avec leur clique.

Elle aurait aussi bien fait de me donner un coup de poing dans l'estomac. Je me raidis, ébahie d'apprendre qu'il avait invité des ex. Et il avait eu d'autres copines de baise ? Il m'avait pourtant affirmé le contraire.

— Ellie. (Adam lui adressa un regard lourd de reproches.) À quoi tu joues ?

Ne semblant pas comprendre, elle secoua la tête, et lui me désigna du menton. Elle se tourna vers moi, et ce qu'elle lut sur mon visage la fit blêmir.

— Oh, merde, Joss, il n'y avait aucun sous-entendu. Enfin, ces filles ne comptent pas…

— Bourrons-nous la gueule, suggérai-je.

Adam m'étudia longuement.

— Je ne crois pas que ce soit une bonne idée. Attendons plutôt Braden.

Attendre Braden dura toutefois plus longtemps que nous ne pouvions le supporter. Je passai un moment à scruter la pénombre de la boîte désormais pleine à craquer, et vis une succession de filles flirter avec lui les unes après les autres, tandis qu'il leur souriait comme un idiot en leur offrant des verres.

Peu habituée à la pointe acérée de la jalousie qui me titillait, j'endossai mon air de Jocelyn supercool d'avant Dublin Street et me dirigeai vers la piste de danse. Ellie m'accompagna un moment, puis Braden passa voir si tout allait bien. Je le congédiai d'un sourire cassant et, avant qu'il puisse m'interroger à ce sujet, il fut happé par une nouvelle invitée. Puis Ellie disparut et, après avoir longuement scruté la foule, je finis par la repérer au bar, à dévorer Adam des yeux. Ce dernier semblait passer un bon moment avec une fille que je ne connaissais pas. Les hommes. Je secouai furieusement la tête. Tous des connards.

J'étais peut-être un peu bourrée.

Je m'apprêtais à m'approcher du comptoir pour commander un verre d'eau quand je sentis une main froide se poser sur mon dos nu. Je me retournai, surprise de me retrouver nez à nez avec Gavin, le coach personnel.

— Joss. (Il me sourit, sans cesser de me toucher.) Content de te revoir.

Je veux bien reconnaître que le large sourire que je lui adressai était plus dû au fait que j'étais furieuse après Braden de m'avoir forcée à prendre ma soirée pour finalement me laisser seule qu'à ma joie de le croiser là ce soir.

— Gavin, salut !

Il siffla en contemplant ma tenue, et je constatai qu'il chancelait légèrement. Lui aussi était bien éméché.

— Tu es stupéfiante.

Je souris derechef.

— Merci.

— Qu'est-ce que tu fais ici ?

— Euh… Je connais le proprio.

Il étrécit les yeux en hochant lentement la tête.

— Je vois.

— Et toi ?

— Eh bien, je suis là pour danser ! Avec toi.

J'éclatai de rire.

— Oh, comme c'est subtil.

— On fait ce qu'on peut ! Et si...

Vlan !

La main de Gavin décolla de mon corps, et je le vis avec horreur s'écraser par terre, le nez en sang. Je levai les yeux vers Braden, qui secouait son poing déjà en train d'enfler ; il toisait Gavin de toute sa hauteur, le souffle court. La foule avait formé un cercle autour de la bagarre pour observer la scène. Je sentis Adam et Ellie se faufiler jusqu'à nous.

— Bordel, pourquoi tu as fait ça ? m'exclamai-je suffisamment fort pour être entendue malgré la musique qui avait été baissée d'un cran lorsque les clients avaient poussé des oh ! et des ah ! quand le coup avait porté.

Braden m'adressa un regard mauvais.

— Je te présente Gavin. L'ami qui a baisé Analise. Et toi, pourquoi tu lui parlais comme si vous vous connaissiez ?

Je contemplai, bouche bée, Gavin se remettre debout. J'étais partagée entre la surprise et le dégoût.

— Il travaille à ma salle de sport. Il m'a aidée une fois. (Je me retournai vers Braden.) Je te jure que je l'ignorais.

Gavin ricana et nous lui fîmes face.

— On dirait bien que tu as tourné la page, Bray. (Il me dévorait désormais littéralement des yeux.) J'aimerais bien que l'histoire se répète, car ça fait des semaines que j'ai envie de la sauter. Qu'est-ce que tu en dis, Joss ? Ça te plairait de te taper un vrai mec ?

Braden fut vif comme l'éclair. Je n'eus pas le temps de le voir bondir qu'il avait plaqué Gavin au sol, abattant son poing encore, et encore. Adam s'empressa d'aller le retenir, les vigiles apparurent entre les clients pour relever un Gavin ensanglanté.

Adam tenait fermement Braden, et les deux adversaires s'affrontèrent à distance. Braden pointa un doigt menaçant vers Gavin.

— Tu n'as pas intérêt à t'approcher d'elle, grogna-t-il.

Gavin s'essuya le visage en grimaçant.

— Putain, Bray, tu ne m'as jamais cogné pour avoir baisé ton ancienne conquête. Et là, je te taquine à peine que tu m'agresses. Elle a la chatte en or, ou quoi ?

Braden gronda et bondit de nouveau vers lui, mais l'un des barmen aida Adam à le retenir.

— Faites-le dégager d'ici, ordonna Adam à la sécurité. (Puis il scruta Gavin d'un œil torve.) Si je te recroise dans la rue, je te pète les dents.

Gavin fit la moue et laissa les vigiles le reconduire dehors.

Je contemplai Braden, encore sous le choc, sans même m'offusquer des paroles horribles de Gavin. Braden venait de frapper quelqu'un. À cause de moi ? Alors qu'il venait de me dire qu'il ne s'était plus battu depuis ses dix-neuf ans ? À cause de moi. Ou peut-être de son ex-femme ?

J'essayais d'y voir clair, tandis que le sang me battait encore aux tempes.

Braden se libéra d'une secousse.

— Ça va, mon pote ? lui demanda Adam.

Au lieu de lui répondre, il se tourna vers moi. Il m'attrapa violemment le poignet et m'entraîna à sa suite en tournant les talons pour rejoindre son bureau. Je lançai un regard interdit à Ellie, inquiète, mais n'essayai pas de l'arrêter dans son élan, de peur de me tordre la cheville.

Il me fit entrer dans la pièce sans ménagement, et je titubai jusqu'à son bureau « grand et imposant » tandis qu'il claquait la porte derrière nous. Très lentement, il fit tourner le verrou.

J'attendis, troublée par cette version effrayante et primitive de Braden qui fondait sur moi, l'air menaçant.

— D'abord, tu mets cette robe pour que tous les mecs de la boîte veuillent te sauter. Ensuite, tu te mets à flirter avec l'enfoiré qui m'a trahi, me cracha-t-il au visage.

Je tentai vainement de le repousser, sentant croître ma propre colère.

— Hé ! rétorquai-je. D'une : laisse tomber pour la robe. Elle me plaît, alors tant pis pour toi. De deux : je ne savais même pas qui il était !

Son expression s'assombrit un peu plus. Je frissonnai, voulus reculer, mais le bureau m'en empêchait.

— Quoi qu'il en soit, tu flirtais avec lui !

Il ne m'avait encore jamais crié dessus. Je me recroquevillai légèrement, tout aussi intimidée que furieuse. Je le repoussai plus fort encore, mais il ne bougea toujours pas d'un pouce.

— Moi ? me rebiffai-je, incrédule. Tu me demandes de prendre ma soirée pour t'accompagner, puis je me rends compte que tu as invité toutes tes ex-petites amies ou copines de baise, et que tu passes ton temps à les allumer les unes après les autres. C'est quoi, ce délire, Braden ? (Ma colère se mua en chagrin, et ma voix s'étiola.) C'est une façon de me laisser tomber, c'est ça ?

Je vis sa fureur s'apaiser et ses mains me saisir les hanches pour les coller contre les siennes. Je hoquetai en sentant son érection sur moi, mais ne fus pas surprise. Il y avait une électricité certaine entre nous, et c'était vraiment troublant d'éprouver à la fois de la colère et une terrible excitation.

— Bébé, ça n'était rien du tout. (Il me parla à voix basse, la tête penchée vers moi.) Je voulais que la soirée soit particulièrement réussie, et la plupart de ces filles aiment faire la fête et ont des tonnes d'amis qui aiment s'amuser. Ça ne va pas chercher plus loin.

— Et toute cette drague ?

Il haussa les épaules.

— Je ne m'en suis même pas rendu compte. Je ne voulais pas te faire de peine.

Je ricanai, tenant à conserver un semblant de dignité.

— Tu ne m'as pas fait de peine. Tu ne *peux* pas me faire de peine.

Il pinça les lèvres à mon ton plein de mépris – la colère reprenait le dessus. Il me poussa brutalement contre le bureau en m'attrapant l'arrière des cuisses pour me soulever les jambes, relevant ma robe jusqu'à ma taille. Je m'agrippai à lui pour ne pas perdre l'équilibre, sentant le bois frais sous mes fesses.

— Ne t'avise pas de me mentir, Jocelyn.

Je voulus le repousser, mais il ne fit que me compresser davantage. Il me lâcha la cuisse gauche le temps de défaire son pantalon. Je haletais, désormais.

— Je ne mens pas.

Je sentis son sexe contre le mien tandis qu'il se penchait vers moi pour me chuchoter à l'oreille.

— Tu mens.

Il m'embrassa dans le cou.

Puis je fus surprise d'entendre sa respiration vaciller.

— Je suis désolé de t'avoir blessée.

Je ne pus qu'opiner, incertaine, sentant la situation m'échapper complètement.

— Bébé. (Il recula, les yeux brillants à présent d'une lueur que je ne comprenais pas.) Je l'ai frappé, dit-il d'une voix rauque, et je compris alors qu'il n'y croyait pas lui-même. Je l'ai frappé. Le simple fait de le voir avec toi… Je l'ai frappé.

À cause de moi. Je pris son visage entre mes mains, n'ayant soudain plus peur du tout.

— Chut, murmurai-je entre deux baisers. Ne t'inflige pas ça.

Il captura mes lèvres à l'instant précis où il m'arracha ma culotte, fourrant goulûment sa langue dans ma bouche tout en me pénétrant avec ardeur. Je frémis en subissant ce double assaut inattendu, arquant le dos tandis qu'il me saisissait le haut des cuisses pour me pilonner sans relâche. Bientôt, mes cris de plaisir emplissaient le bureau, alors que ses grognements étouffés se perdaient dans mon cou.

— Jocelyn, gronda-t-il en essayant de s'enfoncer plus profondément. Allonge-toi.

Je m'exécutai instantanément, basculant à même le bois. Braden put alors lever mes jambes davantage et s'immiscer plus puissamment, plus loin en moi. Je me tortillais sur la table, complètement abandonnée à Braden. La torture était exquise, et l'orgasme me submergea en un temps record.

Lui n'avait pas fini. Alors que je redescendais lentement, je le regardais m'observer tout en me besognant, repoussant autant que possible sa propre jouissance. Je sentais l'excitation remonter. Quand Braden se répandit enfin, il bascula la tête en arrière, serra les dents, et contracta les muscles de la nuque en m'assenant un ultime coup de boutoir. La sensation de son membre à l'intérieur de moi, la vue de son visage en pleine extase étaient irrésistibles, et je poussai un nouveau cri en jouissant de nouveau, mon vagin palpitant autour de son sexe.

— Bon Dieu.

Braden me contemplait, affamé.

Quand je me détendis enfin, je fermai les paupières le temps de reprendre mon souffle.

Il était toujours en moi quand il s'excusa doucement :

— Je me suis comporté comme un con, ce soir.

— Ouais, murmurai-je.

Il m'étreignit les hanches.

— Tu me pardonnes ?

Je rouvris les yeux et lui souris, amusée.

— Mes deux orgasmes ont eu raison de ma rancœur.

Il ne rit pas ainsi qu'il l'aurait fait habituellement. Au lieu de quoi, il me pénétra plus profondément de son pénis encore à moitié dur.

— Tu es à moi, grogna-t-il.

Je clignai les paupières, incertaine d'avoir entendu correctement.

— Comment ?

— Viens, soupira Braden en se retirant délicatement avant de se rhabiller.

Il m'aida doucement à me relever et grimaça en ramassant ma culotte déchirée.

— Et maintenant, je vais me promener avec cette robe, mais sans sous-vêtements. Tu es vraiment un homme des cavernes.

J'eus un sourire coquin.

Braden ferma les yeux en pensant à la situation.

— Oh, merde.

19

Durant les semaines qui suivirent, Braden ne fut que l'ombre de lui-même. Après la soirée au *Fire*, il était toujours à vif au sujet de l'histoire avec Gavin, mais je m'efforçais de le convaincre que ce sale type méritait de se faire casser la gueule et, surtout, que le fait qu'il ait perdu son sang-froid à cet instant ne faisait pas de lui un voyou. Adam m'en apprit davantage sur le coach personnel. Apparemment, ils avaient été copains depuis l'école primaire mais, en grandissant, Gavin était devenu plutôt con. Sournois, parfois caustique, horrible avec les femmes – « fouteur de merde », avait précisé Adam – et menteur. Braden refusait de lui tourner le dos, parce qu'ils étaient amis de longue date. En tout cas, jusqu'à ce que l'autre baise sa femme. À force de rappeler toutes ces choses à Braden, je finis sans doute par me faire entendre, car au bout de quelques semaines, il cessa peu à peu ses sombres ruminations.

Naturellement, j'annulai mon abonnement à la salle de sport après que Braden m'eut convaincue de m'inscrire à la sienne, où je compris que l'une des raisons justifiant ses épaules carrées si désirables et ses hanches fines était le fait qu'il nageait après chaque entraînement. Bizarrement, la plupart du temps, je finissais par le suivre dans la piscine. Encore plus bizarrement, nous finîmes par envahir la vie de l'autre presque complètement. Les soirs de semaine, nous nous débrouillions pour aller dormir l'un chez l'autre presque toutes les nuits. Regarder la télé ou écouter de la musique ensemble nous suffisait, ce qui ne nous empêchait pas d'aller au ciné ou au resto, voire de boire des verres avec des amis. Deux fois par mois au moins, nous nous rendions à l'un ou l'autre événement en rapport avec le travail de Braden. Mon nom avait même été cité dans la rubrique divertissements du canard local, en tant que dernière compagne en date de M. Carmichael. J'essayais de ne pas me laisser affecter.

Dans la mesure du possible, Braden venait au *Club 39* tous les vendredis et samedis, ce qui signifiait qu'Ellie, Adam et quiconque les accompagnait s'y rendaient également. Braden m'expliqua qu'il aimait bien me regarder travailler, qu'il trouvait ça sexy, mais Ellie déclara qu'il venait marquer son territoire devant mes collègues et clients.

En tout cas, il était avec moi aussi souvent que possible, et passait donc beaucoup de temps au bar. Ce qui ne me dérangeait pas.

En réalité, il me manquait dès qu'il n'était pas là. Notre arrangement n'avait pas du tout évolué de la façon dont je l'imaginais : en fait, il s'effondra de lui-même. Et à un moment donné, j'avais cessé de m'en soucier, tant que cela signifiait que je pouvais rester avec lui sans avoir à me poser un millier de questions angoissantes sur l'avenir.

Nous étions dans ma chambre ; Braden passait en revue les différents croquis d'Adam pour un nouveau projet qu'il avait alignés sur mon lit. J'étais devant ma machine, à travailler sur le quinzième chapitre de mon roman qui, jusque-là, me plaisait beaucoup. En toute honnêteté, j'étais même enthousiasmée par le tour que prenaient les événements. Les personnages semblaient plus réels que tous ceux que j'avais pu créer auparavant, et pour cause : ils étaient fondés sur mes parents. Je compulsais mes notes, tentant de déterminer si la dernière réplique de cette scène correspondait à la personnalité de ma protagoniste principale. Plus j'y réfléchissais, plus cela me semblait hors de propos, et j'essayais de trouver la bonne formulation sans altérer le sens de son argument. Perdue dans mes pensées, je ne me rendis même pas compte que Braden me surveillait, je sursautai donc quand il me parla. Mon cœur manqua un battement quand j'entendis ses paroles.

— Jenna et Ed se marient la semaine prochaine. Cela correspond avec la fin de notre arrangement.

Je me figeai.

Je le savais déjà. Je redoutais juste qu'il ne le mette sur le tapis.

— Pourquoi n'en avez-vous pas parlé ? (Le Dr Pritchard but une gorgée d'eau.) Les trois mois touchent presque à leur terme, ne pensez-vous pas que vous devriez en discuter ?

Je penchai la tête de côté.

— Ne pensez-vous pas que j'ai déjà fait beaucoup de chemin en cinq mois ?

— Vous vous êtes effectivement ouverte, Jocelyn. Mais je crois que vous n'avez pas encore fait le deuil de votre famille. Vous refusez toujours d'en parler.

— Je sais que vous pensez cela, mais ce que je veux vous dire c'est qu'il y a cinq mois, je ne connaissais rien de ma meilleure amie, qui ignorait tout de moi. Je n'aimais pas m'investir plus que nécessaire dans la vie des autres, et j'étais résolue à ne m'entourer que de vagues connaissances. (Je souris, à la fois incrédule et soulagée.) Ellie et Braden ont bouleversé tout ça. Surtout Braden. Il… (Je secouai la tête, peinant encore à y croire.) Il est mon meilleur ami. Il y a trois mois, j'étais partie pour une histoire de fesses, point final. Aujourd'hui, il fait véritablement partie de moi. Il me connaît plus en profondeur que n'importe qui, et je ne sais pas du tout ce que l'avenir me réserve à ce propos. Je ne veux pas y réfléchir. Je sais en revanche que je ne suis pas prête à perdre une fois de plus mon meilleur ami.

— Vous devriez en parler avec lui, Joss. Il doit savoir tout ça.

Je fronçai les sourcils, déjà pétrifiée d'angoisse.

— Non. Non, c'est hors de question. S'il veut mettre un terme à notre histoire, alors d'accord, mais dans ce cas, ce sera moins douloureux si je suis la seule à connaître la vérité.

Le Dr Pritchard soupira.

— Pourquoi ? Afin de pouvoir enfouir cette vérité avec toutes les autres ?

Vous êtes vraiment rabat-joie.

— Vous êtes vraiment rabat-joie.

Elle rit.

— Seulement parce que je regarde la vérité en face.

— Il faut toujours que vous ayez le dernier mot, hein ?

Je me tournai lentement pour lui faire face.

— Ouais.

Braden posa la feuille qu'il avait sur les genoux et m'observa droit dans les yeux.

— Qu'est-ce que ça te fait ?

— Qu'est-ce que ça te fait, à toi ?

Il plissa les paupières.

— Je t'ai posé la question en premier.

Je poussai un soupir, sentant les petites fourmis de l'incertitude grouiller dans mon ventre.

— Bon Dieu, on a quoi, cinq ans ?

— Tu trouves ?

Je scrutai intensément son regard obstiné.

— Braden.

Je n'avais pas eu l'intention de prononcer son prénom telle une supplique, ce fut pourtant l'impression que cela donna.

— Je pourrais très facilement répondre à cette question, Jocelyn – nous savons l'un comme l'autre lequel de nous deux est le plus ouvert –, mais je ne le ferai pas. Pour une fois, je tiens d'abord à connaître *tes* sentiments.

— Comment ça, « pour une fois » ? m'exclamai-je. Je t'en dis plus qu'à n'importe qui d'autre, mon gars.

Il m'adressa un sourire bref, effronté et bien trop attirant à mon goût.

— Je sais, bébé. Mais ce soir, j'en veux plus encore.

Sans le vouloir, il venait de dévoiler son jeu. Il en voulait plus. Ainsi, plus en confiance, je haussai négligemment les épaules et me remis face à ma machine à écrire.

— Ça ne me dérangerait pas qu'on annule notre accord.

J'attendis patiemment qu'il réplique. Il finit par dire :

— Et si je suggérais que l'on cesse de prétendre qu'on était des copains de baise ?

Un léger sourire se dessina sur mes lèvres, et je fus soulagée qu'il ne puisse pas le voir.

— OK, répondis-je avec une bonne dose d'ennui. Ça marche.

Ai-je déjà précisé que Braden savait se montrer vif comme l'éclair ?

Des feuilles volèrent dans la pièce quand il se pencha sur le lit pour m'attraper par la taille et m'attirer sur le matelas. Surprise, j'éclatai de rire quand il colla son corps au mien.

— Quand vas-tu arrêter de me secouer comme une poupée de chiffon ?

Son sourire ne trahit aucun remords.

— Jamais. Tu es tellement minuscule que je ne fais même pas exprès, la plupart du temps.

— Je ne suis pas minuscule, m'offusquai-je. Je fais un mètre soixante-cinq. Il y a des tas de gens plus petits, crois-moi.

— Bébé, je mesure au moins vingt centimètres de plus que toi. Tu *es* minuscule. (Il se pencha pour effleurer mes lèvres des siennes.) Mais ça me plaît.

— Et qu'est-il advenu de ton amour pour les bimbos aux jambes interminables ?

— Il a été remplacé par mon amour pour les gros seins, le coup d'enfer et la grande gueule.

Il m'embrassa plus profondément cette fois, venant délicieusement titiller ma langue. J'enroulai les bras autour de son cou pour accentuer notre étreinte, comme à mon habitude mais, cette fois-ci, en ayant l'esprit ailleurs.

D'une façon détournée… s'agissait-il d'une déclaration d'amour ?

Cette pensée me fit frémir mais, par chance, ce frémissement fut parfaitement synchronisé avec l'instant où il glissa la main dans ma culotte. Il ne se rendit donc jamais compte que j'étais en train de flipper.

Je me serinai que ce n'était pas ce qu'il avait voulu dire et finis par oublier l'incident, prenant les jours avec lui les uns après les autres. Plus tard dans la semaine, j'étais dans la cuisine en pleine pause-café quand Ellie vint me rejoindre d'un pas nonchalant. Elle travaillait à la maison, aujourd'hui, ayant des copies à noter.

Elle me sourit d'un air entendu en s'asseyant en face de moi.

J'arquai un sourcil soupçonneux.

— Quoi ?

— J'étais au téléphone avec mon grand frère.

— Et alors ?

Elle fit la grimace.

— Il m'a dit que vous alliez au mariage ensemble.

— Et alors ?

— Joss. (Elle me lança un petit-beurre, que je parvins à esquiver.) Quand est-ce que tu comptais me le dire ?

Je jetai un coup d'œil au missile qui jonchait désormais notre sol.

— Te dire quoi, exactement ?

— Que votre arrangement avait pris fin ? C'est le cas, pas vrai ? Vous êtes ensemble, à présent ?

Ensemble ? Cela ressemblait à une étiquette. Je détestais qu'on me colle des étiquettes.

— Disons qu'on se fréquente.

Ellie poussa un cri perçant qui me fit reculer.

— Oh, c'est génial ! Je le savais, je le savais !

— J'aimerais bien savoir ce que tu savais, répliquai-je, perplexe.

— Oh, arrête. Je savais depuis le début que Braden ne se comportait pas avec toi comme avec les autres. (Elle poussa un soupir de ravissement absolu.) La vie est bonne, parfois. Encore meilleure accompagnée d'une tasse de thé.

— Tu vas devoir remplir la bouilloire.

Elle acquiesça et s'en approcha. Tandis que je l'observais, je songeai à Adam.

— Adam a une cavalière. Tu viens avec quelqu'un ?

Elle se raidit légèrement en allant jusqu'à l'évier.

— J'emmène Nicholas.

— Oh, on va s'amuser, marmonnai-je en anticipant le drame que cela causerait quand Adam l'apprendrait.

Un grand fracas me fit relever la tête. Ellie jura, le visage tout chiffonné. J'accourus vers elle et m'aperçus qu'elle avait lâché la bouilloire dans l'évier et se tenait le bras droit.

— Ça va ? m'enquis-je sans comprendre ce qui s'était passé.

Elle était blême. Elle hocha néanmoins la tête, les lèvres pincées.

— J'ai juste une crampe dans la main à force d'avoir corrigé toutes ces copies.

— Tu as fait tomber la bouilloire. (Ce n'était pas la première fois qu'elle travaillait jusqu'à en être tétanisée.) Tu dois ralentir le rythme et faire plus de pauses. Tu bosses trop dur. (Ellie semblait tellement inquiète que mon cœur se serra.) Els, ça va ?

Elle me répondit avec un drôle de sourire.

— Un peu stressée.

— Va faire une sieste. (Je lui massai doucement l'épaule.) Tu te sentiras mieux après.

— Salut, beauté.

Je me retournai et souris à Braden, debout dans son smoking noir très excitant. Adam et lui avaient décidé d'abandonner le port du kilt traditionnel depuis que le mois de novembre en Écosse était devenu « polaire », selon eux.

— Salut, beau gosse.

— Je t'ai déjà dit que j'adorais cette robe ? (Il approcha d'un pas nonchalant et m'attira par les hanches.) Elle est très belle.

Son satin d'améthyste épousait mes formes, dévoilant un début de décolleté et un peu de jambes. Une robe aguicheuse, et Braden aimait bien être aguiché. Je l'embrassai comme d'habitude juste sous la mâchoire, à mon endroit préféré.

— Allons-y avant d'être en retard. Tu sais si Ellie est prête ?

— Non. Et je ne veux pas rester seul avec Nicholas.

Braden grimaça, et je l'imitai.

— Le pauvre, il est tellement ennuyeux.

Braden grogna en enfonçant sa tête dans mon cou.

— Ma sœur a besoin d'un psy, marmonna-t-il tout contre moi.

J'étouffai un rire en lui caressant les cheveux.

— Ça va aller.

Il se redressa, soudain bougon.

— Il n'est pas assez bien pour elle.

Je haussai les épaules, puis ramassai mon manteau et ma pochette.

— Je ne suis pas assez bien pour toi, ça ne t'a pourtant pas arrêté.

Il m'agrippa fermement le poignet, les sourcils froncés.

— Quoi ?

— Je suis prête !

Ellie surgit alors dans sa robe de couturier type années 1950, à l'imprimé blanc, jaune pâle, chocolat et bleu canard. Elle avait ajouté en dessous un jupon en soie et portait un léger manteau de laine blanche qui coûtait plus cher que ma tenue tout entière. Je lui souris. Elle était jolie comme tout.

— Joss, tu es magnifique. Le taxi est là.

Elle m'entraîna par la main et Braden nous suivit dans le couloir, où le malheureux Nicholas nous attendait.

J'étais soulagée de n'avoir pas eu à répondre à ce stupide dérapage dans la chambre.

Le mariage tout entier – cérémonie et réception – eut lieu au Edinburgh Corn Exchange, une salle de spectacle accueillant aussi bien des fêtes de famille que des concerts de rock. C'était un bâtiment assez ancien, orné de colonnes grecques, mais il n'était par particulièrement beau, pas plus que ses environs. En revanche, la salle de cérémonie était somptueuse, et le salon à couper le souffle. Tout était blanc et argent sous un éclairage bleu glacier. Une merveille hivernale pour un mariage hivernal.

Braden était parti discuter avec Adam, qui avait jusque-là passé l'essentiel de la fête à oublier sa charmante cavalière pour lancer des regards noirs à Nicholas. Pourquoi le toisait-il de la sorte, alors qu'Ellie avait abandonné le pauvre homme pour aller papillonner comme la pro des relations sociales qu'elle était, je l'ignorais. Mais si un regard pouvait tuer…

Je secouai la tête. Il allait falloir qu'il se fasse une raison.

— Joss.

Je quittai des yeux ma coupe de champagne pour sourire à Élodie, debout à côté de moi. Clark et elle étaient installés à la table voisine, et je vis qu'il était en grande conversation avec un homme plus âgé que je ne connaissais pas. De toute manière, je ne connaissais presque personne. Élodie était splendide, dans sa robe bleu saphir.

— Coucou, ça va ?

Elle m'adressa un sourire entendu et se laissa glisser sur la chaise vacante près de la mienne. Elle avait évidemment compris que Braden et moi nous fréquentions – d'autant qu'il était si peu discret que Declan l'avait surpris à m'embrasser dans la cuisine lors d'un repas dominical, plusieurs semaines auparavant. Il avait émis un « beurk » avant d'aller en informer toute la famille.

— Braden a l'air vraiment heureux, se réjouit Élodie en l'observant. (Je remarquai qu'une grande blonde très jolie s'était jointe à Adam et lui, et je m'efforçai de ne pas étrécir les yeux telle une tigresse prête à sortir les griffes.) Je ne crois pas l'avoir déjà vu aussi comblé.

Cela me fit chaud au cœur, or je ne sus que répondre.

Elle me dévisagea d'un air doux mais sérieux.

— Tu es une fille adorable, Joss. Je le pense sincèrement. Mais je te trouve incroyablement difficile à cerner. Je ne sais pas pourquoi, mais tu sembles toujours sur la défensive, ma puce. Presque impénétrable.

Je me sentis blêmir.

— Je considère Braden comme mon fils. Un fils que j'aime beaucoup. Ce qu'Analise lui a fait m'a brisé le cœur. Il ne devrait jamais avoir à revivre ça. Ou pire. (Elle lui jeta un coup d'œil avant de se retourner vers moi.) Et je pense qu'avec toi, ce serait pire.

— Élodie...

Les mots me manquaient.

— Si tu ne partages pas ses sentiments, Joss, mets un terme à votre relation. Fais-le pour son bien.

Elle se leva alors, me tapota l'épaule de son air maternel, puis retourna vers son mari chéri.

— Bébé, ça va ?

Je redressai la tête, le cœur toujours tambourinant dans ma poitrine, et découvris l'air inquiet de Braden. J'acquiesçai, toujours muette.

Il ne semblait pas convaincu.

— Viens. (Il me prit par la main et me força à me lever.) Viens danser.

C'était l'une de mes chansons préférées. « Non Believer », de La Rocca.

— Tu danses, toi ?

— Ce soir, oui.

Je le laissai m'entraîner sur la piste et me blottis contre lui.

— Ton cœur bat à toute vitesse. Est-ce qu'Élodie t'a dit quelque chose ?

Rien que la vérité. Elle avait raison. Je devrais le quitter. J'inspirai son odeur, incapable de m'imaginer loin de lui un seul instant.

J'étais donc égoïste. Je me collai davantage à lui. Je ne pouvais pas le quitter. Mais si je lui faisais du mal ?

Bon sang, cette simple pensée me fendait le cœur. À tel point que je compris qu'il comptait plus à mes yeux que moi-même.

J'étais piégée.

Mon souffle se bloqua. Braden s'en rendit compte, m'étreignit plus fort, et me murmura :

— Respire, bébé.

Je n'étais pas en proie à une crise d'angoisse, j'étais juste terrifiée, mais je ne répondis rien, profitant de cet instant de calme tandis que sa main apaisante me caressait le dos.

— Qu'est-ce qu'elle t'a dit ?

Sa voix était cassante. Il était furieux après Élodie.

Je secouai la tête pour le rassurer.

— Elle m'a juste confié à quel point la famille était importante. Ce n'était pas sa faute.

— Bébé, chuchota-t-il en m'effleurant la joue.

— Tu veux me soûler ? suggérai-je pour détendre l'atmosphère.

Braden ricana et laissa glisser ses mains jusqu'au creux de mes reins.

— Pas besoin de te soûler pour obtenir de toi tout ce que je veux.

— Oh, tu as vraiment de la chance que ton côté homme des cavernes me plaise, Braden Carmichael.

20

J'ignore pourquoi, mais je n'expliquai rien de tout cela à mon bon docteur. Je lui dissimulai cette facette de moi-même, l'enfouissant au fond de moi le temps de savoir qu'en faire. Je n'avais toujours pas trouvé, ce qui ne m'empêcha pas de passer du bon temps avec Braden. Heureusement, d'ailleurs, quelques semaines seulement après le mariage, début décembre, tout allait basculer.

Tandis qu'Ellie travaillait à la table de la cuisine, Braden et moi paressions dans le salon, les lumières tamisées, les guirlandes électriques du sapin se reflétant dans la vitre. Ellie avait insisté pour que nous installions l'arbre de Noël dès le premier du mois. Elle adorait cette tradition. C'était une froide soirée de décembre, un mercredi, et nous regardions une histoire de vengeance coréenne intitulée *A Bittersweet Life*. J'étais à fond dedans, mais je voyais bien que l'esprit de Braden vagabondait ailleurs.

— Ça te plairait d'aller au marché de Noël, ce week-end ?

J'y étais déjà allée le samedi précédent avec Ellie, mais j'adorais ça, et je serais avec Braden, alors ouais, ça me plairait ! Édimbourg était vraiment magique pendant les fêtes, même pour une athée comme moi. Des lumières blanches enveloppaient tous les arbres des jardins de Princes Street. Le marché de Noël avec ses odeurs incroyables, ses cadeaux tout mignons et ses étranges saucisses était installé du côté ouest du parc, près de l'académie royale, tandis qu'à l'est, près du Scott Monument, se trouvait une fête foraine avec une grande roue gigantesque illuminant le ciel. Il n'y avait rien de tel qu'une petite balade à pied dans les environs par une fin de journée d'un froid vivifiant.

— Bien sûr, répliquai-je en lui souriant.

J'étais vautrée sur le canapé, Braden étant confortablement installé à l'autre bout.

Il hocha la tête.

— Je me disais qu'en février on pourrait prendre un peu de repos. Un long week-end, par exemple. J'ai un chalet à Hunters Quay qui donne sur le Holy Loch. C'est joli. Très calme. Sans compter qu'il y a un super-restaurant indien à Dunoon, de l'autre côté du lac.

Ça avait l'air génial, surtout que, malgré quatre années passées en Écosse, je ne m'étais jamais aventurée plus loin que St. Andrews.

— Très bonne idée. C'est où, exactement ?

— À Argyll.

— Oh. (Ça n'était pas dans les Highlands, si ?) C'est dans l'ouest, c'est ça ?

Comme s'il avait lu dans mes pensées, il se mit à sourire.

— C'est l'ouest des Highlands. Crois-moi, c'est magnifique.

— Va pour le Loch ! m'exclamai-je en accentuant le *ch* comme il le faisait. Dis-moi quand, et je rapplique.

Braden sembla à la fois amusé et attendri.

— Le cul et les vacances.

— Euh, quoi ?

— Je dresse la liste des choses qui te rendent agréable.

Je m'offusquai, lui poussant la cuisse du pied.

— Et tu ne trouves que le cul et les vacances ?

— Ce n'est pas ma faute.

— Tu es donc en train de dire que je suis désagréable ?

Il haussa un sourcil.

— Euh, tu me crois si bête que ça ? Tu penses vraiment que je vais répondre à cette question ? J'ai envie de coucher, ce soir.

Je lui enfonçai mon pied derechef.

— Fais bien attention à ce que tu dis, car tu pourrais coucher, mais par terre !

Il rejeta la tête en arrière et éclata de rire.

Je lui adressai un regard faussement assassin, puis je me retournai vers le film.

— Tu as de la chance d'être doué au lit.

— Oh. (Il m'attrapa le pied.) Je crois bien que tu me gardes pour d'autres raisons.

Je l'observai du coin de l'œil.

— Dans l'immédiat, je n'en vois absolument aucune.

Il me souleva la jambe et agita des doigts menaçants.

— Retire ça tout de suite, ou le pied y passe.

Oh non, pas ça ! J'essayais de le lui arracher des mains.

— Braden, non.

En dépit de mes protestations, il se mit à me secouer, raffermissant sa prise à mesure que je me débattais, riant à en perdre haleine.

Il refusa de s'arrêter.

Sans-cœur !

— Braden, haletai-je, en larmes.

Je tentais de le repousser de mes bras, mais il poursuivait ses assauts sur mon pied. Je riais de plus belle, j'avais mal aux côtes, et puis… l'horreur.

Je lâchai un vent.

Un gros.

Braden me libéra immédiatement, et son rire tonitruant envahit la pièce, et s'accrut encore quand je perdis l'équilibre en essayant de le frapper et tombai du canapé avec un bruit sourd.

Mortifiée de le voir plié en deux à cause de mon pet, puis de ma chute, je m'emparai d'un oreiller et le lui jetai dessus depuis le sol.

Naturellement, cela ne fit qu'augmenter l'hilarité de cet imbécile.

J'étais partagée entre l'humiliation – on ne faisait pas ça en public – et le rire, le sien étant si communicatif.

— Braden ! gémis-je. Tais-toi. C'est pas drôle.

J'ourlai les lèvres en une moue qui ressemblait à un demi-sourire.

— Oh, bébé. (Il tenta de reprendre son souffle, essuya une larme au coin de son œil, puis me sourit de toutes ses dents.) C'était vraiment drôle.

Il me tendit la main pour m'aider à me relever.

Je l'écartai d'une gifle.

— Tu n'es qu'un crétin immature.

— Hé, c'est toi qui pètes.

Bon sang, je ne savais plus où me mettre. Je grognai, me laissant tomber sur le dos avant de me cacher les yeux.

— Jocelyn. (Je sentis sa main sur mon genou et l'amusement dans sa voix.) Bébé, pourquoi tu es aussi gênée ? C'était juste un pet. Dissipé en coup de vent, si je puis me permettre.

C'était de pire en pire.

— Bon Dieu, la ferme. (Il ricana à nouveau, et j'ouvris brusquement les paupières.) Ça te fait marrer, hein !

— En fait, oui ! (Il pouffa de nouveau, les yeux pétillants.) Je ne t'avais encore jamais vue aussi embarrassée. Même quand je t'ai surprise toute nue, tu as pris des grands airs en faisant mine de rien. Le fait d'être mortifiée par un simple pet est vraiment adorable.

— Ça n'a rien d'adorable.

— Oh que si.

— Je suis une personne calme et pleine de sang-froid. Les gens calmes et pleins de sang-froid ne laissent pas échapper des vents. Et tu n'es pas censé savoir que cela m'arrive parfois.

Ses lèvres tressaillirent légèrement.

— Ça m'embête de te le dire, mais je le savais déjà. C'est la nature, ce genre de trucs.

Je secouai la tête d'un air de défi.

— On devrait en rester là. Nous n'avons plus aucun secret l'un pour l'autre.

Braden riait de nouveau quand il se pencha pour me relever par la taille. J'étais sur le point de me laisser faire quand un grand fracas survint depuis la cuisine. Nous nous regardâmes, n'ayant plus du tout envie de rire.

— Ellie ? appela Braden.

Un silence.

— Ellie !

Comme elle ne répondit pas, je me tournai vers lui en bondissant sur mes pieds. Il s'était déjà élancé à travers l'appartement.

— Ellie ! l'entendis-je crier encore, et la peur dans sa voix me fit accélérer.

Le spectacle qui m'attendait dans la cuisine me prit de court. Je restai immobile, à observer Braden, agenouillé auprès de sa sœur prise de convulsions, les yeux papillotants, la bouche molle.

— Ellie ? (Le visage blême de Braden se tourna vers moi.) Appelle les urgences. Elle fait une sorte d'attaque.

Je sortis de la pièce en courant. Je tremblais tant du fait de l'adrénaline que je laissai tomber mon téléphone en le ramassant sur la table de chevet. Je le récupérai à tâtons sans cesser de jurer, étouffée par la peur. J'étais de retour dans le couloir quand la standardiste décrocha.

— Services des urgences, qui demandez-vous ? Les pompiers, la police ou une ambulance ?

— Elle vient de s'évanouir. (Braden était assis, impuissant, à côté de la silhouette ballante de sa sœur.) Je ne sais pas quoi faire. Putain, je ne sais pas quoi faire.

— Une ambulance.

On me mit en attente, puis quelqu'un reprit la ligne deux secondes plus tard.

— Ma colocataire, haletai-je dans le combiné, d'autant plus paniquée que Braden lui-même paniquait. On a entendu du bruit et on s'est précipités dans la cuisine, où elle était prise de convulsions. Et maintenant, elle est inconsciente !

— Quel est votre numéro de téléphone ?

Je le débitai impatiemment.

— Où vous trouvez-vous, précisément ?

Essayant de ne pas m'emporter contre le ton automatique de mon interlocutrice, je lui donnai l'adresse.

— Est-ce que c'est la première fois que votre colocataire fait une crise ?

— Oui ! aboyai-je.

— Quel âge a-t-elle ?

— Vingt-trois ans.

— Est-ce qu'elle respire ?

— Braden, elle respire, hein ?

Il acquiesça, la mâchoire serrée.

— Très bien, pouvez-vous la mettre en position latérale de sécurité, par mesure de précaution ?

— En PLS, répétai-je à l'intention de Braden, qui s'exécuta immédiatement.

— L'ambulance est en route. Veuillez enfermer tous les animaux pour laisser passer les secours.

— Nous n'avons pas d'animaux.

— Très bien. Ne quittez pas, le temps que l'ambulance arrive.

— Braden, murmurai-je, toujours tremblante. Qu'est-ce qui se passe ?

Il secoua la tête tout en repoussant une mèche de cheveux du visage d'Ellie.

— Je ne sais pas.

Un bruit attira notre attention.

Un bruit que venait de faire Ellie.

Je me précipitai vers eux, me laissant tomber à genoux. Un nouveau gémissement, puis elle tourna la tête.

— Qu... (Elle ouvrit lentement les yeux, visiblement surprise de nous trouver penchés sur elle.) Qu'est-ce qui s'est passé ?

Même si elle avait repris connaissance, les ambulanciers l'emmenèrent. Braden et moi hélâmes donc un taxi pour les suivre jusqu'à l'hôpital. Sur la route, il appela Élodie et Clark, puis Adam. Une fois sur place, nous attendîmes un temps infini, plantés debout, sans que personne nous dise rien. Quand Élodie, Clark et Adam nous rejoignirent, nous n'avions toujours pas de nouvelles.

— On a laissé les enfants chez la voisine, chuchota Élodie, visiblement rongée par l'angoisse. Que s'est-il passé ?

Braden le lui expliqua et je demeurai silencieuse, envisageant le pire. Le simple fait de me trouver à l'hôpital me terrifiait, et il me tardait qu'Ellie pointe le bout de son nez pour nous dire que tout allait bien. Je ne me sentais pas capable d'endurer une nouvelle épreuve.

— La famille d'Ellie Carmichael ? appela une infirmière. (Nous nous précipitâmes vers elle et elle nous observa, les yeux écarquillés.) Vous êtes de la famille proche ?

— Oui, répondit Braden avant qu'Adam ou moi ayons pu ouvrir la bouche.

— Vous pouvez me suivre.

Ellie nous attendait, assise, les jambes pendant par-dessus le rebord de son lit. Elle nous adressa son petit coucou habituel, et je sentis mon cœur s'emballer.

— Qu'est-ce qui se passe ?

Élodie courut la rejoindre, et sa fille lui serra la main d'un geste rassurant.

— Vous êtes de la famille ?

Nous nous retournâmes vers un docteur d'une quarantaine d'années à l'air poupin.

— Oui.

Nous répondîmes tous à l'unisson, ce qui fit sourire Ellie malgré la fatigue.

— Je suis le docteur Ferguson. Nous attendons que la salle d'IRM se libère pour en faire passer une à Ellie.

— Une IRM ? (Le visage de Braden se figea quand il se tourna vers sa sœur.) Els, qu'est-ce qu'il y a ?

Elle nous contempla tour à tour, avec une vive inquiétude, notre angoisse étant visiblement communicative.

— Je ne me suis pas sentie bien, ces derniers temps.

— Comment ça, « pas sentie bien » ? demanda Adam d'un ton impatient.

Il envahit son espace vital, et sa colère froide et intimidante la fit reculer.

— Adam.

Je posai la main sur son épaule pour l'apaiser, mais il se libéra d'une secousse.

— Je pense que le médecin s'est trompé en me prescrivant des lunettes, admit-elle à mi-voix.

Le Dr Ferguson se racla la gorge, sentant visiblement qu'il était de son devoir de voler au secours de sa patiente.

— Ellie nous a parlé de maux de tête, d'engourdissements, de fourmillements dans le bras droit, d'un manque d'énergie et de coordination avant sa première crise d'aujourd'hui. On lui fait passer une IRM pour voir si nous trouvons quoi que ce soit pouvant expliquer ces symptômes.

— Des engourdissements ? marmonnai-je en observant son bras.

Je la revis alors en train de le serrer, de l'agiter. Le nombre de fois qu'elle m'avait parlé de ses migraines... *Putain.*

— Je suis désolée, Joss. Je ne voulais pas admettre que je me sentais si mal.

— Je n'arrive pas à le croire. (Élodie s'affaissa contre Clark.) Tu aurais dû nous le dire.

Les lèvres d'Ellie se mirent à trembler.

— Je sais.

— Quand est-ce qu'elle pourra passer son IRM ? s'enquit Braden d'une voix basse et impatiente.

Le Dr Ferguson ne sembla pas impressionné.

— Dès que la salle sera libre, mais il y a plusieurs patients devant elle.

Et ainsi débuta l'attente.

21

Au bout de plusieurs heures qui semblaient interminables, Ellie passa enfin son IRM avant d'être renvoyée chez elle. Les médecins nous expliquèrent que nous recevrions les résultats au plus tôt, mais que nous pourrions tout de même patienter jusqu'à quinze jours. Finalement, une dizaine suffirent, et ces dix journées furent atroces. Une sorte de profonde stupeur nous enveloppa, tandis que nous envisagions tous les pires scénarios possibles. Je retournai voir le Dr Prichard, mais fus incapable de parler de moi. Ce fut une consultation assez calme.

Toute la décade fut assez calme : Braden, Ellie et moi restions assis à l'appartement, répondant aux appels d'Adam et d'Élodie sans échanger grand-chose d'autre. Nous préparâmes en revanche beaucoup de thé et de café, commandâmes de nombreux plats à emporter et regardâmes énormément la télévision. Sans guère parler. C'était comme si la peur avait banni toute conversation un tant soit peu profonde. Et pour la première fois depuis que nous nous fréquentions, Braden et moi avions partagé un lit sans coucher ensemble. J'ignorais ce que je pouvais faire pour lui, je lui laissai donc l'initiative. Lorsque, effectivement, nous faisions l'amour, c'était lent et doux. Lorsque nous ne faisions rien, Braden me faisait rouler sur le côté, m'enveloppait d'un bras protecteur et me blottissait contre lui, sa tête reposant à côté de la mienne sur l'oreiller. Alors, je passais un bras sur le sien, je glissais mon pied entre ses jambes et le laissais s'endormir ainsi lové.

Le Dr Ferguson appela et demanda à Ellie de venir le voir.

Les nouvelles n'étaient pas bonnes. N'en avaient pas l'air, du moins. Je fixai longuement Ellie après qu'elle eut raccroché, et tout ce que j'avais jusqu'alors réussi à contenir et à maîtriser me submergea. Je vis la terreur dans les yeux de mon amie, mais j'étais à ce point consumée par la mienne que je ne trouvai rien pour la réconforter et préférai me taire. Braden l'accompagna à son rendez-vous, et j'attendis dans notre appartement, soudain immense, froid et silencieux, en observant notre sapin, incapable de croire que Noël aurait lieu dans dix jours.

Durant les deux heures que dura leur absence, je restai assise en refusant obstinément d'exhumer mon fameux tiroir à souvenirs, sans quoi il m'aurait été impossible de respirer.

Quand notre porte s'ouvrit enfin, j'étais en proie à une grande léthargie. J'avais l'impression de me déplacer sous l'eau, luttant lentement contre le courant. Braden entra dans le salon, si blême et si hagard que je compris, avant même de poser les yeux sur une Ellie ravagée par les larmes. Je savais reconnaître la peur ; je savais que le chagrin pouvait épaissir l'air, s'immiscer dans votre poitrine et se répandre dans tout votre corps. Dans vos yeux, dans votre tête, dans vos bras, vos jambes et même vos gencives.

— Ils ont trouvé quelque chose. Une tumeur.

Ellie haussa les épaules, les lèvres tremblotantes.

— Ils ont transmis mon dossier à un neurologue, le Dr Dunham, au Western General. Je vais le voir demain. Pour parler de la suite des événements. Savoir si cela nécessite une intervention. Savoir si c'est malin ou pas, compléta-t-elle.

Ce n'est pas possible.

Comment avais-je pu laisser cela se produire ?

Je reculai d'un pas, désorientée, furieuse, incrédule.

Tout était ma faute.

Je m'étais ouverte à eux, j'avais transgressé mon code de conduite, et voilà que je retournais à cette putain de case départ !

Merde.

Merde !

MERDE !

Ces cris de terreur ne résonnèrent que dans ma tête. J'adressai à Ellie un hochement de tête stoïque.

— Ça va bien se passer. On ne sait encore rien.

Sauf que je savais. Je savais. J'étais maudite. Je savais que je ne pouvais pas être aussi heureuse. Je savais que quelque chose de terrible se produirait. Qu'avais-je infligé à Ellie ?

Ellie ? Je souffrais pour elle. J'aurais voulu lui ôter toute peur. La rassurer.

J'en fus incapable.

Au lieu de quoi, je l'enfermai dans mon tiroir à souvenirs.

— Je travaille au bar, ce soir. Je vais aller faire un peu de sport avant.

Je m'excusai d'un petit signe de tête et fis mine de sortir de la pièce.

— Jocelyn ?

Braden m'attrapa par le bras, un air d'appréhension et de crainte sur le visage. Déconcerté par mon attitude. Il avait besoin de moi.

Je refusais d'avoir besoin de lui.

Je me libérai doucement et le gratifiai d'un sourire fragile.

— On se voit plus tard.

Puis je quittai la pièce, les abandonnant à leurs inquiétudes.

Je n'allai pas à la salle de sport. Je me dirigeai plutôt vers le château d'Édimbourg, avant la fermeture. La balade était d'un froid cassant, l'air glacé me mordait les joues, mes poumons semblaient devoir fournir deux fois plus d'efforts pour que je puisse respirer. Après avoir traversé le pont-levis, j'achetai mon ticket d'entrée puis franchis l'arche de pierre et empruntai le chemin pavé qui grimpait sur la droite. Je remontai jusqu'à la rue principale puis bifurquai à droite pour rejoindre la muraille. Là, je m'arrêtai au niveau de Mons Meg, l'un des plus vieux canons du monde et, ensemble, nous contemplâmes la ville. Malgré la légère brume, le panorama était à couper le souffle. J'avais payé l'entrée – pas forcément donnée d'ailleurs – uniquement pour jouir de cette vue. Et sans doute pour la majesté des lieux. C'était le seul endroit où je m'imaginais trouver un peu de répit, et je me réfugiais là chaque fois que j'angoissais à l'idée de ne jamais accéder à cette paix éternelle à laquelle j'aspirais tant. Ce jour-là plus que tous les autres.

Ces derniers mois fantastiques, passés à me voiler la face en feignant de croire qu'aimer les gens était sans conséquence, m'avaient menée ici. Cela faisait à peine un semestre que j'avais entamé ma métamorphose pour devenir la « nouvelle moi », et voilà que mon monde s'écroulait de nouveau.

Ce genre de pensées était très égoïste.

J'en avais conscience.

C'était Ellie qui souffrait le plus. Pas moi.

Cela n'était pas nécessairement vrai non plus.

Ellie Carmichael était une fille pas comme les autres. Elle était douce, gentille, un peu gaffeuse, drôle, avec un cœur énorme. Elle était comme ma sœur. La première famille que je retrouvais depuis la disparition de la mienne. Je me sentais le devoir de la protéger, je souffrais quand elle souffrait. Je pensais à son bien-être et à ce que je pouvais faire pour lui rendre la vie agréable. Même ma relation avec Rhian était incomparable.

J'étais presque aussi proche d'Ellie que je l'avais été de Dru.

Et bientôt, j'allais la perdre elle aussi.

Je me laissai tomber sur la pierre gelée à côté du canon et serrai mes bras contre moi dans l'espoir d'étouffer la douleur. Je m'imaginais qu'en réécrivant le fil de l'histoire, je me sentirais moins mal. Finalement, peut-être qu'Ellie et moi n'étions pas si proches que ça. Peut-être que nous ne l'avions jamais été. Dans ce cas, sa disparition serait moins grave.

Je sursautai soudain quand mon téléphone se mit à sonner. L'estomac noué, je le sortis et poussai un soupir de soulagement en voyant que c'était Rhian.

— Salut, répondis-je d'un ton rauque.

— Salut, salope ! s'exclama Rhian à l'autre bout du fil, d'un air étonnamment joyeux. Comment ça va ? Je voulais juste te dire que James et moi avions un vol pour Édimbourg dans trois jours, puisqu'on va passer Noël chez sa mère, à Falkirk. On voulait faire un saut chez toi avant d'attraper le train, il me faudrait ton adresse.

Ça ne pouvait pas tomber plus mal.

— C'est un peu bizarre à l'appartement en ce moment. On ne pourrait pas se retrouver pour le café, plutôt ?

— Bon Dieu, Joss, tu as une voix horrible. Tout va bien ?

Je n'ai pas envie d'en parler au téléphone.

— Je t'expliquerai quand on se verra. Un café alors ?

— Ouais, OK. (Elle avait toujours l'air inquiet.) On se retrouve à la cafétéria de la librairie de Princes Street. À trois heures mardi.

— À mardi.

Je raccrochai, parcourant la ville des yeux avant de les lever vers les nuages blancs au ventre pâle et à la mine bougonne. Ce n'était qu'un vaste amas de coton flottant en état d'apesanteur. Ils n'étaient ni noirs ni lourds.

Aucun risque de pluie.

Jo m'attrapa par le coude avant que je puisse prendre la commande suivante et m'entraîna jusqu'à la salle du personnel. Elle posa les mains sur ses hanches et fronça les sourcils.

— Tu te comportes vraiment bizarrement.

Je haussai les épaules, profitant de cette torpeur dont je m'étais emmitouflée.

— Je suis fatiguée, c'est tout.

— Non. (Elle s'avança vers moi, visiblement soucieuse.) Il y a un truc qui cloche, Joss. Écoute, je sais qu'on n'est pas très proches, mais tu as toujours été là pour moi quand je ressassais mes problèmes, alors si tu as besoin de quoi que ce soit, n'hésite pas.

Je ne veux pas avoir besoin de toi.

— Tout va bien.

Elle secoua la tête.

— Tu as le regard mort, Joss. Tu nous files la trouille, à Craig et à moi. Il s'est passé quelque chose ? C'est à cause de Braden ?

Non. Et ça ne risque pas.

— Non.

— Joss ?

— Jo, il y a vraiment beaucoup de monde ce soir... On peut y retourner ?

Elle tressaillit légèrement et se mordit la lèvre, mal à l'aise.

— D'accord.

Je hochai la tête et tournai les talons, reprenant ma place derrière le comptoir. Jo alla chuchoter quelques mots à l'oreille de Craig, qui se tourna vers moi pour me dévisager.

— Putain, Joss, qu'est-ce qui t'arrive, ma chérie ?

Je dressai le majeur en guise de réponse.

Craig jeta un coup d'œil à Jo.

— Je ne crois pas qu'elle ait envie d'en parler.

À ma très grande surprise, Braden m'attendait à la sortie du *Club 39*. La soirée s'était déroulée à la vitesse grand V. Je ne me souvenais même de rien, et il me fallut quelques secondes pour émerger de mon brouillard et le reconnaître. Il était accoudé à la rambarde en fer forgé, mal rasé, tête basse, les mains fourrées dans les poches de son élégant manteau de laine croisé. Il se retourna quand je montai sur le trottoir, et je faillis sursauter en l'apercevant. Ses cheveux étaient encore plus emmêlés qu'à l'habitude, ses yeux sombres et injectés de sang.

Pendant une seconde, je faillis oublier que tout ce que nous avions vécu durant ces derniers mois n'existait plus. Disparu dans mon tiroir à souvenirs. Je croisai les bras et le dévisageai, sourcils froncés.

— Tu ne devrais pas être avec Ellie ?

Il me toisa d'un air scrutateur. Mon cœur m'élança. Il semblait si jeune et vulnérable. Je n'aimais pas le voir dans cet état.

— Je lui ai fait boire un peu de whisky. Elle a pleuré jusqu'à s'endormir. Je me suis dit que j'allais venir te chercher.

— Tu aurais dû rester avec elle.

Je voulus lui passer devant, mais il me retint fermement par le bras, me contraignant à m'arrêter.

Quand je l'observai de nouveau, il avait moins l'air vulnérable qu'en colère. Voilà le Braden que je connaissais et que, bizarrement, je trouvais plus facile à gérer.

— Tout comme toi tu aurais dû rester cet après-midi ?

— J'avais des trucs à faire, rétorquai-je d'une voix neutre.

Il plissa les paupières et m'attira à lui. Comme toujours, je dus pencher la tête en arrière pour soutenir son regard.

— Des trucs à faire ? répéta-t-il d'un ton furieux. Putain, l'une de tes amies avait besoin de toi. À quoi tu joues, Jocelyn ?

— Je ne vois pas de quoi tu parles.

Il secoua lentement la tête.

— Non, chuchota-t-il, menaçant, en rapprochant son visage du mien de sorte que nos nez se touchaient presque. Ne fais pas ça. Pas maintenant. Je ne sais pas quelles conneries t'embrouillent les idées, mais arrête. Elle a besoin de toi, bébé. (Il déglutit douloureusement. Ses yeux brillèrent à la lueur des lampadaires.) *J'ai* besoin de toi.

Je sentis ma boule habituelle se former au fond de ma gorge.

— Je ne t'ai jamais dit que tu pouvais compter sur moi, murmurai-je en retour.

Je la vis très clairement. Cette douleur fulgurante qui traversa son visage avant qu'il reprenne la maîtrise de ses émotions. Il me lâcha brusquement.

— Très bien. Je n'ai pas de temps à perdre avec tes innombrables problèmes émotionnels. Ma petite sœur a peut-être un cancer, et elle a besoin de moi, contrairement à toi. Laisse-moi tout de même te dire une chose, Jocelyn... (Il fit un pas en avant, pointant un doigt hargneux sur moi.) Si tu ne l'aides pas à surmonter cette épreuve, tu vas te détester toute ta vie. Tu peux faire comme si tu n'en avais rien à foutre de moi, mais pas comme si Ellie ne comptait pas à tes yeux. Je vous ai vues ensemble. Tu m'entends ?

Il siffla entre ses dents. Son souffle chaud me caressa la peau tandis que ses mots s'immisçaient jusqu'à mon cerveau.

— Tu l'aimes. Tu ne peux pas balayer ça sous le tapis parce que c'est plus facile de prétendre qu'elle n'est rien pour toi que d'accepter l'idée de la perdre. Elle mérite mieux que ça.

Je serrai fermement les paupières, haïssant le fait qu'il me comprenne si bien. Et il avait raison : Ellie valait bien mieux que ma couardise. Je ne pouvais pas cacher mes sentiments pour elle, car tout le monde les avait vus et compris. *Elle* les avait vus et compris. Comment pouvais-je la laisser tomber alors que j'avais laissé naître notre amitié ? J'allais devoir me montrer courageuse, même si je devais pour cela abandonner tout ce qu'il me restait.

— Je serai là pour elle, me surpris-je à promettre. (Je rouvris les yeux en espérant qu'il y lirait ma sincérité.) Tu as raison. Je serai là pour elle.

Il ferma à son tour les yeux et poussa un profond soupir. Quand il les rouvrit, j'y découvris une tendresse que je m'étais forcé à ne pas regretter durant ces cinq dernières minutes.

— Bon sang. On t'a perdue pendant quelques heures. Qu'est-ce qu'on va faire de toi, Jocelyn Butler ?

Il ouvrit les bras comme pour m'embrasser mais je l'esquivai, battant en retraite.

— Tu devrais rentrer te reposer. Je vais veiller sur elle cette nuit.

Braden se crispa, l'air interrogateur, les dents serrées.

— Jocelyn ?
— Rentre chez toi, Braden.
Je tournai les talons, mais il me retint par la main.
— Jocelyn, regarde-moi.
J'essayais de me libérer mais il refusa de me lâcher. Je dus faire un gros effort pour durcir mes traits et l'affronter.
— Laisse-moi, Braden.
— Qu'est-ce que tu fous ? demanda-t-il.
Sa voix était aussi râpeuse que s'il avait avalé du papier de verre.
— On en reparlera plus tard. Ce n'est pas le bon moment. Tout ce qui compte, c'est Ellie.
L'air désormais résolument dangereux – dangereux *et* déterminé –, il me fusilla du regard.
— N'envisage même pas de me quitter.
— On pourrait en discuter plus tard ?
En guise de réponse, il m'attira à lui et plaqua sa bouche contre la mienne. Je sentais le whisky et le désespoir sur sa langue. Sa main sur ma nuque m'empêchait de rompre ce baiser profond, humide et douloureux. Je n'arrivais plus à respirer. Je le repoussai au niveau de la poitrine avec un gémissement d'agonie, et il me libéra enfin. Du moins, il retira sa bouche. Ses bras me ceignaient encore.
— Lâche-moi, geignis-je, les lèvres enflées et brûlantes.
— Non, souffla-t-il sèchement. Je ne te laisserai pas nous faire ça. Je ne peux pas croire que tu te fiches de moi.
Il va falloir t'y résoudre.
— On ne peut pas continuer.
— Pourquoi ?
— J'en suis incapable.
— Ça ne me suffit pas.
Je me débattis, l'incendiant du regard.

— Si je décide de rompre, tu n'as pas trop le choix !

Le Braden écumant de rage resurgit presque instantanément.

— Putain, je ne te laisserai pas faire !

— Hé, tout va bien vous deux ? nous apostropha un jeune homme bien éméché.

Nous tournâmes de conserve la tête vers lui. Il nous épiait d'un air suspicieux, et je me rendis soudain compte que nous nous disputions sur George Street un vendredi soir, alors que des tas de gens pouvaient encore nous entendre.

— Ça va, répliqua Braden d'un ton calme, sans me lâcher pour autant.

L'autre m'interrogea du regard.

— C'est sûr ?

Refusant de voir la situation dégénérer en bagarre – c'était la dernière chose dont Braden avait besoin en ce moment –, j'acquiesçai.

— Certain.

L'ivrogne loucha de nouveau sur nous puis, estimant que nous n'avions qu'à régler cela entre nous, il se retourna pour héler un taxi.

— Lâche-moi, ordonnai-je à Braden.

— Non.

— Cette fois, tu ne t'en tireras pas avec tes airs d'homme des cavernes. (Je ne pouvais pas affronter son regard alors que la douleur et les mensonges m'envahissaient.) Tu comptes pour moi, Braden. Sincèrement. Nous sommes amis. Mais ça a duré bien trop longtemps.

— Tu as peur. J'ai compris. (Il me murmura à l'oreille quelques paroles réconfortantes :) Je sais pourquoi tu t'es enfuie tout à l'heure, et je sais pourquoi tu veux fuir maintenant. Mais ce genre de chose arrive, bébé, on ne peut rien faire pour l'éviter. Tu ne peux pas laisser cette crainte diriger ta vie et influencer ta relation avec les gens. Il faut profiter de l'existence, car on ne sait pas combien de temps elle va durer. Arrête de fuir.

Tu aurais dû être psy.

Je m'efforçai de me décontracter et d'oublier les gargouillis insupportables qui me tordaient le ventre.

— C'est pour ça que je préfère arrêter. La vie est courte. On devrait toujours être auprès de ceux qu'on aime.

Braden se figea une fois encore, et j'attendis, le souffle court, en espérant trouver la force de continuer à mentir. Il s'écarta lentement de moi, et m'examina avec sévérité.

— Tu mens.

Oui, je mens, mon amour. Mais je ne te survivrai pas. Et, pire encore, tu ne me survivras pas.

— Non. Je ne t'aime pas, et après tout ce que tu as vécu, tu mérites d'être aimé.

Ses bras tombèrent le long de son corps, mais pas comme pour me laisser partir. Il semblait sous le choc. Je crois même qu'il *était* en état de choc. J'en profitai pour m'éloigner de lui, craignant, en restant trop près, de laisser s'ébrécher ma carapace d'acier et de lui avouer que je n'étais qu'une sale menteuse, et que je ne voulais jamais plus le quitter.

Je m'étais cependant montrée suffisamment égoïste pour la journée.

— Tu m'aimes, insista-t-il d'une voix douce et basse. Je l'ai vu.

J'avalai ma salive et me forçai à soutenir son regard.

— Tu comptes pour moi, mais ça fait une grosse différence.

Pendant un instant, je ne sus pas s'il allait répondre. Puis son regard se ternit et il hocha sèchement la tête.

— Très bien, dans ce cas.

— Tu me laisses partir ?

Il ourla la lèvre supérieure, arborant une expression amère et douloureuse tout en reculant d'un pas.

— Apparemment… je n'ai jamais eu la moindre prise sur toi.

Il tourna brusquement les talons et disparut à grands pas dans la rue enténébrée.

Il ne se retourna pas une fois, et tant mieux.

Dans le cas contraire, il aurait vu Jocelyn Butler pleurer à chaudes larmes pour la première fois depuis une éternité, et il aurait su que je mentais. Sur toute la ligne. Car quiconque m'aurait vue aurait compris que mon cœur se brisait.

— Je ne crois pas que vous ayez pris la décision la plus sage de votre existence, Joss. Et vous ?

Le Dr Pritchard me parlait d'une voix posée, malgré ses sourcils froncés.

— C'est la meilleure chose que j'aie jamais faite.

— Qu'est-ce qui vous fait dire ça ?

— Si je disais la vérité à Braden, si je lui avouais que je l'aimais, il ne ferait jamais machine arrière. Il est tellement tenace… Et alors, il pourrait passer le reste de ses jours avec moi.

— Serait-ce si terrible ?

— Eh bien, oui, rétorquai-je d'un air irrité. Vous n'avez pas entendu ce que je leur ai infligé, à Ellie et à lui ? Je suis tellement terrifiée à l'idée de tout perdre de nouveau qu'il m'arrive de débloquer à ce point.

— Oui, mais à présent, vous en avez conscience. C'est un bon pas en avant.

— Pas du tout. J'ai des problèmes d'un kilomètre de long, et rien ne me dit que je ne vais pas lui refaire le même coup encore, et encore. Ce ne serait pas juste. Braden a déjà été trahi une fois par une femme qu'il pensait aimer. Si je restais avec lui en continuant mes conneries, je le ferai souffrir une nouvelle fois. Et il ne le mérite pas.

Le Dr Pritchard inclina la tête.

— Ce n'est pas à vous d'en décider, seulement à Braden. Et il n'est pas certain que vous continuiez vos conneries, comme vous dites. Le fait d'être avec lui pourrait vous aider dans ce processus. Lui-même pourrait vous aider.

— Ça n'a pas aidé. Le fait d'être avec lui n'a pas aidé.

— Il vous a convaincue de rester auprès d'Ellie, et vous l'avez fait. Je trouve donc que si.

Je campai sur ma position.

— Je ne lui dirai pas la vérité. Je le fais pour son bien.

— Ce que j'essaie de vous dire, Joss, c'est que vous devriez arrêter de vous positionner en martyre. Peut-être que Braden estime que le mieux pour lui serait de vous avoir dans sa vie. Peut-être même qu'il est prêt pour ça à affronter vos angoisses et les remparts d'un kilomètre de haut que vous avez érigés autour de vous.

— Vous avez peut-être raison, admis-je. (Les larmes me montèrent aux yeux alors que j'essayais de repousser la douloureuse pensée d'un avenir commun avec lui.) Je suis peut-être une martyre. Et peut-être qu'il est prêt à se battre. Mais il mérite mieux que ça. Il mérite d'être heureux dans une relation, tout comme mon père l'était avec ma mère. Et si leur amour m'a appris une seule chose, c'est bien que Braden a raison : la vie est beaucoup trop courte.

Lorsque la pluie commence à tomber, elle ne va pas s'arrêter simplement parce que vous le lui demandez. Elle cesse le temps venu. À l'instar de la pluie, mes larmes ne cessèrent de ruisseler alors que je rentrais, la vision trouble. En vérité, il est difficile de décrire un cœur brisé. Tout ce que je sais, c'est qu'une douleur inimaginable – une palpitation aiguë qui vous empêche presque de bouger – naît dans votre poitrine et irradie dans tout votre corps. Mais ce n'est pas seulement de la douleur. Le déni se loge dans votre gorge, et cette boule en elle-même provoque une souffrance. Un cœur brisé peut également provoquer un nœud à l'estomac. Un nœud qui se contracte et s'étire, tant et si bien que la nausée menace de prendre le dessus.

Par miracle, je parvins à préserver au moins cette part de dignité.

Dès que j'arrivais à l'appartement, en revanche, la douleur à l'idée d'avoir laissé tomber Braden se mua en terreur. J'observai la porte de la chambre d'Ellie, à l'autre bout du couloir, et je dus fournir un gros effort pour ne pas me parjurer et fuir.

Je fis même tout le contraire.

Je me débarrassai de mes bottes, de mon manteau, et pénétrai à pas feutrés dans sa chambre sombre. Grâce aux rayons de lune qui filtraient par la fenêtre, je la vis roulée en boule sur le côté. Le plancher grinça alors sous mon pied et elle ouvrit grands les yeux.

Elle me contempla avec méfiance.

Cela me peina.

Mon chagrin redoubla d'intensité, et quand elle perçut mes pleurs, une larme roula sur sa joue. Sans un mot, je grimpai dans son lit et me serrai contre elle quand elle se mit sur le dos. Nous restâmes allongées, côte à côte, ma tête sur son épaule. Je serrai sa main entre les miennes.

— Je suis désolée, chuchotai-je.

— Ce n'est rien, répondit-elle, en proie à une vive émotion. Tu es revenue.

Et parce que la vie était trop courte…

— Je t'aime, Ellie Carmichael. Tu vas surmonter ça.

Je l'entendis ravaler un sanglot.

— Je t'aime aussi, Joss.

22

C'est ainsi que Braden nous trouva le lendemain : endormies tête contre tête, main dans la main, les joues maculées de larmes séchées, telles deux petites filles.

Il ne me réveilla pas. En réalité, il ne me regarda même pas.

Je m'éveillai uniquement parce qu'il secouait Ellie.

— Quelle heure il est ? entendis-je mon amie demander d'une voix ensommeillée.

— Midi passé. Je t'ai préparé de quoi manger.

Le son de sa voix m'atteignit tel un coup de poing dans la poitrine. J'ouvris les paupières avec difficulté, les yeux chassieux et gonflés à cause de la pire crise de pleurs que j'avais connue depuis la mort de Dru. Braden était penché au-dessus de sa sœur, la recoiffant d'un air enamouré. Ses yeux étaient injectés de sang et profondément cernés de noir.

Il avait vraiment une sale tête.

La mienne devait être pire encore.

— Je n'ai pas faim, chuchota Ellie.

Braden secoua la tête, inflexible.

— Il faut que tu manges. Allez, ma chérie, lève-toi.

Je vis Ellie saisir sa large main et le laisser la relever. Il la mena hors de la chambre avec son pantalon de lin froissé, son tee-shirt chiffonné et ses cheveux en bataille. Elle avait vraiment l'allure de quelqu'un dont la vie vient d'être chamboulée. J'avais tant de peine pour elle. Et je n'arrivais même pas à lever les yeux vers Braden tant je me sentais mal pour lui.

— Joss, tu viens ? m'appela Ellie par-dessus son épaule.

Et parce que la requête venait d'elle, j'acquiesçai. Même si je ne voulais surtout pas m'approcher de Braden.

Et vous savez le pire ? C'est qu'il ne faisait pas preuve de la moindre mesquinerie à cause de la rupture. Évidemment, il refusait de me regarder ou de me parler, mais... il avait aussi préparé mon putain de déjeuner.

Ellie et moi étions donc attablées à la cuisine devant notre délicieuse assiette d'œufs brouillés, tandis que Braden se tenait adossé au comptoir à siroter son café. Ellie ne se rendit pas tout de suite compte du froid qui régnait entre nous, tellement perdue dans ses pensées que le silence ne lui semblait pas anormal.

Cependant, cette fille est à ce point généreuse qu'en dépit de ce qui lui arrivait, elle finit par remarquer que quelque chose clochait entre son frère et moi. Et bien plus tôt que je ne l'aurais imaginé. C'était notre faute : nous n'avions pas fait preuve d'une grande discrétion. Quand je me levai pour mettre mon assiette et ma tasse dans l'évier, Braden se déplaça jusqu'à l'autre bout de la cuisine. Et quand j'allai chercher le jus d'orange dans le frigo, il reprit sa place initiale. Le placard des verres étant situé non loin de sa tête, il retourna au réfrigérateur, puis de nouveau à l'évier quand je remis la bouteille au frais.

— Qu'est-ce qui se passe ? demanda Ellie d'une voix douce.

Elle observait, sourcils froncés, notre petit manège.

— Rien, nous répondîmes en chœur.

— Euh ? (Elle semblait soudain tétanisée.) Est-ce que le docteur a appelé ?

Nous nous tournâmes vers elle de conserve, soudain saisis de remords.

— Non. (Braden secoua la tête.) Non, Els. On va toujours le voir cet après-midi, comme prévu.

— Alors pourquoi vous comportez-vous si bizarrement ?

Nous la contemplâmes, impassibles, mais l'un d'entre nous dut commettre une erreur, une erreur grossière, car après nous avoir scrutés pendant une bonne minute, Ellie se décomposa.

— Vous avez rompu.

Braden changea de sujet.

— Els, tu devrais aller prendre une douche et te pomponner un peu. Tu te sentirais mieux.

— À cause de moi ? (Elle se leva, les yeux écarquillés.) Vous avez rompu à cause de moi ?

Je jetai un regard en coin à Braden, qui contemplait sa sœur d'un air solennel. Lui non plus ne voulait pas ajouter le moindre poids à son fardeau. Ce fut moi qui lui répondis.

— Non, Ellie. Pas à cause de toi. Ça n'a rien à voir avec toi, et ce qui est fait est fait. Ça va. Ne t'en fais pas pour nous. On reste là pour toi.

Son expression se durcit, et elle tendit le menton d'un air buté.

— Pourtant, vous ne vous parlez plus. Qu'est-ce qui s'est passé ?

Braden soupira.

— Elle ne m'aime pas, et c'est une salope insensible et indigne de confiance. Maintenant, va prendre ta douche.

Puisqu'il ne me regardait pas, je n'eus pas à me donner la peine de dissimuler la douleur que ses paroles m'infligèrent. *Une salope insensible et indigne de confiance. Salope. Insensible. Indigne de confiance. Insensible. Salope. Salope. SALOPE.*

J'oubliais cependant qu'Ellie, elle, pouvait me voir, jusqu'à ce que je découvre la compassion dans ses yeux.

— Braden, chuchota-t-elle avec un léger ton de reproche.

— À la douche. Tout de suite.

Elle se tourna de nouveau vers moi, inquiète. Je n'arrivais pas à croire qu'elle se fasse du souci pour moi à un moment pareil.

— Ellie, la douche, intervins-je.

— Vous êtes pires que mes parents, marmonna-t-elle sans humour.

Néanmoins, considérant sans doute qu'elle préférait ne pas affronter deux des personnes les plus obstinées qu'elle eût jamais connues, elle tourna les talons, nous abandonnant à notre pesant silence.

Ce fut Braden qui le rompit.

— Tu as laissé tes merdes chez moi. Je les rapporterai ce week-end.

Il avait lui aussi des vêtements dans ma chambre.

— Je vais rassembler tes affaires.

Notons qu'à cet instant, nous étions chacun adossés à un bout du comptoir de la cuisine, nous adressant davantage au mur qui nous faisait face que l'un à l'autre.

Braden se racla la gorge.

— Tu es revenue pour elle ?

Était-ce une pointe d'espoir dans son ton ?

— Comme quoi, parfois, même les salopes insensibles et indignes de confiance tiennent leurs promesses, rétorquai-je sèchement en avalant une gorgée de jus.

Braden grogna en reposant bruyamment sa tasse.

— Elle n'a besoin ni de ta pitié, ni de ta putain de culpabilité.

Bordel.

Bordel de chier de merde.

À l'évidence, Braden avait passé la nuit à laisser infuser sa colère. Je pris sur moi pour me montrer compréhensive sans le blesser plus que je ne l'avais déjà fait.

— Elle n'a droit ni à l'un ni à l'autre.

— Oh, alors j'avais raison hier soir. (Braden hocha la tête.) Contrairement à moi, elle à droit à ton amour.

— Braden..., m'étouffai-je.

Je m'attendais à ce qu'il demeure fidèle à lui-même, stoïque, intimidant, inébranlable et froid. Pas vulnérable, amer et furieux. En résumé : il se comportait comme un idiot au pire des moments. À sa décharge, je l'avais largué quelques heures à peine après qu'il avait appris que sa sœur souffrait peut-être d'une tumeur au cerveau, alors qui était le plus idiot, dans l'histoire ?

— Tu ne m'aimes pas non plus, Braden.

Ses yeux s'embrasèrent avant de m'examiner une fois encore de la tête aux pieds, un examen froid qui provoqua en moi d'horribles frissons. Puis son regard bleu glacier revint soutenir le mien.

— Tu as raison. Je ne t'aime pas. Je suis juste un peu embêté d'avoir à chercher un nouvel arrangement, alors que mon ancienne partenaire n'était pas trop mauvaise au pieu.

J'avais la prétention de me croire bonne comédienne, mais encore une saillie comme celle-ci et je risquais de m'effondrer. Je me détournai rapidement afin de ne pas laisser paraître le mal que ses mots me causaient.

— J'espérais qu'on pourrait rester amis mais, à l'évidence, cela ne t'intéresse pas. Alors, pour le bien d'Ellie, pourrait-on décider de ne plus s'adresser la parole sauf en cas d'extrême nécessité ?

— Si ça ne tenait qu'à moi, pour le bien d'Ellie, je te dégagerais d'ici à coups de pied au cul en te demandant de ne plus jamais venir salir notre palier. Mais la pauvre n'a pas besoin de ça en ce moment.

La surprise me fit relever la tête et je le scrutai d'un air incrédule.

— Tu plaisantes ?

Il croisa ses bras puissants et secoua la tête.

— Non. Je ne peux pas te faire confiance. Tu es cinglée. Ce n'est pas ce qu'il y a de mieux pour Ellie.

— La nuit dernière, tu voulais que je sois là pour elle.

— J'ai eu le temps d'y réfléchir. Si je le pouvais, je me débarrasserais de toi. Malheureusement, ça lui ferait encore plus de peine.

— Tu le ferais vraiment ? (Je peinai à respirer.) Me dégager de ta vie ?

— Et pourquoi pas ? C'est bien ce que tu as fait avec moi hier soir.

— Non. J'ai simplement rompu avec toi. (Je lui lançai un regard furieux.) Mais si j'avais su que je comptais si peu pour toi, je l'aurais sans doute fait.

— Oh. (Il hocha la tête.) J'avais oublié. Tu ne m'aimes pas, mais tu tiens à moi. (Il haussa les épaules.) Eh bien, je n'en ai rien à foutre de toi. (Je serrai les dents, m'efforçant au mieux de retenir mes larmes.) Et pour tout te dire, j'ai baisé quelqu'un d'autre cette nuit.

Vous avez déjà reçu une balle de fusil à pompe en plein ventre ? Non ? Moi non plus. Mais j'ai le sentiment que ce que venait de me dire Braden produisait le même effet. Et, franchement, même la meilleure actrice du monde n'aurait pas pu dissimuler une douleur aussi intense.

Je tressaillis à ces mots, mon corps bascula en arrière, mes genoux flageolèrent. J'avais les yeux écarquillés et la bouche grande ouverte. Et là, le pire arriva. Je me mis à pleurer.

À travers mes larmes, je vis Braden pincer les lèvres. Il fit deux pas vers moi, tout hérissé.

— Putain, j'en étais sûr, siffla-t-il en approchant encore.

— Ne me touche pas ! hurlai-je, incapable de supporter sa présence auprès de moi.

— Tu ne veux pas que je te touche ? (Il ricana, les yeux lançant des éclairs.) Mais je vais te tuer !

— Moi ? (Je me retournai, arrachai une assiette à l'égouttoir, et la lui balançai à la figure. Il baissa la tête pour l'éviter et elle alla s'écraser contre le mur.) Ce n'est pas moi qui suis allée baiser ailleurs deux secondes après avoir rompu !

Je voulus m'emparer d'un verre, mais Braden était déjà sur moi. Il maintenait mes poignets le long de mes côtes tout en me collant au comptoir. Je me débattis violemment, mais il était bien trop fort.

— Lâche-moi ! sanglotai-je. Lâche-moi. Je te hais. Je te hais !

— Chut. Chut, Jocelyn, fit-il, apaisant, en enfouissant son visage contre mon cou. Chut, ne dis pas ça, supplia-t-il tout contre ma peau. Ne dis pas ça. Ce n'est pas vrai. J'ai menti. J'étais furieux. Je suis un sale con. J'ai menti. J'ai passé la nuit chez Élodie. Tu peux l'appeler pour le lui demander. Elle te dira la vérité. Tu sais que je ne te ferais jamais ce que l'on m'a fait.

Ses mots eurent raison de mon hystérie, et je cessai de me débattre… pour me mettre à trembler.

— Quoi ?

Braden se recula pour me permettre de lire la vérité dans ses yeux glacier n'exprimant plus que sincérité.

— Je t'ai menti. Je ne suis pas allé voir quelqu'un d'autre. Il n'y a eu que toi depuis que nous sommes ensemble.

J'avais le nez plein d'avoir tant pleuré, j'eus donc l'air d'une enfant de cinq ans quand je murmurai :

— Je ne comprends pas.

— Bébé… (La tendresse était revenue dans sa voix, même si elle ne dissimulait pas totalement une contrariété certaine.) J'étais tellement furieux hier soir quand tu m'as quitté que je suis parti marcher. Je suis allé chez Élodie car je savais qu'elle ne dormirait pas à cause d'Ellie, et je voulais m'assurer qu'elle allait bien. Elle a compris que quelque chose clochait dès qu'elle m'a fait entrer. Je lui ai expliqué la situation et elle m'a parlé de ce qu'elle t'avait dit au mariage. Elle m'a aussi raconté que ses mots t'avaient fait l'effet d'une gifle. Et plus tard, pendant qu'on dansait, elle a compris qu'elle s'était trompée à ton sujet.

Il me lâcha les poignets pour enfouir ses doigts dans mes cheveux et incliner ma tête en arrière afin que je ne puisse pas fuir son regard.

— J'ai passé la nuit à me remémorer les six derniers mois, et je *sais* que tu mens. Je sais que tu m'aimes, Jocelyn, parce que je ne peux pas être aussi amoureux de toi sans que la réciproque soit vraie. C'est impossible.

Le cœur battant, je tentai de ravaler le reste de peur qui m'obstruait encore la gorge.

— Alors c'était quoi, ce cirque, ce matin ?

Il me serra la nuque et se pencha vers moi, la lueur de colère revenue dans ses yeux.

— Tu es digne de confiance, tu n'es pas insensible, tu n'es pas une salope. Tu as… des problèmes. Ça, je l'ai bien intégré. On en a tous. Mais dès que j'ai su que tu me mentais, j'ai commencé à comprendre pourquoi. Tu penses que tu ne t'es jamais livrée à moi. Tu penses qu'il est encore temps de faire machine arrière et de prétendre qu'il ne s'est jamais rien passé entre nous, comme ça, s'il m'arrive quelque chose, tu pourras toujours te dire que tu t'en fiches et ne pas souffrir.

Oh, mon Dieu. Il était carrément télépathe, en fait.

— Tu es d'ailleurs plutôt douée pour faire croire que rien ne t'atteint. Je me disais que si j'arrivais à te blesser ce matin, j'aurais la preuve que tu me mentais.

Je le fusillai d'un regard qui signifiait que je mourais d'envie de le castrer.

— Et tu n'as rien trouvé de mieux que de me dire que tu avais couché avec une autre ?

Il opina doucement et s'excusa d'un léger baiser sur mes lèvres.

— Désolé, bébé. Je l'ai fait pour connaître la vérité. Mais, pour être honnête, je l'ai surtout fait pour te blesser autant que toi tu m'as blessé hier soir. (Il semblait désormais plein de remords.) Je suis sincèrement navré. Je ne veux plus jamais revoir cet air sur ton visage, plus jamais te faire pleurer, je te le jure. Cela dit, tu as pleuré. Tu as pleuré parce que le fait de m'imaginer avec une autre t'a brisé le cœur. Tu m'aimes.

Je tentais de rassembler mes esprits, que la panique dispersait aux quatre vents. Il y avait bien trop de questions en suspens, trop de points à discuter, et il faudrait le faire plus tard, car Ellie avait besoin de nous.

— D'une : c'était la plus débile des choses à faire. De deux : on ne peut pas régler ça maintenant.

— On ne quittera pas cette cuisine tant que tu n'auras pas admis que tu m'aimes.

— Braden, je suis sérieuse. (Je le repoussai fermement, et il ne résista pas, même s'il ne s'écarta pas non plus.) Nous sommes toujours séparés. Je ne changerai pas d'avis.

Il leva les yeux au ciel, et je le vis fournir un gros effort pour ne pas perdre patience. Quand son regard finit par se reposer sur moi, les muscles de sa mâchoire se contractaient.

— Pourquoi pas ? cracha-t-il.

Je ne pouvais pas le lui expliquer. Il trouverait un moyen de contourner le problème, et je... Non !

— Parce que c'est comme ça. À présent, on a une longue journée devant nous, et peut-être de très longs mois, alors... laisse tomber.

— OK.

Il ouvrit les mains et recula d'un pas. Je m'apprêtais à pousser un léger soupir de soulagement quand il reprit la parole.

— Provisoirement.

Oh bordel.

— Quoi ?

Il me sourit. Un sourire las qui se voulait malicieux, mais il était bien trop fatigué et inquiet pour obtenir l'effet escompté.

— Je t'aime. Tu es à moi. Je tuerai n'importe quel salopard qui tenterait de t'arracher à moi. Alors, voilà comment ça va se passer : Ellie est notre priorité, et tant qu'on s'occupera d'elle, tu pourras être aussi butée que tu le désires et prétendre qu'on est séparés. Je ne te contredirai même pas. Cependant, je viendrai ici tous les jours pour te rappeler ce que tu perds.

J'avais les joues encore humides et les yeux gonflés, je savais que je ne ressemblais probablement à rien mais, pour l'heure, je ne m'en souciais guère. Une partie de moi était subjuguée et intimidée. L'autre tremblait de peur. Et mon obstination bornée tirait sur chacune de ces cordes.

— T'es malade ? Je ne changerai jamais d'avis.

— Oh que si. (Braden soupira.) On aura besoin l'un de l'autre, pendant cette période. À cent pour cent. Et si cela ne suffit pas, alors j'emploierai la manière forte. Je ferai tout ce qu'il faut. Parfois, tu te sentiras frustrée. D'autres fois, excitée. Et j'ai bon espoir que, parfois aussi, cela te mettra dans une colère noire.

— C'est bien ça, tu es malade.

— Non. (Nous nous retournâmes à l'unisson et découvrîmes Ellie dans l'embrasure de la porte, vêtue de son peignoir, un sourire las mais déterminé sur le visage.) Il se bat pour obtenir ce qu'il veut.

— Ce n'est pas le seul.

J'entendis la voix d'Adam en même temps que la porte d'entrée, et Ellie fit volte-face pour regarder dans le couloir.

Ses pas se rapprochèrent et il se matérialisa derrière elle.

Bon sang, il avait une tête horrible. Je ne l'avais encore jamais vu si mal rasé, et il portait un vieux tee-shirt miteux, une parka et un jean qui avait connu des jours meilleurs. Ses cernes noirs rivalisaient avec ceux de Braden, et il transpirait le désespoir par tous les pores.

Adam prit la main d'Ellie et la porta à ses lèvres. Il ferma les yeux en l'embrassant. Quand il les rouvrit, j'y vis quelques larmes, et ma gorge se serra. Ellie cessa de respirer quand il lui pressa la main et l'attira dans la cuisine. Quand ils se retrouvèrent face à Braden, Adam parut sur le point de défaillir.

— J'ai quelque chose à te dire.

Braden croisa les bras et fronça les sourcils en les voyant si proches l'un de l'autre.

— Vas-y.

Adam parut rassembler son courage, mais j'admirais la détermination que je voyais dans son regard.

— Tu es comme un frère, pour moi. Je ne ferai jamais rien qui puisse te blesser. Et je sais que je ne me suis pas vraiment comporté comme un frère pour Ellie, mais je l'aime, Braden. Je l'aime depuis longtemps, et je ne peux pas ne pas être avec elle. J'ai déjà perdu bien assez de temps.

Ellie et moi retînmes notre souffle alors que les deux meilleurs amis se faisaient face.

Braden observa sa sœur sans rien trahir. Bon Dieu, il savait vraiment prendre l'air intimidant, quand il le voulait.

— Est-ce que tu l'aimes ? demanda-t-il à Ellie.

Adam se tourna vers elle, et elle lui serra le bras. Elle répondit avec un léger sourire :

— Oui.

Braden haussa les épaules et se tourna machinalement vers la bouilloire pour l'allumer.

— Dis donc, il était temps. Vous commenciez à me donner mal au crâne.

Adam, Ellie et moi en restâmes bouche bée. Même lorsque nous nous fréquentions, pas une seule fois il ne m'avait confié savoir ce qui se tramait entre Adam et Ellie. Quel salopard.

— Tu es vraiment un foutu M. Je-Sais-Tout, déclarai-je en lui passant devant sans ménagement.

Je m'arrêtai rapidement devant Adam et Ellie pour leur dire :

— Je suis heureuse pour vous.

Puis je me précipitai dans la salle de bains pour m'éloigner de Braden et de sa perspicacité insupportable.

J'entendis son petit rire grinçant, puis sa voix délicieuse qui résonna dans ma tête.

— Elle m'aime vraiment.

23

Ellie ne voulait pas que l'on fasse toute une histoire de son rendez-vous à l'hôpital, elle n'autorisa donc que la présence d'Élodie et Clark. J'étais légèrement surprise qu'elle puisse voir un neurologue un dimanche, mais Braden s'en était mêlé et l'avait baratiné – disons plutôt qu'il avait grondé et usé de certaines de ses relations siégeant au conseil d'administration de l'établissement – afin qu'il accepte de recevoir sa sœur au plus vite.

Élodie et Clark étaient venus la chercher une heure plus tôt, nous laissant au passage la charge de Hannah et Declan. Braden et Adam étaient restés avec moi. Nous étions donc tous les cinq assis dans le salon à fixer l'horloge ou notre écran de téléphone. Je me levai pour aller aux toilettes. Braden retourna préparer du café. Adam ne bougea pas une fois.

Deux heures plus tard, Hannah était blottie contre moi ; Braden surveillait Declan, qui s'était endormi dans l'autre fauteuil ; quant à Adam, il fermait si fort les paupières que même Hannah s'en rendit compte et lui serra la main. Il la remercia d'un sourire, et je l'embrassai sur le haut du crâne, d'autant plus émue qu'elle était aussi adorable que celle pour qui nous nous faisions tous tant de soucis.

La porte d'entrée s'ouvrit.

Nous nous relevâmes tous d'un bond. Enfin, sauf Declan. Lui ouvrit des yeux tout ensommeillés et sembla presque tomber sur ses pieds.

Élodie fut la première à pénétrer dans le salon, mais je fus incapable de déchiffrer son expression. J'observai donc Clark, qui tenait Ellie par les épaules, et je jure que je dus me mordre les joues pour ne pas éclater en sanglots.

— Qu'est-ce que c'est ?

Adam se précipita vers elle, et Clark la lâcha immédiatement. Ellie se blottit contre Adam et eut un sourire craintif.

— Asseyez-vous. Je vais vous expliquer.

— Je vais faire du thé.

Élodie ressortit de la pièce alors que nous nous juchions tous sur le bord de nos fauteuils respectifs.

Ellie poussa un profond soupir.

— La bonne nouvelle, c'est que ma tumeur est en réalité un gros kyste renfermant deux petites tumeurs. Il se trouve en surface de l'hémisphère droit de mon cerveau, ils peuvent donc la retirer en intégralité. Le Dr Dunham pense, selon toute vraisemblance, que les tumeurs sont bénignes. D'après lui, le kyste est là depuis longtemps, il a grossi lentement et doit aujourd'hui être enlevé pour des raisons évidentes. Je me fais opérer dans deux semaines, et ils enverront ensuite les tumeurs en analyse. (Elle sourit, les lèvres légèrement tremblantes.) J'ai bien sûr un peu la trouille, mais le docteur semble très confiant et dit que le risque s'élève à, genre, deux pour cent, et que les possibilités sont minimes que les tumeurs soient cancéreuses.

Nous soufflâmes tous à l'unisson, tandis que le soulagement manqua nous faire tomber de nos sièges. Braden fut le premier à se précipiter vers sa sœur pour l'étreindre jusqu'à ce qu'elle se plaigne de ne plus pouvoir respirer. Ce faisant, Clark rassurait Declan, toujours à moitié endormi, lui affirmant qu'Ellie allait se rétablir. Braden finit par la lâcher en l'embrassant bruyamment sur le front, et avant même qu'elle ait eu le temps de reprendre sa respiration, Adam l'embrassait sur la bouche devant tout le monde. Et un vrai baiser, en plus. C'était gonflé.

— Bon, on va vous laisser, déclara Clark avec un soupir.

Ellie éclata de rire sur la bouche d'Adam. Apparemment, elle commençait tout juste à prendre conscience que j'avais eu raison depuis le début. Adam et elle n'avaient vraiment pas été discrets ces derniers mois.

— Qu'est-ce qu'il y a de si drôle ? s'enquit Élodie en s'empressant de venir nous rejoindre.

Je profitai de cette diversion pour aller étreindre Ellie à mon tour.

— Ce furent les pires vingt-quatre heures depuis une éternité.

Elle s'écarta de moi pour me contempler.

— Je suis désolée de t'avoir fait subir tout ça.

— Pourquoi tu t'excuses ? Ça n'est pas ta faute.

Je soupirai lourdement puis observai le thé et le café qu'Élodie avait rapportés. Je lui adressai un regard navré.

— J'ai bien peur que ce ne soit pas assez fort.

— Vous avez quelque chose de plus costaud, ici ?

— Par vraiment. (Je me tournai vers Ellie.) Mais il y a un pub un peu plus loin où nous ne sommes encore jamais allées. C'est peut-être le moment.

— Ça me va, répondit Ellie.

— À moi aussi, renchérit Clark.

— Et les enfants ? tempéra Élodie.

J'attrapai mon porte-monnaie, qui traînait sur la table basse.

— Ils ont le droit d'entrer s'ils sont accompagnés d'un adulte. Je leur paierai un Coca.

Élodie semblait hésiter. Je la rassurai d'un sourire.

— Juste un verre. Pour fêter ça.

— Clark n'aura qu'à boire, je conduirai au retour, accepta-t-elle à contrecœur.

Nous nous apprêtâmes à sortir.

Élodie et Clark poussèrent les enfants dehors. Adam avait un bras autour de la taille d'Ellie, pelotonnée contre lui, étonnamment heureuse pour quelqu'un qui allait se faire opérer du cerveau quinze jours plus tard. D'un autre côté, cela faisait plus de vingt-quatre heures que nous étions convaincus qu'elle avait un cancer, et nous venions de découvrir que ce n'était probablement pas le cas... En outre, elle avait finalement obtenu gain de cause avec Adam.

Braden et moi fermions la marche, et j'eus un avant-goût de ce qu'il avait voulu dire un peu plus tôt. Ses doigts m'effleurèrent le bas du dos pour me guider vers la porte, d'un geste si ostensible que ça n'en avait rien d'amusant.

Il savait qu'il s'agissait chez moi d'une zone érogène.

Je tentai de réprimer un frisson en me retournant pour verrouiller l'appartement ; comme Braden se trouvait derrière moi, je lui rentrai bien sûr dedans.

— Désolé.

Il eut un petit sourire affecté et se décala très lentement, de sorte que mes seins eurent tout loisir de frotter contre son torse.

Je sentis mes mamelons durcir et frémis en percevant la chaleur soudaine qui envahissait mon entrecuisse. Je lui jetai un regard plein de mépris.

— Mais bien sûr.

Il rit doucement quand je me penchai pour introduire ma clé dans la serrure, et je sentis son ombre se poser sur moi. Je levai les yeux sur ma droite et vis sa main apposée contre la porte, juste à côté de ma tête. Je me tortillai pour voir son visage, et me rendis compte qu'il m'emprisonnait complètement.

— Tu veux de l'aide ?

J'étrécis les paupières.

— Recule, avant que je transforme tes couilles en porte-clés.

Je devinai qu'il s'efforçait de ne pas éclater de rire. En vain, malheureusement.

— Bébé, tu devrais savoir que chaque fois que tu dis des insanités pareilles, je t'aime d'autant plus.

— On dirait un méchant de série B.

— Je m'en fiche, tant que ça marche.

— Ça ne marche pas.

— Ça marchera dans quelques jours.

Il m'embrassa doucement sur la joue, puis s'écarta rapidement avant que je puisse l'occire.

— Allez les jeunes ! nous apostropha Ellie depuis le trottoir. (Élodie, Clark et les enfants étaient sans doute déjà dans le pub.) Qu'est-ce qui vous prend tant de temps ?

— Jocelyn me suppliait de faire l'amour, mais je lui ai expliqué que ce n'était vraiment pas le bon moment, répliqua Braden à voix haute, provoquant les rires des passants.

Furieuse après lui pour d'innombrables raisons, je m'empressai de rejoindre Ellie.

— Ce n'est pas grave, mon chéri, j'ai un sex-toy qui fait beaucoup mieux l'affaire.

Sur ces bonnes paroles, je claquai derrière moi la porte du pub, où il n'oserait pas me harceler devant les enfants.

Et même si c'était parfaitement immature – et oui, complètement déplacé étant donné la situation –, je ne pus m'empêcher de me réjouir d'avoir enfin eu le dernier mot.

Je dois bien le reconnaître. J'étais une grosse froussarde.

Je n'allai pas retrouver Rhian et James le jeudi comme je l'avais promis. Au lieu de quoi, j'envoyai un e-mail pour expliquer la situation d'Ellie, en précisant que je ne voulais pas la laisser seule à un moment pareil. Si Rhian trouva bizarre que je ne puisse pas me libérer même deux heures pour la voir, elle n'en laissa rien paraître. Si elle trouva bizarre que je lui écrive plutôt que de l'appeler, elle n'en montra rien non plus.

En vérité, j'avais à peine vu Ellie durant les derniers jours, car Adam avait quasiment emménagé dans sa chambre, et tous deux n'en émergeaient que pour un passage obligé à la cuisine ou aux toilettes.

Je ne voulais pas voir Rhian et James. C'était ça, la vérité.

Et pourquoi ?

Parce qu'il n'y avait pas si longtemps, j'avais sermonné Rhian, qui fuyait James parce qu'elle craignait ce que l'avenir pouvait leur réserver. Et je n'étais pas d'humeur à recevoir un sermon de sa part pour avoir rompu avec Braden et avoir fait preuve d'une parfaite hypocrisie.

Ma relation avec Braden n'avait rien à voir avec la leur. Sincèrement.

Franchement.

Bon, d'accord : j'étais juste effrayée. Non. Terrifiée. Et j'avais toutes les raisons de l'être. Il me suffisait de me rappeler comment j'avais réagi au drame d'Ellie pour savoir que Braden en verrait de toutes les couleurs avec moi. En outre, mon existence avait été bien plus calme avant qu'il s'y immisce. Je m'étais rarement souciée de quoi que ce soit, mes sentiments avaient toujours été relativement stables, et j'avais baigné peut-être pas dans la plus grande quiétude, mais au moins dans un certain calme. La vie avec Braden était tumultueuse et, tout bien considéré, vraiment éreintante. Mis à part nos extraordinaires parties de jambes en l'air, il ne restait qu'un tas d'émotions plus moches les unes que les autres. De l'inquiétude : qu'il se lasse de moi et cesse de m'apprécier. De la jalousie : ça n'avait jamais été mon genre avant que je le rencontre mais, désormais, je sortais les griffes chaque fois que je voyais une femme lui tourner autour. De la crainte : comme si mon bien-être ne me suffisait pas, voilà que je commençais à me soucier du fait qu'il soit heureux et en bonne santé. Et que je m'en souciais plus que de moi-même. C'était difficile à supporter.

Je préférais la Joss d'avant Braden.

Elle était pleine de cran, d'assurance et d'indépendance.

La nouvelle Joss était une sorte d'idiote mollassonne.

Pour couronner le tout, Braden tenait parole : il se pointait à l'appartement dès qu'il en avait l'occasion et, même si je lui serinais qu'Ellie était très occupée, cela ne le dissuadait pas de rester.

— Je faisais la vaisselle, quand ce salopard s'est glissé derrière moi pour m'étreindre par la taille. Et il m'a embrassée. Juste ici. (Je désignai l'endroit précis sur mon cou.) Je ne peux pas porter plainte contre lui, ou un truc dans le genre ?

Le Dr Pritchard ricana.

— Pour être tombé amoureux de vous ?

Je me rencognai dans mon fauteuil, secouant la tête de dégoût.

— Docteur Pritchard, la réprimandai-je doucement, de quel côté êtes-vous ?

— Du sien.

C'était un jeudi soir, deux jours après Noël, et je remplaçais une collègue au bar. L'opération d'Ellie était programmée trois jours plus tard.

J'avais passé une semaine épuisante à éviter Braden et, chaque fois qu'Ellie quittait sa chambre, à tenter de la rassurer quant à son passage sur le billard. Éviter Braden n'était pas chose facile. Même si Darren, le manager du *Fire*, avait démissionné parce que sa femme était enceinte et qu'elle voulait qu'il ait des horaires de travail normaux, Braden lui avait dégoté un boulot équivalent dans un hôtel en ville appartenant à un ami. Et, en dépit du fait qu'il devait encore former son successeur, Braden trouvait le temps de venir m'ennuyer. Il y eut bien sûr l'incident de l'évier – auquel j'avais sans doute mal réagi parce qu'il avait fait remonter un souvenir avec mes parents –, mais aussi la fois où il était rentré dans la salle de bains pendant ma douche pour me demander où était la télécommande de la télé, celle où il avait petit-déjeuné torse nu – affirmant qu'il avait « accidentellement » renversé du café sur sa chemise et avait dû la mettre au sale –, ainsi que les innombrables fois où il se contentait de me scruter sans raison apparente. Je vous jure que j'étais littéralement en train d'user mes petites culottes. J'avais été sur le point de craquer quand il s'était fait un peu moins pressant.

Bien entendu, je n'aurais de toute façon pas cédé.

Parce que je voyais la situation dans son ensemble.

Il avait commencé à se calmer quelques jours avant les fêtes, et s'était même remarquablement comporté lors du dîner de Noël chez les parents d'Ellie. Le seul moment de malaise survint lorsque nous dûmes échanger les cadeaux. Nous avions chacun acheté les nôtres bien longtemps auparavant, et ils étaient tous deux plus significatifs que de simples présents entre amis. Braden avait réussi à m'obtenir une version dédicacée de mon livre préféré par mon auteur préféré. J'ignore comment il s'y était pris. Oh, et ai-je mentionné le magnifique bracelet en diamants ? Mmm. Pour ma part, je lui avais trouvé une première édition de son bouquin favori : *Le Soleil se lève aussi*, d'Ernest Hemingway. C'était le cadeau le plus élaboré que j'avais jamais acheté, mais je compris que ça en valait la peine en apercevant son sourire quand il le déballa.

Merde.

Putain de merde, bordel.

Je m'étais peut-être attendue à ce qu'il place la barre plus haut après ça, mais il avait fait tout le contraire et s'était contenté de... disparaître.

Je me demandai s'il s'agissait d'une nouvelle tactique de sa part.

Je fus donc décontenancée de ne pas le voir accompagner Ellie et Adam au bar ce jeudi-là. Il les avait pourtant forcés à venir la semaine précédente, quand j'avais fait des remplacements après qu'Ellie avait exigé que je sorte de l'appartement – elle avait dû me trouver encombrante –, et il s'était installé sur le canapé juste en face du comptoir, droit dans ma ligne de mire, et avait passé son temps à m'observer tout en flirtant avec de jolies filles. Je supposais qu'il s'agissait là de sa promesse consistant à me mettre hors de moi.

Tout ça pour dire que je fus surprise de ne pas le voir ce jeudi-là.

Ellie était encore réveillée quand je rentrai du boulot. Elle sortit de sa chambre en refermant doucement la porte derrière elle.

— Adam s'est endormi, chuchota-t-elle en me suivant au salon.

Je lui lançai un sourire par-dessus mon épaule.

— Pas étonnant. Tu as dû l'épuiser.

Elle leva les yeux au ciel et se laissa tomber à côté de moi sur le canapé.

— Ça ne se passe pas comme ça. Enfin... pas complètement. (Elle rosit, rayonnant de bonheur.) On se contente surtout de discuter. D'aplanir les choses. Tous ces malentendus. Apparemment, il est amoureux de moi depuis un moment.

— Oh, sans blague ?

— Très marrant.

— Tiens, en parlant de trucs marrants : Braden n'est pas passé au bar, ce soir.

Elle m'étudia avec soin.

— Son nouveau manager avait besoin d'aide. Tu étais déçue de ne pas le voir ?

— Non, répondis-je rapidement. (Sans doute trop rapidement. Dieu que la Joss d'avant me manquait.) J'ai juste constaté l'absence d'ego dans la salle, et je me suis dit : « Tiens, où est Braden ? »

Cela ne la fit pas rire. Elle m'adressa au contraire un air de reproche tout maternel.

— Braden a raison. Tu l'aimes. Alors pourquoi tu le fais tourner en bourrique ? Ça te plaît, qu'il te coure après ? C'est ça ?

J'arquai un sourcil interrogateur.

— Ce sont les tumeurs qui te rendent bougonne, pas vrai ? (Elle fit la grimace.) C'est encore trop tôt pour faire des blagues sur les tumeurs ? (Elle étrécit les yeux.) Est-ce qu'on pourra en rire un jour ?

— Jamais, Joss. Jamais.

Je fis la moue.

— Désolée, c'était méchant.

— Non. Ce qui serait méchant, ce serait de t'en servir pour détourner la conversation. Je t'aime très fort, Joss. Mais j'aime aussi mon frère. Pourquoi tu lui infliges tout ça ?

— Je ne lui inflige rien du tout. Je fais tout ça pour lui. (Je la dévisageai avec sincérité, tentant de lui faire comprendre mon point de vue.) J'ai du mal à gérer les mauvaises nouvelles. Je n'en suis pas très fière, mais c'est la vérité. Regarde comme j'ai déguerpi quand tu as eu besoin de moi. Quand Braden a eu besoin de moi.

— Mais tu es revenue, contra-t-elle. Tu étais sous le choc, mais depuis, tu ne m'as plus lâchée d'une semelle.

— Braden m'en a convaincue, avouai-je. Il a dû me bousculer un peu pour me faire réfléchir. C'est alors que je me suis rendu compte que je ne pouvais pas empêcher que des choses terribles ne m'arrivent, ou n'arrivent à mes proches. Et apparemment, une sorte de malédiction s'abat sur tous les gens auxquels je tiens, ça ne devrait donc plus tarder à recommencer. Et à ce moment-là, je ne peux pas promettre de ne pas dérailler complètement, et je refuse de faire subir ça à Braden. Sa vie ne serait pas stable avec moi et, après ce que sa salope d'ex-femme lui a fait endurer, il mérite quelqu'un qui puisse lui apporter la paix.

— Joss, tu parles de toi comme d'une malade mentale. Ce n'est pas le cas. Ton seul problème, c'est que tu refuses d'accepter ce qui est arrivé à ta famille, et que tu n'as pas fait ton deuil.

Je me cognai la tête sur le dossier du canapé.

— On croirait entendre le Dr Pritchard.

— Qui ça ?

— Ma psy.

— Tu vois une psy ? Pourquoi tu ne m'en as jamais parlé ?

Elle me donna une tape sur le bras.

— Hé !

Je m'éloignai d'elle en grimaçant.

— Voilà, c'est ce que je disais. (Ellie semblait hors d'elle, ses yeux brûlaient comme ceux de Braden lorsqu'il était furieux.) Je suis ta meilleure amie, et tu ne me dis pas que tu vas voir une psy. Est-ce que Braden est au courant ?

— Oui, répondis-je telle une ado prise en faute.

— Bon, c'est déjà ça. (Elle secoua la tête d'un air incrédule.) Il faut vraiment que tu acceptes ce qui est arrivé à ta famille, Joss. Je pense qu'après, rien ne te paraîtra plus si terrible ou insurmontable. Et tu te rendras compte que tu peux vivre au jour le jour avec Braden. Tu n'as pas à le protéger de toi. C'est un grand garçon, et il en sait à l'évidence beaucoup plus que moi sur ton compte. Et, miracle, il veut quand même être avec toi.

— C'est drôle. On croirait *vraiment* entendre le Dr Pritchard.

— Très sérieusement, Joss, je crois que tu devrais arrêter de jouer avec lui.

— Je ne joue pas. (Je la dévisageai longuement, saisissant soudain quelque chose sur son expression.) Quoi ? Qu'est-ce qu'il y a ? Qu'est-ce que tu me caches ?

Elle hésita une minute, comme si elle rechignait à partager une information avec moi. J'eus soudain un terrible pressentiment.

— Adam et moi, on est sortis déjeuner, aujourd'hui.

— Je sais. Moi je suis restée là à contempler un manuscrit auquel je n'ai plus touché depuis des jours.

— Eh bien… (Elle avait le regard fuyant.) On est tombés sur Braden, avec le nouveau manager du *Fire*.

— Et alors ?

Elle riva enfin ses yeux aux miens, et j'y lus une certaine inquiétude.

— Son nouveau manager s'appelle Isla. Une grande blonde étonnante, qui s'avère en outre être drôle et intelligente.

Je crus alors sentir mon cœur défaillir.

— Joss, ils semblaient bien s'entendre. (Elle secoua la tête.) Je ne voulais pas y croire, mais ils flirtaient, et Braden était… très attentionné. Ils semblaient particulièrement… proches.

La jalousie est un sentiment terrible – la douleur qu'elle cause est presque aussi brutale qu'une déception amoureuse, et j'étais bien placée pour le savoir, car j'endurais les deux en même temps. J'avais l'impression qu'on m'avait ouvert la poitrine à mains nues pour en retirer mon cœur et mes poumons et les remplacer par un tas de pierres. Je contemplai notre sapin, le cerveau en ébullition. Voilà pourquoi il ne passait plus ces derniers temps.

— Joss ?

Ellie me toucha le bras.

Je me tournai vers elle, résolue à ne pas pleurer. Je lui adressai un sourire malheureux.

— Dans ce cas, j'imagine que j'avais raison depuis le début.

Ellie commença à secouer la tête.

— Non, ça va. (Je me levai, ayant soudain grand besoin de me retrouver seule.) J'ai rompu avec lui parce qu'il mérite de trouver quelqu'un de bien et d'équilibré. Et je n'ai plus à me sentir coupable, parce que j'avais raison depuis le début : il ne m'aime pas. On ne tombe pas sous le charme de quelqu'un d'autre juste après avoir été plaqué par l'amour de sa vie, si ? C'est mieux comme ça.

Je me dirigeai vers la porte du salon et entendis Ellie se lever précipitamment.

— Non ! siffla-t-elle. Ce n'est pas ce qui se passe, ni pour ça que je t'en ai parlé. (Elle me suivit dans le couloir, mais je ne l'écoutais plus vraiment tant le sang me battait aux oreilles.) Joss, je t'ai dit ça pour que tu arrêtes de jouer les imbéciles et que tu te remettes avec lui. Écoute, j'ai peut-être...

Je lui claquai la porte au nez. Elle se mit immédiatement à tambouriner dessus.

— Joss.

— Bonne nuit, Els !

— Merde, l'entendis-je murmurer.

Puis le bruit de ses pas s'éloigna dans le couloir.

J'essayai. J'essayai vraiment. Mais une fois roulée en boule dans mon lit, je ne pus contenir mes larmes.

24

— L'opération d'Ellie a lieu demain.

Le Dr Pritchard hocha la tête.

— Cela vous angoisse ?

J'opinai, l'estomac noué.

— Son chirurgien est très réputé, il affirme que c'est une intervention très simple, mais ça n'empêche pas.

— C'est normal.

J'exhalai longuement et finis par sourire.

— J'ai réservé un vol pour la Virginie à la fin du mois de janvier. Je partirai après les deux semaines de convalescence d'Ellie.

Le Dr Pritchard haussa les sourcils.

— Oh ? Et qu'est-ce qui vous a motivée ?

Le cran d'Ellie et le fait que Braden tourne la page.

— Braden a rencontré quelqu'un, ainsi que je l'espérais. Mais c'est surtout Ellie qui m'en a donné la force. Elle est si courageuse à tous les égards... Nous étions en train de discuter hier soir et, malgré l'imminence de son opération, elle ne s'inquiétait que de moi, affirmant que si je ne me décidais pas à affronter mon passé je n'irais jamais mieux.

Le Dr Pritchard m'adressa un sourire triste.

— Ellie a réussi, en une conversation, à vous convaincre de faire ce que j'essaie de vous pousser à faire depuis presque six mois ?

— Vous auriez peut-être dû vous faire diagnostiquer quelque chose de supergrave et vous montrer très courageuse afin de me faire sentir comme la pire des trouillardes.

— Il faudra que j'y songe pour la prochaine fois.

J'éclatai de rire, puis me murai dans un silence crispé.

— J'ai peur, finis-je par admettre. Les affaires de ma famille sont dans un garde-meuble. Je vais peut-être enfin y faire du tri après être allée les voir au cimetière.

— Vous ne m'aviez jamais dit que vous aviez conservé leurs biens.

— Ouais. Je les ai abandonnés quelque part pour mieux les oublier.

— Vous franchissez vraiment une étape importante, Joss.

— Ouais. J'espère bien.

Elle fronçait les sourcils, désormais.

— Braden a rencontré quelqu'un ?

Je tâchai de refouler la douleur.

— C'est ce que je voulais.

— Joss, je sais que c'est ce que vous vous disiez, mais ça ne doit pas être facile de le voir rebondir si rapidement. Surtout après vous avoir couru après et fait la promesse de ne jamais laisser tomber.

— Ça prouve que j'avais raison. Il ne m'aime pas.

— Et il fréquente réellement cette nouvelle femme ? Il n'y a pas de malentendu possible ?

— Pas selon Ellie.

— Alors un voyage en Virginie pourrait bien être précisément ce dont vous avez besoin à l'heure actuelle.

— Oh, ce n'est pas un voyage. (Je secouai la tête.) Enfin, oui et non. J'envisage de m'y réinstaller de façon permanente dès qu'Ellie sera tirée d'affaire. J'y vais pour chercher un appartement, puis je reviendrai ici pour régler les détails...

Le Dr Pritchard secoua la tête.

— Je ne comprends pas. Je croyais que vous étiez chez vous, à Édimbourg. Je croyais qu'Ellie était votre nouvelle famille.

— Elle l'est. Et le restera. (J'eus un sourire las.) Je ne peux pas le voir avec quelqu'un d'autre, avouai-je. Il m'épuisait, pourtant. Vous, Ellie, lui... vous m'épuisiez tous à son sujet. Vous ne pensez pas que le fait de le plaquer était irrationnel ? (Je me surpris à hausser le ton.) Je sais que ça l'était. Je n'ai simplement pas pu m'en empêcher ; c'était comme si quelqu'un d'autre m'habitait et l'avait repoussé car j'avais trop peur de le perdre.

— Joss... (La voix du bon docteur était douce, apaisante.) C'était effectivement irrationnel, mais tout à fait compréhensible. Vous avez beaucoup souffert à cause d'une perte alors que vous étiez encore une jeune fille. Braden sait pertinemment ce qui a motivé votre décision. C'est pour ça qu'il n'a pas jeté l'éponge.

— Il l'a fait dès qu'il a aperçu une paire de longues jambes.

— Est-ce réellement ce qui vous pousse à partir ?

— Je sais que j'ai l'air d'une folle. Je clame sur tous les toits que je ne veux pas être avec lui et, dès que j'apprends qu'il a rencontré quelqu'un d'autre, je me mets à flipper. La vérité, c'est que rien n'a changé. Sauf que, maintenant, je ne veux plus être avec lui parce qu'il ne m'aime pas de la même façon que moi. Tout ce qui le motive, c'est la chasse.

— Eh bien, il faudrait que Braden vienne me voir pour que je puisse me faire une opinion sur la question ; en revanche, je pense que vous devriez communiquer davantage. Vous devez absolument lui dire tout cela avant de partir pour la Virginie, sans quoi vous passerez le restant de votre vie à vous interroger, Joss. Vous savez ce qui fait plus peur que de jouer et de perdre ?

Je secouai la tête.

— Le regret. Le regret a des conséquences terribles sur ses victimes.

Nous nous rendîmes tous à l'hôpital pour Ellie. Même Hannah et Dec. Quand ils vinrent la chercher pour l'emmener en salle d'opération, nous nous relayâmes pour la rassurer. Finalement, Adam l'embrassa longuement et tendrement, un baiser qui aurait fait fondre même les cœurs les moins romantiques. Dommage qu'il ait fallu un événement aussi tragique qu'une chirurgie du cerveau pour le pousser à se déclarer, mais ainsi va la vie. Parfois, certains d'entre nous ont juste besoin d'un bon coup de pied au cul.

Nous restâmes assis dans la salle d'attente, même si les docteurs nous avaient conseillé de rentrer et de ne revenir que quelques heures plus tard. Aucun de nous ne voulait partir. J'étais installée entre Élodie et Hannah. Clark était à l'autre bout de la pièce, et regardait Dec jouer – sans le son – sur sa Nintendo. Braden était assis à côté de Clark, et Adam se trouvait à sa droite. Nous échangeâmes à peine quelques mots. J'allai chercher du café pour les adultes et des sodas pour les enfants. J'emmenai Hannah en quête de sandwichs et tentai de lui parler du livre qu'elle était en train de lire, mais ni elle ni moi n'avions la tête à ça. Dec fut le seul à terminer son en-cas, tandis que nous grignotâmes à peine, l'estomac trop noué pour avaler quoi que ce soit.

Vous saviez que le temps s'arrêtait, dans la salle d'attente d'un hôpital ? Sans rire. Il s'arrête. Quand on regarde l'horloge, elle indique 12 h 01 ; une bonne heure plus tard, il n'est que 12 h 02.

Ellie m'avait verni les ongles la veille au soir, pour se changer les idées. Quand le chirurgien revint enfin nous trouver plusieurs heures après, j'avais ôté jusqu'à la dernière marque de couleur.

Nous nous levâmes comme un seul homme quand le Dr Dunham vint à notre rencontre. Il nous sourit, l'air fatigué mais parfaitement calme.

— Tout s'est très bien passé. Nous avons pu retirer toute la grosseur, et nous avons envoyé les tumeurs en biopsie. Ellie se trouve en salle de réveil, toujours sous anesthésie. Je sais que vous avez passé la journée ici, je vous conseille donc de rentrer un moment et de revenir ce soir, pendant les heures de visites.

Élodie secoua la tête, les yeux fiévreux d'inquiétude.

— On veut la voir.

— Laissez-lui du temps, répliqua doucement le Dr Dunham. Je vous assure qu'elle va bien. Revenez ce soir. Je vous préviens dès maintenant, elle sera sans doute un peu K-O, et la partie droite de son visage est très enflée à cause de l'intervention. C'est tout à fait normal.

Je serrai le bras d'Élodie.

— Venez. On va faire manger les enfants et on reviendra plus tard.

— Ouais, maman, j'ai faim, se plaignit Declan.

— D'accord, souffla-t-elle, moyennement convaincue.

— Merci, docteur, dit Clark en lui tendant la main.

Le médecin la serra avec un sourire rassurant. Après qu'Adam et Braden l'eurent salué à leur tour, et qu'Élodie et moi l'eûmes gratifié d'un sourire reconnaissant, le chirurgien nous laissa reprendre nos esprits. La tension s'était légèrement dissipée, maintenant que nous savions que tout s'était bien déroulé, mais nous étions toujours inquiets.

Ce ne fut qu'une fois hors de l'hôpital, lorsque Braden m'attira contre lui pour m'étreindre, que je me rendis compte que je n'avais plus pensé à notre naufrage sentimental depuis une éternité. Toutes mes pensées étaient tournées vers Ellie.

Toutefois, dès qu'il me toucha, le nom d'Isla me revint en tête, et je me raidis.

Il s'en rendit compte, crispé à son tour.

— Jocelyn ? m'interrogea-t-il.

Je fus incapable de le regarder. Je me libérai d'un haussement d'épaules, tirant parti de sa surprise, et m'empressai de rattraper Hannah.

Ce soir-là, l'infirmière nous emmena voir Ellie en salle de réveil. Les rideaux étaient tirés autour de son lit, et Élodie et Clark se tenaient devant moi, je ne l'aperçus donc pas immédiatement. Après qu'ils l'eurent doucement embrassée, ils reculèrent. Je tressaillis.

Je ne m'étais pas attendue à avoir aussi peur.

Le Dr Dunham avait raison : le côté droit de son visage était tout enflé et déformé, et ses yeux demeuraient vitreux à cause de l'anesthésie. Un bandage blanc lui enserrait la tête, et je sentis mon estomac se retourner quand je songeai que son cerveau avait été incisé plus tôt dans la journée.

Elle me fit une sorte de sourire de travers.

— Joss.

Sa voix était rauque, à peine audible.

Je voulus prendre mes jambes à mon cou. Je sais, c'est terrible. Mais je voulais fuir au plus vite. Les gens hospitalisés ont rarement connu une fin heureuse dans ma vie, et la découvrir ainsi, si vulnérable, si épuisée, me rappela que nous avions failli la perdre.

Une main serra la mienne et je tournai la tête vers Hannah, qui m'observait. Elle était aussi pâle que j'avais l'impression de l'être, et ses doigts tremblaient entre les miens. Elle aussi avait peur. Je lui adressai un sourire que je voulais rassurant, espérant y parvenir.

— Ellie va bien. Viens.

Je l'entraînai en direction du lit. J'effleurai la main qu'Ellie avait sortie pour sa mère, et sentis une vague d'amour et de soulagement déferler en moi quand elle me serra les doigts.

— Je suis jolie ? demanda-t-elle d'une voix mal articulée, me faisant rire doucement.

— Comme toujours, ma chérie.

Elle baissa les yeux vers Hannah.

— Je vais bien, lui murmura-t-elle.

— Tu es sûre ?

Sa petite sœur se rapprocha du lit, le regard rivé sur la tête bandée.

— Oui, oui.

Elle était toujours fatiguée. Je savais que nous ne pouvions pas rester longtemps. J'éloignai gentiment Hannah du lit, afin de laisser la place à Braden, Adam et Declan. Ce dernier trouva évidemment qu'elle avait l'air cool. Une fois que Braden eut dit bonjour, Adam refusa de quitter le chevet d'Ellie.

Ses paupières commencèrent à se fermer malgré elle.

— Il faut la laisser se reposer, ordonna Clark d'une voix étouffée. On reviendra demain.

— Els, chuchota Braden, lui faisant rouvrir les yeux. On y va. On repassera demain.

— D'accord.

Adam s'empara d'une chaise, qu'il installa à côté du lit.

— Je reste.

Nous acquiesçâmes, n'essayant même pas d'argumenter après avoir vu sa mâchoire résolument serrée.

Nous lui adressâmes des au revoir discrets et traversâmes l'hôpital dans une semi-torpeur. Braden et moi fermions la marche.

— Elle a l'air toute minuscule, commenta-t-il. Je ne m'attendais pas à la voir en si piteux état.

— Son visage va désenfler.

Il m'adressa un regard inquiet.

— Ça va ?

— Oui.

— On ne dirait pas.

— La journée a été longue.

Nous nous arrêtâmes au… en réalité, je ne savais pas où. L'hôpital était vraiment labyrinthique, avec ses multiples petits parkings, ses innombrables entrées et ses barricades jaunes. J'étais complètement perdue. En tout cas, nous étions debout devant une porte, et Élodie soupira.

— Vous rentrez en taxi, tous les deux ?

La voiture de Clark n'était pas assez grande pour nous accueillir tous. Ils m'avaient emmenée à l'aller, mais Adam et Braden étaient venus en taxi. Ça n'aurait pas été poli de leur demander de me raccompagner, laissant Braden tout seul.

— Je vais prendre un taxi. Braden, monte avec eux.

Il me décocha un sourire entendu.

— Non, on va rentrer ensemble.

Merde.

Je regardai partir à contrecœur la famille d'Ellie, tandis que Braden appelait un taxi. Je me trouvais alors toujours dans l'entrée, à guetter son arrivée.

Je sentis son eau de Cologne quand il se plaqua contre mon dos. Je m'écartai, mal à l'aise, tentant d'omettre le fait que, même si j'avais changé les draps du lit, je ne les avais toujours pas lavés afin de pouvoir encore humer son odeur. J'étais vraiment ce genre de fille…

— Tu veux bien me dire pourquoi tu ne m'adresses plus la parole ? me souffla-t-il à l'oreille d'un ton bourru.

Je rentrai les épaules et me décalai de nouveau. Sa voix avait provoqué chez moi une réaction qu'il valait mieux qu'il ignore.

— Mais si, je te parle.
— À peine.
— J'ai la tête ailleurs.
— Tu veux en discuter ?
— J'ai déjà voulu en discuter ?

Je sentis mon cœur s'emballer quand il se colla à moi, glissant la main sur ma hanche.

— Il t'arrivait de me parler, Jocelyn. Ne le nie pas.

Quand j'aperçus du coin de l'œil le noir familier d'un taxi de la ville tourner de notre côté du bâtiment, je me libérai rapidement.

— Le taxi est là.

Et je m'en approchai sans tarder.

Quand nous fûmes à l'intérieur, je sentis bien qu'il était agacé. Je le connaissais également assez pour savoir qu'il allait tenter de me convaincre d'en discuter, dût-il pour cela me suivre chez moi. J'indiquai au chauffeur l'adresse de Jo, dans le quartier de Leith.

Braden me lança un regard mauvais.

Je haussai les épaules.

— Jo m'a demandé de passer la voir.

Après quelques questions ineptes de sa part, et autant de réponses monosyllabiques de la mienne, Braden capitula, non sans m'avoir signifié d'une œillade menaçante qu'il n'en avait pas terminé avec moi.

Je descendis du véhicule sans un au revoir et observai le taxi s'éloigner. J'appelai Jo pour m'assurer qu'elle était chez elle et montai jusqu'à son appartement, où je passai pratiquement toute la nuit.

Éviter Braden nécessitait beaucoup d'adresse. Ou plutôt, non, cela impliquait seulement de ne pas passer de temps à l'appartement. Cela signifiait également de prendre un taxi toute seule pour aller rendre visite à Ellie. Chaque jour, sans faute, Braden m'envoyait un texto pour me proposer de demander à son taxi de faire un détour par chez moi pour passer me prendre aux heures de visites. Je déclinais chaque fois d'un « Non, merci » poli. Durant les visites, toute notre attention était focalisée sur Ellie, je ne risquais donc rien. Elle avait une chambre individuelle, s'ennuyait à mourir et se languissait de rentrer, mais elle devait passer toute une semaine sur place. Son visage désenflait un peu plus chaque jour, ce qui ne l'empêchait pas d'avoir l'air épuisé. Elle nous laissait tous – tous signifiant Élodie – bavarder joyeusement autour d'elle et multiplier les sourires tout en tâchant de prendre la mesure de la situation. Par chance, je ne voyais jamais le moment déchirant, celui où ses yeux se troublaient à l'heure où tout le monde partait. Je m'arrangeais en effet pour disparaître avant les autres. Je remarquais invariablement la question silencieuse dans les yeux d'Ellie, mais également dans ceux de toute sa famille. J'essayais de me rattraper en lui apportant chaque jour un cadeau débile, pourtant je savais qu'elle crevait d'envie de savoir quelle mouche m'avait piquée.

Je n'étais pas le moins du monde surprise que Braden ne me suive pas.

Il avait tourné la page, il n'avait donc vraiment pas besoin de savoir pourquoi je l'évitais.

C'est en tout cas ce que je pensais.

Je passai la Saint-Sylvestre avec Jo. Je reçus un appel de Rhian. Des textos de Craig, Alistair, Adam, Élodie, Clark et des enfants.

Ainsi que de Braden :

Bonne année, Jocelyn. J'espère que tu y trouveras ce que tu cherches. x

Qui aurait cru qu'un message puisse être aussi déchirant ? Je lui répondis… roulements de tambour…

Pareil pour toi.

Ouais. J'ai vraiment fait ça. Je suis une idiote.

Alors que je fuyais l'appartement, que j'allais nager dans une autre piscine ou faire du sport dans une autre salle que celle où nous étions inscrits, je supposais que Braden avait dû commencer à comprendre que j'étais au courant pour Isla.

Quatre jours après l'opération d'Ellie, et donc trois jours avant son retour chez nous, je reçus un nouveau texto de sa part.

Il faut vraiment qu'on discute. Je suis passé plusieurs fois à l'appartement, mais tu n'y es jamais. On peut se retrouver quelque part ? x

Je ne répondis pas. À l'évidence, il voulait me parler de son nouveau manager.

Mon mutisme n'eut aucune conséquence. Le destin avait déjà prévu de nous réunir. Deux jours plus tard, je prenais tout mon temps pour déjeuner dans ce pub génial sur Grassmarket. J'avais ensuite prévu de remonter jusqu'au pont George-IV, puis de bifurquer vers le sud et Forrest Road, où se trouvait une petite boutique kitsch à souhait qu'Ellie adorait. Ils vendaient des parapluies ressemblant à des ombrelles d'une autre époque, et elle déclarait toujours vouloir en acheter un sans jamais franchir le pas. Je comptais donc le lui offrir pour fêter son retour chez nous, prévu le lendemain.

Je venais de finir de manger et sortais sur Grassmarket en essayant de ranger mon porte-monnaie dans mon sac quand j'entendis :

— Jocelyn ?

Je redressai brusquement la tête et mon cœur se mit à battre si fort qu'il sembla se décrocher de ma poitrine. Braden était debout devant moi, en compagnie d'une grande blonde incroyable. Elle portait une jupe entravée, une veste de tailleur cintrée et échancrée et des talons aiguilles ultrasexy. Sa longue crinière blonde était soigneusement négligée, et son maquillage aussi parfait que son visage.

Était-elle réelle ?

Je me mis à la haïr sur l'instant.

— Braden, murmurai-je en fuyant son regard.

Pour ma part, je portais un jean élimé au genou et un tee-shirt miteux vantant les mérites d'une marque de bière ; mes cheveux étaient, comme d'habitude, remontés en un chignon hâtif. Je n'étais pas maquillée.

Je ne ressemblais à rien.

Je lui simplifiais bien la tâche, hein ?

— Je t'ai envoyé un texto, déclara-t-il d'une voix terriblement sérieuse.

Je plantai enfin mes yeux dans les siens.

— Je sais.

Il serra les dents.

Isla se racla poliment la gorge, et il tenta de se détendre, sans pour autant me délivrer de son regard pénétrant.

— Isla, je te présente Jocelyn. Jocelyn, voici Isla, le nouveau manager du *Fire*.

Endossant mes meilleurs atours d'actrice, je lui adressai un sourire affable et lui tendis la main. Elle me répondit d'un sourire empreint de curiosité.

— J'ai beaucoup entendu parler de vous, lui dis-je d'un ton lourd de sous-entendus.

Braden se raidit aussitôt, et je lui décochai un sourire amer en lui adressant un « Eh ouais, je suis au courant, connard » silencieux.

Isla se tourna vers lui avec une moue craquante et incroyablement provocante.

— Tu parles de moi autour de toi ?

Il resta coi. Il était trop occupé à me fusiller du regard.

— Isla, tu peux nous laisser un instant, s'il te plaît ?

Oh, oh.

Puis, ô miracle, Jon Bon Jovi vint sauver la situation. J'avais réinitialisé mon téléphone. *Shot to the heart, and you're to blame. You give love a bad name*[1].

Ouais, je n'étais pas vraiment d'humeur subtile ce jour-là.

Braden haussa un sourcil en entendant l'air, et sa bouche s'ourla en un sourire imbécile tandis que je sortais mon téléphone. Rhian. Dieu merci.

— Je dois répondre. À plus tard.

Son sourire se mua en rictus.

— Joce…

— Rhian, répondis-je avec un enthousiasme feint.

J'adressai à Isla un petit salut de la main, auquel elle répondit joyeusement.

Rhian ricana.

— Tu sembles tendue.

Je forçai l'allure pour rejoindre Candlemaker Row, un raccourci vers le pont et Forrest Road.

— Je ne t'ai pas offert un assez beau cadeau de Noël, tu en as conscience ?

— Euh, pourquoi ?

— Parce que tu viens de me sauver le cul. Je t'enverrai un petit quelque chose en remerciement.

— Oooh, du chocolat, par pitiééé.

— Vendu.

Je la laissai me parler de tout et de rien pendant dix bonnes minutes, espérant désespérément que cela atténuerait la douleur insoutenable qui me comprimait la poitrine depuis que j'avais croisé Braden. Cela ne fonctionna guère. Je rentrai chez moi, me lovai dans les draps sales encore imprégnés de son odeur et pleurai pendant trois heures jusqu'à trouver enfin le courage de les mettre dans la machine.

---

1. « Touché au cœur, tout est ta faute. Tu fais injure à l'amour. » (*N.d.T.*)

25

Je me sentais sans doute toujours coupable d'avoir fait défaut à Ellie ce tout premier soir, je m'emballai donc légèrement sur le nettoyage en attendant son retour. L'appartement rutilait de fond en comble, même si j'avais fait un effort pour ne pas toucher à son désordre, qui lui permettait de se sentir chez elle. J'avais commandé en ligne une fabuleuse parure de draps vert pâle – sa couleur préférée –, acheté quelques coussins décoratifs et lui avais préparé un lit digne d'une princesse. J'avais également fait l'acquisition d'une table pivotante spéciale petit-déjeuner au lit afin qu'elle puisse manger dans sa chambre. J'allai chercher des fleurs. Des chocolats. Je remplis le congélateur de ses glaces Ben & Jerry's favorites. Je disposai sur sa table de chevet une pile composée des derniers numéros de tous les magazines que je l'avais déjà vue lire et de deux cahiers de Sudoku et de mots croisés. Pour couronner le tout, j'installai dans sa chambre un petit écran plat avec lecteur DVD intégré. C'était peut-être un peu trop pour une personne censée rester alitée seulement deux semaines, mais je ne voulais surtout pas qu'elle s'ennuie.

— Oh, mon Dieu !

Ellie écarquilla les yeux en pénétrant dans son petit nid. Un bras autour de la taille d'Adam, elle contempla, tout sourire, chaque nouveauté de la pièce où se trouvaient déjà Élodie, Clark et Braden. Les enfants avaient repris l'école, ils ne furent donc pas témoins du « Joss en fait des tonnes ». Ellie se tourna vers moi.

— C'est toi qui as préparé tout ça ?

Je haussai les épaules, me sentant soudain très mal à l'aise.

— C'est trois fois rien.

Ellie éclata de rire et s'approcha de moi lentement.

— Tu es un tout petit peu géniale.

Je me rengorgeai.

— Si tu le dis.

— Viens là. (Elle enroula ses bras autour de moi et je l'étreignis, me sentant comme une fillette embrassant sa mère, tant elle était grande.) J'adore. Merci beaucoup.

— Tant mieux. (Je la repoussai délicatement et fronçai les sourcils.) Allonge-toi.

Ellie grogna.

— Ça va être marrant.

Alors qu'Adam l'aidait à retirer ses chaussures pour se mettre au lit, Élodie vint me parler.

— Le docteur a dit qu'il fallait s'assurer qu'elle ne mouille pas son pansement en prenant sa douche.

— Elle ne prendra que des bains.

— Bien. Et elle doit se reposer. Elle a le droit de discuter, mais pas sans arrêt.

— Compris.

— Et, dans quinze jours, elle doit aller se faire retirer son bandage.

— Entendu.

— Puis elle aura une visite de contrôle trois mois plus tard. Et si tout va bien, une autre l'année prochaine.

Je demeurai interdite.

— Quoi ? (J'adressai un sourire plein d'espoir à Ellie.) Tu as reçu les résultats de ta biopsie ?

— Personne ne lui a dit ?

Elle lança un regard accusateur à la ronde.

Braden soupira.

— Peut-être que quelqu'un l'aurait fait si elle n'évitait pas tout le monde.

— Allô ! (J'agitai la main.) Les résultats, s'il vous plaît ?

Ellie eut un large sourire.

— Bénignes.

Je m'affaissai de soulagement en m'entendant confirmer le pronostic du Dr Dunham.

— Tu aurais dû commencer par ça.

— Désolée.

— Oui, oui. (J'arquai un sourcil en direction d'Élodie.) Ne vous en faites pas, je prendrai bien soin d'elle. (Puis je remarquai qu'Adam s'était installé sur les couvertures, à côté d'Ellie.) Enfin, si le beau gosse me laisse faire.

Adam grimaça.

— Je suis trop vieux pour qu'on m'appelle beau gosse.

— Moi, ça me plaît, assura Ellie avec un sourire mutin.

— Alors va pour beau gosse.

— Bon, je vais aller faire du café avant de vomir sur les draps tout neufs d'Ellie, lançai-je avant de tourner les talons.

Braden me barra la route.

— Il faut qu'on parle, me dit-il d'un ton neutre.

Puis il sortit de la pièce, ne me laissant d'autre choix que de le suivre.

Je le retrouvai dans ma chambre, et dès que j'entrai derrière lui, il s'empressa d'aller fermer la porte.

— On pourrait discuter au salon, déclarai-je avec irritation, détestant le voir ici, où tant de souvenirs vivaient encore.

En outre, sa présence dans ma chambre avait toujours été écrasante.

Il se contenta de me rejoindre à grands pas, ne s'arrêtant qu'à quelques centimètres de moi. Je fus tentée de reculer, mais refusai de lui faire ce plaisir. Je soutins donc son regard d'un air de défi, et il inclina légèrement la tête afin de pouvoir plonger ses yeux dans les miens.

— J'ai essayé de te laisser un peu d'air, mais ça devient ridicule.

Je reculai brusquement la tête.

— Euh... pardon ?

J'observais ses yeux magnifiques et furieux s'étrécir en deux petites fentes.

— Tu n'es jamais là. Tu vois quelqu'un d'autre ? Car je jure devant Dieu...

Furieux n'était peut-être pas suffisant.

— Tu rigoles, j'espère ? hurlai-je, oubliant qu'il y avait du monde au bout du couloir.

— Dans ce cas, c'est quoi ce bordel ?

Je pris une longue inspiration, tremblant, tâchant de me calmer.

— T'es un vrai connard. Tu viens jusqu'ici m'accuser de faire des trucs derrière ton dos, alors que c'est toi qui sautes ton nouveau manager.

Cette fois, ce fut Braden qui tressaillit de surprise. Et son regard... Disons qu'il exprimait sans ambages qu'il pensait clairement qu'il me manquait une case.

— Isla ? Tu t'imagines que je couche avec Isla ? Je n'y crois pas.

OK. J'étais complètement perdue. Je croisai les bras sur ma poitrine, feignant d'avoir la maîtrise totale de la conversation.

— Ellie m'a tout raconté.

Il en resta littéralement bouche bée. Son expression aurait pu être amusante si je n'avais pas eu l'impression qu'un poignard me déchirait les entrailles.

— Ellie ? Qu'est-ce qu'elle t'a dit, au juste ?

— Qu'elle vous avait vus au déjeuner. Que vous aviez mangé avec Adam et elle. Que vous aviez l'air de bien vous entendre.

Ce fut au tour de Braden de croiser les bras, et le tissu délicat de son costume épousa la forme de ses biceps. J'eus une image de lui au-dessus de moi, me plaquant les mains au matelas, les muscles des bras bandés tandis qu'il me pénétrait encore et encore.

Je rougis et secouai la tête pour chasser cette image. *Merde.*

— Ellie t'a dit qu'elle avait déjeuné avec Isla et moi, et qu'on avait l'air de bien s'entendre, me répéta-t-il lentement, comme s'il s'adressait à une débile.

— Oui, répondis-je entre mes dents serrées.

— Si elle ne venait pas de se faire opérer du cerveau, je te jure que je l'étranglerais sur-le-champ.

Je cillai.

— Quoi ?

Il fit un pas vers moi, ce qui m'obligea à reculer pour éviter que son torse ne vienne m'écraser les seins.

— Je n'ai jamais déjeuné avec Isla et elle. Elles se sont rencontrées le jour où Adam et elle sont passés au *Fire* pour déposer une clé USB que j'avais oubliée ici. Elles se sont à peine croisées deux secondes.

Je me grattai derrière l'oreille, n'aimant pas du tout la position dans laquelle me mettait cette conversation.

— Pourquoi elle m'aurait dit une chose pareille ?

Braden poussa un profond soupir et se détourna. Il se passa la main dans les cheveux, visiblement contrarié.

— Je ne sais pas. Sans doute parce que je lui ai dit que te laisser un peu d'air était la prochaine étape de mon plan pour te reconquérir, et qu'elle ne trouvait pas que c'était une bonne idée. Apparemment, elle pensait que la jalousie serait un raccourci plus efficace. (Il secoua la tête et m'adressa un regard insondable.) Apparemment, elle s'est trompée.

Je l'observai arpenter ma chambre, essayant vainement de faire du tri dans ses pensées, tandis que je tentais de me faire à l'idée qu'il n'avait pas du tout tourné la page. Cependant, je n'arrivais toujours pas à admettre qu'Ellie ait pu vouloir me blesser à ce point. Je m'interrogeai également sur sa soudaine aptitude à mentir si bien. Quand je l'avais rencontrée, elle était incapable de cacher la vérité.

Oh.

Ma faute ?

— Ça n'explique pas tout. J'ai rencontré Isla, je te rappelle, et c'est exactement ton type de fille. Et elle flirtait outrageusement.

— Qu'est-ce que ça peut te faire ? (Il sourit en laissant courir ses doigts sur mon étagère.) Tu disais que tu ne voulais...

Il s'interrompit et se contracta soudain, comme s'il venait de comprendre quelque chose.

— Quoi ?

Il tira sur une petite pochette, baissa la tête puis se tourna vers moi avec un regard accusateur.

— Tu vas quelque part ?

Il brandit dans ma direction mon billet électronique imprimé pour mon voyage en Virginie.

Mon esprit et mes émotions n'avaient pas fini de débattre des derniers rebondissements et de leurs éventuelles conséquences sur ma décision. Mon cerveau me dicta donc de dire la première des vérités.

— Je rentre à la maison.

Je savais que ça n'allait pas. Ça n'allait pas parce que Braden ne répondit rien. Il me cloua au mur d'un air que je ne voulais plus jamais revoir dans ses yeux, puis il tourna les talons et sortit de ma chambre en claquant la porte.

Pas de dispute. Pas de discussion.

J'eus de nouveau envie de pleurer. À présent que j'avais recommencé à laisser couler ces larmes retenues pendant tant d'années, je n'arrivais plus jamais à les contenir. Ma bouche se mit à trembloter, et je dus serrer mes bras contre moi pour réprimer les frissons qui envahissaient mon corps.

Dix minutes plus tard, j'estimai avoir suffisamment recouvré mon calme pour aller préparer du café et l'apporter à tout le monde. Braden était assis dans un coin et ne m'adressa pas même un regard.

Inutile de préciser que cela créa une terrible tension dans la chambre d'Ellie. Tous nous avaient entendus nous disputer, et tous avaient entendu ma porte manquer voler en éclats quand Braden l'avait claquée. La situation était très inconfortable.

Finissant par comprendre que sa mauvaise humeur gâchait le retour triomphal de sa sœur, Braden se leva, l'embrassa sur le front, et lui annonça qu'il repasserait plus tard. Ellie acquiesça, puis se mordit la lèvre avec inquiétude en l'observant quitter les lieux. Elle me jeta alors un coup d'œil et, telle une écolière prise sur le fait, je détournai la tête.

Élodie et Clark partirent peu après, et je m'apprêtais à les laisser seuls, Adam et elle, quand Ellie me rappela.

— Qu'est-ce qui se passe entre Braden et toi ?

— Ellie, je ne veux pas te mêler à nos histoires tant que tu ne seras pas rétablie.

— J'espère que ce n'est pas à cause de ce petit mensonge innocent au sujet d'Isla ?

Je me retournai, sourcils froncés, et découvris l'expression honteuse de ma colocataire.

— Ah oui, je viens d'apprendre ça…

Ellie se tourna vers Adam, qui semblait complètement perdu.

— J'ai fait une bêtise.

Il hocha la tête.

— C'est ce que j'ai cru comprendre. Qu'est-ce qui s'est passé ?

— J'ai dit à Joss que toi et moi avions déjeuné avec Isla et Braden, et qu'ils flirtaient ensemble.

Adam tressaillit exactement comme Braden l'avait fait. En réalité, je constatai même qu'ils partageaient tous deux un certain nombre d'attitudes. Ils passaient beaucoup trop de temps ensemble.

— On n'a jamais déjeuné avec eux. On s'est juste arrêtés deux secondes au *Fire*.

— Bon, ce petit jeu ne m'amuse plus du tout, m'emportai-je, oubliant que je fulminais après une convalescente. Pourquoi m'as-tu menti ?

Le regard d'Ellie était tout à la fois suppliant et pitoyable. Elle était tellement attendrissante qu'elle aurait pu s'en tirer avec un acquittement après avoir commis un meurtre.

— Braden m'a dit que, puisque le harcèlement ne fonctionnait pas, il avait décidé de prendre du recul, en espérant qu'il te manquerait tellement que tu reviendrais de toi-même. Je lui ai dit que tu étais bien trop têtue pour tomber dans le panneau.

À dire vrai, il m'avait effectivement manqué. Ce salopard me connaissait trop bien.

— Mmm, répondis-je évasivement.

— Tu es vraiment bornée, Joss. Je me suis dit que si j'arrivais à provoquer ta jalousie, tu paniquerais et tu retournerais vers lui sans plus attendre. (Elle était blême lorsqu'elle regarda Adam.) Ça s'est vraiment retourné contre moi.

— Effectivement, murmura-t-il en réprimant un sourire.

Ce n'était pourtant pas amusant !

— Tu as vraiment de la chance d'avoir été opérée du cerveau.

Ellie grimaça.

— Désolée, Joss. (Puis une lueur d'espoir illumina son visage.) Je comptais te le dire avant ma chirurgie, mais j'avais tellement peur que j'ai complètement oublié. Mais maintenant, tu connais la vérité. Tu peux arrêter de te battre et te remettre avec lui.

Ce fut mon tour de soupirer.

— C'est lui qui m'en veut, à présent.

— De ne pas lui avoir fait confiance ?

— Un truc dans le genre, marmonnai-je en me demandant que faire ensuite.

— Tu me pardonnes ? s'inquiéta Ellie d'une voix discrète.

Je roulai les yeux.

— Évidemment. Simplement... laisse tomber ton idée d'agence matrimoniale. Tu n'as aucun avenir là-dedans.

Je leur adressai un petit salut malheureux et quittai la pièce en refermant doucement la porte derrière moi.

Je m'assis devant ma machine à écrire, relisant ma dernière page en songeant à ce que cela pouvait bien signifier pour moi désormais. Le Dr Pritchard avait dit que je regretterais de ne pas parler ouvertement à Braden. Et, en vérité, je venais de découvrir que tout ce qui m'inquiétait – le fait de ne pas être à la hauteur, ou qu'il soit si passionné, ou notre avenir commun – semblait ridicule en comparaison de ce que j'avais ressenti quand j'avais cru qu'il ne m'aimait pas.

Il fallait que je lui parle.

Ce qui ne m'empêcherait pas de me rendre en Virginie pour faire le deuil de ma famille.

Mais je savais que je devais lui parler avant ça.

Attendez une minute. Je pivotai sur mon siège, observant l'étagère où mon billet s'était trouvé. Il n'y était plus. Et maintenant que j'y pensais, je n'avais pas vu Braden le reposer.

Oh, mon Dieu, il me l'avait volé !

Ma colère agit telle une piqûre d'adrénaline. Passionné ! Braden, passionné ? C'était juste un gros connard qui dépassait les bornes. J'enfilai des bottes, attrapai mon manteau et le boutonnai de travers. Je grommelai des jurons exaspérés. Je me saisis de mes clés et de mon sac, et tâchai d'annoncer calmement à Adam et Ellie que j'allais faire un tour. Ils me répondirent un « OK ! » chaleureux à travers la porte, et je sortis en trombe, hélant un taxi avant même d'en apercevoir un.

Je n'arrivais pas à réfléchir. Je n'arrivais pas à respirer. Quand même, c'était le pompon. Voler mon billet d'avion !

C'était vraiment un homme des cavernes.

Je jetai quasiment ma monnaie à la tête du chauffeur en bondissant hors du véhicule, et dévalai Quartermile jusqu'à l'entrée de son immeuble. Je savais que j'étais filmée quand je sonnai à l'interphone, je le scrutai donc d'un œil noir, m'attendant à ce qu'il ne me laisse pas entrer.

Il me laissa entrer.

Ce fut le plus long voyage en ascenseur de toute mon existence.

Quand j'en sortis, je trouvai Braden debout sur le palier, l'air naturel et détendu avec son pull, son jean et ses pieds nus. Il recula rapidement pour me tenir la porte alors que j'entrais en tapant des pieds.

Puis je fis volte-face, manquant perdre l'équilibre, emportée par mon élan de fureur.

L'autre imbécile me contemplait en ricanant. Puis il ferma la porte et vint me rejoindre au salon.

— Ce n'est pas drôle, crachai-je en dramatisant sans doute légèrement.

À ma décharge, j'étais en proie à une grande confusion émotionnelle que lui seul avait fait naître en moi au fil de ces dernières semaines.

Bon, d'accord, j'en étais peut-être partiellement responsable, et je m'en voulais également. Cependant, comme je pouvais difficilement me disputer seule, il fallait bien que ça lui retombe dessus !

Son sourire s'effaça de son visage et il se rembrunit.

— Je sais que ce n'est pas drôle. Crois-moi.

Je tendis la main.

— Rends-moi mon billet, Braden. Je ne plaisante pas.

Il acquiesça et le tira de sa poche arrière.

— Ce billet ?

— Oui. Rends-le-moi.

Alors il entra dans une rage folle. Il le déchira et le lâcha sur le sol en une pluie de confettis.

— Quel billet ?

Même si j'avais conscience qu'il me serait toujours possible d'en imprimer un autre, je perdis complètement les pédales.

Avec un grognement animal que je ne me savais même pas capable de produire, je me ruai sur lui et le bousculai avec suffisamment de force pour le faire chanceler. Tout remonta soudain, six mois de bouleversements émotionnels, de changements radicaux qu'il avait causés dans mon existence : le doute, la jalousie, le chagrin.

— Je te hais ! hurlai-je. Tout allait bien avant que je te rencontre ! (Mes yeux se mirent à me picoter tandis que je scrutai son visage impassible.) Pourquoi ? (Ma voix se brisa et les larmes ruisselèrent sur mes joues.) Tout allait très bien. J'étais en sécurité, et tout allait pour le mieux. Je suis brisée, Braden. Arrête d'essayer de me réparer et laisse-moi brisée !

Il secoua lentement la tête, et je restai paralysée en le voyant approcher. Je fermai les paupières quand il me toucha et passa les bras autour de moi pour m'étreindre.

— Tu n'es pas brisée.

Je levai alors les yeux vers son visage magnifique – plein de souffrance, mais magnifique.

— Si.

Il me secoua presque violemment.

— Pas du tout.

Il se pencha vers moi et je me surpris à me perdre dans ses iris glacier, hypnotisée par les stries argentées qui y étincelaient.

— Jocelyn, tu n'es pas brisée, bébé, chuchota-t-il d'une voix rauque, le regard implorant. Tu as quelques fêlures, comme tout le monde.

Les joues luisantes de larmes et la bouche tremblante, je lui répondis :

— Je ne te hais pas.

Nos regards se croisèrent. Tant d'émotions, tant d'incertitudes, tant de toutes ces choses s'étaient accumulées autour de nous, saturant l'air d'une tension désespérée. L'expression de son visage se transforma, et ses yeux se mirent à brûler en se posant sur ma bouche.

Je ne saurais vous dire qui a agi en premier, mais quelques secondes plus tard ses lèvres écrasaient les miennes, et sa main fouillait presque douloureusement mes cheveux tandis qu'il s'efforçait de les libérer pour les laisser cascader sur mes épaules. Et quand sa langue glissa sur la mienne, je pus le goûter, le sentir, apprécier sa force m'envelopper.

Il m'avait manqué.

J'étais néanmoins toujours en colère, et je compris, à la violence de notre baiser, que Braden l'était également. Cela ne nous arrêta pas. Il fit sauter les boutons de mon manteau pour m'en débarrasser, tandis que je tirai frénétiquement sur l'ourlet de son pull pour le lui retirer, afin de pouvoir caresser à loisir la peau brûlante de ses abdos et de son torse musclé. Je me ruai sur lui en quête d'un nouveau baiser, mais il n'avait pas fini de me déshabiller. Je l'aidai impatiemment à m'ôter mon haut, mais refusai de perdre davantage de temps.

Je saisis sa tête des deux mains, l'approchai de mon visage et aspirai sa langue pour compenser toutes ces journées passées sans se toucher. Tandis que nous mélangions avidement nos salives et nos souffles, mon vagin palpitant trahissait déjà mon excitation.

J'étais tellement transportée par mon émoi que je sentis à peine Braden me plaquer brutalement contre un mur. Il délaissa ma bouche pour m'embrasser le cou, tandis que ses bras puissants soulevaient mes cuisses, m'encourageant à placer les jambes autour de sa taille. Mon corps s'éleva le long de la cloison tandis que son érection frottait contre mon entrejambe, malgré l'épaisseur des deux jeans.

— Putain, murmura Braden en plongeant vers la naissance de mes seins.

Il me maintint en position, une main sous mes fesses, l'autre abaissant les bonnets de mon soutien-gorge. Une fraîcheur délicieuse me frôla la poitrine. Braden me mordilla un mamelon, me déclenchant un hoquet de plaisir qui se répercuta jusqu'à mon sexe. J'agitai les hanches pour stimuler son membre érigé.

— Je ne peux plus attendre, soufflai-je en lui agrippant les épaules.

Comme pour s'en assurer, il déboutonna mon pantalon et introduisit sa main dans ma culotte. Je gémis, attirant ses doigts au plus profond de moi.

— Bon sang. (Il posa la tête sur ma poitrine et entama un mouvement de va-et-vient.) Toujours aussi humide et étroite, bébé.

— Maintenant, grondai-je en lui lacérant la peau. Braden.

Je m'accrochai à lui tandis qu'il faisait volte-face pour se diriger vers le canapé, me dépouillant au passage de mon jean. Je dégrafai mon soutien-gorge alors qu'il faisait glisser ma culotte, dont je me libérai d'un coup de pied. Pantelante d'excitation, brûlante de désir, je me laissai tomber sur le dos en écartant grand les jambes pour l'accueillir.

— Braden, maintenant.

Il s'était arrêté, figé, et contemplait ma nudité, ma poitrine haletant de fièvre, mes cheveux répandus en corolle autour de ma tête. Je vis son expression changer ; il était toujours aussi excité, mais semblait désormais plus calme. Il posa la paume sur mon ventre frémissant et la remonta lentement entre mes seins, puis jusqu'à ma mâchoire. Il se plaça à califourchon sur moi, son jean frottant sur mes jambes nues.

Je glissai ma main jusqu'à sa braguette, immisçai mes doigts sous son boxer, les enroulant autour de son érection. Je la fis sortir de son pantalon, et j'observai Braden fermer les yeux, le souffle hésitant.

— Baise-moi. (Je lui léchai rapidement les lèvres, et ses paupières se rouvrirent d'un coup sur des yeux embrasés.) S'il te plaît.

Avec ce grognement qui m'avait tant manqué, il se tortilla pour abaisser légèrement son jean puis referma sa main autour de la mienne, de sorte que nous le guidâmes ensemble entre mes cuisses. Dès qu'il m'effleura, je me sentis encore plus mouillée. Je le saisis alors par les fesses pour accompagner son lent mouvement de pénétration. Je les agrippais, l'encourageant à accélérer.

Il s'exécuta – avec grand plaisir.

— Plus fort, geignis-je. Plus fort, Braden. Plus fort.

Je savais que mes suppliques attiseraient immanquablement son excitation. Il m'embrassa puis s'enfonça jusqu'à la garde. Une vague de plaisir déferla en moi alors qu'il me pénétrait si profondément que je rejetai la tête en arrière, laissant échapper un cri. Mes hurlements s'accentuèrent à mesure qu'il me pilonnait délicieusement. La sensation de son sexe en moi, la vue de son corps au-dessus du mien, les bruits de nos halètements ainsi que les sons de succion du coït me précipitèrent vers l'orgasme. J'explosai de plaisir, prononçant son nom dans ma jouissance. Mon extase était si intense que je mêlai mes sécrétions aux siennes quand il se répandit, les muscles bandés, avant de poursuivre ses allées et venues, prolongeant notre bonheur partagé.

Un. Pied. D'enfer.

Il grogna et s'écroula sur moi. Je lui caressai doucement les fesses, puis le dos, et l'étreignis puissamment. Il tourna la tête contre mon cou et y déposa son habituel baiser.

— Tu m'en veux toujours ? murmura-t-il.

Je soupirai.

— Je comptais rentrer chez moi pour faire ce que j'aurais dû faire il y a huit ans. Je comptais rentrer dire au revoir à ma famille.

Braden se figea puis se redressa légèrement pour me contempler, les yeux pleins de regret.

— Bon sang, je suis désolé, bébé. Pour ton billet.

Je me mordis la lèvre.

— Je peux toujours le réimprimer. Et… je pensais me réinstaller pour de bon en Virginie, quand Ellie serait rétablie.

Toute trace de remords s'envola instantanément.

— Tu devras d'abord me passer sur le corps.

— Ouais, je me doutais bien que tu répondrais ça.

Il fronça les sourcils.

— Je suis encore en toi.

— Je le sens.

Je souris, amusée.

— Au moins, laisse-moi le temps de me retirer avant de m'annoncer que tu comptes essayer de me quitter.

Je m'arc-boutai pour l'embrasser sur les lèvres.

— Je ne sais pas encore si c'est ce que je veux vraiment.

Habitué à ce que rien ne soit simple avec moi, il souffla longuement en se retirant. Il boutonna son jean et s'assit, me tendant la main. Je décidai de lui faire de nouveau confiance et le laissai me relever, avant de le suivre vers l'escalier menant à sa chambre. Il me désigna le lit d'un geste du menton.

— Allonge-toi.

Puisque j'étais nue, comblée, et pas du tout d'humeur à discuter, je m'exécutai. Je l'observai avec délectation se dévêtir entièrement et venir me rejoindre. Je fus immédiatement lovée contre lui, la tête sur sa poitrine.

— Alors, qu'est-ce que tu décides ?

Ça, c'était de la question. Par où commencer ?

— Ma famille était vraiment géniale, Braden, lui dis-je doucement.

Une douleur enfouie depuis trop longtemps en moi resurgit un peu plus à chaque mot. Braden s'en rendit compte et me serra plus fort.

— Ma mère était orpheline. Elle a grandi ici, en famille d'accueil, avant de partir aux États-Unis avec un simple visa de travail. Elle bossait à la bibliothèque du campus quand elle a rencontré mon père. Ils sont tombés amoureux, ils se sont mariés, et, pendant un temps trop bref, ils vécurent heureux sans pour autant avoir beaucoup d'enfants. Mes parents n'étaient pas du tout comme leurs amis. J'avais quatorze ans et ils continuaient à se chercher, couchant ensemble dès qu'ils pensaient que je ne pouvais pas les voir. Ils étaient dingues l'un de l'autre.

Je sentis ma gorge se serrer, mais m'efforçai de ne pas craquer.

— Et ils étaient fous de Beth et moi. Ma mère était surprotectrice et légèrement envahissante car elle ne voulait pas que nous nous sentions aussi seules qu'elle avait pu l'être. (Je souris.) Je la trouvais plus cool que toutes les autres mamans parce que, eh bien... son accent était cool, et elle ne mâchait pas ses mots, mais d'une façon plutôt marrante qui choquait les ménagères BCBG qui habitaient notre quartier.

— Ça me rappelle quelqu'un, murmura Braden avec amusement.

Je souris en songeant que je ressemblais peut-être effectivement à ma mère.

— Ah ouais ? Eh bien, elle était géniale. Et mon père aussi. Il était du genre à s'inquiéter chaque jour de savoir si tout allait bien. Même quand j'ai grandi et que je suis devenue cette créature étrange nommée adolescente, il a toujours été là pour moi. (Je sentis une larme tomber.) On était heureux, chuchotai-je, parvenant tout juste à émettre ces derniers mots.

Braden m'embrassa le crâne et me serra si fort le bras que c'en fut presque douloureux.

— Bébé, je suis tellement désolé.

— C'est le genre de trucs qui arrivent, pas vrai ? (J'essuyai rapidement mes pleurs.) Un jour, j'étais en classe quand la police est venue m'annoncer que mon père avait percuté un camion en voulant éviter un motard tombé sur la route. Tous morts. Papa. Maman. Beth. J'ai perdu mes parents et une petite sœur que je n'ai jamais vraiment eu l'occasion de connaître. Même si je savais déjà que je l'adorais. Bien sûr, elle pleurait dès qu'elle était séparée de son nounours préféré – une vieille peluche marron miteuse avec un ruban bleu autour du cou, que je lui avais donnée et qui portait toujours mon odeur. Il s'appelait Teddy. Je sais, c'est très original. Je savais aussi qu'elle avait des goûts musicaux très élaborés, car il suffisait pour la calmer de lui faire écouter « MMMBop », des Hanson. (Ce souvenir me fit tristement sourire.) Je savais que, quand j'avais eu une journée pourrie, il me suffisait de la prendre dans mes bras, de la serrer contre moi et de sentir sa peau contre la mienne pour savoir que tout s'arrangerait…

» J'ai complètement déraillé quand ils sont morts. Ma première famille d'accueil était pleine d'autres enfants, les parents avaient donc à peine conscience de mon existence, ce qui me convenait très bien, car ils me laissaient plus ou moins faire tout ce que je voulais. Malheureusement, j'ai fait des tas de conneries qui m'ont donné une mauvaise image de moi-même. J'ai perdu ma virginité trop tôt, j'ai beaucoup trop bu. Puis, après la mort de Dru, j'ai tout arrêté. On m'a placée dans une nouvelle famille, à l'autre bout de la ville. Ils n'avaient pas grand-chose à offrir, mais il y avait moins d'enfants. L'une des gamines sur place était même plutôt chouette, sauf qu'elle voulait une grande sœur…

J'inspirais longuement entre mes dents serrées, sentant la culpabilité m'envahir de nouveau.

— Je ne voulais rien représenter pour qui que ce soit. Elle avait besoin de quelque chose, que je me refusais à lui offrir. Je ne sais même pas ce qu'il lui est arrivé après mon départ. (Je secouai la tête avec regret et soupirai.) À cette époque, j'allais à quelques soirées, pas beaucoup. Mais, chaque fois, je terminais avec un type que je ne connaissais pas et ne voulais pas connaître. (Je soufflai derechef.) En vérité, je sortais chaque année à la même date. J'allais à une fête, ou dans un bar. Peu importait, tant que cela m'aidait à oublier. J'ai passé huit années à enfouir ma famille, à faire comme si elle n'avait jamais existé, parce que, ouais, tu as raison, c'était moins difficile de prétendre ne pas les avoir connus que d'avoir à affronter leur absence. Je ne me rends compte qu'aujourd'hui que j'ai été terriblement injuste envers eux. C'était faire injure à leur mémoire.

Je serrai les dents pour retenir mes larmes, mais elles se déversèrent malgré tout, ruisselant jusqu'à la poitrine de Braden.

— Cette date à laquelle je sortais était l'anniversaire de leur mort. Mais j'ai cessé de le faire à mes dix-huit ans. Cette nuit-là, je suis allée à une soirée, et je ne me souviens de rien d'autre. Je me suis réveillée le lendemain, au lit avec *deux* inconnus.

Braden jura dans sa barbe.

— Jocelyn.

Je devinai sa colère.

— Crois-moi, je sais ce que tu ressens. Je me suis haïe, à ce moment-là. Je me sentais comme violée et effrayée. Il aurait pu m'arriver n'importe quoi. Et sexuellement…

— Tais-toi.

Son ton menaçant me dissuada de poursuivre.

— J'ai fait un dépistage et, par chance, ces types ne m'avaient rien refilé. Mais je n'ai plus jamais couché avec qui que ce soit. Avant toi.

Il me serra de nouveau le bras.

— J'aurai peut-être toujours peur du lendemain, Braden, avouai-je calmement. L'avenir, et tout ce qu'il peut m'arracher, me terrifie. Et parfois, je flippe, et dans la panique il m'arrive de blesser mes proches.

— Je comprends tout ça. Je peux le gérer. Tu dois me faire confiance.

— Je croyais que c'était toi qui avais du mal à faire confiance, grommelai-je.

— À toi, je te fais confiance, bébé. Tu ne te vois pas comme je te vois, moi.

Je dessinai un petit J sur son torse.

— Je te fais confiance, Braden. Mais je ne m'attendais pas à ce qu'Ellie me mente, donc je l'ai crue sur parole. Je suis désolée.

Braden poussa un profond soupir.

— Je t'aime, Jocelyn. Ces dernières semaines ont été un véritable cauchemar, et ce, pour plusieurs raisons.

Je repensai à la grande blonde qui m'avait fait vivre un enfer.

— Et Isla ?

— Je te jure que je n'ai jamais couché avec elle.

— Est-ce qu'il s'est passé autre chose ?

Il retint son souffle.

— Braden ?

Il relâcha sa respiration.

— Hier, elle m'a embrassé. Je ne lui ai pas rendu son baiser. Je l'ai repoussée et lui ai parlé de toi.

Je restai un instant silencieuse, puis répliquai d'un air résolu :

— Tu dois la virer.

Braden ricana.

— Serais-tu enfin en train d'admettre que tu m'aimes ?

— *Je ne peux pas te promettre que ce sera facile*, Braden. Je serai sans doute toujours un peu irrationnelle. J'ai tendance à m'inquiéter beaucoup.

— Je t'ai dit que je pouvais gérer ça, bébé.

— Pourquoi ?

— Parce que... (Il soupira.) Tu me fais rire, tu es un défi permanent, et tu m'excites comme personne d'autre. J'ai l'impression qu'il me manque quelque chose de capital quand tu n'es pas là. À tel point que je ne me sens plus moi-même. Je n'avais encore jamais eu l'impression que quelqu'un m'appartenait. Mais tu es à moi, Jocelyn. Je l'ai su dès que nous nous sommes rencontrés. Et je suis à toi. Je ne veux pas appartenir à qui que ce soit d'autre.

Je me redressai sur un coude pour pouvoir le regarder dans les yeux. Puis j'appliquai un léger baiser sur ses lèvres. Il m'enlaça alors et m'attira pour m'embrasser plus profondément. Quand je pus enfin reprendre mon souffle, je haletai légèrement. Je posai un doigt sur sa bouche, me faisant la promesse d'arriver un jour à profiter de ce bonheur sans craindre qu'on ne me l'arrache.

— Tu crois que tu pourrais m'accompagner en Virginie ? Le temps que je dise adieu à mes parents.

Ses yeux me sourirent, et je ne saurai jamais exprimer ce que je ressentis en me rendant compte que je pouvais le rendre si heureux.

— Bien sûr. On part quand tu veux. Mais on revient ensuite.

J'acquiesçai.

— Je comptais m'installer là-bas uniquement à cause d'Isla.

Braden grogna.

— Génial.

— Tu vas la virer, pas vrai ?

Il ferma à moitié les paupières.

— Tu veux que je la vire, juste comme ça ?

— Si je te disais que Craig m'avait embrassée hier soir, tu ne me forcerais pas à démissionner ?

— Un point pour toi. Je lui trouverai du boulot ailleurs.

— Ailleurs signifiant « loin des endroits où tu travailles » ?

— Dieu que tu es tyrannique.

— Euh, tu ne te rappelles pas m'avoir plaquée contre un bureau, le jour où Craig m'a embrassée ?

— Un autre point pour toi.

J'enfouis ma tête contre sa poitrine.

— Je croyais que j'avais vraiment déconné.

Il me serra la nuque.

— Nous avons déconné tous les deux. Mais c'est fini, maintenant. À partir d'aujourd'hui, je m'occupe de tout. Je crois qu'on aura beaucoup moins de scènes et de ruptures si je prends les choses en main.

Je lui tapotai le ventre.

— Si ça peut te faire plaisir, mon chéri.

— Tu ne l'as toujours pas dit, tu sais ?

Je lui souris et pris une profonde inspiration.

— Je t'aime, Braden Carmichael.

Son large sourire me réchauffa le cœur.

— Dis-le encore.

Je gloussai.

— Je t'aime.

Il s'assit rapidement, puis glissa hors du lit, m'entraînant à sa suite. Il me poussa vers la salle de bains.

— Tu le répéteras pendant que je te prendrai sous la douche.

— Cette soudaine prise de contrôle promet d'être excitante.

— Et tu n'as encore rien vu.

Il me fessa doucement et je poussai un petit cri perçant, qui nous fit tous deux éclater de rire. Hilares, nous titubâmes jusqu'à la douche.

26

— Bon, tu es sûre que tu vas t'en sortir ?

Ellie croisa les bras sur sa poitrine et poussa un soupir interminable.

— Si tu me reposes la question encore une fois, ne te donne même pas la peine de revenir.

J'adressai un coup d'œil à Braden, qui secoua légèrement la tête.

— Ne me regarde pas comme ça. Elle n'était pas caractérielle avant que tu t'installes avec elle.

Certes.

Ellie gloussa face à mon air faussement blessé et écarta les bras.

— Oh, les gars. Ça fait un mois. Tout va bien. Adam habite quasiment ici, et vous avez un avion à prendre.

Braden embrassa la joue de sa sœur avant d'ouvrir la porte d'entrée, notre valise à la main. Finalement, il avait bien fait de déchirer mon billet, car pour m'accompagner en Virginie, il avait dû bousculer son emploi du temps et changer nos dates de voyage. Et puis, en toute honnêteté, nous voulions également nous assurer qu'Ellie récupère complètement avant de partir.

Après un mois de maternage prodigué par Adam, Braden, moi et sa vraie maman, Ellie était sans doute soulagée de se débarrasser de nous. Elle n'avait toujours pas retrouvé son énergie habituelle et fatiguait rapidement. En outre, son expérience l'avait sacrément traumatisée. Je lui avais conseillé d'aller voir le Dr Pritchard, et son premier rendez-vous était programmé quelques jours plus tard. Avec un peu de chance, mon bon docteur parviendrait à l'aider. Et à m'aider, par la même occasion. J'angoissais quelque peu à la perspective de notre séparation.

— Joss, le taxi vous attend.

Ellie me mit littéralement dehors.

— D'accord, grommelai-je. Mais si quoi que ce soit t'arrive pendant notre absence, je te tue.

— Compris.

— Et fais passer le message à Adam.

— Je le préviendrai. Maintenant, tu veux bien dégager et aller faire ce que tu as à faire ? (Elle me prit dans ses bras.) J'aimerais pouvoir t'accompagner.

Je la serrai à mon tour puis me reculai.

— Ça va bien se passer. Un homme d'affaires tyrannique veille sur moi.

— Je t'ai entendue, me signifia Braden depuis le palier.

Merde. Je le croyais déjà dans la voiture.

— Bon, il faut que j'y aille si je ne veux pas me retrouver à voyager seule.

— Appelez-moi en arrivant.

— Compte sur nous.

Nous nous dîmes au revoir, et je laissai Braden me bousculer jusqu'au taxi. Nous nous faisions du souci pour Ellie depuis plus d'un mois, mais nos innombrables séances de rattrapage sexuel nous soulageaient considérablement.

Dans tous les sens du terme.

Nous n'avions pas encore fini de nous redécouvrir après toute cette histoire, mais ce nouveau « nous » était carrément chaud. Oh, et ce nouveau nous n'incluait pas

Isla. Braden l'avait virée, non sans lui avoir retrouvé un job dans une boîte de nuit qui ne lui appartenait pas. À mon avis, elle aurait pu se débrouiller seule – elle était d'une beauté insupportable –, mais Braden se sentait coupable. Techniquement, c'était elle qui lui avait fait du rentre-dedans, il n'avait donc rien à se reprocher, mais il n'aimait pas l'idée que son propre manager ait pu essayer de profiter de lui. Ça ne correspondait pas à son état d'esprit d'homme des cavernes.

Pour ma part, je me sentais responsable de cette pagaille émotionnelle dans laquelle je baignais. Dans l'espoir de me rattraper, j'avais vidé l'une de mes tables de chevet et deux des tiroirs de ma commode pour faire un peu de place à Braden. Je n'arrivais toujours pas à me débarrasser de l'image de son sourire niais quand je le lui avais annoncé. Il avait bondi hors du lit – en pleine action, soit dit en passant – pour déballer ses affaires et les ranger sans attendre.

On aurait dit un gamin frétillant d'impatience le soir de Noël.

Naturellement, il avait fallu qu'il fasse mieux que moi, et il m'avait confié une clé de son appartement dès le lendemain. Je lui aurais bien rendu la pareille, mais il entrait déjà chez nous comme dans un moulin.

Je ne parlai pas beaucoup sur la route de l'aéroport, et pas beaucoup plus sur place. J'avais déjà la tête en Virginie, avec ma famille. Nous avions un vol pour Richmond, où nous séjournerions au Hilton. Le garde-meubles où les avocats avaient stocké mon héritage en attendant ma majorité se trouvait en centre-ville. Plutôt que de le libérer, j'avais continué à en payer la location. Dès que j'aurais fait le tri et décidé de ce qu'il adviendrait de mon patrimoine, Braden et moi irions dans la petite ville où j'avais grandi, dans le comté de Surry. Elle était située à tout juste une heure de route de Richmond, mais le trajet serait malgré tout une expérience pour nous deux, car ni lui ni moi n'avions plus conduit depuis une éternité. Et Braden n'avait encore jamais roulé à droite.

Je songeai à tout cela tandis qu'il nous guidait à travers les bornes d'enregistrement et la sécurité.

— Je sais que tu penses à plein de trucs, me dit-il en s'asseyant en salle d'embarquement, mais si tu te mets à flipper, préviens-moi, d'accord ?

— D'accord.

— Promis ?

Je m'installai à côté de lui et l'embrassai délicatement sur les lèvres.

— Promis.

Nous demeurâmes silencieux un moment, mais ce silence était agréable.

Puis...

— Ça te dirait de rejoindre le Mile High Club[1] ? (Il répondit à mon regard noir par ce sourire charmeur qui m'avait poussée dans ses bras dès notre rencontre.) Ça pourrait être marrant.

Je secouai la tête, souriant malgré moi.

— Chéri... avec toi, c'est toujours marrant.

— Mmm. (Il pencha la tête vers moi et chuchota tout contre mes lèvres :) Bonne réponse.

Puis il m'embrassa langoureusement.

Richmond, État de Virginie, trois jours plus tard

— Oh, chéri, continue, suppliai-je en enroulant les mains dans les draps devant moi.

---

1. Club fictif imaginé par les pilotes, stewards, hôtesses et passagers se targuant d'avoir vécu une expérience sexuelle en altitude. (*N.d.T.*)

Braden me pétrit doucement le sein avant de pincer mon téton entre son pouce et son index. Ce faisant, il ondulait des hanches tout en me pénétrant, me faisant haleter de plus belle.

Je m'étais réveillée sur le côté ce matin-là, sentant sa chaleur dans mon dos, son bras autour de ma taille et son sexe déjà en moi.

— Jouis pour moi, bébé, demanda-t-il le souffle court, accélérant la cadence. Jouis pour moi.

Il glissa la main sous ma chemise de nuit et entre mes jambes, venant caresser mon clitoris en petits gestes circulaires.

Oh... mon... Dieuuuuu !

Je rejetai la tête en arrière, hurlant son nom tout en me laissant submerger par l'orgasme.

Braden me donna un ultime coup de boutoir et étouffa son cri dans mon cou tandis que son corps venait tressaillir contre le mien alors qu'il venait à son tour.

Je me laissai tomber contre lui, exténuée.

— Bonjour.

Je le sentis sourire contre ma peau.

— Bonjour.

— Si tu me réveilles comme ça au moins une fois par semaine, je serai une fille très, très heureuse.

— C'est bon à savoir.

Il se retira délicatement et je me tournai pour lui faire face, tendant la main pour lui saisir la mâchoire avant de l'embrasser tendrement.

Quand Braden rompit notre baiser, il avait les sourcils froncés.

— Assez tardé. Aujourd'hui, on s'y met.

Je déglutis douloureusement, mais opinai néanmoins. Nous nous trouvions à Richmond depuis deux jours et demi, et je n'avais pas encore trouvé la force de quitter la chambre d'hôtel, insistant pour multiplier les parties de jambes en l'air avec mon petit ami. C'était difficile à accepter pour Braden qui, bien que n'ayant absolument aucune réticence à cette idée, s'inquiétait de constater que je repoussais sans cesse l'échéance.

De toute évidence, l'heure était venue.

Le garde-meubles n'était situé qu'à une vingtaine de minutes de l'hôtel, dans une rue non loin du Three Lakes Park. Je regardai Braden observer la ville depuis le taxi qui nous menait à l'entrepôt – nous ne louerions une voiture qu'au moment de nous rendre chez moi. Pour ma part, je n'étais vraiment pas d'humeur à me rappeler l'État dans lequel j'avais grandi. Je me savais sur le point d'exhumer nombre de souvenirs et, pour être honnête, cela me flanquait une peur bleue.

Le type de l'entrepôt se montra tout à fait charmant. Je lui présentai une pièce d'identité et lui indiquai mon numéro de box, et il nous mena dans une sorte de parking aux portes rouge vif. Il s'arrêta soudain devant l'une d'elles.

— Et voilà.

Il sourit et nous laissa seuls.

Braden me massa les épaules, me sentant hésiter.

— Tu peux le faire.

Je peux le faire. Je pianotai un code sur le clavier près du box, et la porte métallique se souleva. Une fois qu'elle fut à l'horizontale, je laissai mes yeux embrasser la scène. Il y avait une multitude de cartons pleins à craquer. Des valises. Une boîte à bijoux. Tremblante, j'entrai dans le garage et m'efforçai de maîtriser mon souffle avant d'être prise d'une crise d'angoisse.

Je sentis la main large et fraîche de Braden se glisser dans la mienne, qu'il serra.

— Respire, bébé. Respire.

Je lui adressai un sourire tremblant.

J'étais clairement capable d'affronter ça.

Épilogue

Dublin Street, Édimbourg, deux ans plus tard

En entendant le raclement de gorge, je relevai la tête et vis dans le miroir le reflet de Braden, appuyé contre l'encadrement de la porte de notre chambre. Je pivotai rapidement, mettant immédiatement les mains sur les hanches.

— Qu'est-ce que tu fais là ? Tu n'es pas censé être ici.

Il m'adressa un léger sourire, me dévorant des yeux, et son regard me fit fondre. Saleté de Braden.

— Tu es magnifique, bébé.

Je contemplai ma robe et soupirai.

— Je n'arrive pas à croire que tu aies réussi à me convaincre de faire ça.

— Je sais me montrer très persuasif.

Il souriait désormais d'un air suffisant.

— C'est une chose d'être persuasif, mais là… ça relève du miracle. (Je l'étudiai avec soin.) Attends une seconde, c'est pour ça que tu es ici ? Pour t'assurer que je vienne ?

Cela m'ennuyait. Beaucoup. En réalité, j'eus même l'impression que mon cœur s'arrêtait de battre.

Braden fit la grimace.

— Non. J'ai toute confiance en toi, et je sais que tu vas franchir cette porte.

— Alors qu'est-ce que tu fais ici ?

— Je ne t'ai pas vue depuis plusieurs jours, et tu me manques.

— Tu allais me voir d'ici à une demi-heure, tu ne pouvais pas attendre ?

— Peut-être, mais nous ne serons pas seuls.

Il fit un pas vers moi, m'adressant *ce* regard.

Oh non. Non !

— Ça, ça peut attendre. (Je levai la main, paume en avant, pour le repousser.) C'est toi qui m'as mise dans ce pétrin. Je n'étais pas certaine de le vouloir, mais toi qui es si persuasif, tu as réussi à me convaincre. Et maintenant, j'aimerais que tout soit aussi parfait que possible, à savoir... fait dans les règles. Alors pousse tes fesses d'ici, monsieur.

Il recula, souriant jusqu'aux oreilles.

— D'accord, c'est toi le chef. (Cela me fit doucement ricaner.) On se voit dans une demi-heure.

— Braden ! (Ellie franchit la porte dans une robe en soie couleur champagne qui lui tombait aux chevilles.) Ça porte malheur de voir la mariée avant la cérémonie. Sors d'ici !

Elle le poussa dans le couloir, le faisant disparaître de ma vue.

— À tout à l'heure, bébé ! lança-t-il en riant.

Je secouai la tête, m'efforçant de me calmer les nerfs et de faire disparaître le léger vertige qui me menaçait tandis que je me mirais dans la psyché. J'étais méconnaissable dans ma robe ivoire.

— Tu es prête, Joss ? s'enquit Ellie, tout essoufflée d'avoir mis son frère dehors.

Rhian fit à son tour son apparition, un rictus moqueur aux lèvres. Elle portait la même tenue qu'Ellie. Son alliance en or rutilait à côté du solitaire de fiançailles que James lui avait offert deux ans plus tôt. Ils étaient mariés depuis huit mois.

— Ouais, tu es prête, Joss ?

Nous étions réunies dans la chambre principale, celle qui avait appartenu à Ellie mais que Braden et moi avions récupérée. J'avais rapporté quelques affaires de Virginie : les bijoux de maman, Teddy – l'ours en peluche préféré de Beth –, quelques albums photo et une peinture. Quant au reste, nous l'avions soit jeté, soit donné. Cela nous avait pris deux jours, et avait nécessité plusieurs tonnes de mouchoirs en papier ; nous étions ensuite allés dire adieu sur la tombe de mes parents. Sans doute le moment le plus difficile. Je n'avais pas réussi à réprimer une crise d'angoisse, et Braden était resté assis dans l'herbe à m'embrasser tandis que je formulais des excuses à ma mère, mon père et à Beth, pour ces huit années passées à m'efforcer de les oublier.

Surmonter cette épreuve ensemble nous avait rapprochés, Braden et moi. À notre retour en Écosse, nous étions devenus inséparables. Ellie et Adam l'étaient tout autant, et notre cohabitation à quatre avait fini par nous paraître étrange, Braden et Ellie étant frère et sœur. Ni lui ni elle ne voulaient entendre les ébats de l'autre. Ellie avait donc emménagé chez Adam quelques mois après son opération, et Braden avait mis son appartement en location pour s'installer avec moi à Dublin Street.

Un an plus tard, il s'était secrètement mis d'accord avec un chauffeur de taxi pour nous arrêter devant l'église évangélique de Bruntsfield. Il m'avait fait sa demande en mariage dans la voiture, en souvenir de notre première rencontre.

Retour au moment présent. Après le mariage, nous devions décoller pour Hawaï et notre lune de miel, et nous reviendrions à Dublin Street en tant que

M. et Mme Carmichael. Ma poitrine se serra, et je pris une profonde inspiration.

Braden parlait depuis peu d'avoir des enfants. *Des enfants. Waouh.* Je jetai un coup d'œil au manuscrit achevé posé sur mon bureau. Après vingt lettres de refus, j'avais finalement reçu un appel d'un agent littéraire qui voulait découvrir la suite. Je lui avais fait suivre le texte intégral deux jours plus tôt. Durant deux ans, ce manuscrit avait été comme mon bébé, et j'avais flippé bon nombre de fois à l'idée de faire publier l'histoire de mes parents. Et voilà qu'aujourd'hui Braden voulait de vrais enfants ? J'avais paniqué la première fois qu'il avait évoqué l'idée, et il était resté tranquillement assis à siroter sa bière tandis que je partais en vrille silencieusement. Dix minutes plus tard, il m'avait demandé :

— Tu as fini ?

Il commençait à avoir l'habitude de mes crises d'angoisse.

Je regardai rapidement la photo de mes parents posée sur mon bureau. Eux aussi avaient eu une relation passionnée, s'étaient disputés beaucoup et avaient affronté quantité de problèmes, mais ils s'en étaient toujours sortis grâce à la force de leurs sentiments. Ils étaient tout ce qu'ils n'auraient pas pu être l'un sans l'autre. Bien sûr, les temps étaient parfois difficiles, mais la vie n'est pas un film hollywoodien. Elle peut vite déraper. On se bat, on crie, et on se démène pour arriver finalement à traverser les épreuves sans dommage.

Comme Braden et moi.

J'adressai un signe de tête à Ellie et Rhian.

Les nuages n'étaient pas toujours légers comme l'air. Parfois, ils étaient sombres et lourds. Comme la vie. Ça pouvait arriver. Ça n'en était pas moins effrayant – en tout cas, j'avais encore peur –, mais je savais désormais que, tant que Braden serait à mes côtés au moment de l'orage, rien ne pourrait m'arriver. Nous subirions l'averse ensemble. Et le connaissant, il sortirait sans doute un impressionnant parapluie, arrogant et inabordable, pour nous abriter.

Je me sentais capable d'affronter cet avenir incertain.

— Ouais. Je suis prête.

Remerciements

Je ne pourrai jamais assez remercier mes lecteurs. *Dublin Street* était une toute nouvelle aventure pour moi, un premier pas dans la romance contemporaine adulte, et je ne m'attendais pas à l'accueil incroyable que le livre a reçu. Je suis sincèrement confuse et sidérée de votre engouement et de votre amour pour ce texte. La réussite de son lancement m'a ouvert un nombre incroyable de portes pour la série et m'a permis de rencontrer nombre de personnes formidables.

En premier lieu, je tiens à remercier Lauren E. Abramo, mon phénoménal agent de chez Dystel & Goderich Literary Management. Lauren, tu as été géniale ! Je ne te remercierai jamais assez d'avoir si bien défendu *Dublin Street* et son auteur, et d'avoir provoqué tant de changements dans ma vie.

Ce qui me mène droit à mon éditrice, Kerry Donovan de New American Library. Kerry, merci d'avoir cru en *DS* et en moi. Ton enthousiasme pour l'univers et les personnages que j'ai créés m'apporte un bonheur infini, et il me tarde de savoir ce que l'avenir nous réserve.

Je souhaiterais également remercier Ashley McConnell et Alicia Cannon, mes éditrices d'origine lors de l'auto-édition de *Dublin Street*. Mesdames, vous êtes géniales !

Merci pour tout votre dur labeur (et pour vos commentaires qui m'ont tant fait rire). Un énorme merci à Claudia McKinney, alias Phatpuppy Art, pour créer des images qui me parlent autant. C'est une joie permanente de travailler avec une personne aussi adorable que toi.

J'aimerais aussi rendre hommage aux quelques fabuleuses blogueuses qui ont non seulement soutenu *DS* de façon incroyable depuis que j'ai annoncé ma volonté de me lancer dans une romance adulte contemporaine, mais qui m'ont en outre encouragée quasiment depuis le début de ma carrière d'auteur : Shelley Bunnell, Kathryn Grimes, Rachel du blog Fiktshun, Alba Solorzano, Damaris Cardinali, Ana du blog Once Upon a Twilight, Janet Wallace, Cait Peterson et Jena Freeth. Vous m'avez toujours épatée par vos messages, votre enthousiasme et vos commentaires si touchants. Vous me faites sourire au quotidien.

Je ne peux pas non plus oublier mes chères consœurs : Shelly Crane, Tammy Blackwell, Michelle Leighton, Quinn Loftis, Amy Bartol, Georgia Cates, Rachel Higginson et Angeline Kace. Je ne saurais exprimer combien votre amitié a compté pour moi durant ces derniers mois, et à quel point il est fantastique d'avoir des dames aussi formidables et gentilles vers qui se tourner quand on a besoin d'un peu d'aide, d'un conseil ou d'un fou rire. Les mots ne suffiraient pas à décrire à quel point vous êtes brillantes.

Un ÉNORME merci à mes lecteurs pour avoir cru en moi, m'avoir encouragée, et pour me faire sourire à longueur de journée quand je découvre vos e-mails ou vos commentaires sur Facebook, Twitter et Goodreads. Vous ne pouvez pas savoir comme ça me touche :-)

Enfin, un merci tout particulier à ma mère et à mon père ; à mon frère David ; à Carol ; à mes amies les plus proches, Ashleen (félicitations, Mme Walker !), Kate et Shanine ; à ma famille et à mes amis. Merci d'être là, et merci d'être vous. Certains éléments de *Dublin Street* viennent de moi, d'autres viennent de vous. Parfois, il faut une vie entière pour retenir les leçons les plus importantes ; j'ai l'impression que, dans notre cas, c'est venu beaucoup trop vite.

Le chagrin et le deuil sont sans doute les deux créatures les plus angoissantes qui soient. Ils nous apprennent à nous soucier de l'avenir et à nous interroger sur la durée du bonheur, nous empêchant d'en profiter lorsque nous le connaissons. La mort ne devrait pourtant pas être aussi effrayante. Il s'agit au contraire d'une créature de sagesse, qui nous enseigne de vivre pleinement, car les heures défilent comme des secondes et nul ne saurait dire de quoi demain sera fait. La mort devrait nous encourager à chérir ceux que l'on aime, à ne jamais rien faire qui pourrait nous causer des regrets, et à nous réjouir que le futur soit si plein de promesses.

Parfois, la force et la bravoure ne se trouvent pas dans les grands actes. Parfois, le courage réside simplement dans le fait de profiter de ce que l'on a et d'accueillir chaque chose de façon positive. Il est facile et banal d'être terrifié par la vie. Il est bien plus difficile de ne retenir que les bonnes choses et d'affronter chaque nouvelle journée tel un guerrier du quotidien.

Pour ma famille et mes amis : vous êtes les plus puissants guerriers que je connaisse.

Romancière écossaise de vingt-six ans, Samantha Young est diplômée de l'université d'Édimbourg depuis 2009, où elle a étudié l'histoire antique et médiévale. Depuis février 2011, elle autoédite ses romans pour jeunes adultes, qui sont des best-sellers sur Amazon. Elle est l'auteur de quatre séries, composées de dix romans, et d'une novella. Avec *Dublin Street*, elle effectue ses premiers pas dans la fiction pour adultes.

Pour plus d'informations sur la fiction pour adultes, rendez-vous sur :
http://www.ondublinstreet.com

Pour découvrir ses ouvrages pour jeunes adultes :
www.samanthayoungbooks.com

Composition
NORD COMPO

Achevé d'imprimer en Espagne
par BLACKPRINT CPI IBERICA
le 10 juin 2013.

Dépôt légal juin 2013.
EAN 9782290072806
OTP L21EDDN000491N001

ÉDITIONS J'AI LU
87, quai Panhard-et-Levassor, 75013 Paris

Diffusion France et étranger : Flammarion